Scarlet

스칼렛

Scarlet

스칼렛

그의
사랑

이소영(Suha) 장편 소설

SCARLET ROMANCE STORY

그의 사랑

contents

깊이를 알 수 없는 새까만 눈동자.

그 강렬한 눈빛은 단아의 시야 속에서 단 한 번도 떠난 적이 없었다. 더 정확히 말하면 그 시선 속에 그대로 갇혀 있다는 표현이 옳을 것이다. 그 눈빛을 무시하는 것은 유리병 안에 갇힌 가련한 나비의 부질없는 날갯짓에 불과했다.

단숨에 투명한 액체를 들이켜며 맞은편 상대에게 한껏 우아한 미소를 짓는 순간에도 그녀는 불편한 속마음을 숨기기 위해 안간힘을 써야 했다. 그 시선의 의미를 너무 잘 알고 있는 탓이리라.

목이 탔다. 이미 몇 번이나 액체를 들이켜 목을 축였는데도 그 갈증은 그 밤 내내 단아를 괴롭혔다. 마른침을 삼키며 깊은 심호흡과 함께 고개를 들었다. 여지없이 날아와 꽂히는 시선이 날이 선 신경을 낚아챘다. 숨이 탁 막혀 오자 그녀는 곧장 고개를 돌렸다. 누군가를 미친 듯 의식하며 평소의 자신을 유지하는 것은 결코 쉽지 않았다.

자신의 존재만으로 주변을 압도하는 남자. 그리고 그도 그 사실을 분명히 인식하는 듯했다. 온몸에서 뿜어져 나오는 자신감이 바로 그 사실을 증명하고 있었으니까.

반듯한 이마를 덮은 검은 머리칼에서부터 우아하게 곧게 뻗은 코, 세상을 조롱하듯 살짝 비틀린 붉은빛 입술, 생생히 살아 숨 쉬는 날카로운 검은 눈동자, 단단한 장신의 몸을 감싼 윤기 흐르는 검은 턱시도까지, 눈에 보이는 모든 것이 자연스런 조화를 이루며 그의 존재를 더욱 부각시켰다. 누구도 무시할 수 없고 아니, 그런 생각조차 할 수 없게 만드는 남자가 바로 그였다.

단아는 그가 누구인지 안다. 그리고 그가 왜 그런 눈빛으로 자신을 바라보는지도…….

서강우. 무시할 수 없는 제일제약의 막강한 일인자라는 이유만이 아니라도 그는 이미 34살의 나이에 그만의 탄탄한 왕국을 구축한 상태였고, 섹시한 남성적 매력까지 덧붙여져 그의 주가는 하루가 다르게 치솟는 중이었다.

남녀노소 할 것 없이 그의 환심을 사기 위해 그의 발아래 무릎을 꿇는 모습은 그리 낯설지 않았다. 그리고 단아 역시 결국 그중 한 사람이 되어야 할 처지에 놓여 있었다.

순간 벗어날 수 없는 비참한 현실에 쓴물이 밀려왔다. 할 수만 있다면 무슨 수를 써서라도 이 상황, 이 순간을 외면하고 싶었다.

"당신은 도망칠 수 없어."

낮게 깔린 그 한마디로 충분했다. 몸은 금세 얼어붙었고 그나마 남아 있던 형식적인 미소마저 사라졌다. 강우의 등장에 지금까지 그녀에게 끝없는 환심을 보이던 젊은 남자가 어색한 미소와 함께 조용히 사라졌다. 결국 이 남자의 손에서 그녀를 구해 줄 사람은 이 세상에 아무도 없다는 뜻이었다. 스스로를 지키지도 못하는 가련한 신세.

"언제쯤 그 사실을 깨달을 거지?"

언제쯤…… 그래, 언제쯤 그런 일이 가능해질까? 매정한 현실에 굴복하며 내 자신을 완전히 놓게 될 때가 말이다. 어쩔 수 없이 끌려가야 하는 약자의 고통을 잘 알면서도 그는 여지없이 잔인한 말로 가슴을 후벼 판다. 이 모든 것의 시작이 바로 자신 때문이라는 것을 알기에 그녀는 입술을 깨물며 그의 조롱을 고스란히 감당해야 했다.

"이제 유치한 놀이는 그만두지."

유치한 놀이? 하긴 그의 입장이라면 그렇게도 보일 법도 했다. 하지만 그가 무슨 말을 하건, 어떻게 생각하건 이렇게라도 하지 않으면 미칠 것 같았다. 그녀는 자신의 존재를, 아직도 살아 있다는, 누군가의 명령으로 움직이는 인형이 아니라 그녀만의 의지로 살아 숨 쉬는 한 인간이라는 사실을 확인해야 했다. 아니, 유치한 반항이라고 해도 그녀가 절대 만만한 존재가 아님을 그가 분명히 알길 바랐다.

다시 투명한 잔에 담긴 액체를 단숨에 들이켰다. 쓴 기운이 혈관을 따라 흐르면서 온몸을 달군다. 지난 몇 시간 동안 끊임없이 홀짝거렸던 알코올이 이제야 효과를 발휘하나 보다. 우습게도 살짝 밀려오는 취기가 고맙기까지 했다. 평소엔 입에도 대지 않았는데 이렇게 술에 의지하는 자신을 보니, 정말 아이러니한 현실이란 생각이 들었다.

그런 그녀의 절박한 심정을 조롱하듯 강우가 한쪽 눈썹을 찡긋 올리며 혀를 찼다.

"저런, 술에 취해 보시겠다? 그런다고 결과가 달라지리라 생각하나 보지?"

"자신이 약자를 괴롭히는 치사한 남자라는 것이나 자각하시죠."

어디서 그런 용기가 생겼는지―아마도 술기운 때문이겠지만―억지로 꾹꾹 눌렀던 저항과 분노가 아몬드 형의 아름다운 눈 속에 고스란히 떠올랐다.

남자의 입가에 진한 미소가 배어들었다. 그는 생생하게 빛나는 검은 눈으로 그녀의 몸을 훑어 내렸다. 심장이 종잇조각처럼 바싹 구겨지면서 숨이 차올랐다. 깊은 심호흡으로 얇은 실크 공단 위의 모양 좋은 가슴이 부풀어 오르자 그의 시선이 한참 동안 그곳에 머물렀다. 노골적인 그 시선이 무엇을 의미하는지 모를 만큼 그녀는 순진하지 않았다. 그는 일부러 그녀를 자극하고 있는 것이다.

"약자? 지금 당신은 자신을 약자라고 생각하는 건가?"

"자신의 행동을 뒤돌아보시죠."

"그거 재미있군. 그게 바로 내가 하고 싶은 말이었거든. 당신은 절대 약자가 아니야, 한단아. 오히려 어떻게든 시간을 끌어 이 순간을 도망치려는 겁쟁이일 뿐이지.”

“파티 한복판에서 계속 쓸데없는 대화를 나눌 이유는 없어요.”

“정말? 난 아닌데? 난 지극히 필요한 대화를 하고 있거든. 당신이 혹시 깨닫지 못한 것 같아서 하는 말인데, 이 모든 상황은 당신의 전적인 동의하에 이루어진 것이라는 걸 잊지 말아.”

하! 잊을 수 있다면 얼마나 좋겠는가. 단아는 다시 한 번 그의 말을 무시하며 지나가는 웨이터에게서 크리스털 잔을 낚아챘다.

강우의 얼굴에 다시 차가운 미소가 감돌았다.

“경고하는데 나중에 고생하지 않으려면 그런 허세는 그만두는 게 좋을 거야.”

경고? 흥, 당신의 경고 따위는 하나도 무섭지 않아!

단아는 보란 듯이 잔을 기울여 벌컥 들이켰다. 불같은 기운이 식도에서 비명을 질러 댔다.

윽, 이게 뭐지? 위스키?

속이 그대로 타들어갈 만큼 강한 기운에 눈물이 흐를 지경이었다. 하지만 한편으론 그를 맨정신에 상대하지 않아도 된다는 사실에 어리석은 안도감이 일었다.

“술 취한 여자는 내 취향이 아니야.”

“당신 취향이 무엇이든 내가 상관할 바 아니죠.”

한 번 터진 반항은 좀처럼 움츠러들 기세가 없었다.

아니면 현실 도피일까? 어떻게든 벗어나고픈 안간힘? 아무렴 어때? 어차피 피할 수 없는 길이라면 이렇게라도 망가져 버리는 게 그에 대한 복수가 아니겠어?

무의식중에 손을 뻗어 다시 새 잔을 잡으려 하자 남자의 단단한 손이 자신의 가는 손목을 움켜잡았다. 그 뜨거운 기운에 정신이 번쩍 들었다.

"뭐죠?"

"계속 같은 말을 해야 하나?"

그녀는 입술을 꼭 다물고 손목을 빼내려 했지만 그의 손아귀 힘은 수갑처럼 단단했다.

"놓지 못해요?"

"유치한 장난 그만해. 이제 그만 떠나지. 임무를 완수했으니 더 남아 있을 이유도 없어."

단아는 고집 센 늙은 노새처럼 발끝에 온 힘을 주며 간신히 버텼다.

"떠나다니, 어딜요? 파티는 이제 막 시작했을 뿐이고, 난 지금도……."

"난 떠난다고 했고, 당신은 내 말에 따르면 그뿐이야."

잇새로 내뱉은 말투는 그가 많이 참고 있다는 의미를 담고 있었다. 그의 말을 따르는 것 외에 다른 선택이 없다는 것을 알면서도 그녀의 독립적인 자아는 계속 강하게 반항했다.

이 남자, 날 어디까지 몰고 가려는 걸까?

"어머, 강우 씨, 설마 벌써 떠나려는 건 아니죠?"

그의 강한 손길에 끌려 막 걸음을 떼려는 순간, 마치 어떻게든 시간을 끌고 싶은 단아의 간절한 바람이 이뤄지기라도 하듯 섹시한 붉은색 시폰 드레스 차림의 한혜원이 두 사람 사이에 끼어들었다. 붉은색 매니큐어를 칠한 긴 손톱으로 턱시도의 매끈한 어깨 단을 쓸어내리며 유혹적인 미소까지 날리는 여자의 얼굴이 눈에 들어왔다.

희미하게 굳어지는 강우의 미간을 보자 단아는 내심 고소했다. 어떻게든 떼어 내려 했건만 끈질긴 거머리처럼 달라붙는 혜원은 결코 만만한 상대가 아니라는 것을 그도 분명 자각하고 있을 테니까 말이다.

혜원은 그들이 파티에 도착한 순간부터 단아의 존재는 까맣게 무시한 채 강우에게 노골적인 추파를 던진 대담한 여자였다. 아마도 정계의 무시할 수 없는 집안의 외동딸이자 요즘 한창 주가를 올리는 여배우라는 사실이 이 여자의 자만심에 한껏 날개를 달아 준 것이리라.

사실 그녀는 어떤 남자라도 유혹할 수 있을 만큼 빼어난 미모에 완벽한 몸매의 소유자였다. 사회적 지위나 외관으로 보나 서강우 같은 남자에게 어울리는 완벽한 짝이라고 할까.

주변 사람들의 호기심 어린 시선이 그런 세 사람에게 고스란히 날아와 꽂혔다. 두 사람이 등장한 이후 내심 이런 순간을 기다려 왔던 이들이었다.

그도 그럴 것이, 최근 매스컴과 잡지에 자주 등장하는 스캔들의 주인공인 서강우와 한혜원이 마침내 한 장소에서 만났다는 사실만으로 흥미로운데 그 당사자인 서강우가 새 파트너를 동반하고 왔다는 것은 이미 모든 이들의 호기심을 자극하며 놓칠 수 없는 상상의 나래를 펼치게 했던 것이다.

‘서강우의 새 도자기 인형.’

아까 휴게실에서 우연히 들은 말이었다. 단아는 부정할 수 없는 현실이 죽기보다 끔찍했다.

“파티의 재미는 이제부터라고요. 이렇게 강우 씨가 가 버리면…….”

“괜찮다면 그만 비켜 주겠나?”

가타부타 강우가 내뱉은 말이었고 혜원의 노골적인 유혹은 그 한마디에 맥없이 무너졌다.

한술 더 떠 그는 냉기 어린 차가운 표정으로 가뿐히 여자의 손을 밀어내더니 단아를 더 바싹 끌어안은 것으로 아름다운 여배우의 자존심을 완전히 구겨 버렸다. 혜원의 얼굴이 눈에 띌 만큼 굳어지는 동안 주변에서 소곤거리는 소리가 들려왔다.

취기로 멍한 와중에서도 단아는 진심으로 혜원을 동정했다. 최고의 여배우라는 프라이드에 재력까지 갖춘 그녀가 많은 사람들 앞에서 이런 모욕을 받는 것이 결코 유쾌하지는 않을 것이라는 것을 누구보다 잘 알기 때문이었다.

이 남자는 최소한의 예의조차 없는 남자야. 그걸 모르는 한혜원이 불쌍할 뿐이지.

그의 모욕에 자존심이 상했을 혜원으로 인해 더 큰 회오리에 말려들까 싶어 잔뜩 몸을 사리고 있는데, 의외로 혜원은 입술을 깨물며 매서운 눈빛으로 단아를 노려보기만 했을 뿐 이내 몸을 획 돌려 어딘가로 사라져 버렸다.

“이제 그만 가지.”

표정 없는 얼굴로 강우가 재촉했을 때에야 단아는 정신을 차리고 걸음을 뗐다. 사람들이 자연스럽게 길을 터주었고 그녀는 내심 깊은 숨을 들이켰다. 뭐가 어떻게 돌아가는지 모르겠지만 온통 두 사람을 향한 사람들의 시선이 가시방석에 앉은 것처럼 불편할 따름이었다.

그들이 현관 앞에 서서 각자의 코트를 기다리고 있을 때 또 다른 사람이 그들 앞을 막아섰다. 파티의 주최자인 정 원장이었다. 한국 화랑계의 무시할 수 없는 재력가로 통하는 정 원장은 각이 선 날카로운 외모만큼이나 눈치가 빠른 50대 후반의 남자였다.

가자미 같은 **작이** 눈이 굳은 표정의 단아를 지나 장신의 강우 쪽으로 향했다. 방금 전의 세 사람의 흥미로운 해프닝을 지켜본 것인지, 정 떨어지게 얇은 입술이 그들이 서둘러 파티를 빠져나가는 이유를 다 알고 있다는 듯 묘하게 비틀렸다.

"이렇게 빨리 돌아가시다니, 파티가 즐겁지 않으십니까?"

혀를 말듯 가볍게 굴러가는 발음이 오늘따라 유난히 귀에 거슬린다.

"파티는 아주 즐거웠습니다. 다만 갑자기 급한 일이 생겨서 먼저 실례를 해야겠군요."

"전에 말씀드린 그림을 아직 보여 드리지 못했는데 잠시만 시간을 내주시면……."

"죄송하지만 오늘은 힘들 것 같군요. 다음에 시간을 내서 한번 찾아뵙는 것으로 하죠. 어쨌든 이렇게 초대해 주셔서 감사했습니다."

강우는 그 이상의 말이 필요 없다는 듯 정중하지만 냉정히 말을 잘랐다.

깐깐한 정 원장의 눈썹이 아치형을 그렸다. 한참 어린 강우의 대답이 그의 신경을 거스른 것일 테지만 그는 현명한 남자였다. 강우를 상대로 괜한 무리수를 둘 필요는 없다는 것을 인식했는지 그 이상의 권유는 없었다.

단아는 정 원장의 예리한 눈을 피해 우아한 붉은 캐시미어 롱 코트를 걸치고 강우의 에스코트에 따라 차가운 바람이 부는 세상 밖으로 나왔다.

휘청, 갑자기 바뀐 기온에 무리하게 마신 알코올 기운이 몰려 오며 가벼운 현기증이 일었다. 강우가 곧장 손을 뻗어 그녀의 등 과 허리를 받쳤다. 흠칫, 그녀는 반사적으로 상체를 틀었다. 그의 표정이 눈에 띄게 굳어지며 아래턱이 실룩거렸다. 하지만 그녀는 최대한 그의 반응을 무시한 채 고집스럽게 앞만을 응시했다.

잠시 후 은은한 조명이 깔린 어둠 속에서 날씬한 차체의 검은 세단이 다가왔다. 20대 후반의 김 기사가 가볍게 목례를 건네며 뒷좌석의 문을 열었다. 강우의 무언의 재촉에 단아는 더 이상 도 망칠 수 없는 매정한 현실을 자각하며 무거운 몸을 차에 실었다.

어쨌든 이것으로 정말 첫 임무는 완수한 셈이다. 강우는 오늘 밤의 파티에 참석하길 원했고 그 이유는 다름 아닌 대외적인 광 고 효과 때문이었다.

정확히 무슨 이유로 그가 두 사람의 관계를 공식화하길 원하는 지 여전히 미스터리였지만 세간의 관심을 모으는 이번 파티는 그 어떤 매스컴의 효과보다 빠르고 강력한 결과를 보여줄 것이다.

서강우는 영리한 남자야. 결코 상대에게 수를 읽히지 않을 만큼. 그런 영리한 남자를 상대로 난 뭘 하고 있는 거지?

지난 몇 시간 그에게 당한 굴욕을 생각하면 스스로 대견할 정도였다.

"예쁜 입술이 다 찢어지겠군."

단아는 저도 모르게 움찔했다.

"키스할 때 아프고 싶지 않다면 조심하게 다뤄야지. 당신 몸은 더 이상 당신 것이 아니거든."

급소를 찌르는 나직한 경고.

단아는 숨을 들이켜며 남자를 있는 힘껏 노려보았다. 더 이상 그의 빈정거림을 참을 수 없었다. 굳이 상기시켜 주지 않아도 이미 충분히 자각하고 있었으니까. 간신히 분노를 조절하며 그녀는 입술을 더 세게 깨물며 고개를 돌렸다. 딱딱하게 굳은 얼굴과 핏기 가신 입술이 그녀의 분노를 여과 없이 드러냈다.

"침묵시위인가?"

"여자를 가지고 노는 게 당신 취미인가 보죠?"

"여자에 따라 다르지."

"당신을 증오해요."

"놀라운 소리도 아니군."

"정말 이해할 수 없군요. 왜 나를 괴롭히지 못해 안달이죠? 지금도 늦지 않았어요. 나같이 평범한 여자 대신 더 멋지고 완벽한 여자를 찾아보는 게 어때요?"

예를 들어 한혜원 같은 여자. 그녀가 단아의 존재는 깨끗이 무시한 채 강우에게 얼마나 관심을 드러냈는지 그 파티에 있었던 사람이라면 누구나 눈치챘으리라. 사실 바로 그런 이유 때문에 서강우가 단아를 선택한 것이지만……. 대단한 한혜원 대신 그가 평범한 자신을 선택했다는 것은 여전히 아이러니였다.

"안타깝게도 그런 여자들은 내 흥미를 끌 만한 요소가 없어서 말이지."

"그럼 나는 대체 뭐가 당신의 흥미를 끈 거죠?"

"그 이유라면 이미 말했다고 생각하는데?"

그가 의미 있는 시선으로 코트 위로 부드러운 선을 그리는 날씬한 몸을 훑어 내렸다.

나쁜 자식.

단아는 저절로 이를 갈았다. 그가 거만하게 씩 웃으며 머리칼을 쓸어 넘겼다.

"당신, 그런 표정일 때 꽤 섹시해. 알고 있나?"

섹시? 그런 건 개나 주라 그래!

부글부글 끓어오르는 분노 때문에 숨도 쉬기 힘들다. 그는 말 한마디로 그녀에게 씻을 수 없는 수치심과 분노를 느끼게 했다. 하지만 한편으론 그가 의도적으로 분노를 부추기고 있는 게 아닌가 하는 생각이 들었다. 마치 그녀가 어떤 반응을 할지 기대된다는 듯이 말이다.

하지만 대체 왜?

"그 어떤 말도 당신이 하려는 비열한 짓에 대한 변명이 될 수 없어요."

“난 내가 하려는 일에 일일이 변명할 생각 따윈 없어.”

“최소한 양심이 있다면 자신이 하려는 일에 수치심을 느껴야 정상이죠.”

“내가 왜 그래야 하지? 난 이미 그 일에 대한 정당한 대가를 치렀잖아.”

가슴이 탁 막히고 피가 한꺼번에 머리로 몰린다. 누군가를 이렇게 증오해 보긴 난생처음이었다. 그의 잔인한 말 하나하나가 견딜 수 없는 굴욕이 되어 그녀를 압박했다. 그에게 눈곱만큼의 자비라도 기대한 그녀가 어리석었다.

“게다가 포장을 풀지도 않는 선물을 버리는 것은 어리석은 짓이지. 지나친 겸손은 귀에 거슬리는 법이야.”

포장도 풀지 않는 선물. 결국 바라는 건 이 육체라는 건가?

“지나친 겸손이라니, 무슨 뜻이죠?”

“당신은 자신이 매력적이라는 것을 잘 알아. 그동안 수많은 남자들이 그 사실을 알려 주었을 테니까. 나 역시 같은 이유로 끌린다는 게 이상한 일은 아니잖아?”

수많은 남자?

그는 마치 그녀가 여러 남자를 거쳐 간 헤픈 여자라도 되는 듯 말하고 있었다. 그녀의 무엇이 그에게 그런 생각을 들게 한 것인가.

스물여덟 살이 될 때까지 공식적인 애인 하나 없었던 단아였다. 예나 지금이나 이성에게 큰 관심을 가진 적은 없었고 오히려 그런 그녀를 걱정해 지인들은 남자들을 소개시켜 주려 안달이었다.

설마 아주 잠시, 화려한 모델계에 몸담았다는 이유만으로 이런 어이없는 오해를 받는 걸까?

솔직히 그 짧은 시간 동안 많은 남자들의 대시를 받은 것은 사실이었다. 하지만 그들이 원하는 것이 한순간의 유희에 불과하다는 것을 모를 만큼 그녀는 어리석지 않았다. 오히려 그녀의 냉정한 태도에 자존심이 상한 남자들이 허튼 소문을 퍼트렸기에 그 세계에 더 빨리 회의가 왔는지도 모른다.

어쨌든 그녀는 책과 씨름하며 사고할 수 있는 대학이라는 공간에서 자신의 가치와 더 큰 행복을 느낄 수 있었다. 특별한 이성의 존재의 필요성을 느끼지 못할 만큼. 너무나 자연스럽게 스며들었던 단 한 번의 일탈을 제외하고…….

그녀는 그 사랑을 통해 깊은 교훈을 얻었고 두 번 다시 그런 어리석은 감정놀음에 빠지지 않겠다고 다짐했다. 물론 그 사랑조차 그녀와 아버지만이 아는 비밀이었다.

오랫동안 잊고 있었던 아픈 기억이 떠오르자 가슴 한쪽이 따끔거렸다. 단아는 곧장 무거운 생각을 밀어내고 숨을 들이마셨다. 이 남자가 어떻게 생각하든, 일일이 해명할 이유는 없다. 어떤 말을 하든 이미 저 남자의 굳은 머리는 아무 말도 받아들이려 하지 않을 테니까.

"우린 계약을 했어. 그리고 오늘 밤이 그 계약을 이행하는 첫날이지. 그 시간을 아주 즐겁게 기다리고 있다는 것을 분명히 알려 주고 싶군."

잔인하다. 왜 그는 내게 숨을 공간조차 허락하지 않는 걸까?

그의 말 그대로 그들은 계약을 했고 그는 이미 대가를 지불했기에 그녀는 그가 원하는 것을 줄 시간이었다.

눈가에 뜨거운 물기가 핑 돌자 단아는 얼른 창가 쪽으로 시선을 돌렸다. 너무 억울하고 비참하고 화가 나면서도 무력하게 끌려가는 자신이 너무 불쌍했다.

하지만 그것이 그녀에게 놓인 냉정한 현실이었다. 거의 진동 없이 유유히 달리는 차체 안에서 현란한 네온사인의 거리가 파노라마처럼 빠르게 스쳐 지나갔다. 단아는 입술을 꼭 깨문 채 베일에 가려진 강우의 은신처에 도착할 때까지 무거운 침묵을 이어 갔다.

"저 남자가 서강우야?"

"정말 몰라서 물어?"

친구, 지현이 어이없다는 듯 단아를 보았다. 친구의 꿈꾸는 눈은 이미 말 이상의 것을 보여 주고 있었기에 오히려 자신이 바보가 된 기분이었다.

왜 모든 여자가 그를 알아야 한단 말인가. 그가 뭐 그리 대단한 남자라고.

"모르면 안 될 이유는 또 뭔데?"

지현이 얼굴을 살짝 붉히며 다시 몇 미터 떨어진 오른편 구석 테이블 쪽을 곁눈질했다. 요즘 한창 매스컴의 주목을 받고 있는 서강우가 어떤 중년의 남자와 대화를 나누며 저녁 식사를 하고 있었다.

"네 말도 틀린 건 아닌데, 사실 요즘 서강우만큼 핫한 남자가 또 어디 있니? 스포츠 신문이나 연예 잡지 한번 봐봐. 저 남자가 실리지 않은 곳은 아마 거의 없을걸. 지난 주 내내 한혜원과의 스캔들로 대한민국 전체가 들썩였잖아. 물론 나중엔 그가 더 유명해졌지만. 막강한 제일제약의 젊은 리더에다 섹시한 외모까지 갖췄는데, 어떤 여자가 흔들리지 않겠니?"

널 비롯해서? 제발, 그 범위에서 난 빼 줘.

바로 입 앞까지 나온 그 말을 단아는 간신히 삼켰다.

사실 단아는 서강우라는 사람에 대해 전혀 모르는 것은 아니었다. 아니, 모르려야 모를 수 없다는 표현이 더 맞을까?

지현의 말대로 신문이나 인터넷, 미디어, 연예 잡지까지 그에 대해 흥미로운 기사를 실었고 이미 대중적인 존재가 되어 버린 그 남자를 무시하는 것은 어려웠다.

그런데 고작 몇 미터 떨어진 곳에서 그 문제의 남자를 실제로 보게 될 줄은 몰랐다. 우선 그가 대학가의 평범한 카페 식당에서 저녁을 먹는 것조차 어울리지 않았다. 그 정도의 부와 권력을 가진 남자라면 좀 더 사적이고 고급스러운 특급 호텔 레스토랑이 더 적격일 테니까 말이다.

자체 발광하듯 빛나는 그의 존재는 이미 그가 카페 안으로 들어선 순간부터 빛을 발했다. 아마도 이곳의 여자들 반 이상이 완벽한 신의 피조물을 감상했으리라. 그도 그럴 것이 지금 지현이 하는 것처럼 많은 여자들이 구석 테이블을 힐끔거리고 있었다. 하지만 서강우는 그런 시선에는 아랑곳하지 않은 것처럼 보였다.

"한마디로 완벽해. 돈 많겠다, 섹시하겠다, 남자답겠다, 저런 남자가 내 애인이라면……."

지현은 아예 노골적인 숭배의 눈빛을 담아 중얼거렸다. 열에 들떠 빛나는 갈색 눈이 마치 우상을 만난 10대 소녀처럼 천진했다. 갑자기 그런 친구를 보며 웃음이 픽 터져 나왔다.

"윤지현, 재엽 씨가 지금 네 모습을 보면 뭐라 할지 궁금해진다."

"아, 갑자기 김빠지게 그 자식 얘긴 왜 꺼내?"

말은 그렇게 하면서도 내심 미안했던지 지현은 얼굴을 붉히며 죄 없는 스테이크를 괜히 꾹꾹 찔러댔다.

"현실을 깨우쳐 주었을 뿐이야."

"못 말리는 현실주의자."

"그래서 손해 본 일은 없잖아?"

어련하시겠어, 하듯 입술을 삐쭉이던 지현이 갑자기 뭔가 의심스러운 듯 눈을 가늘게 떴다.

"근데 웬일이실까? 우리의 도도한 한단아 양께서 남자한테 관심을 다 보이고 말이야. 설마 서강우가 네 타입인 거야?"

"내 타입?"

순간 하도 기가 차서 저절로 코웃음이 터져 나왔다.

"말도 안 되는 소리 하지 마. 생각만 해도 끔찍하니까."

"끔찍해? 진심으로 하는 말이야?"

"그래. 진심이야. 난 저런 타입은 딱 질색이거든."

"저 남자, 너한테 뭐 잘못한 거라도 있어?"

“뭐?”

“그렇지 않고서야 이상하잖아. 네가 언제 사람들한테 그렇게 독한 소릴 하는 사람이었니? 어쩔 땐 숙맥처럼 매번 참기만 해서 옆에 있는 나까지 속 터지게 한 게 어디 한두 번이었냐고.”

“아, 그거야…….”

단아는 말을 흐리며 얼굴을 살짝 붉혔다.

“어라, 이젠 얼굴까지 붉히고. 아무래도 수상해. 뭔가 냄새가 풍기는걸.”

“농담 그만해. 하나도 웃기지 않으니까. 갑자기 밥맛 떨어졌다.”

정말 순식간에 입맛이 가셨다.

어떻게 서강우 같은 남자가 내 타입이라고 생각할 수 있을까? 그가 지난 몇 년간 아버지의 인생을 어떤 식으로 휘저었는지 생각하면…….

“모든 사람이 자신을 알고 있을 거라는 저 거만한 태도부터 맘에 들지 않아. 대체 자신을 뭐라고 생각하는 거지? 중세의 왕이라도 된다고 믿는 걸까?”

단아는 최근 인터넷 사이트 어딘가에서 보았던 강우와 여자들의 사진을 떠올렸다. 하나같이 자신의 몸매를 과시하듯 드러낸 섹시한 미녀들뿐이었다. 그의 자비와 관심을 바라듯 우러러보는 그런 여자들 때문에 어쩌면 그의 자만심은 하늘 높은 줄 모르고 치솟는 것인지도 모른다.

“서강우 같은 남자에게 여자가 어떤 존재일 거 같니? 그가 과연 그중 단 한 명이라도 진심으로 사랑한 적이 있기나 할까? 아니, 난 그가 '사랑'이라는 단어조차 모른다, 에 내 명예를 걸겠어. 여자의 인격을 존중하는 것은 고사하고 그에게 여자는 그저 자신이 욕구를 해결하고 이기심을 충족시키는 존재에 지나지 않을걸. 저런 거만한 에고이스트가 내 타입이라고? 지현아, 제발, 농담이라도 그런 말 말아 줘. 만나 달라고 무릎 꿇고 애걸한다 해도……."

단아는 아차! 하며 입술을 깨물었다. 대체 자신이 왜 이렇게 흥분했는지 설명이 불가능했다. 친구는 단아의 격한 반응에 놀라 잠시 할 말을 잃은 표정이었다.

"널 기분 나쁘게 했다면 미안해. 난 그냥 장난으로……."

"내가 언제 그쪽한테 만나 달라고 애걸했습니까?"

갑작스레 들려온 나직한 음성에 두 여자는 동시에 소리가 난 쪽으로 고개를 돌렸다.

헉, 이게 뭐지? 어떻게 이 남자가 우리 테이블 앞에 서 있는 거야?

단아는 두 눈을 크게 뜨고 자신이 방금 말한 그 장본인을 보고 있으면서도 도저히 믿기지가 않았다. 아니, 제발 이 순간이 꿈이길 바랐다.

하지만 서강우의 잘생긴 얼굴에 자리 잡은 매서운 눈빛은 이것이 현실임을 인지시켜 주는 듯 정확히 단아의 얼굴을 향해 초점을 맞추고 있었다. 쿵. 쿵. 쿵. 심장이 무서운 속도로 요동친다. 그가 두 사람의 말을 들었다는 것은 분명했다.

맙소사, 일이 왜 이 지경으로 꼬인 거지?

"어머나!"

그제야 정신을 차렸는지 지현이 새빨개진 얼굴로 포크를 소리 나게 내려놓으며 자리에서 벌떡 일어났다. 어쩔 줄 몰라 당황하면서도 강우의 얼굴에서 시선을 떼지 못하는 모습에 웃음이 나올 정도였다. 강우가 지현 쪽을 힐끗 보며 눈인사를 건넨 후 다시 단아 쪽을 주시했다.

움찔, 저절로 몸이 굳어진다. 그 눈빛에 한기가 서리듯 전신에 오소소 소름이 돋았다. 지금의 서강우는 마치 먹이를 눈앞에 두고 입맛을 다시는 잔인한 포식자 같았다. 까만색 동공이 줌처럼 커졌다 번쩍 빛난 순간 단아는 저도 모르게 숨을 죽이며 긴장했다.

"두 분 모두 날 아주 잘 아는 것 같군요. 성함이……."

그가 지현을 돌아보며 은근한 미소를 던지자 친구의 볼이 아주 새빨갛게 물들었다.

"윤지현이라고 해요. 이쪽은 한……."

"아, 잠깐, 기억났습니다. 한단아 씨, 한때 꽤 유명한 모델이었다고 알고 있는데, 맞습니까?"

무엇이 더 놀라울까? 서강우가 지금 내 앞에 서 있다는 사실? 아니면 그가 이미 내 이름만이 아니라 과거의 짧은 모델 경력까지 알고 있다는 사실?

충격 이상의 거친 불안이 무섭게 피어올랐다. 마치 절대 건드리지 말아야 할 판도라 상자를 잘못 건드리기라도 한 것처럼 말이다.

이제 강우는 노골적인 관심을 드러내며 단아를 주시했다.

"날 어느 정도 알고 있는 겁니까, 한단아 씨?"

정중하지만 그 안에 깔린 조소는 확연했다. 단아는 얼굴을 붉히며 시선을 내리깔았다. 결정적인 약점을 잡힌 주제에 이제 와 변명하는 것도 우스웠다.

"제 말에 기분이 상하셨다면 죄송합니다. 하지만 남의 말을 몰래 엿듣는 것도 잘했다고 볼 수는 없죠."

"그 말은 내가 더 문제란 말입니까? 아니면 자신을 터무니없이 비난하는 말을 들어도 바보처럼 무시해야 하는 겁니까? 미안하지만 난 그 정도의 성인은 아니라서요. 특히 비뚤어진 선입관에서 비롯된 어리석은 여자의 판단이라면 더욱 그럴 수 없죠."

뜨거운 열기에 얼굴이 화끈거렸다. 무슨 말이든 받아쳐야 했지만 그의 말이 정확히 정곡을 찔렀기에 더 할 말이 없었다.

돌연 강우가 희고 고른 치열을 드러내며 딱히 설명할 수 없는 묘한 미소를 흘렸다.

왠지 불안하다, 불안해…….

"아직 싱글인가요? 아니면 이미 결혼했습니까?"

결혼? 왜 지금 이 순간 왜 그 말이 나오지?

방금 전의 불안은 더 막강한 형태로 부풀어 올랐다.

당혹감에 입술만 뻐금거리는 단아를 태연히 응시하던 남자가 그녀의 왼손을 힐끗 쳐다봤다. 그녀는 반사적으로 손을 잡아 빼 테이블 아래쪽으로 숨겼다.

"어때요? 내가 만나 달라고 애원하면 만나 줄 겁니까? 아니면 말 그대로 무릎이라도 꿇어야 하는 겁니까? 그것도 아니면 나 같은 에고이스트는 그런 말할 자격조차 없는 건가요?"

강우는 단아의 얼굴을 뚫어지게 주시하며 교묘하게 그녀의 말을 상기시켰다.

그녀의 얼굴이 딱딱하게 굳어졌다. 그의 조롱은 잠잠하던 분노에 불을 붙이는 꼴이었다. 다른 여자들은 저런 모습이 남자답다고 생각할지 몰라도 그녀의 관점은 절대 선입견이 아니었다.

"아까 들으셨으니 아실 텐데요. 당신은 내 타입이 아니에요."

"단아야!"

오히려 단아의 노골적인 말에 당황한 것은 지현이었다.

"그렇습니까? 단아 씨는 자신의 타입에 아주 분명한 기준을 가지고 있는 거 같군요."

그는 매끈하고 남성적인 자신의 턱 선을 쓰다듬으며 싱긋 웃었다. 살짝 주름이 잡히며 퍼지는 반달형의 눈가에 감질날 만큼 매력적인 웃음기가 번진다. 아마도 여자들이 저 눈빛에 얼마나 애가 타는지 본인도 분명히 알고 있는 것이리라.

"어쨌든 결과는 지켜봐야 하지 않을까요? 난 도전을 쉽게 포기하는 남자가 아니거든요."

다시 그가 단아의 섬세한 얼굴에 이어 보라색 니트에 감싸인 날씬한 상체를 훑어 내렸다. 거침없이 와 닿는 남자의 무례한 시선에 피부가 바늘에 찔린 것처럼 따끔거렸다. 아니, 숨도 쉴 수 없을 만큼 화가 치밀었다.

그녀는 입술을 앙다물며 당당히 시선을 치켜들었다. 그 강렬한 검은 눈 때문에 금세 몸이 굳어졌지만 그녀는 간신히 버티고 있었다. 두 사람은 그렇게 무언의 기싸움을 하고 있었다.

몇 초가 흘렀을까? 그가 돌연 만족스러운 듯 씩 웃더니, 어깨를 가볍게 들썩였다.

"만나서 반가웠습니다. 조만간 다시 볼 날을 기대하죠. 그럼 난 바빠서 이만."

그는 정중히 고개를 숙이더니 마치 아무 일도 없었던 양 그들의 테이블을 떠났다. 그의 태도를 보면 지나가던 사람이 아니라 그들과 함께 저녁을 먹고 떠난 사람 같았다.

그가 떠난 뒤에도 두 여자는 잠시 멍한 충격에 잠겨 있었다. 다행히 먼저 정신을 차린 것은 이성적인 단아였다. 그녀는 여전히 충격에 젖은 지현의 얼굴 앞에 한 손을 흔들었다.

"갔어."

"세상에. 지금 무슨 일이 일어난 거지? 저 남자가 무슨 말을 한 거냐고? 도전을 뭐해? 완전 대박! 어떻게 이런 일이 생긴 거지? 그가 우리 테이블을 지나다가 우리 얘길 엿들었다는 것도 믿기지 않는데 너한테 한 말을 생각하면……."

지현은 멍한 표정을 풀지 못한 채 정신 나간 여자처럼 중얼거렸다.

"저 남자, 너한테 관심이 있는 것 같아."

"관심이 아니라 자존심이 상한 거겠지. 깊이 생각할 필요 없어."

"하지만 아까 그 눈빛은 예사가 아니었는데? 너한테 노골적인 관심을 보였잖아."

"윤지현! 이제 그만 좀 해. 얼마나 더 말해야 알아들을래? 그는 그저 지나가다 비겁하게 우리 대화를 들었을 뿐이야. 내 얘길 엿듣고 여느 남자들처럼 그 잘난 자존심에 기분이 상한 거라고. 그 이상의 깊은 의미는 없으니까 딴소리 마, 알아듣겠니?"

하지만 지현의 의심을 단칼에 잘라내는 동안에도 단아는 마음 한구석에 스멀스멀 피어오르는 희미한 불안이 단순한 기우이기를 진심으로 바랐다.

❖　　❖　　❖

그러나 그것은 단순한 기우가 아니었다.

다음 날 아침, 정확히 10시 30분에 휴대폰 벨이 울렸다. 그리고 그 상대는 다름 아닌 서강우였다. 귀에 익은 나직한 음성을 듣는 순간부터 그녀는 불편함에 몸을 들썩여야 했다.

"내 번호는 어떻게 알았죠?"

―내 능력이라 해두죠.

"난 당신과 할 말이 없어요."

―난 아닌데 어쩌나. 당신에 대해 조사하는 동안 몇 가지 흥미로운 사실을 발견했거든.

"나에 대해…… 뭘 했다고요?"

―조사. 귀가 잘 안 들리는 겁니까?

등줄기를 타고 식은땀이 흘러내렸다.

"당신을 경찰에 신고할 수도 있어요. 개인 신상을 함부로 조사했다는 이유로."

─법에 저촉되는 짓은 하지 않았으니 경찰이 온다 해도 빈손으로 돌아가야 하겠죠. 지금 뭘 하고 있는지 물어도 되겠습니까?

기가 찼다. 마치 날씨 얘기를 하듯 가벼운 화제 전환이라니.

"내가 뭘 하고 있든 당신이 무슨 상관이죠? 설마 어제 일 때문에 그런 건 아니겠죠? 이미 분명히 사과했을 텐데요. 여자의 말에 그 정도로 연연하는 속 좁은 남자였나요?"

나름 일격을 가했다고 자신하기도 잠깐, 수화기 너머에서 나직한 웃음소리가 들렸다. 저절로 이가 갈렸다.

─귀엽군. 아주 흥미로워.

"끊을게요. 난 이런 시답잖은 농담을 계속 듣고 있을 이유가 없어요. 그럼……."

─아버지는 안녕하십니까?

그는 대뜸 말을 자르며 아버지의 안부를 물었다. 단아는 숨을 훅 들이켜며 저도 모르게 휴대폰을 잡은 손에 힘을 주었다.

그가 아버지에 대해 알아……. 바보, 어떻게 모를 수 있겠어?

그녀는 자신의 어리석음에 가슴을 치고 싶었다.

─아버지께 내 안부를 전해 주시겠습니까? 그를 본 지가 한참 돼서 말이죠.

잠시 말을 멈추고 강우가 가벼운 웃음을 던졌다.

─한단아 씨, 세상에 우연히 존재하리라 생각합니까?

"무슨 말을 하시는 건지 이해가 안 되는군요."

─정말? 그럼 어제 우리가 같은 식당에서 식사한 것도 우연이었을까요?

"설마 내가 당신을 만나러 일부러 그곳에 갔을 거라고 착각하는 건가요?"

다시 허스키한 웃음이 전화선을 타고 울렸다.

—글쎄, 내가 어떤 착각을 하는지 알고 싶으면 직접 만나는 방법뿐이 없겠군요. 오늘 저녁에 시간 있습니까?

"아뇨, 저녁엔 약속이 있어요. 그리고 내일도 모레도 영원히 없어요."

—그럼 시간을 만들도록 해요. 7시까지 집으로 데리러 가지요. 날 실망시키지 말아요.

그 말을 끝으로 그는 툭 전화를 끊어 버렸다.

"이……이봐요!"

하지만 돌아온 것은 침묵 어린 공허한 메아리뿐이다. 단아는 한동안 어이가 없어 죄 없는 휴대폰을 노려보았다. 사람이 이렇게 무례할 수 있다니, 최소한의 기본 예의조차 없는 남자였다.

'아버지는 안녕하십니까?'

갑자기 그 말이 떠올랐고 등을 타고 식은땀이 흘렀다.

그것은 무언의 협박이었다. 결코 거절할 수 없는…….

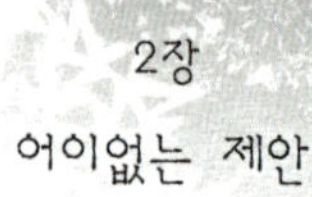

2장
어이없는 제안

강우는 정확히 7시에 도착했다.

그가 전화번호를 알아낸 것처럼 집 주소 역시 정확히 알고 있으리라는 사실을 그녀는 추어도 의심하지 않았다. 하지만 그의 명령에 외출도 않고 기다릴 것이라고 자신하다니 그의 오만함에 기가 찰 정도다.

남색 캐시미어 반코트 차림에 여유로운 표정을 지은 채 문 앞을 막아선 남자를 보며 감정을 억누른 것은 순전한 노력 덕분이었다.

강우가 입술을 살짝 비틀며 맨얼굴에 편안한 일상복을 입고 있는 단아를 훑었다.

"아직 준비가 안 된 겁니까? 난 분명히 7시라고 한 것 같은데?"

"그래서요? 난 당신과 저녁 약속을 한 기억이 없는데요?"

"그럼 20분이면 되겠군요."

강우는 그녀의 말은 아예 듣지도 못한 것처럼 태연스레 말했다.

그녀가 말도 안 되는 소리 말라고 받아칠 새도 없이 그는 아무렇지도 않게 그녀를 지나쳐 아파트 안으로 들어갔다. 한동안 말이 나오지 않았다. 아파트 문을 연 순간부터 그가 내뱉은 말과 멋대로 남의 집에 들어오는 무례한 행동까지, 그 모든 것이 이해의 한도를 넘어서고 있었다. 누군가 때문에 이렇게 화가 나 보기는 난생처음이다. 그녀는 질식할 것 같은 분노에 몸을 휙 틀어 그를 향해 소리쳤다.

"이봐요! 난 당신에게 내 집 안에 들어오라고 허락한 적 없어요! 당장 나가요. 아니면 경찰에 신고하겠어. 내 말 안 들려요? 난 정말……."

"아무 준비도 없이 날 맞은 건 당신이라는 걸 잊지 말아요. 난 바람맞은 남자처럼 밖에서 마냥 기다릴 생각은 없거든요. 이제 이해했으면 준비하도록 해요. 벌써 1분 지났으니까."

그가 내뱉는 말에는 막강한 위엄을 자랑함과 동시에 일순 사람의 입을 막는 힘도 있었다.

"당신다운 분위기로군. 괜찮네요."

그는 그녀의 분노는 아랑곳하지 않은 채 아늑한 거실을 둘러보며 뻔뻔스럽게 말했다.

단아는 몇 번이고 심호흡을 하며 간신히 분노를 다스렸다.

"이봐요, 난 당신이……."

"당신도 잘 알겠지만 내 이름은 강우입니다. 서강우. 다음부턴 이름을 불렀으면 좋겠군요. 이제부터 우린 자주 만날 사이가 될 테니까, 안 그렇습니까?"

그가 도전적인 눈빛으로 단아를 똑바로 응시하며 경고에 찬 미소를 흘렸다.

"내 말은 농담이 아니니까 따질 일이 있으면 나중에 해도 늦지 않아요. 준비해요. 어서."

'어서.' 무슨 자동 주문이라도 외우듯 그가 명령했다.

정말 어떻게 해야 하지?

한동안 그녀는 결단을 내릴 수 없었다. 여전히 분노에 사로잡혀 있으면서도 그의 무언의 명령을 따르지 않으면 곤란한 일이 생길 것 같은 불안을 밀어낼 수 없었다. 이 저녁, 차마 외출하지 못한 이유도 바로 그 불안 때문이었다. '아버지는 안녕하십니까?' 라는 그 말 한마디 때문에.

사실 단아는 지난밤 내내 단 한숨도 눈을 붙일 수 없었다. 대체 그가 무슨 뜻으로 그 말을 한 것인지, 단순한 안부인사인지 아니면 또 다른 의미를 담은 경고인지, 딱히 답이 없기에 복잡한 심정으로 밤을 지새워야 했다.

그는 그녀의 약점을 너무 잘 알고 적시에 안타를 날렸고 그녀가 재수 없는 남자의 말이 따르는 이유는 단 하나, 바로 아버지 때문이었다. 그가 직접 그녀의 아파트에 찾아왔다는 것은 그만한 이유가 있다는, 결코 알고 싶지 않은 뭔가가 있다는 것을 암시하고 있었으니까 말이다.

결국 그녀는 자존심을 굽히고 두 다리를 움직였다.

잠시 후, 단아는 거울 속에 비친 자신의 모습을 한참 동안 응시했다. 낯설다. 창백하게 질린 안색이, 뭔가에 쫓기듯 내비쳐진 초조함이, 그리고 거실에 남아 있는 한 남자의 존재가 견딜 수 없이 그녀를 옥죄고 있었다.

정확히 20분 후 완전히 냉정을 찾은 모습으로 거실로 나왔을 때 그는 장식장 위의 사진들을 보고 있었다. 그것은 부모님과 함께 찍은 어린 시절 사진들이었다. 낯선 남자가 자신의 사생활을 훔쳐보고 있다는 사실이 거슬려 단아는 세차게 방문을 닫으며 자신의 등장을 알렸다.

강우가 고개를 돌리며 쥐고 있던 금색 테두리 액자를 제자리에 놓았다. 찰나의 순간 강렬한 검은 눈이 번쩍 빛나는가 싶더니 그녀에게 그대로 날아와 꽂혔다. 순식간에 몸이 그에게로 쑥 빨려들어가는 기분. 감당할 수 없는 강렬한 눈빛에 사로잡혀 그녀는 숨을 죽인 채 손가락 하나 까딱할 수 없었다.

대체 왜 저런 눈빛으로 보는 거지?

하지만 그 마법은 그의 얼굴에 거만한 만족의 미소가 떠오른 순간 사라졌고 그녀는 다시 숨을 내쉴 수 있었다. 길게 늘어뜨린 생머리칼에서부터 달걀형의 섬세한 흰 얼굴을 지나 여성적인 곡선을 드러내는 날씬한 몸을 감싼 검은색 이브닝드레스까지 예리한 눈빛은 어느 것 하나 놓치는 법이 없었다.

잊지 마. 이 남자는 아버지의 인생을 망친 남자야.

무의식적으로 반응하듯 떨리는 전신을 감지하며 단아는 끊임없이 자신에게 속삭였다.

“그 짧은 시간에 이렇게 변할 수 있다니 놀랍군요.”

그가 자신의 티타늄 손목시계를 보며 미소 지었다. 그 말은 분명한 찬사였지만 단아에게 어떤 감동도 없었다. 외관의 아름다움은 그저 착각하기 쉬운 허상일 뿐이라는 것을 누구보다 잘 아는 그녀였다. 단아는 냉소적인 표정을 지으며 핸드백을 집어 들었다.

“가시죠. 난 그쪽이…….”

“강우, 아까 말했던 것 같은데? 같은 말을 두 번 반복하게 하지 말아요.”

하지만 난 당신 이름을 부르고 싶지 않아!

아니, 절대 그 정도로 친숙한 관계가 되길 절대 원치 않았다.

옅은 코발트 빛 울 코트를 걸치고 몇 발짝 앞장서는 그를 따라 밖으로 나왔을 때 단아는 소박한 아파트 환경과 어울리지 않은 검은색 고급 외제차를 발견했다. 그는 직접 조수석의 문을 열었고 그녀는 입술을 꼭 닫은 채 말없이 차에 올라탔다.

깔끔한 차체 내부에 걸맞는 값비싼 가죽 시트 향이 코를 스치듯 지나간다. 잠시 후 운전석에 앉은 강우의 존재를 미친 듯 의식하는 동안에도 정말 자신이 그와 한 차에 타고 있다는 현실이 믿어지지 않았다.

“다른 남자들이라면 당신의 그 차가움에 맥도 못 추겠죠?”

한 손으론 가볍게 운전대를 잡고 남은 한 손으로는 매끈한 턱을 어루만지면서 강우가 무심히 던진 말이었다. 그것은 질문이라기보다 단정이었다. 아니면 비웃음? 단아는 앞만을 응시한 채 그의 말을 무시했다. 강우 같은 무례한 남자에게 일일이 대꾸하는 것은 어리석은 짓이다.

30분 정도 달리던 차가 동부이촌동 부근의 고급 아파트촌으로 향하자 그녀는 미간을 바싹 좁히며 운전하는 남자를 돌아보았다.

"어디로 가는 거죠?"

"서로를 알 수 있는 곳으로."

"내가 지금 말장난할 기분인 거 같아요?"

"난 그렇고? 사실 지금처럼 진지한 적이 언제 있었나 싶을 정도라면 믿겠습니까?"

"그럼 제대로 대답해 줘요. 지금 어디로 가는 거죠?"

"알면 그리 좋아하지 않을 텐데요?"

"이봐요!"

그녀의 인내는 거의 한계에 다다르고 있었다.

그가 흥미로운 듯 힐끗 보더니 불씨에 불을 지피듯 속을 뒤집는 얄미운 미소를 지었다.

"이제야 제대로 된 여자를 보는 것 같군요. 얼음처럼 차가운 표정은 당신처럼 사랑스런 얼굴에 어울리지 않아요. 누군가 그런 말을 하지 않던가요?"

이 남자, 작정하고 날 가지고 놀려는 거야.

단아는 더 이상 묻지도, 대답도 하지 않겠노라고 마음속으로 다짐했다.

"내 아파트로 가는 겁니다."

그녀는 믿을 수 없는 눈으로 운전석을 향해 고개를 홱 돌렸다.

내가 제대로 들은 걸까? 그의 아파트로 날 데려가? 첫 만남에?

그 한마디로 방금 전까지의 다짐은 사라졌다.

"지금 뭐라고 했죠? 당신 아파트?"

"그래요, 내 아파트."

그는 잠시 뜸을 들인 뒤 가볍게 말을 이었다.

"서로를 알기에 사적인 곳이 제일일 듯싶어서, 내 판단이 틀린 겁니까?"

"지금 장난해요? 당장 차 세워요! 난 당신 아파트에 갈 생각이 없어. 대체 자기가 뭐라고 생각하는 거죠? 당신 한마디에 모든 여자들이 녹아떨어질 거라고 믿는 건가요? 미안하지만 서강우 씨, 난 그런 한심한 여자가 아녜요. 당신을 좋아하지도, 좋아할 생각도 없다고요. 그러니 제발, 이런 유치한 장난은 집어치워요!"

"불같은 성격이군요. 하지만 아주 마음에 들어요. 사실 요즘 여자들은 너무 나긋나긋하거든. 난 당신처럼 도전적인 여자를 좋아해요."

대체 이 남자는 내 말을 듣기나 하는 걸까?

다시 한 번 입을 열어 분노를 터트리려는 순간 그가 한 손을 들어 그녀의 말을 막았다.

"당신 아버지에 대해 할 말이 있어요. 누군가 그 말을 듣기를 원하는 건 아니겠죠?"

강우는 아주 적소에 일격을 가했고 단아는 충격에 두 눈을 크게 떴다.

아버지에 대해? 대체 무슨? 아버지를 망친 것만으론 성이 차지 않는 걸까?

어쩌면 그는 아버지가 보석으로 풀려나는 대신 감옥에서 죗값을 치르길 원하는지도 모른다. 만일 정말 그렇다면…….

"이런, 아버지가 당신 약점이었군요."

그는 귀에 거슬리는 웃음을 흘리며 충격으로 굳어진 단아에게 흥미로운 시선을 던졌다. 이미 알고 있는 사실을 향해 다시 정확히 조준하는 남자의 잔인함에 치가 떨렸다.

날렵한 차체가 부의 상징을 대변하는 고층 건물의 지하 주차 공간에 멈춰 섰을 때에도 단아의 창백한 안색은 여전했다. 그가 아버지에 대해 무슨 말을 하려는 것인지 그녀는 생각하고 또 생각했다. 그가 진짜 무슨 짓을 한다면 아버지는 더 이상 견딜 수 없을 것이다. 아버지가 겪은 고통은 지금까지만으로도 충분했고 그녀는 그런 일만은 어떻게든 막아야 한다고 수없이 다짐하지 않았던가.

"내리지 않을 겁니까?"

어느새 다가와 겉모습만은 예의 바르게 조수석 문을 열어 준 강우가 말했다.

단아는 미친 듯 밀려오는 초조함을 숨긴 채 자신을 향해 뻗은 손을 깨끗이 무시하며 차에서 내렸다. 그가 약간 머쓱한 표정으로 어깨를 으쓱하더니 앞장서 걸었다. 반코트에 감싸인 넓은 어깨를 보고 걸으면서도 자신이 지금 무엇을 하고 있는 것인지 혼란스러웠다. 마치 태엽이 감긴 인형처럼 그에게 끌려가는 꼴이라니, 쓴 미소가 터져 나온다.

잠시 후 단아는 서강우의 명성에 걸맞는 호화로운 아파트 거실 안에 서 있었다. 화이트와 블랙, 그레이의 세련된 인테리어가 실용적인 가구들과 더불어 아주 인상적이고 깔끔한 분위기를 연출했다. 마치 이곳에 사는 냉정한 주인처럼.

강우가 은은한 조명으로 빛을 발하는 긴 스탠드 한편의 소파로 그녀를 안내하더니 잠시 실례한다는 말을 남기고 어딘가로 사라졌다. 그녀는 그제야 불편한 숨을 내쉬었다.

티끌 하나 없는 흰 벽면에 걸린 화려한 색조의 오묘한 현대 작품들과 유명한 그림 몇 점이 시선을 끌었다. 신문 기사 어디엔가 그가 21세기 현대 미술에 특별히 조예가 깊다는 말이 떠올랐다.

갑자기 쓴 미소가 감돌았다. 지금이 아니라면 두 눈으로 직접 세계적인 진품들을 보며 흥분했을 그녀였다. 하지만 이곳은 서강우의 아지트였고 그녀는 지금 한가하게 그의 값비싼 취미를 감상할 처지가 아니었다. 감히 꿈에서조차 상상한 적이 없는 일이 현실에서 버젓이 일어나고 있는 것이다. 그것도 그와 단둘이. 아니지. 그나마 다행인 것은 아파트로 들어섰을 때 잠깐 인사를 나누었던 도우미 아주머니가 있었기에 불안과 초조함은 다소 준 상태였다.

모든 신경을 억지로 끌어모아 깔끔한 선과 화려한 원색으로 표현된 현대 그림 한 점에 집중하고 있을 때 강우가 그녀 옆으로 다가오며 와인 잔을 내밀었다.

"깔끔하고 정돈된 느낌이 마음에 들더군요."

묻지도 않은 그의 말에 단아는 고개를 돌려 자신 옆에 선 남자를 올려다보았다. 174cm의 큰 키 때문에 평소 남자들과 동등한

선에서 시선을 맞추곤 했던 단아로서는 다소 생소한 느낌이었다. 머리 하나는 더 크고 넓은 가슴을 가진 남자의 존재는 은연중에 그녀를 압도했다.

그가 한쪽 눈썹을 치켜 올리며 그녀의 갈색 눈을 사로잡았다.

"이 그림이 마음에 들지 않는 겁니까?"

아뇨, 당신이 마음이 들지 않아요!

차마 하지 못한 말을 억지로 누르며 단아는 다시 그림 쪽으로 고개를 돌렸다. 이 남자 앞에서 점점 낯선 감정적인 여자가 되어 가는 자신이 마음에 들지 않았다.

"사실 그 이상의 군더더기 없는 냉정함이 느껴지죠."

"바로 당신처럼?"

그의 빈정거림을 무시하고 그녀는 그를 똑바로 바라보았다.

"아버지에 대해 할 이야기가 있다고 하지 않았나요?"

그는 상대를 자극하는 묘한 미소와 함께 어깨를 으쓱하며 손에 든 와인을 한 모금 마셨다. 붉은 액체를 머금은 입술이 섹시한 붉은 빛으로 물들며 촉촉이 젖어 갔다.

"서두르지 말아요. 밤은 이제 시작일 뿐이니까."

"난 당신과 시답잖은 잡담이나 하러 온 거 아녜요."

"그런 공격적인 태도가 오히려 자신에게 해가 될 수 있다는 말을 누가 해 주지 않던가요?"

설사 그렇다 해도 그 누군가가 당신일 필요는 없죠, 벌써 몇 번째 이런 식으로 말을 삼키고 있는 것인지, 하지만 예리한 눈빛의 남자는 마치 그녀의 속을 그대로 읽고 있는 듯했다.

"그거 알아요? 당신이 지금 얼마나 잔뜩 몸을 사리고 있는지? 긴장 풀어요. 잘 알다시피 난 당신을 잡아먹으려고 내 집에 데려온 게 아니거든요."

'긴장 풀어요. 잘 알다시피 난 당신을 잡아먹으려고 데리고 온 게 아니거든요' 라고?

왜 그녀의 귀에는 그 반대로 들리는 것인지. 날카로운 검은 눈과 건장한 몸은 은연중에 그의 존재를 더욱 부각시키고 있었기에 그 말을 있는 그대로 순진하게 믿는 것은 불가능했다.

"아주머니가 저녁 준비를 끝낸 것 같군요. 자, 이쪽으로 가죠."

외관상 강우는 저녁 식사에 초대한 정중한 호스트의 모습 그 자체였다. 하지만 단아는 호랑이굴로 들어온 것처럼 정신을 바짝 차려야 한다고 되뇌었다. 우아한 응접실에는 이미 그녀의 마음과는 전혀 다른 디너가 준비되어 있었다. 은은한 빛을 발하는 은촛대의 촛불까지 너울거리며 마치 연인을 위한 로맨틱 디너의 분위기를 자아냈다.

단아는 눈살을 찌푸리며 상대 남자를 쳐다보았다. 그는 예의 묘한 미소를 띤 채 그녀의 의자를 빼준 후 맞은편에 앉았다. 대체 저 영리한 머리로 무슨 생각을 하는 건지, 초조함에 속이 타들어가는 것은 어쩔 수 없었다.

"한식으로 할까 서양식으로 할까 하다가, 좀 분위기를 내보기로 했습니다. 오늘 저녁 메뉴는 안심 스테이크인데 마음에 들었으면 좋겠군요."

그 어떤 훌륭한 요리라 해도 오늘 밤 그녀가 그 맛을 음미하는 것은 불가능하다는 것을 이 남자 역시 모를 리가 없었다. 그들이 자리에 앉자마자 감탄사가 나올 정도의 근사한 코스 요리가 하나둘 채워지기 시작했다.

강우가 도우미라고 칭한 여자는 그녀의 존재에 호기심이 일 텐데도 포커페이스처럼 표정을 숨긴 채 자신의 일을 묵묵히 수행했다. 어쩌면 그동안 강우가 데려온 수많은 여자들 때문에 나름 단련이 되어 있는 것인지도 모른다.

"노파심에서 하는 말이지만 이 집에 여자가 온 건 당신이 처음입니다."

그녀는 놀라서 고개를 들었다. 어떻게 단번에 그녀의 속내를 알아챈 것인지, 독심술이라도 쓰는 것인지, 통찰력이 놀라울 뿐이다.

"누가 뭐라 그랬나요?"

"말은 안 했지만 당신 표정은 그게 아니라서 말이죠. 난 괜한 오해를 받는 건 질색이거든요. 이 한 번으론 충분하니까 말입니다."

그녀는 얼굴을 붉히며 그의 시선을 피했다. 그들의 첫 만남을 교묘히 상기시키는 남자의 조롱 어린 말투가 거슬렸다.

"우리 속담에 아니 땐 굴뚝에 연기 날 리 없다는 말이 있죠."

"결국 그 오해의 씨를 뿌린 건 나라고 말하고 싶은 겁니까?"

그가 재미있다는 듯 그녀를 지그시 바라보며 물었다.

"본인이 잘 아는 것 같으니 굳이 입 아프게 설명할 필요는 없을 것 같군요."

갑자기 그가 소리를 내어 웃었다. 은은한 공기 중에 퍼지는 명쾌한 웃음소리가 낯설게 그녀의 귓가를 맴돌았다. 그는 여전히 입가에 웃음을 머문 채 그녀를 쳐다보았다.

"보기보다 만만한 상대는 아닌 것 같군요. 어쨌든 볼수록 맘에 들어 좋아요."

태연히 내뱉은 그 뒷말에 그녀는 눈썹을 치켜뜨며 그를 정면으로 응시했다.

"대체 내게 왜 이러는 거죠?"

"뭐가 말입니까?"

"이 모든 것. 당신이 지금 내게 이러는 의도를 난 단 하나도 이해할 수 없어요!"

"인생은 이해할 수 없는 일들의 연속이라는 말을 들어 보지 못한 겁니까?"

"지금 나랑 말장난하는 게 재미있나요?"

"뭐 어느 정도는."

능구렁이처럼 받아치는 말투. 그는 평소 차분한 그녀의 성격을 매번 흔드는 남자였다. 그녀는 몇 번의 심호흡을 하며 감정을 다스렸다.

"내가 왜 당신의 말도 안 되는 요구에 따라 여기에 왔는지 모르겠지만 난 어서 본론을 듣고 집으로 돌아가고 싶어요. 알아들어요?"

"그렇다고 이제 막 시작한 저녁을 그렇게 금방 끝낼 순 없지 않습니까."

“이봐요, 서강우 씨!”

“강우 씨. 이왕이면 성은 빼고 이름을 불러 주면 좋겠군요.”

다시 기가 차 단아의 아름다운 얼굴이 저절로 구겨졌다. 이 남자는 도통 그녀의 말을 진지하게 들을 생각이 없는 것 같았다. 마치 꽉 막힌 벽을 향해 그녀 혼자 울부짖는 것처럼 말이다.

“내가 정말 마음에 안 드나 보군요?”

굳이 대답할 가치도 없는 말이었다. 하지만 그녀의 반응에도 그는 전혀 흔들리지 않았다.

“그 표정을 보니 남자로서 더 오기가 생기는데요?”

“결국 당신의 그 오기 때문에 내가 이곳에 와 있는 건가요? 내가 당신을 질색하기 때문에?”

그는 여유로운 미소를 띠더니 잘 썰린 고기 한 점을 입에 넣고 음미하듯 천천히 씹었다. 하지만 눈빛만큼은 절대 평온하지 않았다. 잠시라도 방심하면 금방이라도 그녀의 약점을 잡아 낚아챌 맹수의 그것처럼 날카롭게 빛나고 있기에 그녀는 더 긴장하는 것이리라.

“무엇 때문에 당신이 날 그렇게 질색할까, 이유가 점점 궁금해지는 건 사실이죠. 당신이 그럴수록 당신이란 여자에게 더 관심이 가는 내 자신도 신기하고.”

단칼에 말문을 닫게 만드는 이 남자의 비법이 놀라울 정도였다.

“실망시켜 미안하지만 그런 관심이라면 내 쪽에서 거절하겠어요.”

"바로 그런 차가운 면이 남자의 마음을 더 흔들 수 있죠."

갑자기 그가 낯선 눈빛으로 그녀의 시선을 사로잡았다. 마치 남자가 여자를 바라보는 눈길로. 순간 얼굴이 화끈거리며 더운 열기가 몰려왔다. 제 궤도를 이탈한 행성처럼 심장이 요란하게 뛰기 시작한다. 대체 왜 그런 눈빛으로 쳐다보냐고 묻기조차 두려웠다. 단아는 흔들리는 자신을 감추듯 억지로 시선을 내리며 눈앞에 놓인 음식에 온 신경을 집중했다.

"갑자기 조용해졌군요. 마치 내 말에 허를 찔리기라도 한 것처럼."

"착각하지 말아요. 난 더 이상 쓸데없는 입씨름으로 머리를 아프게 하고 싶지 않을 뿐이니까."

"하하. 확실히 쉽게 상대할 수 있는 여자는 아니야. 자, 건배하죠. 우리의 첫 저녁을 위해."

그녀는 마지못해 자신의 잔을 들었다. 다음 얼마 동안은 나름 조용한 분위기 속에서 음식을 먹을 수 있었다. 물론 가끔 알 수 없는 시선을 던지는 남자로 인해 맛을 제대로 음미하는 것은 불가능했지만 말이다. 낯선 남자와의 힘겨운 저녁 식사를 간신히 마친 후 두 사람은 은은한 커피 향이 진동하는 거실에서 말없이 마주 앉아 있었다.

잠시 힘겨운 침묵이 깔리는 동안 강우가 커피 한 모금을 음미한 뒤 불쑥 말을 던졌다.

"아버지, 그러니까 한선웅 씨와는 얼마나 가까운 사이입니까?"

쿵! 심장이 철렁 내려앉았다. 드디어 올 게 왔다는 직감 때문이었다. 단아는 즉각 경계의 표정으로 맞은편의 남자를 주시했다. 그의 태도는 지금과 별반 다를 바 없었지만 검은 눈빛은 아까와 마찬가지로 방심할 수 없을 만큼 날카롭게 빛나고 있었다.

거짓말, 날 잡아먹기 위해 데려온 게 아니라고?

그는 그녀를 후식으로 잘게 씹어 먹기 위해 데려온 것이 분명했다.

"부녀지간이 가깝고, 안 가깝고를 따질 관계였던가요?"

단아는 가능한 불안을 숨기며 차분하게 말했다.

"글쎄, 그는 어떤 아버지입니까? 친아버지 이상으로 다정한 분인가요?"

친아버지 이상?

울컥, 분노가 치밀었다. 어떻게든 비틀린 시선으로 진실을 왜곡해야 직성이 풀리는 사람들 때문에 지금까지 얼마나 치를 떨며 살아야 했던가. 저 서강우라는 남자도 그들과 별반 다를 바 없었다. 그런 질문 자체가 이미 그의 불손한 속내를 보여 주고 있는 셈이었으니까.

하지만 그 정도에 흔들릴 단아가 아니었다. 세상 사람들이 뭐라고 하든, 어떤 시선으로 바라보든 양부를 대하는 그녀의 마음은 진심이었다. 말 그대로 친아버지 이상의 인생의 기둥 같은 존재였다.

열 살의 어린 나이에 친부모에게 버림받고 열세 살에 천사 같은 한 씨 부부에게 입양되기 전까지 고아원에서의 그 지옥 같은 3년의 시간을 성인이 된 지금도 잊지 못하는 그녀였다.

　더 이상 그 누구도 자신을 보호해 주지 않는다는 매정한 현실
은 공포인 동시에 견딜 수 없는 두려움이었다. 만일 그들의 온전
한 사랑과 진심 어린 관심이 없었다면 현재 그녀가 가진 이 모든
것은 고사하고 그녀는 사람 관계조차 외면하는 괴물이 되었을지
도 모를 일이다.

　그들은 단아의 어린 시절의 상처와 불안, 공포를 깨끗이 지워
주었고 특별히 11년 전 양어머니, 정숙이 갑작스런 교통사고로 세
상을 떠난 후에도 선웅은 더 큰 사랑과 보살핌으로 그녀를 지켜
준 은인 같은 존재였다.

　"친부는 아니라 해도 그는 내게 친아버지 이상의 존재예요. 당
신 질문이 그런 뜻이라면."

　"다른 뜻은 없었습니다. 그저 그가 당신에게 어떤 의미인지 알
고 싶었을 뿐이니까."

　"아버지가 내게 어떤 의미인지 당신에게 그 사실이 왜 중요한
거죠?"

　"이제부터 풀어 갈 문제의 초점이니까요."

　"초점?"

　그는 점점 혼란의 늪으로 끌어가고 있었고 그녀는 정신을 차리
기 위해 힘겹게 숨을 들이켰다.

　"지금 무슨 수수께끼 놀이를 하는 건가요? 당신이 무슨 뜻으로
이런……."

　"날 자극하지 말 것. 그게 당신이 첫 번째로 명심할 일입니다.
지금 칼자루를 쥐고 있는 것은 당신이 아니라 나거든요."

“나에 대해 이미 조사가 끝났다면 그런 유치한 질문도 하지 말았어야죠.”

“28세. 13살에 입양되어 17살에 양어머니를 여의었으며 5년 전 양아버지가 재혼할 때까지 그와 단둘이 살았고 한국 대학, 대학원에서 순수미술학을 전공. 학업과 더불어 스물다섯 살의 늦은 나이에 모델에 데뷔해 1년간 그 해의 가장 큰 이슈 모델이 될 만큼 큰 반향을 불러일으키다 돌연 잠적한 후 지금까지 한국 대학의 미술학 조교로 근무하고 있음. 내가 알아낸 건 이런 표면적인 내용이 전부거든요. 사실 당신이 얼마나 불같은 성격을 가졌는지, 얼마나 도도한지, 얼마나 날카로운 말솜씨를 가졌는지는 하나도 나와 있지 않더군요.”

“그렇게 빙빙 돌리지 말고 원하는 질문을 하시죠?”

“원하는 걸 말하면 들어주는 겁니까?”

“무슨 말을 하고 싶은 거죠? 계속 그렇게 말장난만 친다면…….”

“요즘 아버지는 어떻게 지내십니까?”

그녀의 얼굴이 그대로 창백해졌다.

“덕분에 잘 지내고 계시죠.”

아무리 노력해도 가늘게 떨리는 음성을 막기는 힘들었다.

“2년 전, 그가 산업 스파이 혐의로 체포되었을 때 우리 모두에게 꽤 큰 충격이었지요. 사실 그는 전혀 예상 밖의 인물이었거든요.”

‘우리 모두’ 란 회사의 다른 이사진을 뜻했다. 30년간 한 직장에서 몸담았던 유능한 회사 중역이 같은 업종의 경쟁사에게 회사 중요 기밀을 노출시킨 사건은 한동안 경제계에서 무시하지 못할 이슈거리였고 그 주인공이 바로 단아의 양부, 선웅이었다.

결과적으로 선웅은 보석으로 석방된 뒤 증거 불충분으로 무죄를 선고받았지만 그 사건은 선웅이나 단아의 인생에 지울 수 없는 상처로 남아 있었다.

단아는 굴욕감에 입술을 꼭 깨물었다. 그에게 어떤 변명도 하고 싶지 않았다. 그가 무죄이든 아니든, 아버지는 이미 그 혐의에 대한 죗값을 톡톡히 치렀고 더 이상의 고통 없이 자유롭게 살 권리가 있었다.

"그에게 혐의가 있다는 확실한 증거만 있었다면 보석으로 풀려나거나 무죄로 그렇게 쉽게 빠져나가지 못했을 겁니다."

"그래서요? 검사도 찾아내지 못한 죄를 당신이 물리겠다는 건가요? 아니면 내게 아버지에게 하지 못한 죗값이라도 치르게 하겠다는 건가요?"

그는 묘한 미소를 지으며 숱 많은 검은 머리칼을 살짝 넘겼다.

"그 생각도 나쁘지 않군요. 어떻습니까? 아버지 대신 그 빚을 갚을 생각이 있나요?"

"대체 무슨……."

"아, 그전에 내가 이 말을 했던가요? 지난주에 우리가 어떤 놀라운 사실을 알아냈는지 말입니다. 아주 흥미로운 일이라고 할 수 있죠. 절대 도망갈 수 없는 일종의 확실한 증거라고 할까."

처음에는 그 말이 잘 이해되지 않았다. 새로운 혐의? 확실한 증거? 하지만 그의 자신만만한 표정은 그녀가 잘못 들은 것이 아니라고 말했고 마침내 그 진실이 전달된 순간 얼굴에서 핏기가 가시며 가슴이 철렁 내려앉았다. 엄청난 충격에 말문이 막힌 단아를 위해 그가 조용히 커피 메이커를 들어 그녀의 잔에 커피를 따랐다.

"설탕은?"

아무렇지도 않게 내뱉은 그의 태평한 어조에 잠재된 분노는 폭발 직전이었다. 이 남자는 일부러 그녀의 신경을 자극하며 인내를 시험하고 있었다. 그녀는 이를 악물고 간신히 내뱉었다.

"블랙."

"블랙이라. 왠지 까맣게 탄 당신의 속을 보는 것 같아 재미있군요."

"웃긴 소리 집어치우고 아까 한 말이나 계속해 봐요. 새로운 혐의라는 무슨 뜻이죠?"

강우는 칼자루를 쥔 승자답게 커피 한 모금을 마신 뒤 진한 향을 음미하듯 두 눈을 감았다. 그녀의 인내심이 가는 줄 위에서 위태롭게 흔들렸다. 그는 그녀보다 한 수 위다. 단아는 노련한 남자의 페이스에 무력하게 끌려갔지만 벗어날 방법이 없었다.

"예리한 회계사도 눈치채지 못할 만큼 장부상의 아주 정교한 눈속임이 있었지만 2년 전, 그가 우리 회사를 그만두기 전 몇 달 동안 거액의 회사 공금을 횡령했다는 증거는 확실하더군요."

단아의 사슴 같은 선한 눈매가 눈에 보일 만큼 커졌다. 강우가 유리 테이블 아래 놓인 뭔가를 꺼내 그녀 쪽으로 툭 던졌다. 반사적으로 노란색 파일을 받아 든 그녀는 파일 표면에 '한선웅'이라는 이름을 보자 심장이 철렁 내려앉으며 막을 수 없는 두려움이 차올랐다.

횡령? 설마 이 파일이……? 아니, 그럴 리 없어. 아버지처럼 정직한 사람이 왜……?

하지만 그 부정은 어쩌면 정말 그랬는지도 모른다는 불안이 솟구치면서 방금까지의 굳던 아버지에 대한 믿음이 조금씩 꼬리를 물고 사라졌다. 보석으로 풀려 나온 이후에도 불안한 표정으로 매사 신경질적으로 반응하던 아버지를 떠올린 탓이었다. 그녀는 내심 스파이 건의 여파 탓이라고 믿었지만 어쩌면 정말…….

그녀는 차마 파일의 첫 장을 넘길 수 없었다. 그 안에 어떤 증거가 담겨 있든 그녀는 그 어떤 것도 받아들일 수 없었다. 만일 이 모든 것이 사실이라면 이제 더 이상 아버지가 보석으로 풀려 나는 행운은 없을 것이다. 강우 같은 남자가 한 번 놓친 먹이를 또다시 놓칠 리는 없을 테니까.

시시각각 변해 가는 그녀의 지독한 절망 어린 표정에 그의 얼굴에 경멸이 어렸다.

"당신도 알고 있었군요."

아니라고 부정한들 무슨 소용이 있겠는가. 그녀가 알고 모르고는 지금 중요하지 않았다.

"액수가 정확히 얼마죠?"

태연하게 내뱉는 엄청난 숫자에 단아는 마른침을 꿀꺽 삼켰다.

"그 많은 액수를 그렇게 오랫동안 교묘히 숨겼다니, 그 자체에 찬사를 보내고 싶을 정도죠."

단아는 끄응 신음을 내뱉으며 떨리는 손가락을 움직여 죽어도 보고 싶지 않은 파일을 억지로 열었다. 제일 먼저 눈에 들어온 아버지의 이름과 함께 그의 확실한 횡령 증거를 열거한 수많은 자료들이었다.

몇 장 넘기기도 전에 두 눈이 저절로 질끈 감겼다. 그녀가 감당하기에는 너무 큰 액수이기에 현실을 감당할 자신이 없었다. 이미 병원비와 아버지의 보석으로 대출까지 받은 상태였고 그녀 소유의 모든 물건을 판다 해도 턱없이 부족한 액수였다.

무엇보다 지금 같은 아버지의 상태에 횡령 혐의로 감옥에 가게 된다면 그것은 사형 선고나 마찬가지였다. 그는 더 이상 예전에 그녀가 알던 낙천적인 선웅이 아니었다.

단아는 무의식중에 한기가 흐르는 팔을 쓰다듬으며 무릎 위에 놓인 파일을 끔찍하다는 듯 밀쳐냈다. 그동안 강우의 날카로운 눈은 그녀에게 단 한 번도 떨어지지 않았다. 잔인하게 그녀의 반응 하나하나 음미하듯.

"재미있는 건 그 많은 돈이 감쪽같이 사라졌다는 거죠. 그의 모든 개인 구좌를 추적해 봐도 돈 한 푼 없더군요. 그 돈을 다 어디로 빼돌린 겁니까?"

"빼돌리다니……."

단아는 말끝을 흐리며 강렬한 검은 눈을 피했다. 온몸이 불안으로 요동치며 심장이 미친 듯 울려 댔다. 오히려 그녀가 묻고 싶은 말이었다. 대체 왜…… 왜 그런 짓을 했느냐고, 그 돈은 지금 다 어디로 갔느냐고. 하지만 굳이 묻지 않아도, 직감으로 막연히 짐작되는 부분이 있기에 가슴이 더 아팠다.

"당신 아버지가 할 일은 자신의 죄를 인정하고 돈을 갚은 뒤 감옥에 가는 겁니다."

감옥. 그 단어만으로 두려움에 온몸이 부르르 떨려왔다.

"지금 아버지에겐 그 많은 돈을 갚을 능력이 없어요."

"그럼 훔치지도 말았어야지요. 그것이 얼마나 큰 범죄인지 모르지는 않았을 텐데요?"

"알아요! 하지만 아버지가 왜 그럴 수밖에 없었는지 그 이유를 알게 된다면……."

마지막 자비를 구하듯 저도 모르게 튀어나온 애절한 목소리에 그가 매서운 표정을 던졌다.

"그를 위한 변명 따윈 관심 없습니다."

"하지만 아버지는 정말……."

"똑같은 말은 두 번 반복하는 걸 좋아하지 않는다고 했을 텐데요?"

그럼 대체 뭘 원하는 거죠? 차마 입으로 나오지 않은 격한 말이 입안을 맴돌았다.

그는 그녀가 얼마나 충격을 받았는지 보면서도 눈곱만큼도 흔들리지 않았다. 그런 남자에게 동정을 구하는 것은 무의미했다. 하지만 그렇다고 아버지를 이대로 감옥에 보낼 수는 없었다.

그렇게 되면……. 아니, 절대 그럴 수 없어. 내가 절대 그렇게 하도록 내버려 두지 않을 거야, 절대! 아, 내가 무엇을 할 수 있을까?

단아는 꽉 막힌 머리로 어떻게든 생각해 내려고 애썼다.

그래, 그는 날 오늘 저녁 식사에 초대했어. 바로 아버지에 대해 말하기 위해서. 만일 그가 아버지를 고소할 생각이었다면 그전에 벌써 그랬을 거야. 하지만 먼저 내게 얘기하는 것은……. 어쩌면 아직 희망이 남아 있다는 뜻이 아닐까?

"물론 이 사실을 아는 것은 아직 나와 몇몇 중역이 전부입니다."

또다시 그녀의 머릿속을 읽은 듯 그가 말을 이었다. 그녀는 날이 선 눈을 들어 그를 마주했다.

"무슨 뜻이죠?"

"그 말은 아직까지 문제가 커지지 않았다는 뜻이죠."

초조함에 마른침을 삼키는 단아를 지켜보며 그가 다시 말을 이었다.

"당신이 어떻게 하느냐에 따라 상황은 얼마든지 바뀔 수 있다는 뜻이기도 하고."

"내……내가 하기에 달려 있다니요?"

"아까 한 말 기억합니까? 아버지 대신 그 빚을 갚을 생각이 있느냐고 물었죠. 만일 당신이 할 수 있다면 말이지만."

"내가 하겠다면 아버지의 죄를 용서해 주겠다는 건가요?"

그녀는 식은땀이 흐르는 두 손을 꽉 잡은 채 숨죽인 음성으로 물었다. 마치 말도 안 되는 막장 드라마의 주인공이 된 기분이었다. 이런 대화는 허구 소설 속에서나 가능한 줄 알았는데 그녀의 현실 속에서 엄연히 일어나고 있었으니 말이다.

"용서가 아니라 내가 대신 그 돈을 갚아 주고 횡령 건을 없었던 것으로 해 주겠다는 뜻이죠. 30년 동안 유능한 직원이었다는 것을 감안해서 다시 한 번 자비를 베푸는 셈이랄까요."

"자비? 하…… 하지만 어떻게?"

"내가 누군지 모르는 겁니까?"

"물론 나도 당신이 얼마나 부자인지, 누군지는 똑똑히 알아요. 하지만 왜 당신이 아버지 대신 돈을 갚아 주겠다는 거죠? 그리고 어떻게 내가 그 빚을 대신할 수 있다는 거죠?"

"당신은 아버지의 면죄부를 원하고 난 그걸 줄 능력이 있으니까 난 그 기회를 이용할 생각이란 겁니다. 단, 모든 면죄부에는 조건이 있다는 걸 잊지 말아요."

면죄부? 조건?

그 냉정한 얼굴에서 쏟아내는 모든 말들이 그녀를 더 큰 혼란의 소용돌이 속에 몰아넣었다. 대체 이 남자는 무슨 장난을 치고 있는 것인지, 포커페이스를 유지하는 그의 얼굴에서 그 어떤 힌트조차 찾아낼 수 없었다. 단아는 초조함에 마른침을 삼켰다.

아버지를 위한 일이야. 그는 정말 그의 말처럼 돈을 갚아 줄 능력이 있어. 그가 그렇게 해 줄 수 있다면, 만일 아버지가 이번 혐의만 벗는다면, 이번 고비만 넘긴다면 다시 예전의 밝은 모습을 찾을 수 있을지도 몰라. 난 지금 말 그대로 그의 자비에 매달리는 것 외에 다른 선택이 없어. 지금은 그것만 생각하자.

"조건을 말해 봐요."

강우가 잔인한 미소를 지으며 가녀린 몸을 훑고 지났다. 순간 척추를 따라 소름이 스쳤다.

설마…… 날? 날 원한다고? 정말 그런 의미로 날 쳐다보고 있
는 걸까?

"당신이 원하는 게 내 몸이라면……."

그는 비웃듯 곧장 고개를 가로저었다.

"내가 원하는 것은 결혼입니다."

"겨……결혼?"

3장
도망치고 싶은 현실

처음엔 잘못 들었다고 생각했다. 도저히 이성적으로 받아들일
수 있는 말이 아니었던 것이다. 단아는 너무나 강력한 펀치 한 방
에 육지 위로 올라온 불쌍한 물고기처럼 한동안 말문을 잃은 채
그렇게 입술만 뻐끔거렸다.

"누……누구와?"

"물론 나와."

'물론 나와.' 지극히 단순히, 너무 간단히 그는 그 말을 내뱉었
다.

단아는 여전히 그 말의 충격과 혼란, 당혹감에 빠져 허우적거
리는 상황이었다.

"지금 무슨 재미없는 농담을 하는 건가요?"

"내가 지금 농담하는 거 같습니까?"

아니, 그는 어이없으리만치 진지한 얼굴을 하고 있었다. 그의 말은 절대 농담이 아니라는 분명한 메시지를 담고서 말이다.

"그……게 아니라면 대체 이게 무슨 뜻인지 최소한 이……이해할 수 있게 설명해 봐요."

"단순하게 생각해요. 누구나 때가 되면 결혼하듯 우리도 그렇게 하는 것뿐이니까요."

"그건 대답이 아녜요! 하필 왜 그 결혼을 나와 한다는 거죠?"

"자신을 과소평가 하는군요. 아니면 당신의 여성적 매력이 이성에게 어떤 의미를 갖는지 굳이 내 입으로 말해 주길 원하는 겁니까?"

지금 이 순간 그의 입에서 그 어떤 찬사를 듣는다 해도 서강우 같은 거물이 자신의 여성적 매력에 빠져 결혼을 제안했다는 말을 믿지 않을 것이다. 아니, 그런 터무니없는 착각을 할 만큼 그녀는 자아도취에 빠진 어리석은 여자가 아니었다. 절대로!

"내가 바보인 줄 알아요?"

"당신이 바보였다면 쳐다보지도 않았겠죠."

"이런 엄청난 폭탄을 터트려 놓고 그 이유도 말해 주지 않겠다는 건가요?"

그는 한동안 말없이 그녀의 얼굴을 응시하더니 가볍게 어깨를 으쓱했다.

"꼭 들어야 속이 편하겠다면야. 사실 최근 들어 난 한 여자 때문에 골치를 썩고 있어요. 결코 얽히고 싶지 않은 여자인데……."

한혜원. 요즘 한창 인터넷상에 떠도는 서강우와 열애 의혹 기사가 났던 그 글래머 배우를 말하는 건가?

그녀의 직감을 확신시키듯 그가 가볍게 고개를 끄떡였다.

"그녀는 나와 결혼하기 위해선 어떤 일이라도 할 겁니다."

"그럼 그녀와 결혼하면 되잖아요?"

마치 멍청한 외계인이라도 보듯 강우가 어이없는 표정을 던졌다.

"아직도 이해를 못 하는 건가요? 난 그 여자와 그런 식으로 얽힐 생각은 눈곱만큼도 없어요. 그동안 우리나라 정계에서 꽤 명망 있는 그녀의 아버지의 간곡한 부탁으로 몇 번 만나긴 했지만 그런 여자가 내 인생을 휘저으려 한다는 걸 생각하면 그것만으로도 소름이 끼치니까."

"재미있군요. 그럼 나는? 나라고 당신 인생을 휘젓지 말란 법이 없잖아요?"

"지나치게 앞서가는군요. 우리가 결혼한다 해도 당신이 그럴 수 있는 여지는 절대 없을 겁니다. 요는 본드같이 질긴 그녀와 나 사이를 떼어 낼 수 있는 확실한 존재가 필요하다는 거거든요. 그녀의 끈질긴 접근에 당당히 맞설 수 있는 여자. 바로 합법적인 아내죠. 이제 이해가 됩니까?"

아뇨, 단 한 마디도 이해할 수 없어요!

단아는 미친 여자처럼 그렇게 소리치고 싶었다.

"어제 당신을 본 순간 이 역할에 적임자라는 것을 깨달았죠. 날 지독하게 경멸하니 행여나 나중에 변덕을 부려 귀찮아질 이유도 없을 테고."

“여자의 변덕은 무죄라면서요? 혹여 내가 마음이라도 바꿔 당신에게 매달리기라도 하면요? 우선 당신은 모든 여자들이 원하는 돈 많은 재벌 2세잖아요.”

“내가 그렇게 허술한 사람으로 보입니까? 당신은 이 결혼에서 아버지의 횡령금 외에 단 한 푼도 얻을 수 없을 겁니다. 내가 그렇게 되도록 내버려 두지 않을 테니까. 나중에 혼전 계약서를 보면 내 말의 의미를 분명히 알 수 있을 겁니다.”

잠시 말을 멈춘 그가 야릇한 미소로 그녀의 눈을 사로잡았다.

“물론 당신이 다른 여자들처럼 내 매력에 끌린다면야 어쩔 수 없는 일이지만.”

“말도 안 되는 소리 말아요. 당신이 지구상의 단 한 명이라 해도 그런 일을 없을 테니까.”

“아주 시원한 대답이군요. 하지만 안타깝게도 난 아닌데 어쩌죠? 아까 말한 대로 당신은 의외로 내 흥미를 자극하거든요. 게다가 당신같이 냉정한 여자가 나 같은 ‘거만한 에고이스트’와 결혼할 수밖에 없는 처지를 생각하는 것도 아주 재미있는 일이더군요.”

‘거만한 에고이스트’라는 말을 강조하며 그는 그녀의 갈색 눈을 똑바로 주시했다.

단아는 얼굴을 붉히며 시선을 외면했다. 대체 왜 그런 말을 해서 그를 자극한 것인지, 타임머신이 있다면 어제, 그 식당에서 그를 만나기 전으로 당장 돌려놓고 싶은 심정이었다.

“그런 어이없는 이유로 결혼하는 사람은 없어요.”

"모든 사람이 사랑 때문에 결혼하는 건 아니죠. 그 정도는 알고 있는 줄 알았는데요?"

"아무리 그렇다 해도……."

"내가 원하는 것은 당신과의 결혼입니다. 그렇다고 이게 명목상의 결혼일 거라는 착각은 말아요. 최소한 우리가 함께 사는 동안 난 여느 남편처럼 당신에게 아내의 의무를 요구할 생각이니까. 당신은 순종적인 아내처럼 내 말에 따라야 해요. 그것이 이 결혼의 첫째 조건입니다."

순종적인 아내. 그가 내뱉은 말이 메아리가 되어 머릿속에 울려 퍼지는 동안 그녀의 얼굴은 백지장처럼 창백해졌다가 검붉게 얼룩졌다. 분노, 혼란, 당혹감이 상처 받기 쉬운 갈색 눈동자 안에 고스란히 드러났다. 그와 한 침대에 누워 있다는 생각만으로 소름이 끼치며 전신이 떨렸다. 그녀는 아랫입술을 깨물며 깊은 숨을 들이마셨다.

"결국 당신 말은……."

"당신 아버지는 원하는 돈과 자유를 얻고 난 아름다운 아내를 얻는 셈이니, 두 사람 모두에게 손해 보는 장사는 아니지 않을까요?"

강우는 마치 그 이상의 이성적인 거래는 없는 것처럼 만족스런 미소를 지으며 말했다.

"내게 왜 이렇게 잔인하게 구는 거죠? 만일 내가 어제 그곳에 가지 않았다면, 그때 당신에 대해 말하지 않았다면 이런 어이없는 제안도 없었을 거예요."

"그랬다면 양부의 미래는 선택의 여지가 없었겠죠. 오히려 운이 좋았다고 생각해요."

단아는 식도 안쪽에서 밀려오는 쓴 물을 밀어내기 위해 마른침을 억지로 꿀꺽 삼켰다.

이 남자에게 난 대체 어떤 존재로 비치는 걸까? 언제든 이용할 수 있는, 잠시 흥미를 느낀 불쌍한 먹잇감? 하지만 그 가련한 먹이와 왜 굳이 법적인 결혼까지 하려는 거지? 강우 같은 높은 사회적 지위에 있는 남자가 고작 여자 하나 떼어 내려고 또 다른 여자를 끌어들여 결혼을 하자는 말을 이성적으로 받아들일 사람이 과연 몇이나 있을까?

돌이켜 보면 이 남자와 부딪힌 이후 정상적으로 돌아가는 것은 아무것도 없었다. 서강우라는 남자도, 세상도 다 미친 것 같았다. 어떻게 여자에게 이렇게 냉소적일 수 있는지, 어떻게 그녀의 약점을 이용해 이런 비열한 제안을 할 수 있는지 이 남자의 정신세계가 의심스러웠다.

"당신은 나에 대해 아무것도 아는 것이 없어요."

그녀는 마지막 지푸라기에 매달리듯 다시 한 번 저항의 말을 내뱉었다.

"무엇을 아느냐에 따라 다르죠."

"우리는 고작 어제 처음 만났을 뿐이에요! 그것도 잠시!"

"어제든 잠시든 이미 만난 것이 중요하지 않나요?"

"하지만…… 하지만 왜 하필 나죠? 당신 주변에는 많은 여자들이 있잖아요. 당신 같은 정도의 지위와 재력을 가진 남자라면 굳이 내가 아니라도……."

"내가 원하는 여자는 바로 당신이라고 했을 텐데요?"

"내가 원한다. 그러니 아무 말 말아라. 이건가요?"

"요점을 잘 파악하는군요."

"우리가 결혼을 한다고 하면 무슨 말이 나올지 정말 몰라서 그래요? 스파이 혐의로 체포된 남자의 양녀와 결혼한다는 말이 나돈다면 당신의 명예 이상으로 당신 회사에도 좋지 않을 영향을 주게 될 테고……."

"하하, 나와 내 회사 걱정까지 해 주다니. 당신은 지금 남의 처지를 생각할 상황이 아닌 것 같은데, 아닌가요? 남들이 무슨 말을 하건, 무슨 생각을 하건 내겐 중요하지 않아요."

잠시 말을 멈춘 그가 한기가 어릴 만큼 차갑게 그녀를 주시했다.

"물론 당신은 선택을 할 수 있어요. 그러면 아버지는 감옥이라는 낯선 공간에서 새해를 맞게 될 겁니다. 결국 당신의 선택에 따라 모든 것이 바뀔 수 있다는 걸 명심해요."

그것은 선택이 아니라 협박보다 더 무서운 공갈이었다. 입술이 떨어지지 않는다. 아니, 너무 화가 치밀고 억울해서 비명이라도 지르고 싶은 심정이었다. 하지만 결국 그녀의 입에서 나온 말은 피할 수 없는 선택 외엔 없었다.

"부디 내가 당신이 기대한 만큼 그만한 가치가 있기를 바라겠어요."

차츰 이성을 회복한 단아는 죽은 자도 깨어날 만큼 차가운 음성으로 그렇게 내뱉었다.

"내일 저녁까지 당신 대답을 기다리죠."

강우는 그저 그 말만을 했을 뿐이다.

❖　　　❖　　　❖

강우는 택시를 타고 가겠다고 우기는 단아의 주장을 묵묵히 받아들였다.

그가 한 말은 내일 저녁까지 대답을 기다리겠다는 것이 전부였다. 고작 그녀에게 주어진 시간은 24시간에 불과했다.

내일 이 시간이면 내 인생은 사라지고 난 한 남자의 명령에 따라 움직이는 꼭두각시가 되어야 해. 원치 않은 한 남자의 아내가 되어 그가 원하면 옷을 벗고 침대에 누워…….

낯 뜨거운 영상이 머릿속을 채우자 그녀는 붉게 물든 얼굴로 곧장 머리를 흔들었다. 그와 성적으로 얽힌다는 생각에 식은땀이 흘렀다.

백미러로 단아의 창백한 얼굴을 보았는지 친절한 택시 운전사가 어디가 불편하냐고 물었다. 그녀는 간신히 괜찮다고 대답한 뒤 그녀만의 은신처에 도착할 때까지 모든 생각을 거부했다.

아늑한 공간에 들어서 곧장 샤워를 하고 침대에 눕자마자 다시 사고는 몇 시간 전의 강우의 제안으로 돌아갔다. 도저히 감당할 수 없는 거센 물살에 휩쓸려 가는 무력감이 이런 기분일까.

금방이라도 물이 차올라 빠져 죽을 것 같은 공포와 절박감을 느끼면서도 한 남자가 무심히 건넨 구원의 손길을 선뜻 맞잡을 수 없다. 왜냐하면 그를 신뢰할 수 없으니까. 그를 알지 못했으니까. 그가 어떤 의도로 그렇게 다가서는지조차 의심스러웠으니까.

어쩌면 본능적으로 그 남자에게서 위험을 감지했기 때문인지도 모른다. 그 손을 잡은 순간 그가 자신을 더 깊은 수렁 속에 밀어 넣을 것만 같아서…….

강우를 선택하는 것으로, 내 자신을 희생하는 것으로 정말 이 모든 고통이 사라질까? 그가 말한 선택을 하는 것이 과연 최선의 방법일까? 모르겠다. 정말 아무것도 모르겠다.

이성은 지금 당장 그 외에 다른 방법이 없다는 것을 뼈저리게 인식하면서도 감성은 여전히 강우의 손을 잡기를 거부하고 있었다. 그러나 그녀는 선택해야 한다. 그의 말처럼 만일 그녀가 거절한다면 양부는 차가운 감옥에서 새해를 보내게 될 것이다.

그 뒤에 찾아올 죄책감을 감당할 수 있을 것 같아? 고작 나 하나 살겠다고 아버지를 버릴 수 있어? 양부가 날 위해 헌신한 시간을 생각해. 그는 단 한 번도 나에 대한 사랑을 저버린 적이 없어. 일생일대의 가장 힘들었던 그 어두운 시간 동안에도 그는 그 어느 때보다 따뜻하게 날 보호해 준 분이야. 행여 내가 안 좋은 마음이라도 먹을까 밤새 내 곁을 지키면서.

단아는 그때를 생각하며 소리 없는 눈물을 흘렸다. 그들은 피만 섞이지 않았을 뿐이지 가족 이상의 끈끈한 고리로 연결된 부녀지간이었다. 불행한 그녀의 인생을 그가 사랑과 희생의 빛으로 채워 주었듯 이제 그녀가 그 사랑에 보답할 차례였다. 사랑하는 아버지가 짓지도 않은 죄와 어쩔 수 없이 져야 했던 죄 때문에 다시 고통 받고 아파하는 것을 더 이상 바라볼 수 없었다.

문득 불행은 항상 함께 찾아온다는 말이 떠올랐다. 지난 2년은 부녀에게 결코 떠올리고 싶지 않는 고통의 시간이었다. 대형 교통사고에 이어 죽을 만큼 힘들었던 재활 기간, 아버지의 스파이 혐의, 재하와의 아픈 이별. 감당하기 벅찬 그 일련의 사건들로 인해 두 사람은 이미 녹초가 된 상태였다. 그리고 이제 횡령 혐의까지.

이 이상 얼마나 더 힘들어야 하는 걸까?

냉정해지자. 그래, 그렇게 복잡할 것도 없어. 아버지로 인해 덤으로 얻은 내 인생을 서강우에게 준다 한들 무엇이 달라지겠어? 어차피 육체는 육체에 지나지 않을 뿐인걸.

하지만 아버지는? 아버지는 아니야. 아버지를 잃는다면 난 살 수 없어. 그가 아파하는 모습을 더 이상 보고 싶지도, 그렇게 되기를 바라지도 않는다. 더 정확히 말하면 지난 몇 년간, 현영으로 인해 맛본 고통을 그에게 또다시 겪게 하고 싶지 않았다.

이현영. 그 이름을 떠올리는 것만으로 욕설이 터져 나왔다.

그녀는 천사 같던 양모, 정숙이 세상을 떠난 뒤 선웅이 처음으로 마음의 문을 연 여인이었다. 하지만 그녀는 그 사랑을 이용해 그의 인생을 갉아먹고 파괴한 잔인한 여자였다. 그를 만신창이로 만들고 보란 듯이 자신의 행복을 찾아 떠난 여자! 그리고 그 여자의 최후는 교통사고로 인한 비참한 죽음이었다.

6개월 전 이미 이혼을 했음에도 불구하고 가장 가까운 지인이라는 이유 때문에 어쩔 수 없이 시신을 확인하러 갔을 때, 그녀 옆에 나란히 누워 있던 낯선 젊은 남자 때문에 애도는 고사하고 더 큰 분노에 몸서리친 것이 엊그제 같았다.

쓴 미소와 함께 한 줄기 눈물이 눈가를 타고 흐른다. 체념의 눈물.

더 이상 버티며 다른 길을 찾는 것은 무의미해. 받아들이자. 날 놓자.

양부를 구할 수 있는 유일한 선택은 그녀의 희생을 통해서만 가능할 뿐이다. 하지만 이 모든 상황을 교묘히 이용한 한 남자를 향한 증오가 막을 수 없는 독이 되어 가슴 안을 꽉 채웠다.

❖　　❖　　❖

"언제 만날 수 있죠?"

다음 날 오후 4시, 단아는 서두 없이 곧장 말을 이었다.

—마음을 정한 겁니까?

"만날 장소와 시간을 알려줘요. 대답은 그때 하겠어요."

—오마주 호텔 8층 스카이로지에서 한 시간 후에 보기로 하죠.

"알았어요."

어차피 그의 페이스에 끌려갈 수밖에 없다면 더 냉정해져야 한다. 그가 원하는 것을 주되 그 이상도 그 이하도 하지 않을 것이다. 그리고 그 역시 그 사실을 분명히 알아야 했다. 최소한 그녀의 육체를 탐하는 그 순간이라도.

"정말 당신이 원하는 게 결혼인가요?"

"난 허튼소리를 하는 남자가 아닙니다."

"도저히 믿을 수가 없어 다시 확인한 것뿐이에요."

그가 씩 웃으며 머리칼을 넘겼다. 그 안의 눈동자는 여전히 차가운 유리가면 같았다.

"당신이 얼마나 고분고분하게 내 말을 따를지 아주 기대가 되는군요."

"순종적인 정부처럼 조용히 입 다물고 침대나 지키라는 뜻인가요?"

"아내가 아닌 정부라……. 당신이 꼭 그렇게 부르고 싶다면 할 수 없죠. 이제까지 여자를 돈 주고 산 적은 없지만 모든 일에는 처음이란 게 있는 법이니까."

"구역질이 날 것 같군요."

"내가 당신의 무거운 짐을 덜어 준 관대한 남자라는 걸 잊지 말아요."

그녀가 할 수 있는 대답은 입술을 꼭 깨문 채 몇 번이고 분노를 달래는 방법밖에 없었다.

"이제 당신도 동의했으니 우리의 계획을 말해 주도록 하죠. 결혼식은 정확히 한 달 후에 있을 겁니다."

"한 달 후? 그렇게 빨리?"

“이왕 할 거 굳이 시간 끌 필요는 없으니까.”

“하지만……..”

“내 말에 이의를 달지 말 것. 그것이 이 계약의 두 번째 규칙입니다.”

그녀는 입술을 깨물며 숨을 들이켰다.

“당신 가족도 내가 당신 아내가 될 거라는 걸 아나요? 내가 누구의 딸인지도?”

“그건 내가 알아서 할 문제니까 신경 꺼요.”

“하지만 난 달라요. 아버지는 큰 충격을 받을 거예요.”

“그래서? 당신 아버지가 놀라지 않도록 이 결혼을 계속 비밀로 해 달라는 건가요? 미안하지만 이건 법적으로 아무 하자가 없는 진짜 결혼이 될 겁니다. 그러니 당신 아버지가 어떤 충격을 받든 그건 내가 상관할 바 아니죠. 처음부터 그를 걱정해서 시작한 일도 아니니까.”

눈곱만큼의 자비심도 없는 매정한 남자. 당신을 고소하고 치욕과 수치를 안겨 준 회사의 오너와 딸이 결혼한다고 하면 그의 심정이 어떨지, 이 남자는 정말 모르는 걸까?

큰 상처와 배신감을 얼마나 힘들어할지 눈에 보이는 것 같았다. 하지만 남의 상처 따위는 아랑곳하지 않은 이 냉정한 남자에게 무엇을 바라겠는가. 긴 한숨이 새어 나왔다. 어차피 다른 선택이 없다면 가능한 빨리 그녀 입으로 직접 알리는 편이 나았다.

“시간을 좀 줘요.”

“얼마나? 난 이미 결혼식이 한 달 후라고 말했을 텐데요?”

"조만간 아버지를 찾아뵙고 당신과 결혼하게 되었다고 말하겠어요."

"한 가지, 우리가 맺은 계약은 우리만의 비밀이라는 거 잊지 말아요."

"무슨 뜻이죠?"

"난 당신과 나, 변호사 외에 그 누구도 이 계약 내용에 대해 알 길 원치 않아요. 다른 사람들 눈에 우린 사랑하는 여느 연인처럼 보여야 한다는 뜻이지요."

"가족조차도?"

"가족조차도."

"설마 아버지가 내가 당신을 사랑한다는 말을 진심으로 믿을 거라고 생각하지 않겠죠? 지난 2년간 아버지가 당신에게 당했던 그 치욕을 생각하면……."

"그건 그 스스로 자초한 일이니 오히려 그 정도로 끝난 것에 감사하고 있을 겁니다."

매정한 말에 분노가 치솟았지만 강우의 입장에서라면 충분히 그렇게 말할 수 있었다. 그는 진실을 모르니까. 잔인한 현영이 아버지에게 어떤 짓을 했는지, 얼마나 그를 비참한 구렁텅이로 빠트렸는지 알 턱이 없었다.

"당신 입으로 날 사랑한다고 말하면 믿으실지도 모르죠."

'사랑'이라는 단어에 즉각 거부감을 드러내는 단아를 보며 그가 차갑게 웃었다.

"처음에는 쉽지 않겠지만 젊은 남녀가 사랑에 빠져서 결국 사랑 때문에 장인의 횡령 사실까지 감추고 대신 갚아 줬다고 한다면 그도 어느 정도는 수긍하지 않을까요? 무엇보다 우연이라도 이 거래에 대해 알게 된다면 그도 양심상 마음이 편친 않을 겁니다. 딸을 희생시키느니 차라리 자신이 감옥에 가는 편이 낫다고 생각할 수도 있을 테고. 그건 당신도 원치 않는 일이지 않나요?”

그래. 그의 말이 옳았다. 만일 선웅이 이 모든 내막을 알게 된다면 단아를 희생시키느니 당장 자수하겠다고 하고도 남을 사람이었다. 한편으론 강우가 조금은 선웅의 진짜 성품을 알아준 것 같아 고맙기도 했다.

고마워? 정말 정신이 나갔군. 그는 이 모든 진흙탕에 우릴 끌어들인 장본인이야.

“그리고 또 한 가지.”

그의 날카로운 눈빛에 단아는 즉각 긴장했다.

“우리의 관계가 공식화되기 전까지 지금 다니는 대학을 그만두도록 해요.”

단아는 놀란 토끼처럼 두 눈을 크게 떴다. 자신이 제대로 들은 것인지 혼란스러웠다.

“대학을……? 이 결혼과 내 일이 무슨 관련이 있는데요?”

“당신이 원한다면 한국대학보다 더 나은 곳의 조교 자리를 제시하도록 하죠. 당신 같은 미모와 능력을 겸비한 인재를 원하는 대학은 많을 테니까요.”

“더 나은 대학의 조교 자리? 하! 내가 언제 당신에게 그런 도움을 청했던가요? 대체 자신을 뭐라고 생각하는 거죠? 신이라도 되는 줄 아나요? 하던 일도 때려 치고 당신을 위해 하루 종일 그 빌어먹을 침대나 데우라는 건가요? 난 내 일에 내 모든 젊음을 쏟아부었어요. 이건 내 꿈이자 내 인생 그 자체예요! 당신이 무슨 말로 날 협박한다 해도……."

"이 조건을 거부한다면 우리의 계약은 파기될 수밖에 없다는 것을 명심해요."

단아는 여전히 충격에 말문이 막힌 상태였다. 도통 그의 생각을 읽을 수 없다. 그는 진심으로 그녀가 대학을 그만두길 원하고 있었다.

하지만 왜? 대체 왜 이 어이없는 결혼 때문에 소중한 일까지 그만둬야 한단 말인가?

"난 이해할 수 없어요."

"당신의 이해를 구하는 게 아니란 걸 잊은 건가요?"

"대학을 그만둬야 하는 이유조차 물을 수 없다는 건가요?"

"지금은 말하고 싶지 않아요. 때가 되면 자연히 알게 될 테니까."

그것이 전부였다. 지금은 때가 아니니, 그가 원치 않으니 명령대로 따르라는 말. 새삼스러울 것도 없었다. 서강우처럼 권위적이고 고지식한 독재자에게 무슨 대답을 원하겠는가.

"그럼 당신이 수락한 것으로 알고 이쪽에서 사직에 관련된 절차를 밟도록 하죠. 당신은 그저 내가 하는 대로 따라오면……."

"아뇨! 내 일은 내가 마무리해요. 당신 도움 따윈 필요 없다는 뜻이에요."

강우가 눈썹을 휘며 그녀를 매섭게 응시했지만 그녀도 지지 않고 맞받았다. 그가 무슨 말을 하든, 이것은 그녀의 일이고 마무리역시 그녀 스스로 지어야 했다.

"좋아요. 그 부분은 당신에게 일임하죠. 단, 1주일 안에 해결하도록 해요."

1주일. 그 짧은 순간에 내 인생은 산산조각이 나는 걸까?

"관대한 처사에 눈물이 나네요."

"우리가 함께 사는 것이 공식화되면 대학 이사진들도 그리 달가워하지 않을 테니까. 제일제약의 아내를 조교로 대하기는 피차서로 불편할 테고."

우리가 뭐? 대체 이 남자는 몇 번이나 날 놀라게 해야 직성이풀릴까?

한 번 터진 폭탄은 그것으로 끝나지 않았다. 연이어 더 강력한폭탄이 기다리고 있었다.

"다시 한 번 말씀해 주겠어요? 지금 우리가 뭘 한다고 했나요? 동거? 분명히 결혼은 한 달 후에 한다고 했잖아요?"

"요즘 세상에 결혼 전에 함께 사는 걸 이상하게 볼 사람은 없어요. 모레 아침까지 수화물 직원이 당신 아파트로 갈 테니 당장필요한 짐만 챙겨 두도록 해요. 무슨 말인지 이해하지 못한 겁니까? 난 당신에게 짐을 싸서 내 아파트로 들어오라고 말한 거요. 다시 말해 주길 바라나요?"

"아뇨, 똑똑히 들었어요! 그리고 난 묵묵히 따라야 하겠죠. 아니면 이 모든 계약은 물거품이 되고 아버지는 철창에서 새해를 맞아야 할 테니까.”

그녀의 매서운 답변에 그가 씩 웃었다.

“영리한 학생이군요. 그럼 난 당신이 내 조건을 받아들인 것으로 알겠어요.”

“그 외 날 더 놀라게 할 조건은 없는 건가요?”

“더 바라는 게 있는 겁니까?”

“이 정도로 끝난다는 게 믿기지 않아서요.”

그 말에 그가 소탈한 웃음을 터트렸다. 하지만 그 웃음은 눈가에 미치지도 못했다.

“살면서 놀랄 일은 많을 테니 그때를 위해 마음을 단단히 잡아 두도록 해요.”

나쁜 자식, 내 일을 그만두게 하는 것으로도 모자라 자기 소굴로 날 끌어들여?

거친 분노와 증오에 숨쉬기조차 쉽지 않았지만 그 앞에서 더 이상 감정의 흔적도 보이고 싶지 않았다. 냉정을 잃고 흔들린 것은 지금으로도 충분했다.

“결혼한 순간부터 난 뭐가 되는 거죠? 일도 없이 마냥 당신만 기다리는 허수아비?”

“당신이 원하면 조만간 다른 대학의 자리를 마련해 주겠다고 한 것 같은데?”

“그 제안에 무릎 꿇고 감사할 줄 알았다면 미안하군요. 다시 말하지만 난 당신의 도움 따윈 필요 없어요.”

“괜한 오기 부리지 말아요. 결국 당신은 내 말을 따르게 될 거거든. 당신 말대로 당신은 내 정부가 될 테고 정부는 남자의 집에서 남자가 주는 돈을 받으며 사는 여자를 뜻하니까.”

지독한 상처. 자존심에 금이 갈 만큼 쓰린 고통이 가슴을 아프게 찢는다. 그의 집에서 그의 돈을 받으며 그의 명령에 따라 산다는 생각만으로 끔찍한 자괴감이 밀려왔다.

이런 비열한 대우를 받을 만큼 대체 내가 이 남자에게 무슨 잘못을 했지? 이 남자의 그 대단한 자존심을 건드렸다는 이유만으로 이런 대접을 받아야 하나?

“내가 원하는 것은 지금 대학을 그만두는 것이고 새로운 일을 원하면 당신은 언제든지 시작할 수 있어요. 알아들었다면 이제 그 애긴 그만하도록 하죠.”

그녀가 이의를 제기하듯 다시 입을 열려 하자 강우가 매서운 표정으로 그녀를 제압하며 단호하게 결말지었다.

“이제 더 이상 이의가 없으리라 생각하고 다음 내 생각을 말하죠. 이번 주 토요일 저녁 우린 서리 미술관 파티에 참석할 겁니다. 그곳의 파티만큼 확실한 광고 효과를 누릴 곳은 없거든. 그리고 파티가 끝난 뒤 난 당신을 안을 거라는 거 기억해요.”

쿵. 그 노골적이고 당당한 한마디가 여지없이 단아를 완전히 뒤흔들었다.

잠시 잊고 있는 이 계약의 또 다른 이유가 떠오르자 마른침이 차올랐다. 술도 취하지 않는 상태에서 저런 말을 하다니, 그의 무신경에 감탄이 터져 나올 뿐이다.

“그전에 아버지 횡령 건은 언제 처리할 거죠?”

"그거라면 오늘 아침에 이미 처리했어요. 당신 아버진 이제 어떤 혐의도 없는 셈이죠. 순백처럼 아주 깨끗해졌다고 할까요?"

그가 빈정대듯 말을 받았다. 그녀는 믿을 수 없는 듯 말을 잃은 채 검은 눈을 쳐다보았다.

"오늘 아침? 난 이제야 답을 했을 뿐인데 당신은 이미……."

"난 당신이 무슨 대답을 할지 알고 있었거든요. 아니, 두 사람 모두 알고 있었다고 해야 하나요? 난 시간 낭비는 질색이니 우선 그것부터 분명히 알아두도록 해요."

❖   ❖   ❖

시간 낭비 싫어하는 바로 그 이유 때문에 단아는 지금 강우의 재촉에 쫓겨 미술관 파티를 빠져나와 그와 한차를 타고 가는 중이었다. 그녀는 다시 한 번 자신의 비참한 현실을 상기하며 아랫입술을 깨물었다. 비릿한 피 맛이 느껴졌지만 그것은 가슴을 누르는 이 지독한 멍울에 비하면 아무것도 아니었다.

내가 이제 곧 다가올 시간을 견뎌 낼 수 있을까? 그리고 그의 반응에 초연할 수 있을까?

"단아, 한단아……."

몸이 가볍게 흔들린다. 솜털처럼 부드러운 손길과 달콤한 음성이 무거운 의식 사이로 스며들어 잠을 방해했다.

누굴까. 누가 이렇게 날 부드럽게 부르는 걸까?

그 다정한 음성에 끌려 단아는 무거운 눈꺼풀을 천천히 들어 올렸다. 뿌연 안개에 싸인 시야에 수려한 윤곽이 가득 차 온다. 남자가 보일 듯 말 듯 희미한 미소를 지으며 웃는 것 같았다. 그녀는 잠시 멍한 표정으로 그 모습을 응시했다.

그리고 다음 순간 탕! 강하게 내려치는 매정한 현실에 정신이 번쩍 들었다.

그녀를 보며 다정히 웃었던 남자가 서강우라니, 착각도 이만저만이 아니었다. 어쩌면 정신 나간 꿈이라도 꾼 것인지 모른다.

강우가 천천히 얼굴을 들며 두 사람의 공간을 만들었다. 단아는 당황한 표정으로 서둘러 몸을 일으켜 엉망으로 헝클어진 머리칼을 쓸어 넘겼다. 볼이 불같이 뜨겁다. 차 안에서 잠이 들다니. 그것으로도 모자라 그의 다리에 기대 잠든 걸 생각하면…….

당혹감에 물든 사고가 무거운 마음과 복잡하게 얽혀들었다. 무방비 상태의 그녀를 그가 지금까지 빤히 보고 있었다는 생각만으로 속이 탔다. 무엇보다 알코올로 인해 무뎌진 의식과 몸은 아직도 물에 젖은 솜처럼 무거울 뿐이다.

"그러기에 경고했을 텐데?"

강우의 음성에는 희미한 놀림이 담겨 있었다. 살짝 풀린 부드러운 눈매하며…….

아직도 제정신이 아닌 걸까? 아니면 내 눈이 이상한 건가? 그렇지 않고서야 이 남자의 표정이 왜 이렇게 다정하게 보이는 거지? 지금까지와는 확연히 다른 모습으로…… 말이다.

단아는 좀처럼 진정되지 않은 동요를 감추기 위해 곧장 눈가에 강한 힘을 주었다.

"누구 때문에, 왜 술을 마셨는지 그 이유를 모르는 것처럼 말하지 말아요."

차가운 그 한 마디에 그의 얼굴에서 미소가 거짓말처럼 싹 가셨다.

"도무지 양보라곤 모르는 여자로군."

"이제야 현실을 깨달았나요?"

"아니, 현실을 깨달은 사람은 내가 아니라 바로 당신이야."

너무 낮게 깔린 음성이라 단아는 저도 모르게 움찔 몸이 떨렸다.

"그렇지, 이제야 현실을 깨달은 건가?"

강우가 그녀의 말을 따라 하며 예의 그 거슬리는 비소를 흘렸다.

잠시 후 단아는 붉은 입술을 통해 흘러나온 그의 매정한 말에 온 신경이 곤두서며 피가 몰리는 기분을 맛보아야 했다.

"오늘 밤은 당신 인생에게 가장 기억에 남는 시간이 될 거야. 기대해도 좋아, 한단아."

4장

지울 수 없는 상처

뜨거운 물로 오랜 샤워를 하고 한 면의 반을 차지하는 대형 거울 앞에 서서 단아는 자신이 지금 어디 있는지, 왜 여기 있어야만 하는지 그 현실을 직시하려 애쓰는 중이었다. 그렇지 않으면 금방이라도 문을 박차고 나가 비열한 서강우를 향해 미친 여자처럼 비명이라도 지를 것만 같았다. 그나마 간신히 남은 마지막 자존심마저 내던지면서.

오늘따라 거울에 비친 모습이 왜 이렇게 나약해 보일까?

문득 열 살의 어린 나이에 친부모에게 버림받고 고아원에 버려졌던 자신이 떠올랐다. 아무 힘도 없이 두려움에 떤 채 무력하게 끌려가야 했던 그 불쌍한 아이. 그 순간의 자신에게서 벗어나기 위해, 더 강한 여자가 되기 위해서, 아무도 무시하지 못하도록 그 누구보다 열심히 죽을힘을 다해 지금까지 앞만 보고 달려온 그녀

82

였다.

하지만 지금 눈앞의 결과는…… 결국 운명이란 벗어날 수 없는 쳇바퀴 같은 걸까?

공허한 웃음이 입가를 감돈다. 조만간 다가올 시간을 생각할수록 초조함에서 벗어날 수 없다. 가슴은 금방이라도 터질 것 같은 분노에 휩싸여 있는데 외관은 어떻게 이렇게 나약해보일 수 있는지 화가 치민다.

섬세한 쇄골을 지나 팽팽한 배와 여성적인 곡선을 그리는 허리선에 시선이 머물렀다. 살짝 몸을 틀자 수차례의 성형으로도 감출 수 없었던 보기 흉한 상흔들이 여기저기 눈앞을 채웠다.

단아는 깊은 숨을 들이켜며 그중 가장 큰 자국을 남긴, 덴 자국처럼 일그러진 피부 표면을 쓸었다. 이제 육체적 고통은 거의 느껴지지 않았지만 마치 과거의 고통이 그대로 남은 것처럼 보이지 않은 아픔에 미간이 절로 구겨진다.

그가 이 상처를 본다면? 징그러운 상처가 보기 싫어 시선을 돌릴까? 아니면 보기와 다른 흉한 모습에 배신감을 느끼고 날 놓아줄까?

차라리 후자가 된다면 진심으로 기쁘겠지만 가능성 없는 희망에 매달리는 것은 괜한 에너지 낭비였다. 하지만 여전히 그 누구에게도 보여 주기 힘든 자신의 치부를 낯선 남자에게 보여 줘야 하는 현실이, 그 상처를 보고 반응하는 그를 상상하는 것이 죽기보다 끔찍했다.

그렇지만 결국 내가 도망칠 곳은 없어…….

결국 그는 보게 될 것이고 그녀는 그 비참한 현실을 받아들여
야 하리라.

단아는 쓴 미소를 흘리며 젖은 머리칼 끝을 만졌다. 머릿속은
여전히 취기로 몽롱하다.

그의 말대로 그녀야말로 냉정한 현실을 깨달아야 할 때였다.
지금 자신이 왜 이곳에 있으며 강우가 그녀에게 무엇을 주었고
그로 인해 양부가 얼마나 큰 위안을 받았는지에 대해서 말이다.
그녀의 갑작스런 고백에 긴 충격이 가신 뒤, 불안과 죄책감의 무
게에서 해방된 선웅은 오랜만에 편안한 미소를 지었기에 그녀가
이 일을 한 의미는 있는 것이다.

❖　　　❖　　　❖

"뭐? 뭐라고? 네가…… 누구와? 제일제약의 그 서강우를 말하
는 거니, 그런 거냐?"

50대 후반의 선웅이 핏기가 가신 창백한 얼굴로 몇 번을 다그
쳐 물었다.

강우의 재촉에 쫓겨 결국 목요일 저녁, 단아는 아버지의 아파
트를 찾아와 어렵사리 두 사람의 관계에 대해 말을 꺼낸 참이었
다. 예상대로 선웅의 반응은 충격 그 자체였고 그녀는 두 사람을
이런 고통 속으로 밀어 넣은 강우를 마음속으로 수없이 증오했다.

"죄송해요, 아버지. 이런 일로 놀라게 해 드려서."

"난 아직도 네 말을 믿을 수가 없구나."

“그동안 나도 얼마나 고민을 했는지 몰라요. 어떻게 말을 꺼내야 할지, 이 일로 상처 받을 아버질 생각하면…… 정말 힘들었다는 것만 알아주세요.”

“그가 내게 무슨 짓을 했는지 너도 분명히 알고 있을 거라고 생각했었다.”

“알아요. 너무나 분명히.”

“그런데도…… 그런데도 그를 가까이했다는 거냐? 나 몰래?”

“죄송해요…….”

단아는 입술을 꽉 깨물며 죄책감이 흐려진 얼굴을 숙였다.

굳이 선웅의 얼굴을 보지 않아도 그가 지금 얼마나 큰 상처와 배신감에 힘들어하는지 충분히 짐작할 수 있었다. 40대 초반, 어린 단아를 입양해 교통사고로 갑작스레 아내를 잃은 후에도 꿋꿋이 양딸을 키워 준 고마운 양부에게 말이다.

조금만, 조그만 더 참자. 이 모든 게 다 아버지를 위해서야.

“그 말은 이 아비를 위해서도, 내가 간절히 부탁한다 해도 그를 떠날 수 없다는 뜻이니?”

“…….”

“단아야, 내 말을 들어 보렴. 네 말에 충격을 받은 건 사실이다만, 꼭 내가 겪은 일 때문이 아니라도 그는 너한테 맞는 남자가 아니야. 난 그가 제일제약에 첫발을 내딛었을 때부터 10년 이상 지켜봐 온 사람이란다. 그가 얼마나 냉소적인 인간인지 꼭 말로 설명해야 알겠니? 그런 그가 널 만났다고 금세 달라질 성싶으냐? 아니면 순진하게 그렇게 믿고 싶은 거야? 지금은 잠시 서로의 매력에 끌린 것이겠지만 그 감정도 오래갈 리 없어. 그런 남자와 가까이한다면 너만 불행해질 거다. 이 아버지를 믿어. 널 아끼고 사랑하는 내 말을 믿어 다오. 난 널 진심으로 걱정해서 하는 말이야. 이 이상 더 깊이 빠지기 전에……."

단아는 천천히 고개를 들어 슬픈 눈빛으로 고개를 가로저었다.

"죄송해요, 아버지. 이젠 그를 떠날 수 없어요. 이미 그를……사랑하는걸요. 그리고 그는 나와 결혼하길 원해요."

선웅의 얼굴에 또 다른 충격이 퍼져갔다.

"사랑…… 결혼? 진심이냐?"

"네."

"어떻게 두 사람이 결혼까지……."

선웅은 할 말을 잃었는지 입을 벌렸다 닫았다 반복하고 있었다.

"대체 그를 언제 만난 거지? 설마 내가 스파이 혐의로 구속돼 있는 동안…… 아니, 그럴 수 없지. 넌 그때 병원에 입원한 상태였고 그 후에는……."

"그를 만난 건 석 달 전이에요."

"석 달 전? 고작 그 시간에 사랑에 빠져 결혼까지 결심했다는 걸 나더러 믿으라고?"

"알아요, 무슨 말씀을 하시려는지. 그 짧은 시간에 그에게 그런 감정을 느낀다는 게 믿어지지 않으시겠죠. 근데 사람 감정이란 게 그렇더라고요. 그가 아버지한테 무슨 짓을 했는지 뻔히 알기 때문에 어떻게든 피하려 했지만 그럴수록 더……. 그는 어느새 내게 특별한 존재가 되어 버렸어요. 이젠 내가 더 그를 좋아하는걸요. 그 남자 없이는 살 수 없을 만큼.”

긴 침묵이 이어졌다. 단아는 입술을 꼭 깨문 채 선웅이 그녀의 결정을 받아들이길 기다렸다. 쉽지 않겠지만 어떻게든 아버지를 이해시키는 것은 지금 그녀가 할 일이었다.

선웅이 깊은 한숨과 함께 모든 힘을 잃은 사람처럼 두 손을 축 늘어뜨렸다. 슬픔과 상처, 양딸에 대한 실망의 여러 감정들이 고스란히 그의 표정과 몸짓에 드러나 있었다.

“네가 내게 이런 상처를 줄 거라고는 상상도 못 했다.”

“일부러 그런 게 아니어요, 제발, 이해할 수 없으시겠어요?”

저도 모르게 주름진 양부의 손을 꼭 잡으며 단아는 애원 섞인 표정으로 말했다.

“하지만 아무리 생각해도 그 남자는 아니야. 왜 그가 결혼까지 하려는지 모르겠지만 나중에 혹시나 마음이 바뀐다면 얼마나 후회할지 정말 모르겠니? 난 네가 행복해지길 바라. 더 이상 더 큰 아픔 없이 평생 널 사랑해 주고 아껴 주는 다정한 남자와 예쁜 가정을 만들길 진심으로 바란단 말이다. 하지만 서강우 같은 남자는 절대, 그런 가정적인 남자가 아니야……”

“나도 그가 어떤 타입인지 알아요. 하지만 설령 나중에 그의 마음이 변한다 해도 난 그저 이 순간의 감정에 충실하고 싶을 뿐이에요.”

“하지만 전보다 더 큰 상처를 받게 된다면……”

“아직 일어나지도 않은 일에 걱정하고 싶진 않아요. 고작 상처 받는 게 두려워 힘들게 다시 찾아온 이 사랑에서 도망친다면 난 아마 평생 후회할 테니까요. 하나뿐인 딸이 겁쟁이처럼 후회하며 살길 바라세요?"

"단아야……."

"걱정 마세요, 아버지. 잘 해낼 거예요. 그 어떤 상처를 받는다 해도 결국 극복해 낼 거예요. 항상 그랬던 것처럼."

단아는 희미한 미소를 지으며 아버지의 손을 잡은 손에 더 강한 힘을 주었다.

"날 믿죠?"

"그래. 하지만……."

"게다가 그는 그렇게 나쁜 사람이 아니에요."

그가 딸과 눈을 맞췄다가 다시 피했다. 그 눈은 말 이상의 뭔가를 전하려 했지만 차마 입으로 말할 수 없는 듯했다.

"어쩌면 너에게 더 큰 상처를 줄 사람은 그가 아니라 나인지도 모르겠구나."

독백하듯 중얼거리는 선웅의 얼굴에 수많은 표정이 스쳐 지나갔다. 그리고 한참을 망설이던 그가 마치 결심한 듯 결의에 찬 표정으로 단아의 얼굴을 똑바로 마주했다.

"결국 내가 두 사람의 관계를 받아들여야 한다면 너에게 꼭 고백해야 할 말이 있단다. 밝혀지는 건 시간문제겠지만 사실 조만간 결심이 굳히는 대로 자수할 생각이었어. 하지만 그전에 이 일이 드러나 나로 인해 두 사람 관계가 틀어져 네가 더 큰 상처 받는다면 난 견딜 수 없을 게다."

단아는 침을 꿀꺽 삼켰다. 그가 무슨 고백을 하려는지 알았다.

"난 죄를 지었단다. 그것도 아주 엄청난 죄를 지었어. 처음엔 금방 되돌려 줄 생각이었다. 하지만 시간이 갈수록……."

"횡령한 돈 말씀이군요."

선웅이 귀신에 홀린 듯 두 눈을 크게 뜨며 단아를 마주했다.

"알고 있었니?"

"네."

"하지만 어……어떻게?"

지금이야. 이제 아버지께 기쁜 소식을 전해 드리는 거야. 그동안 그를 눌렀던 모든 짐을 벗어나게 해 드려야 해.

"우연히 강우 씨의 집에서 횡령에 관련한 아버지의 파일을 보게 되었어요. 그 사실을 안 후엔 더는 그와 만날 수 없다 싶어 헤어질 생각이었죠. 하지만 그런 내 마음을 알게 된 건지 강우 씨가 나 몰래 그 일을 해결해 주었고 그 과정에서 서로의 마음을 확인하게 되었어요."

"그 남자……가 내가 횡령한 돈을 갚아 주었다고? 그가 그런 짓을 한 날 용서했다는 거냐?"

"네, 이제 아버지가 마음고생 할 일은 전혀 없어요."

"하지만 스파이 혐의로 고소당했을 때……."

그는 과거의 한때를 떠올리며 부르르 몸을 떨었다.

"도저히 믿을 수 없구나."

"그는 과거에 일어난 일에 대해서는 더 이상 묻지 않겠다고 했어요. 그러니까 아버지도 모두 잊고 새로운 인생을 생각하셨으면 좋겠어요. 그것이 우리 두 사람 모두의 바람이에요."

선웅은 여전히 믿지 못하겠다는 표정으로 고개를 가로저었다. 하지만 단아의 확신에 찬 눈빛은 그 말이 진실이라는 것을 수없이 전하고 있었다.

반신반의하던 양부의 표정에 조금씩 변화가 찾아왔다. 그리고 마침내 희미하게 퍼지는 안도의 흔적. 아마도 그동안 그를 괴롭히던 죄책감의 흔적이리라. 이것으로 서강우라는 남자에게도 큰 빚을 진 셈인가? 그 덕분에 선웅은 마침내 횡령에 대한 오랜 죄책감과 두려움의 굴레에서 해방되었으니 말이다.

"그 정도로 그가 널 사랑하다니 아직도 믿을 수가 없구나."

"그는 지난 30년간 회사를 위해 헌신한 아버지를 위해 보답을 한 거예요."

"내가 그런 식으로 회사를 배신했는데도?"

"하지만 진범은 아버지가 아니었잖아요. 만일 그가……."

"설마 그 사실까지 그에게 말한 것은 아니겠지?"

곧장 이어진 선웅의 물음에 단아는 쓴 미소를 지으며 고개를 가로저었다.

"그는 그것에 대해 전혀 몰라요. 그저 표면상 드러난 내용밖에요."

"그래, 잘했다. 난 아무도 알길 원치 않아. 무거운 짐은 나 하나로 충분하니까."

"어떻게 그렇게 성인군자처럼 말할 수 있죠? 그렇게 희생한 아버지를 위해 그 여자가 뭘 해 줬는데요? 통장에 있는 모든 돈과 심지어 아버지 명의까지 몰래 변경해 집까지 팔아서 다른 남자랑

달아났잖아요! 지금이라도 경찰서에 가서 모두 자백한다면 아버지의 남은 인생은……."

"이미 고인이 된 사람이다. 더 이상 욕하고 싶지 않구나."

"산 사람은 살아야죠. 아빠의 더럽혀진 명예와 그 짧은 결혼생활 동안 겪었던 수모와 정신적 고통은요? 그녀가 진 엄청난 도박 빚을 갚기 위해 아버지가 얼마나 힘들었는지 누구보다 내가 더 잘 알아요. 그리고 이젠 횡령까지, 만일 강우 씨가 그 돈을 갚아 주지 않았다면……."

그녀는 차마 그 뒷말을 이을 수가 없었다. 너무 흥분한 나머지 가슴 속의 상처를 쏟아 내긴 했지만 그녀는 내내 아버지의 묵은 상처를 건드렸다는 사실이 마음에 걸렸다. 하지만 그것은 두 사람 모두 꼭 한 번 건너야 할 다리 같은 대화였다.

"그래, 난 죄를 지었지. 어쩌면 이렇게 쉽게 빠져나가려는 것도 비겁한 짓인지도 몰라."

"죗값을 치를 사람은 그 여자였어요. 아버지는 단지 그녀를 사랑했다는 죄밖에 없으니까요."

"이미 이 세상을 떠난 사람을 더 이상 욕하지 말자꾸나. 다 부질없는 짓이잖니. 그녀가 떠났을 때 난 이미 내 마음을 정리했단다. 분수에 맞지 않게 욕심을 부린 내가 바보였을 뿐이야."

그는 슬픈 미소를 지으며 그의 옆에 바싹 기대 앉아 있는 영리한 눈빛의 골든 레트리버의 부드러운 갈색 털을 쓰다듬었다. 녀석은 주인의 손길에 만족의 신음을 길게 내질렀다.

"하지만……."

"난 괜찮단다, 단아야. 이제 어느 정도 지금 생활에 익숙해졌고 그만큼 더 강해졌거든. 내 걱정을 하지 말거라. 이 아비는 전처럼 다시 일어날 수 있을 거야."

하지만 단아는 걱정하지 않을 수 없었다. 애달픈 미소가 어린 얼굴을 보며 작별 인사를 하는 동안에도 그 걱정은 끊이지 않고 그녀를 괴롭혔다. 그는 여전히 현영으로 인한 상처에 힘들어하고 있었다. 그만큼 선하고 정직한 사람이라 그 여파는 더 큰 파장을 일으킨 것이다.

언제쯤 아버지의 얼굴에서 진심 어린 환한 미소를 볼 수 있을까?

❖　　　❖　　　❖

결국 단아는 양부에게 두 사람의 관계를 고백하는 힘든 절차를 무사히 잘 넘겼다. 물론 처음엔 쉽지 않았지만 마침내 그녀의 진심을 받아들인 듯했고 그와 더불어 그의 무거운 마음의 짐도 한결 가벼워진 것이 사실이었다.

대학 사직 건 역시 특별한 문제없이 진행되었다. 대학 측의 형식상의 설득이 있었긴 했지만 일반적으로 최소한 석 달 전 사전 통고를 해야 한다는 계약 내용과 관계없이 사직서는 그녀 자신도 놀랄 만큼 빠른 절차에 걸쳐 진행되었다. 마치 누군가 그 문제에 개입돼 있는 것처럼 말이다.

마침내 단아는 강우와 만난 지 1주일도 채 되지 않아 힘든 시간의 유일한 은신처가 되어 주었던 정든 대학을 떠나 완전한 실업자가 되었다.

그녀가 오랜 시간 몸담았던 안식처를 떠나는 것은 그녀에게 유일했던 사랑을 떠나보내는 것만큼이나 힘든 고통을 동반했다. 1년 반 전, 재하가 그녀에게 이별을 고하고 교환교수로 미국으로 떠난 이후에도 차마 떠날 수 없었던 이곳을 그녀는 강우의 강압에 의해 떠나게 된 것이다.

이제 두 번 다시 그분을 볼 수 없겠지?

단아는 쓴 미소를 지으며 지난날을 상기했다. 어쩌면 진작 이곳을 떠났어야 했는지 모른다. 그와 헤어진 그때. 하지만 그녀는 그를 완전히 보낼 용기가 없었고 그와 함께한 수많은 추억이 담긴 이곳에 남아 있는 것에 작은 위안을 받았다. 그가 어떻게 떠났든, 그로 인해 어떤 상처를 받았든 재하는 그녀의 첫사랑인 동시에 존경하는 교수님이었으니까.

재하에 대한 생각으로 가슴이 아려 오자 그녀는 얼른 고개를 흔들어 마음을 다잡았다. 지금은 그런 한가한 감상에 젖어 있을 때가 아니다.

그녀는 서강우의 아파트에 와 있었고 이 욕실 문 저편에 그가 그녀를 기다리고 있었다. 그녀는 이제 굳은 결심을 하고 밖으로 나가야 할 때가 왔다는 것을 알았다. 시간 낭비를 싫어하는 그와 오늘 밤 그가 원하는 마지막 일을 위해서.

깊은 심호흡을 한 뒤 단단한 오크 문을 열고 방으로 들어갔을 때 제일 먼저 눈에 들어온 것은, 도시의 아름다운 전경이 한눈에 내려다보이는 거대한 유리 창가 옆에서 흰색 가운 차림으로 크리스틸 잔을 든 강우의 모습이었다.

은은한 불빛으로 한층 아늑한 분위기를 자아내는 그곳에 그가 그렇게 서 있었다. 항상 냉정한 모습만 기억하는 그녀이기에 어딘가 쓸쓸하게 젖은 듯 깊은 생각에 잠긴 모습은 낯선 동시에 묘한 감각을 몰고 왔다.

마치 그녀가 모르는 또 다른 서강우의 모습을 보고 있는 것 같은 착각이랄까. 그조차도 들키길 원치 않을 그의 고독한 내면을 몰래 훔쳐본 것 같은 기분이었다.

단아는 마른침을 삼키며 거의 들리지 않게 조용히 문을 닫았다. 그 작은 인기척에 강우가 천천히 고개를 돌려 욕실 문 쪽을 보았다. 금방 사라지리라 생각했던 낯선 모습 그대로 그가 그녀의 시선을 사로잡았다. 마치 아련한 추억 속에 잠긴 사람처럼 그녀에게서 눈을 떼지 못한 채로. 아니면 마치 그녀가 금방이라도 사라질 환상이라도 되는 것처럼.

그리고 그 가슴 시린 아련한 눈빛에 그녀의 심장이 이상하게 삐꺽거리기 시작했다. 왜 그렇게 쳐다보는 것이냐고 뭔가 말을 꺼내려 해도 그 눈빛에 잠긴 입술이 말을 듣지 않는다.

심연 같은 검은 눈이 상처 받기 쉬운 화장기 없는 맨얼굴을 지나 날씬한 곡선을 그리는 타월에 감싸인 몸을 천천히 훑었다. 그의 입가에 아찔한 미소가 번지는 것이 보였다.

"완벽하군. 티끌 하나 묻지 않은 유리 인형처럼."

티끌 하나 묻지 않은……. 과연 나중에 내 몸을 본 뒤에도 그는 같은 생각을 하게 될까?

"그 찬사에 감사의 절이라도 해야 하나요?"

날이 선 긴장을 대변하듯 저도 모르게 튀어나온 말이었다.

"이쪽으로 와요. 가볍게 한 잔 하지."

곧장 침대에 들게 되리라 예상했던 단아는 그의 제안에 잠시 멍해졌고 그런 단아를 보며 그는 다시 가슴 속까지 녹아내릴 것 같은 부드러운 미소를 지었다.

"이렇게 어색한 상태에서 사랑을 나누긴 당신이나 나나 불편할 테니까."

망할 자식!

잠시 흔들리던 마음이 그 한마디에 여지없이 얼어붙는다.

움직이지 않는 다리를 억지로 끌어 우아한 방의 삼분의 일을 차지하는 시원한 청색과 흰색 줄무늬 시트가 깔린 킹사이즈 침대를 의식적으로 외면한 채 창가 쪽에 놓인 아담한 테이블 쪽으로 다가갔다. 그녀가 맞은편 팔걸이의자에 앉을 때까지 그의 시선은 단 한 번도 떠나지 않았다.

"레모네이드?"

"아뇨, 당신과 같은 걸 주세요."

그녀가 손을 들어 그의 갈색 잔을 가리키자 검은 눈썹이 위로 치켜 올라갔다.

"진은 당신이 마시기엔 너무 독해. 게다가 아직 취기가 가시지도 않았을 텐데?"

그럼 묻지나 말지 그랬어요, 라고 말하듯 그녀가 고집스런 표정을 이어 가자 그는 넓은 어깨를 으쓱하며 예상외로 순순하게 그녀에게도 똑같은 갈색 액체를 채워 주었다.

"당신은 항상 내 예상을 빗나가는군."

혼잣말하듯 중얼거리면서 그가 크리스털 잔을 건넸다. 아주 잠시 단단한 손가락이 그녀의 피부에 스친 순간 그녀는 저도 모르게 찌릿, 몸을 떨었다. 단순한 스파크일 뿐인데도 과민반응을 하는 자신이 우스웠다. 강우는 그런 그녀의 반응을 알아채지 못한 것인지 아무 표정 없이 갈색 잔을 살짝 들어 올렸다.

"오늘 밤을 위해!"

그의 말 한마디에 오늘 밤 그와 할 일을 다시 한 번 상기하는 그녀였다.

단아는 애써 호흡을 고르며 잔을 입에 댔다. 그의 지적 그대로 여전히 취기에 젖어 있어 더 이상 알코올 냄새조차 맡고 싶지 않았지만 웬일인지 이 남자 앞에서만은 약한 모습을 보여 주고 싶지 않았다. 설령 그것이 허세라 해도.

하지만 그녀는 강한 기운이 식도를 채 넘기기도 전에 미간을 구기며 심한 기침을 했다. 맞은편의 남자가 재미있다는 듯 나직하게 웃었다.

"그러게 당신에겐 독할 거라고 했잖아. 괜히 무리하지 말고 그만 마셔요."

왜 그의 말은 항상 내 안 깊은 곳에 잠든 오기를 불태우게 할까.

전신이 불이 난 것처럼 화끈거리는 동안에도 단아는 고집스럽게 남은 액체를 깨끗이 들이켠 후 한술 더 떠 그를 향해 빈 잔을 내밀었다.

"한 잔 더 주세요."

"어리석은 여자인 줄은 몰랐는데."

"사람은 누구나 어리석을 수 있죠."

"어리석은 사랑 때문이라면 일리가 있는 말이긴 하지."

어리석은 사랑? 무슨 뜻으로 하는 말이지? 설마…… 그가 나의 유일한 사랑에 대해 아는 걸가? 말도 안 돼. 이 남자가 그걸 어떻게 그걸 알겠어?

"내가 못 할 소리라도 한 표정이군."

"미안하지만 헛다리 짚었네요. 난 사랑을 믿지 않거든요. 그것도 남녀의 사랑이라면 더욱."

"보통 여자들은 사랑에 환상을 가지고 있는 줄 알았는데, 보기보다 냉소적이군."

"입은 삐뚤어져도 말은 바로 해야죠. 사랑에 냉소적인 사람은 내가 아니라 당신 아닌가요?"

"내가?"

"내게 이런 비열한 제안을 한 것부터가 냉소적인 거죠. 여자를 육체적 존재 이상으로 보지 않는 증거잖아요. 내 말이 틀려요?"

강우는 희미한 미소와 함께 흰 가운 위의 넓은 어깨를 으쓱했다.

"당신 말이 꼭 틀린 건 아니지. 사실 사랑이라는 허상을 좇는 거보다 아름다운 여자를 안는 편이 내게 더 만족스럽거든."

그다운 대답이었다. 어떤 감동도 없는. 가슴 깊은 곳에서 터져오는 깊은 실망 외에.

실망? 왜 내가 그의 대답에 실망을 하는 거지?

그가 두 번째 잔을 건넸을 때 그녀는 그의 손가락이 닿지 않도록 최대한 조심했고 그는 그 모습을 지켜보며 조롱하듯 입술을 비틀었다.

"오늘 그 만족을 위한 희생물이 바로 내가 되겠죠."

"그래서 불만인 거요?"

"행여 내 입에서 감사한단 말이 나오길 바랐다면 당신 정신이 문제인 거죠."

"최소한 다른 여자들처럼 기쁜 시늉이라도 할 줄 알았지."

그는 나른한 음성으로 놀리듯 말했다.

일부러 내 신경을 건드리는 거야.

그녀는 그 덫에 걸려들지 않기 위해 다시 깊은 심호흡을 했다.

"눈곱만큼의 양심도 없는 비열한 남자는 내 인생에 당신이 처음이라는 것만 말해 두죠."

그 말이 그를 정말 웃게 한 것 같았다. 눈가까지 번진 그 커다란 웃음 한 번에 그의 얼굴은 한층 더 매력적으로 빛났다. 어떤 여자라도 쉽게 유혹할 수 있는 막강한 매력의 소유자로.

그녀 역시 그 갑작스런 변화에 잠시 혼란을 느끼긴 했지만 절대 인정할 생각은 없었다. 다른 여자라면 몰라도 그녀는 그의 매력 따위에 절대 흔들리지 않을 것이다.

단아는 최면을 거는 것 같은 검은 눈을 외면한 채 갈색 액체를 다시 한 번 들이켰다. 이번에도 역시나 뜨거운 기운에 목이 활활 타오르고 기침이 밀려왔지만 한 남자에 대한 의식과 긴장이 조금씩 가시자 오히려 고마운 심정이었다.

"의외로 감정적이군."

그녀가 눈썹을 치켜 올리며 무슨 말이냐는 듯이 쳐다보자 그가 다시 싱긋 웃었다.

"오늘 밤 파티만 해도 당신이 얼마나 화가 나 있는지 고스란히 전해질 정도였거든. 그런 우리를 보며 사랑하는 연인이라고 생각할 사람은 아무도 없었을걸."

"아……."

"아? 할 말이 그 말뿐인 건가?"

"난 연극배우도 아닌 데다 애초부터 그 많은 사람들 앞에서 무리한 요구를 한 당신의 잘못이니까요."

"최소한의 노력이라도 했었어야지."

그와 함께 그 많은 사람들이 있는 파티에 참석하는 것이 그녀에게 얼마나 엄청난 노력을 요구했는지 이 남자는 절대로 알지 못하리라. 그녀는 대답 대신 묵묵히 침묵을 지키자 그도 더 이상 불만을 이어 가진 않았다. 하지만 곧 이어진 뜻밖의 질문은 그녀를 잠시 멍하게 만들었다.

"어린 시절은 어땠지? 행복했나?"

"뭐라고 했죠?"

"행복한 어린 시절이었냐고 물었어. 양부모와 살면서 외롭거나 힘들진 않았는지."

"왜 갑자기 내 어린 시절의 행복에 대해 궁금해진 건데요?"

뭔가 딴속이 있는가 싶어 곧장 경계의 눈빛을 던진 단아였다.

"항상 그렇게 자신의 질문에 방어적인 거요?"

"질문한 사람의 의도가 의심스러울 때는 더욱."

"왜 매번 내 의도를 의심하는 거지? 난 진짜 궁금해서 물은 것뿐이야. 당신에 대해 좀 더 알고 싶어서 그런 거라면, 내 말을 믿지 못하겠나?"

어떻지? 난 그를 믿는 걸까? 이런 사적인 이야기를 나눌 만큼?

아니, 그는 절대 그 정도의 친밀한 존재가 될 수 없는 남자였다. 하지만 정말 아이러니한 것은 자신을 진지하게 바라보는 심연처럼 까만 눈을 보고 있노라면 그녀의 마음이 이상하게 흔들린다는 사실이었다. 마치 마술처럼 가슴 깊은 곳을 건드리면서 이 남자에게 뭐라도 말하고 싶은 충동이 일었다.

"행복했죠. 양부모님을 만난 후에 내 인생은 180도 달라졌으니까요. 더 이상 바랄 것이 없을 만큼 그들은 내게 든든한 울타리가 되어 주었어요."

"그럼 그 전에는 어땠지?"

"그 전?"

"입양되기 전."

단아는 잠시 눈앞의 남자를 응시했다. 따끔, 거의 잊고 있다고 생각한 아픔이 가슴 안을 헤집는다. 그 누구도 감히 건드리지 않았던 상처. 친부모. 버려진다는 것. 그리고 홀로 남겨진 아이의 지독한 공포와 두려움. 양부조차 쉽게 꺼내지 못한 그 말을 낯선 그가 진지하게 묻고 있었다.

그는 왜 그때의 내가 궁금한 걸까? 그에게 그것이 무슨 의미가 있다고.

"입양되기 전의 난…… 또래 아이들에 비해 좀 더 어른스런 편이었죠. 아마 그곳에 있던 대분의 아이들이 그랬을 거예요. 더 이상 자신을 지켜 줄 어른이 없다는 것을 깨달은 순간 냉정한 현실 속에서 자신을 보호할 사람은 오직 자신뿐이라는 것을 자연스럽게 깨닫게 되니까요."

"그 후로…… 친부모님을 찾으려 한 적이 있어?"

자신도 모르는 새 어느 정도 각오를 하고 있었던 것인지, 그의 직접적인 질문에 더 이상 거부반응도 일지 않았다. 오히려 오랫동안 묻고 있었던 과거의 시간을 아련히 떠올릴 정도다.

이젠 기억조차 희미해진 친부모의 얼굴. 하지만 어머니의 갑작스런 죽음 이후, 무정한 아버지의 손에 이끌려 처음 낯선 보육원이라는 곳에 갔을 때의 그 공포는 성인이 된 단아의 기억 속에 아직도 또렷이 남아 있었다.

자신이 버려졌다는 것이 믿기지 않아, 아니, 홀로 남겨진 것이 너무 두려워 처음 몇 달 동안 혹시나 아버지가 마음이 바뀌 자신을 찾으러 올지도 모른다는 희망을 가지다 해가 갈수록 잔혹한 현실을 깨달으며 아버지가 자신을 버렸다는 사실을 인정하게 된 가련한 소녀.

그로부터 3년 후, 운 좋게 선웅 부부에게 입양되고 난 후에야 단아는 친부가 2년 전 중동 어딘가에서 돌아가셨다는 사실을 알게 되었다.

단아의 입가에 숨길 수 없는 쓸쓸한 기운이 감돌았다.

"이젠 두 분 다 돌아가셨으니 찾으려야 찾을 수도 없는 셈이죠. 원망도 할 수 없는 처지랄까. 하지만 뭐 상관없어요. 그 후에 그 이상으로 좋은 분들을 부모님으로 갖게 되었으니까.”

“…….”

또 어떤 질문이 이어지려나 싶어 잔뜩 긴장한 차라 오히려 침묵이 낯설었다.

“왜 그런 표정으로 쳐다보는 거죠?”

“내가 괜한 질문을 한 것 같군.”

“…….”

“하지만 솔직하게 대답해 줘서 고맙게 생각해.”

그녀는 시선을 들어 남자를 보았다. 그의 입을 통해 고맙다, 란 말을 들었다는 것이 왠지 이상했다. 아니, 오히려 그에게 그 누구에게도 하지 않았던 이런 사적인 말을 했다는 것이 더 놀라웠다.

그리고 아주 순간이긴 하지만 어딘가 어둡게 흐려는 눈빛에서 그녀는 자신을 향한 강한 연민을 읽었다. 그제야 얼굴이 화끈거리며 쓸데없는 말을 한 자신을 탓한다.

술 때문이야. 그래, 그놈의 술이 날 이 지경으로 만들어 놓은 거라고.

“어쨌든 중요한 것은 생물학적으로 날 낳은 부모가 누구든 지금 내게 중요한 분은 양부라는 거죠. 오래전에 양어머니는 세상을 떠나셨지만 그들은 억만금으로도 갚을 수 없는 진짜 사랑과 가족이라는 울타리를 주신 분들이니까요. 당신 같은 남자가 죽었다 깨어나도 이해할 수 없는 헌신적인 사랑 말예요.”

방금 전의 어리석은 자신을 덮으려는 무의식적인 자기방어의 발로였는지 그녀의 말투는 이전보다는 다소 날이 서 있었다. 강우 역시 그 말의 의미를 정확히 간파했다.

“지금 인간의 기본적인 사랑조차 모른다고 날 비난하는 건가?”

“상대에 대한 최소한의 존중이나 사랑을 아는 남자라면 지금 이 순간 내가 이 자리에 있을 이유가 없을 테니까요.”

“난 우리가 공평한 거래를 했다고 믿었는데, 여전히 불만인가 보군.”

“누구의 관점인가에 따라 상황은 완전히 달라진다는 말도 있잖아요.”

“하지만 모든 선택에는 득과 실이 있는 법이지. 이 거래가 우리 두 사람에게 왜 필요했던 것인지 그 사실을 잊지 말아요.”

여지없이 떠오른 매정한 현실. 그는 그녀의 불만을 짓누르며 가뿐하게 현실을 상기시키고 있었다. 방금 전까지의 낯설 만큼 진지했던 서강우를 까맣게 잊게 할 만큼 그는 자신이 그녀를 위해 무엇을 해 주었는지, 그녀가 왜 이 자리에 있는지, 그에게 무엇을 고마워해야 하는지를 확실히 알려 주고 있었다.

“그 부분에 대해서라면 당신에게 고맙다는 인사를 꼭 해야 할 것 같군요. 덕분에 아버지가 오랜 짐에서 조금은 해방되셨을 테니까요.”

“의외로 솔직하군. 절대 인정하지 않을 줄 알았는데.”

“지금 내겐 아버지의 행복만큼 중요한 건 없어요.”

“그 정도로 가까운 부녀 사이였다면 몇 년 전 그가 한참이나 어린 여자와 재혼을 했을 때 나름 섭섭한 마음도 없지 않았겠군.”

“오히려 오랫동안 혼자였던 아버지에게 다시 사랑이 찾아와 감사할 정도였어요.”

물론 몇 달 후 현영의 추한 실체가 낱낱이 드러나기 전까지.

“결국 스파이 혐의 때문에 아버지와 새어머니가 헤어진 건가?”

단아는 훅, 깊은 숨을 들이마시며 그가 그녀에 관련해 모든 정보를 입수했다는 것을 다시 한 번 상기했다.

“처음부터 그렇게 오래갈 수 있는 관계는 아니었어요. 5년 이상 갔다는 게 신기할 정도였죠.”

그리고 그 끔찍했던 5년의 시간 동안 선웅은 몸 안의 모든 기가 빠질 만큼 깊은 상처를 받았다. 그녀는 한 여자에 대한 분노를 떠올리며 몸을 부르르 떨었다.

“새어머니를 좋아하지 않았군.”

“지금 무슨 심리 테스트 중인가요? 난 더 이상 이런 재미없는 질문에 답하고 싶지 않아요.”

그녀는 매섭게 말을 자르며 눈앞의 남자의 시선을 외면했다.

“내 말에 기분이 상했다면 미안해요. 난 그저 당신 입장에서 생각해 보려 했을 뿐이야.”

“내 입장? 재미있군요. 당신 입에서 내 입장까지 생각해 준다는 말이 나오다니.”

그가 단 한 번도 그녀의 입장을 고려해 주지 않았다는 것은 그나 그녀 모두 아주 잘 아는 사실이었다. 강우가 못마땅한 듯 미간을 좁혔다.

“왜 모든 걸 그렇게 삐딱하게 받아들이는 거지?”

“괜히 관대한 척 자신을 포장하지 말아요.”

“당신 눈에 난 여전히 감정 없는 냉혈한인 건가?”

“난 느끼고 보는 그대로 말했을 뿐이에요.”

그녀는 깊은 심호흡을 한 뒤 그가 더 받아치기 전에 곧장 다음 말을 이었다.

“이제 내 따분한 가족사 얘긴 이쯤 하고 당신에 대해서나 말해 보죠. 당신 어린 시절은 행복했나요? 아니면 나 같은 여자는 감히 당신에게 이런 질문도 할 수 없는 건가요?”

단아의 도전적인 질문에 잠시 검은 눈에 놀란 빛이 스치듯 지나갔다.

“왜 갑자기 화제를 바꾸는 거지? 난 아직도 당신에 대해 궁금한 게 많아.”

“미안하지만 난 더 이상 할 말이 없어요. 게다가 난 공평한 걸 좋아하는 편이에요.”

갑자기 강우는 속을 알 수 없는 눈빛으로 한참 동안 그녀를 응시했다.

설마 진심으로 내가 말할까 말까는 고민하는 걸까?

또다시 그 눈빛에 가슴 안쪽이 따끔거리며 반응하기 시작한다. 그의 질문이 부담스러워 충동적으로 던진 말에 그가 그렇게 진지한 표정을 지을지 몰랐으니까 말이다. 잠시 후, 그의 표정에 어딘가 쓸쓸한 자조의 기운이 감도는 묘한 표정이 스쳤다.

“글쎄…… 사교 생활과 자기 개발에 바쁜 어머니와 그보다 더 바쁜 아버지 밑에서 돈 걱정 없이 자랐다고 해야 하나. 여덟 살에 한국을 떠나 미국에 있는 유명 기숙학교에 들어가 그곳에서 쭉 자랐지만 행복하다거나 불행하다고 생각한 적은 없었어. 내 주변에서 그런 아이들은 흔한 편이었거든. 일종의 유행처럼 말이야. 사실 부모님은 두 집안의 재산과 명예를 위해 결혼한 지극히 전형적인 정략 커플인 셈이야. 그나마 남아 있던 눈곱만큼의 애정도 여동생이 태어나고 얼마 후 별거에 들어가기 시작하면서 완전히 사라져 버렸지. 사실 불쌍한 건 여동생이야. 그 아인 부모의 따뜻한 애정 한 번 제대로 받지 못하고 유모의 손에서 자라야 했으니까."

나직한 어조에 깔린 부모를 향한 냉소. 그 차가운 한기에 단아는 저도 모르게 몸을 떨었다. 이 남자는 자기 부모를 아주 먼 타인처럼 말하고 있었다. 더 이상 그의 인생에 아무 의미가 없다는 듯이. 그 말은 그 역시 단아 이상으로 외롭고 불행한 어린 시절을 보냈다는 뜻이었다. 그녀와는 차원 자체가 다른 불행이긴 했지만 말이다.

놀랍게도 한 남자를 향한, 아니, 가엾은 어린 소년을 향한 희미한 연민이 그녀 안에서 꿈틀거렸다. 부모의 사랑조차, 그들의 외면을 당연한 것으로 받아들였을 소년에게 어쩌면 진짜 가족은 자신과 똑같은 모습으로 자라야 했던 그의 가엾은 여동생뿐이었는지도 모른다는 생각이 들었다.

그리고 그제야 그녀에게 그런 비열한 제안을 할 만큼 이 남자가 왜 그렇게 냉소적이 되어야 했는지 아주 조금은 이해가 가기 시작했다.

"지금은 어떻게 지내시죠? 이혼하셨나요?"

"아니, 하지만 각자 사생활을 유지하며 완전한 타인처럼 살고 있지."

언젠가 양부를 통해, 강우의 아버지가 건강상의 이유로 이른 나이에 은퇴했기 때문에 20대 중반의 어린 나이에 그가 제일의 후계자가 되었다는 말을 들은 적이 있었다.

"혹시 내 여동생에 대해 들어 본 적이 있나?"

그의 여동생? 부모의 살가운 사랑 한 번 받아 보지 못했다는 그 가엾은 여동생?

서강우는 그녀가 만날 수 있는 여느 남자가 아니었고 그것은 그의 여동생도 마찬가지였다. 갑자기 그가 왜 그런 질문을 하는지 이해할 수 없었다.

"아뇨. 내가 알아야 하나요?"

그는 넓은 어깨를 가볍게 으쓱했다.

"그냥 물어봤을 뿐이야."

싱거운 대답이었지만 어딘가 여운이 깔린 어조였다. 마치 상대방의 의중을 파헤쳐 보려다가 안 그런 척 덮으려는 것처럼. 단아는 눈살을 살짝 찌푸렸다. 뭔가 개운치 않은 게 영 찜찜했다.

"그 여동생은 어떻죠? 결혼했나요?"

순간 검은 눈이 번쩍 빛나듯 날카롭게 빛났고 그녀는 저도 모르게 긴장했다.

"2년 전에 아주 화려한 결혼식을 올렸지."

당연히 그랬을 것이다. 하지만 그녀는 관심 없었다. 어떤 대단

한 남자가 서강우의 동생과 결혼했든 외관상 완벽한 결혼식이었
을 테고 그런 것에 부러운 마음은 눈곱만큼도 없었다. 그녀는 예
의상 낯선 타인인 그들의 안부를 물었다.

"어떨 것 같지?"

갑작스레 굳어진 얼굴로 강우가 남아 있는 술을 마저 마셔 버
렸다.

"우리 부모님이 그러하듯 판이하게 다른 두 사람의 결혼은 불
행의 시작일 뿐이야."

"그런 사고를 가진 남자가 결혼을 생각하다니 놀랍군요."

"서로의 편의를 위한 결혼도 있는 법이니까. 있지도 않는 감정
을 요구하며 싸우고 지치는 것보다 감정 대립 없는 동등한 관계
가 오히려 서로에게 더 편할 수도 있지."

소름이 끼칠 만큼 냉소적인 말이었다. 마치 이 남자의 모든 가
치관을 대변하듯이.

결국 그가 아무리 부자라 해도 그의 인생은 메마른 사막, 그 이
상은 아니라는 뜻과 일맥상통했다.

사랑을 모르는 냉소적인 남자. 정략적으로 결혼한 부모와 그런
부모에게서 따뜻한 애정조차 받지 못했을 어린 시절, 그리고 동생
부부의 불행한 결혼생활.

그에 비하면 그녀의 어린 시절은 얼마나 따뜻하고 아름다웠던
가. 설령 피를 섞은 친부모가 아니라 해도, 다정한 양부모와 가족
이라는 울타리에 감싸인 어린 시절이 있었기에 지금의 그녀가 있
는 것이다.

마치 그 순간 그녀의 갈색 눈에 떠오른 동정을 읽기라도 한 것처럼 강우의 표정이 굳어졌다.

"난 누군가의 동정 따위를 받을 만큼 불행하진 않아."

"하지만 그런 남자와 결혼하는 여자는 불행하겠죠."

왜 갑자기 그런 말이 튀어나온 걸까. 무의식적인 자아본능이었는지 아니면 그 비열한 행동에 대해 그가 양심을 찾기를 바라는 의도였는지 알 수 없었다. 어쨌든 그 말은 무의식중에 터져 나왔고 다시 덮을 계제가 아니었다. 그동안 조심스럽게 어우러졌던 지금까지의 우호적인 분위기가 그 한마디로 여지없이 사라져 버렸다.

강우가 표정을 냉정하게 가다듬으며 단아를 정면으로 주시했다.

"갑자기 분위기가 아주 따분해졌군. 평소에 난 이런 따분한 화제로 여자를 지루하게 하는 남자가 아닌데 말이지. 술 한 잔 더 하겠나?"

"술 취한 여자는 당신 취향이 아니라고 하지 않았나요?"

"그렇군. 잠시 잊고 있었는데 이렇게 상기시켜 줘서 고마워."

가슴까지 얼어붙는 차가운 한기.

단아는 입술을 깨물면서 그의 시선을 피해 유리 탁자를 응시했다. 투명한 유리를 통해 마치 자신의 창백한 얼굴이 선명히 보이는 것 같았다.

5장

카멜레온 같은 남자

"날 봐, 한단아."

강우의 어조는 거스를 수 없는 강압을 담고 있었다.

단아는 억지로 시선을 들었다. 한 치의 빈틈도 없이 빛나는 검은 눈동자. 그 눈빛은 뭔가를 결심한 듯 비장한 표정마저 감돈다.

이제…… 어떻게든 피하고 싶었던 그 시간이 다가온 걸까?

"난 내가 하는 일이 부끄럽지 않아. 만일 내 양심에 호소해 어떻게든 날 설득하기 위해 하는 말이라면 말이야."

"그런 기대조차 하지 않았어요."

"좋아, 그렇다면 당신도 더 이상 이의가 없겠군. 내가 침대까지 안고 가길 원해?"

"뭐라고요?"

단아는 반사적으로 벌떡 일어났다. 갑자기 밀려온 술기운에 몸이 휘청하자 곧장 의자 머리맡을 움켜쥐었다. 심장이 다시 미친 듯 요동친다. 그녀를 바라보는 남자의 낯선 눈빛과 조만간 찾아올 두려운 그 시간으로 인한 긴장과 초조감이 온몸을 휘감는다. 그녀는 무의식적으로 자신을 보호하듯 가운 앞섶을 단단히 부여잡았다.

"그 모습을 보니 내가 정말 아주 비열한 약탈자처럼 느껴지는군. 내가 건드리는 것이 싫다면 당신 다리로 직접 걸어가는 편이 좋을 거야."

단아는 굴욕감에 입술을 깨물며 억지로 몸을 돌려 침실 한편의 침대를 향해 걸어갔다. 막상 네 사람이라도 누울 만큼 거대한 침대 앞에 멈춰 서자 더 큰 두려움과 모멸감이 밀려온다.

이 남자는 진심으로 날 안을 생각이야. 아, 어떡하지? 이대로 그가 날 망치도록 내버려 둬야 하나? 정말 이 시간을 내가 감당할 수 있을 거라 믿어?

아니, 그럴 수 없어! 그가 아무리 아버지를 살려 줬다 해도 이건 옳지 않아. 이건 아냐. 이런 식으로 내 자신을 내팽개칠 수는 없어. 이런 남자의 정부 따위는 절대 될 수 없다고! 어떻게든 다시 설득해야 해. 어떻게든 그가 마음을 돌리도록…….

단단히 결심을 하고 몸을 홱 돌린 순간 앞을 막아선 남자의 건장한 가슴에 그녀는 겁에 질린 사슴처럼 펄쩍 몸을 뛰었고 당황해 뒷걸음치다 그만 침대 모서리에 다리가 걸려 우습게 넘어지고 말았다.

"앗!"

그녀는 바닥에 다리를 걸친 채 침대 위에 벌렁 누운 자세가 되었다. 바로 눈앞까지 다가온 강우가 그런 그녀를 압도하듯 내려다본다. 당장이라도 집어삼킬 것 같은 강렬한 눈빛으로.

'당신은 도망칠 수 없어. 절대로.'

그 눈빛은 그렇게 말하고 있었다.

단아는 마른침을 꿀꺽 삼키며 그 강렬한 눈에 담긴 남자의 욕망을 보지 않으려고 안간힘을 썼다. 그것은 두려움 이상의 강한 열기였다. 서강우와 처음 눈이 마주친 순간부터 느꼈던 낯선 감각인 동시에 전신이 그 강렬한 시선 속에 그대로 얽혀드는 것 같은 착각.

심장은 금방이라도 터져 버릴 것처럼 울리고 머릿속은 전기에 감전된 듯 계속 뿌옇게 흐려져 갔다.

그가 침묵 속에 아주 천천히 가운 끈을 푸는 동안 그녀는 숨을 죽인 채 검은 브리프만을 걸친 나신이 조금씩 드러나는 것을 지켜보았다. 하얗게 텅 빈 머릿속에서 그의 동작만이, 아주 남자답고 아주 감각적인 동작만이 시야를 가득 채운다.

마침내 드러난 남자의 눈부신 육체.

군살이라곤 전혀 찾아볼 수 없는 근육질의 단단한 가슴과 탄탄한 배가 거대한 바위처럼 눈앞을 덮은 채 그녀를 압도했다.

군신(軍神) 마르스(Mars).

그것이 그 눈부신 남신을 보았을 때 처음 떠오른 인상이었다.

강하고 남자답고 강력하며 무자비한 마르스.

그가 눈처럼 흰 타월 지 로브를 침대 옆 협탁에 놓았다. 입안은 낯선 긴장으로 더 바짝 말라가고 가슴 끝이 단단해지면서 척추를 가르며 전율이 스친다. 얼마나 숨을 멈추고 있었는지 단아 자신도 알지 못했다. 갑자기 숨이 막혀 와 깊은 숨을 들이마시자 나른한 남자의 시선이 그 모습에 따라 움직이고 있다는 것을 의식했다.

술을 너무 마셨어. 그래, 난 술 때문에 단 하나도 제대로 판단할 수 없을 뿐이야.

한 남자에 대한 자신의 무의식적인 반응을 어떻게든 부정하고 싶은 단아였다.

구릿빛의 길고 남자다운 손이 그녀의 가운에 닿았다. 덜컥, 두려움이 밀려온다. 이제 정말 시작이라는 현실이 온몸의 수분을 그대로 말리는 것 같다. 어느새 그녀의 가운 한쪽이 유연한 손길에 의해 벌어지고 반쯤 내비친 아름다운 가슴 윤곽을 지나 평평한 작은 배와 흰색 레이스 팬티, 그리고 희고 윤기 흐르는 날씬한 허벅지를 따라 그의 시선이 움직였다.

"완벽해."

허스키하게 갈라진 음성이 낯설게 귓가를 맴돈다.

그의 눈에 난 완벽하게 비치는 걸까? 내 눈에 그의 육체가 그런 것처럼?

강우가 마치 최면을 걸듯 긴 손가락 끝으로 원을 그리며 가슴 주변을 어루만졌고 그녀는 저항 한 마디 하지 못한 채 그의 손길을 받아들였다.

솜털이 스치듯 단단히 곤두선 핑크빛 유두 끝을 그가 건드린 순간 찌릿, 강한 전류가 발끝까지 흐른다. 이번엔 더욱 대담하게 그가 그녀의 젖가슴을 커다란 손 안에 감쌌다. 구릿빛 피부 속에서 우윳빛의 탐스런 젖가슴이 터질 것처럼 부풀어 올랐다.

"아……."

무의식중에 터져 나온 신음에 방 안의 공기가 더욱 뜨거워졌다.

그가 침대 발치에 체중을 실면서 그녀의 가슴 위로 몸을 숙였다. 윤기 나는 검은 머리칼이 예민해진 피부 위를 스치는 동안 젤리처럼 촉촉한 남자의 혀끝이 단단한 유두 주변을 건드렸다.

그녀는 반사적으로 몸을 비틀며 흐느끼듯 신음을 내뱉었다. 가슴에서 느껴지는 모든 감각이 혈관을 타고 허벅지 안의 은밀한 곳을 뜨겁게 달구는 것 같았다. 그가 입술을 더 크게 벌려 연약한 유두를 더욱 강하게 빨아들였다.

이런 기분은 처음이었다. 아니, 그녀의 육체에 이런 생소한 감각을 일깨운 남자는 그가 처음이라는 것이 더 놀라웠다. 당장이라도 대담하게 손을 뻗어 그의 매끄러운 어깨를 어루만지며 그의 존재를 온몸으로 느끼고 싶었다. 그가 그녀에게 주는 이 특별한 감각을 그에게도 똑같이 전해 주고 싶을 만큼.

자극적인 남자의 두 손이 애태우는 손길로 가슴을 지나 겨드랑이를 타고 가는 허리선을 따라 골반 근처에 이를 때까지…….

쿵! 모든 것은 한 순간이었다.

단아는 얼음처럼 그대로 얼어붙었다. 매서운 현실이 사정없이 그녀를 내려치면서 번쩍 정신이 든 탓이었다. 그녀는 본능적으로 그의 손길에서 자신을 보호하기 위해 온몸을 비틀었다.

“그……만, 그만해요!”

갑작스런 그녀의 저항과 절규에 놀란 것은 강우도 마찬가지인 듯했다. 열에 들뜬 낯선 얼굴의 남자가 미간을 무섭게 좁힌 채 그녀를 내려다보았다. 몇 초 전까지만 그의 손길에 반응하던 여자가 아니라는 사실에 아직도 적응이 안 되는 것 같았다.

“왜 그러지? 우린 이제 막 시작했을 뿐이야. 당신을 더 잘 볼 수 있게…….”

다시 고개를 숙이는 몸짓과 ‘더 잘 볼 수 있게’ 라는 마지막 말이 더 큰 공포를 몰고 왔다.

“싫어, 싫어요! 날 건드리지 마!”

“한단아……?”

그가 허공에 손을 멈춘 채 놀란 눈빛을 던지는 사이, 단아는 재빨리 가운 앞섶을 여미며 침대 끝 쪽으로 물러나 무릎을 끌어안았다. 핏기 가신 창백한 얼굴에 금방이라도 무너질 것 같은 연약한 모습이 남자의 마음을 흔든 것 같았다.

깊은 숨을 들이켜며 눈에 보일 만큼 주먹을 강하게 움켜쥐는 그의 모습에서 욕망을 억누르려는 힘겨운 노력이 전해졌다. 그가 천천히 몸을 일으켜 가운을 다시 아름다운 육체에 감쌌다.

“당신을 이해하지 못하겠군.”

“이해해 달라고 부탁한 적 없어요.”

그녀의 귀에도 어색할 만큼 음성은 허스키하게 갈라져 있었다.

“왜 갑자기 과잉 반응을 하는 거지? 방금 전까지 나 이상으로 즐기고 있었던 게 아니었나?”

그의 직선적인 단언에 얼굴이 화끈 달아오른다. 감히 그 말을 부정할 수 없기에 그와 시선을 맞추기도 힘들었다. 겁쟁이라 욕한다 해도, 한 순간에 내리친 현실이, 완벽하다고 생각하는 그녀의 육체에서 결코 보여 주고 싶지 않은 긴 상흔의 흔적을 그가 볼 거라는 사실만으로…….

아직은 그에게 그 모든 것을 보여 줄 준비가 되지 않았다. 아니, 어쩌면 영원히 준비가 되지 않을지도 모른다. 그녀는 마른침을 삼키며 간신히 시선을 들어 무서운 얼굴의 남자를 보았다.

"미안해요. 난 도저히 할 수 없을 것 같아요."

"뭘 말이지?"

그는 그녀가 겁쟁이처럼 도망치게 놔둘 생각이 전혀 없는 것 같았다.

"난 당신과 잘 수 없어요."

"왜?"

"왜냐하면……."

"만일 이게 당신이 남자에게 쓰는 방법이라면 당신, 큰 실수를 하는 거야. 난 이런 유치한 변덕에 놀아나는 남자가 아니거든."

차갑게 가라앉은 음성은 방 안의 온도를 그대로 떨어뜨릴 만큼 잔인한 위협, 그 자체였다.

그녀는 입술을 깨물며 두 눈을 질끈 감았다.

"당신을 무시하거나 변덕을 부리는 게 아니에요. 단지……."

"우리가 계약했다는 것을 잊은 건가?"

계약……. 안다. 너무 잘 알기에 이 순간의 덫에서 벗어날 수 없는 것 아닌가.

"지금은…… 오늘은 할 수 없어요. 왜 그러냐고 이유는 묻지 말아요. 약속은 지킬게요. 그러니 더 이상 몰아붙이지 말아 줘요."

앙다문 잇새로 이완하는 강한 턱 선이 눈가를 스친다. 그는 여전히 그녀의 변덕을 수긍할 수 없는 것이다. 아니, 이제 와 시간을 달라는 그녀를 비웃고 있었다.

단아는 가늘게 떨고 있는 자신의 손만을 주시한 채 그가 제발 부탁을 들어주길 기도하면서 피 말리는 무거운 침묵을 힘겹게 버티는 중이었다.

잠시 후, 낮은 욕설과 함께 강우가 몸을 홱 돌리더니 방문을 쾅 닫고 나가 버렸다.

"아…… 하나님!"

그녀는 두 다리에 얼굴을 묻으며 머리를 감쌌다. 아직도 몸은 간헐적으로 떨리고 있었다.

내가 무슨 짓을 한 거지? 아니면 그가 내게 무슨 최면을 건 걸까?

그녀는 무섭게 뛰고 있는 가슴을 꼭 눌렀다. 고작 몇 분 전에 이 가슴이 남자의 애무 속에 맹목적으로 타올랐던 것을 생각하면…… 전신이 불에 대인 자국처럼 뜨겁다.

시공은 사라지고 오직 두 사람만이 존재하는 것 같은 착각. 그것은 그녀의 의지가 아닌 다른 누군가에 의해 조종되는 것 같은, 제어도, 통제도 되지 않는 무력할 만큼의 강렬한 감각이었다.

그에게 욕망을 느끼다니……

단아는 상상도 못 한 사실에 혀를 깨물 뻔했다. 그동안 무의식 중의 그녀가 그를 남자로서 강하게 의식했었다는 사실이 무엇보다 큰 충격이었다.

어떻게 그럴 수가 있을까? 이 어이없는 계약에 동의한 것은 전적으로 아버지를 위해서였잖아. 그가 얼마나 냉혹한 남자인지 누구보다 잘 알면서, 여자라는 존재에 대해 얼마나 냉소적인지, 내 몸을 갖기 위해 어떤 비열한 제안을 했는지 뻔히 알면서 어떻게 그렇게 무력하게 끌려갈 수 있는 거지? 마치 기다렸다는 듯이…….

바보, 술 때문이야. 어떻게든 그를 피하기 위해 마신 그 술이 덫이 되어 날 가둔 것뿐이라고.

정말 그게 전부야? 아니면 그런 식으로라도 방금 일어난 일을 합리화하고 싶은 거니?

아, 물론 그가 여느 평범한 남자가 아니라는 건 인정해. 은연중에 여자의 마음을 사로잡을 만큼 매력적이라는 것도. 그 남자와 함께 있으면 가끔 내가 아닌 내가 되는 것처럼…….

결국 그 말은 너도 다른 여자들처럼 그의 매력에 빠졌다는 뜻이잖아, 아니야?

아니, 난 절대…….

하지만 더 이상 변명은 이어지지 않았다. 그 어떤 변명을 댄다 해도 오늘 밤 그의 손길에 반응했던 자신을 부정할 수 없었다. 결국 그녀는 입술을 깨물며 받아들이고 싶지 않은 진실을 인정했다. 한순간에 깨달은 깊은 상처에 대한 본능적인 두려움이 아니었다면 지금쯤 그녀는 그와 한 침대에서 사랑을 나누고 있을 것이다. 그것도 격렬한 사랑을 말이다.

단아의 얼굴이 사과처럼 새빨갛게 물들었다.

고작 만난 지 일주일 만에 이렇게 성적으로 끌린다는 게 가능할까? 사랑이라는 감정은 눈곱만큼도 없이, 심지어 그에게 그런 대접을 받고도? 나중에 그가 다시 다가온다면…….

물론 그는 다시 다가올 것이다. 그리고 그때는 오늘처럼 이렇게 쉽게 물러나는 일은 절대 없을 것이다. 두 번의 요행을 바라는 것 자체가 어리석었으니까.

머릿속이 터질 것 같았다. 절대 인정하고 싶지 않은 낯선 현실 앞에 내동댕이쳐진 것 같은 절망과 무력감. 그의 낯선 매력에 대해 어떻게 반응해야 할지 답조차 알 수 없기에 조만간 다가올 미래를 생각하는 것만으로 더 비참하고 두려울 뿐이었다.

다음 날 아침 9시쯤 눈을 떴을 때 단아는 제일 먼저 꽉 닫힌 문을 보았다.

혼자라는 것을 뻔히 알면서도 다른 사람의 흔적이 없다는 것을 확인하고 나서야 안도하는 단아였다. 그녀는 나직한 한숨을 내쉬며 헝클어진 머리칼을 넘겼다. 제대로 숙면이라도 취했다면 그나마 나아졌을 테지만 여러 가지 복잡한 심정에 새벽 3시가 다 되어 잠이 들었더니 심신은 여전히 천근처럼 무겁기만 했다.

잠깐, 내가 불을 끄고 잤던가? 아니, 그런 기억은 없었다. 그렇다면 그 말은……?

그녀가 잠든 뒤 강우가 자신의 잠든 모습을 보았을 거라는 생각만으로 얼굴이 달아올랐다.

어떻게든 잊으려 했던 지난밤의 기억이 떠오르자 그녀는 억지로 생각을 밀어내며 무거운 몸을 움직여 욕실로 향했다. 뜨거운 물에 어젯밤의 기억을 깨끗이 지워 버리고 싶었다. 긴 샤워를 마치고 그녀는 침실로 돌아와 옅은 분홍빛 박스 티에 검은색 레깅스를 입었다.

이제 이 방을 나가 그와 대면해야 하나?

아직은 그와 정면으로 마주할 용기가 없었지만 하루 종일 겁쟁이처럼 이 방에 숨어 있을 수 없었다. 아니, 그렇게 하도록 내버려 둘 강우가 아니라는 것은 그녀가 더 잘 알았다.

단아는 깊은 심호흡을 하고 결연한 표정으로 오크 문을 열었다. 고요한 침묵에 잠긴 넓은 거실을 빙 둘러 보았지만 다행히 다른 인기척은 느껴지지 않았다. 주말이면 도우미 아주머니가 오지 않는다고 했던 강우의 말이 떠올랐다.

부디 그도 아침 일찍 외출했기를…….

하지만 그녀의 기도는 거실 뒤 테라스 쪽에서 들려온 유리문 소리에 여지없이 무너졌다. 브이넥의 브라운 니트에 베이지색 바지를 입은 강우가 한 손에 신문을 든 채 거실 뒤쪽의 테라스 쪽에서 걸어 나왔다. 저절로 몸이 굳어지며 매끈한 장신의 존재를 강하게 의식했다.

막대 인형처럼 그대로 얼어붙은 단아를 보며 강우가 예의 조롱 어린 미소를 던졌다.

"나만큼이나 푹 잔 얼굴은 아니군."

그가 굳이 상기시키지 않아도 자신의 얼굴이 얼마나 푸석한지 잘 알았다. 그녀는 가능한 그를 무시한 채 곧장 주방으로 향했다. 숙취로 인한 갈증인지, 한 남자로 인한 긴장 때문인지 꽉 막힌 목을 뚫어 줄 시원한 냉수가 절실했다.

"아침은 어떻게 할 거지?"

아침? 뭔가 아주 신랄한 조롱이 이어지리라 예상했기에 평온하게 던지는 일상적인 질문에 내심 놀란 단아였다. 마치 어젯밤 두 사람 사이에 아무 일도 없었던 것처럼 말이다. 그녀는 다시 그의 말을 무시하고 냉장고에 담긴 유리병을 꺼내 물을 들이켰다. 차가운 액체가 식도를 타고 흐르자 간신히 막힌 목이 트이는 기분이었다.

"침묵시위를 좋아하나 보군."

단아는 깊은 숨을 들이켜며 용기를 내어 싱크대 옆에 비스듬히 서 있는 남자를 보았다.

"난 당신이 외출한 줄 알았어요."

"그래서 고양이처럼 주변을 살피며 몰래 나온 건가?"

"몰래 나오긴 누가!"

"아니면 말고."

강우는 어깨를 으쓱하며 그녀 쪽으로 다가와 냉장고 안에서 또 다른 유리병을 꺼냈다. 반사적으로 움찔, 몸을 피하는 단아의 행동에 그의 미간이 구겨졌지만 예상외로 매서운 말은 이어지지 않았다.

바싹 다가선 그에게서 풍기는 상큼한 사향 향이 그녀의 무거운 머릿속에 스펀지처럼 스며든다. 한 남자의 육체를 미친 듯 의식하는 이유는 전적으로 어젯밤의 일어난 일 때문이리라.

그가 주방 한구석에 어정쩡하게 서 있는 단아를 무시한 채 전기스토브 위에 흰색 냄비를 올리고 냉장고에서 몇 개의 반찬통을 꺼내더니 주방 중앙에 있는 5인용 참나무 식탁을 채우기 시작했다. 몇 분도 지나지 않아 구수한 냄새와 함께 부글부글 끓는 소리가 들려왔다.

대기업 총수이자 지극히 권위적인 인상을 풍기는 남자가 손수 아침을 준비하는 모습은 낯선 동시에 신선한 충격으로 다가왔다. 마지막으로 검은 콩이 든 밥공기를 옮기면서 그가 그녀 쪽을 힐끗 봤다. 시선이 마주치자 저도 모르게 바싹 긴장하는 단아를 보며 그가 쓴 미소를 던졌다.

"안 잡아먹을 테니까 괜히 겁먹지 말고 이리 와 앉아요. 함께 식사나 합시다."

저 남자는 대체 어떤 신경의 소유자일까? 난 이렇게 눈이 마주치는 것만으로 피가 마르는데 마치 아무 일도 없었던 양 천연덕스런 표정이라니…….

무엇보다 지금 이 순간 가장 원치 않는 일이 있다면 강우와 마주 앉아 아침을 먹는 일이었다. 아니, 입으로 들어가기도 전에 목이 막혀 체할지도 모를 일이다.

"미안하지만 오늘 아침은 그다지 식욕이 없어서 사양할게요."

"고집부리지 말고 이리 와요. 당신에게 할 말도 있으니까."

할 말⋯⋯. 굳이 묻지 않아도 알 수 있는 그 말이 거미줄처럼 그녀를 칭칭 감는다.

단호한 강우의 표정을 판단하건대 오늘은 조용히 그의 명령에 따르는 편이 나을 듯싶었다. 단아는 딱딱하게 굳은 다리를 힘겹게 움직여 그의 맞은편에 앉았다.

강우가 그녀의 국그릇을 가져가더니 손수 국까지 퍼 주었다.

북엇국?

그가 덜어 준 그릇을 내려다보다 그녀는 의아한 듯 맞은편 남자를 다시 쳐다보았다.

숙취로 고생할 단아를 생각해 아주머니가 미리 끓여 놓은 걸까? 하지만 언제?

마치 그녀의 의아함을 그대로 알아챈 듯이 강우가 씩 웃으며 국을 한 술 떠 맛을 보았다.

"이건 내가 만든 거야."

"당신이?"

"왜 나라고 요리하지 말란 법이라도 있나?"

"아, 물론 그건 아니지만⋯⋯."

하지만 솔직히 서강우라는 남자와 요리, 북엇국이 전혀 매치가 되지 않은 것은 사실이었다.

"아주머니가 계시면 알아서 다 해 주셨을 테지만 오늘은 오시지 않는 날이라 내가 솜씨 좀 부려 본 거야. 당신 어제 술 많이 마셨잖아. 숙취에 북엇국만 한 게 없거든. 그렇다고 맛까지 기대하진 말고."

숙취로 고생할 날 위해서?

어제 두 사람 사이에 어떤 일이 있었는지 뻔히 아는 마당에 그녀를 위해 손수 북엇국까지 끓여 준 이 남자의 정성에 잠시 말문이 막힌 단아였다.

"몸에 해로운 건 넣지 않았으니까 안심하고 먹어도 돼."

그의 나른한 한마디에 얼굴을 붉힌 단아는 수저를 들어 맑은 국물을 떴다. 왠지 입에 넣기가 조심스러웠다. 그녀를 지그시 바라보고 있는 남자의 진지한 눈빛 탓이었다.

모양이나 향은 그럴 듯한데 맛까지 괜찮을까 싶어 조심스럽게 꿀꺽 삼킨 그녀는 내심 놀랐다. 나름 요리한다고 자부하는 그녀에게 그 맑고 시원한 국물 맛은 전혀 손색이 없었다.

"맛있어요."

"그래? 그럼 많이 먹어."

그가 아무렇지도 않은 듯 말하더니 조용히 식사를 이어 갔다.

뭐가 어떻게 돌아가는 것인지. 차라리 지금까지의 거만하고 강압적인 서강우라면 강하게 밀어붙이기라도 하겠지만 마치 카멜레온처럼 모습을 바꾼 오늘 아침의 그를…… 그녀는 어떻게 대처해야 할지 혼란만 밀려올 뿐이다.

이것도 이 사람의 숨겨진 매력 중 하나일까? 여자를 사로잡기 위한?

입안은 여전히 모래알 씹는 것처럼 뻑뻑한 느낌이었지만 강우의 말 그대로 북엇국이 숙취에 도움이 되는 것인지 쓰린 속이 조금 나아지는 것도 같았다.

따끔, 피부가 바싹 당겨지는 느낌에 살짝 고개를 드니 웬일인지 강우가 식사도 않고 진지한 표정으로 그녀를 보고 있었다. 왜 저렇게 뻔히 쳐다보는 것인지, 일부러 그녀를 당황하게 하려는 의도인지도 모른다.

"화장을 하지 않으니 아주 어려 보이는군. 대학생이라고 해도 믿겠어."

순간 그녀의 얼굴이 붉게 물들었다.

"칭찬으로 받아들이죠."

"물론 칭찬이었어."

그가 다시 싱긋 웃었다.

"무슨 생각을 그렇게 골똘히 하는 거요?"

"당신을 카멜레온이라고 생각하고 있었어요."

저도 모르게 튀어나온 말이었다. 그녀는 아차, 했지만 이미 눈썹을 올리는 그를 본 뒤였다.

"카멜레온?"

그녀는 들고 있던 수저를 내려놓으며 의자에 몸을 기댔다. 이제 도저히 입에 뭔가를 넣기는 힘들 듯싶었다. 식탁 위의 놓인 유리잔에 물을 따라 다시 마셨다.

"오늘 아침의 당신은 내가 아는 지금까지의 누군가와 많이 다르거든요."

"어떤 식으로 말이지?"

그가 다시 미소 지었고 그녀는 다시 얼굴을 붉혔다.

"솔직히 난 오늘 아침, 당신이 아주 화가 나 있을 거라고 생각했어요."

"어째서? 당신이 그런 식으로 비겁하게 날 거부해서 말인가?"

도통 피해 가는 법이 없는 남자다.

"물론 화가 났지. 그것도 아주 더러운 기분이더군."

그녀는 입술을 깨물며 그가 말하는 의미를 절감했다. 그의 입장이라면 충분히 그럴 수 있다는 생각이 들었다. 그녀는 슬쩍 고개를 들어 그의 표정을 살폈다.

의외로 말과는 다르게 지금의 그에게서 어젯밤의 거친 분노의 흔적은 찾을 수 없었다. 오히려 태평할 만큼 무심한 얼굴이랄까. 대체 저 시커먼 속으로 무슨 생각을 하는 것인지, 속이 타는 것은 단아였다.

"그…… 일에 대해서는 미안하게 생각해요."

"자신의 잘못은 인정하는 것은 좋은 태도지."

"그래서 하는 말인데…… 당신에게 꼭 할 말이 있어요."

그래, 어차피 넘어가야 할 산이라면 지금 이 주제를 분명히 해야 해.

단아는 매일 밤마다 그의 존재를 의식하며 초조함에 떨 생각은 없었다.

"뭐에 대해서? 당신이 왜 날 거부했는지 그 이유에 대해?"

"내가 무슨 말을 하는지 잘 알잖아요."

"아니, 잘 모르겠는데. 어제 저녁엔 운이 좋았지만……."

"강우 씨. 난 정말 진지하다고요. 그러니까 최소한 당신도……."

"내 이름을 처음으로 부르는군."

그는 진지하지 않았고 그녀의 말도 흘려듣고 있었다.

"내 말을 들을 생각이 있기라도 한 건가요?"

그녀는 화가 나 식탁을 쿵 내려쳤고 그 여파에 그릇들이 달그락거리며 흔들렸다.

짧은 침묵이 깔린 후 강우가 차가운 눈빛으로 단아를 보았다.

"당신은 지금 내게 화를 낼 처지가 아니라고 생각하는데?"

방금 전까지 분위기를 한순간에 바꾸며 그는 엄격한 눈빛으로 그녀를 차갑게 주시했다.

다시 바싹 입이 마른다.

이 남자, 정말 카멜레온 같아.

"우린 서로의 동의하에 정당한 계약을 했고 이미 모든 수해를 다 봤다면 이제 남은 건 당신의 확실한 계약 이행뿐이라는 걸 모르는 건 아니겠지?"

"난 당신이 원하는 대로 직장 사직은 물론 이 집에 들어왔고 미술관 파티에도 참석했어요."

"하지만 가장 중요한, 나와 잠자리를 거부했지. 아닌가?"

"그건…… 지난주까지도 알지 못했던 남자와 자는 것이 어디 쉬운 일인 줄 알아요?"

"그거야 계약하기 전에 미리 생각했어야지."

그의 음성은 칼로 자르듯 날카로웠다.

"그래요, 그랬죠. 하지만 생각보다 쉽지 않다는 걸 왜 이해하지 못하죠? 난 아무 남자와 자는 몸 파는 여자가 아니라고요."

"난 당신을 그런 여자처럼 대한 적이 없다고 생각하는데? 심지

어 법적인 합당한 아내로 맞이하기 위해 결혼까지 준비하고 있잖
아. 그 정도면 당신에 대한 존중 아닌가?”

“돈으로 내 몸을 산 주제에 잘도 그런 말을 하는군요.”

묵은 상처가 터지듯 그녀의 말 역시 신랄하게 튀어나왔다.

“지금 날 비난하는 거요? 재미있군. 결국 지난밤 당신은 전혀
흥분하지 않고 내 강압에 억울하게 당할 뻔했다는 소리처럼 들려
서 말이야.”

경고가 담긴 차가운 표정은 지난밤 그녀가 어떤 반응을 했는지
똑똑히 기억한다고 말했다. 부정할 수 없는 사실에 얼굴이 달아오
르자 그녀는 얼른 그의 시선을 피했다.

지금 중요한 건 그게 아냐.

“만일 당신이 계약 파기를 원한다면 지금도 늦지 않았어. 난
다시 돈을 회수하고 당장 당신 아버지를 고소하…….”

“그런 말이 아니라는 걸 알잖아요!”

단아는 다급하게 말을 잘랐다.

이 남자는 바늘로 찔러도 피 한 방울 안 나올 거야.

그에 대한 증오에 이를 갈면서 잠시나마 이 남자의 육체에 끌
렸던 자신이 끔찍하게 싫었다.

“난 그저 시간이 필요할 뿐이에요.”

“얼마만큼의 시간 말이지?”

“당신에게 익숙해질 만큼.”

“그때까지 내가 기다릴 수 없다면?”

그녀는 갈색 눈을 들어 한 치의 빈틈도 보이지 않는 냉정한 검

은 눈을 보았다. 오늘따라 그 눈은 눈곱만큼의 자비도 내비치지 않을 만큼 더 검고 더 차갑게 느껴졌다.

"난 노력하고 있어요. 제발, 내 입장을 이해해 줘요."

"나란 남자가 그리 관대하지 않다는 건 당신이 더 잘 알 텐데?"

"알아요. 하지만 이건 정말……."

"좋아. 딱 일주일의 시간을 주지. 그 이상은 안 돼. 나도 내 인내를 시험하고 싶지 않으니까."

그 말을 끝으로 강우는 더 이상 할 말이 없다는 듯이 자리에서 벌떡 일어났다.

단아가 놀란 표정으로 고개를 들었을 때 그가 테이블 한쪽에 올려 둔 신문을 펼치며 그녀 쪽으로 홱 던지면서 주방을 나가 버렸다. 얼떨결에 받아 든 신문 한쪽 구석에서 그녀는 낯익은 자신의 얼굴을 확인한 순간 두 눈을 휘둥그렇게 떴다.

"세상에, 이게 뭐지?"

더 자세히 보기 위해 신문을 바싹 끌어당겼다. 그것은 강우와 단아에 관한 기사였다. '서강우의 새 연인' 이라 시작한 그 기사는 양부, 선웅이 제일제약에 근무했을 당시의 화려한 경력-스파이 혐의에 관련해-과 함께 그의 입양 딸인 단아의 모델 시절과 현재의 프로필에 대해 자세히 설명하고 있었다.

기사를 읽는 동안 얼굴은 점점 더 빨갛게 달아오르며 신음 소리가 새어 나왔다. 그 기사에는 지난주까지 한혜원과 스캔들을 일으켰던 서강우에게 새 연인이 생겼으며 그녀가 현재 그의 아파트에 동거하고 있다는 내용까지 언급했고 결정적으로 토요일 밤의 파티 후에 그의 아파트 안으로 들어가는 두 사람의 뒷모습이 파파라치에 의해 찍히면서 이 모든 내용을 증명하고 있었다.

머리가 찌근찌근 울려 온다. 마치 감당 못 할 엄청난 물살에 온몸이 그대로 잠긴 기분이었다. 어떻게 대처해야 할지 막막했지만 그마나 다행인 것은 아버지에게 미리 고백한 탓에 그가 덜 충격을 받을 거라는 사실이었다.

맨 마지막 줄에는 그녀가 과연 화려한 여성 편력을 자랑하는 서강우의 마지막 여자가 될 수 있을지 귀추가 주목된다는 말로 끝을 맺고 있었다.

고작 몇 주 후에 두 사람이 결혼한다는 걸 알면 기자들의 반응은 어떨까?

상상만으로 쓴 물이 밀려오자 그녀는 정떨어진다는 듯이 신문을 한쪽 테이블 위로 홱 던졌다.

강우가 원한 것도 이것이었을까? 한심한 연예 일면을 장식하는 것? 그것으로 그에게 무슨 이득이 있다는 거지?

단아는 계속되는 두통으로 더 이상 깊이 생각하는 것도 머리가 아팠다.

지금 생각할 일은 그게 아냐. 우선 그는 내게 1주일의 시간을 주었어. 그래, 당장은 시간을 벌었으니까 그동안 어떻게 할지 생각하자. 그전에 기적이 일어나 그에게 돈을 다 갚고 자유의 몸이 될지도 모르니까. 그렇다고 모든 것을 없던 것으로 할 남자도 아니지만……

그래, 그는 자신이 원하는 것은 꼭 얻어 내고야 말 것이다.

그녀는 핑크빛 입술을 깨물며 몸을 일으켜 식탁을 치우기 시작했다. 그녀가 설거지를 마치고 거실로 들어갔을 때 강우는 푹신한 흰색 가죽 소파에 앉아 귀찮다는 듯 잔뜩 찌푸린 얼굴로 누군가와 통화를 하고 있었다.

"아니, 네가 신경 쓸 일은 아냐. 피곤한 기자들이 어떻다는 건 네가 더 잘 알잖아. 아, 그래…… 알았다. 오늘 밤……. 나중에 전화할게."

누구? 내가 방금 본 바로 그 신문 기사 때문일까?

그 역시 일일이 대답하려면 머리 꽤나 아프겠지만 한편으로 그가 자초한 일이라고 고소하다는 생각도 들었다.

"한단아."

그를 지나쳐 얼른 방으로 숨어들려 하는데 뒤에서 강우가 그녀를 불러 세웠다.

"또 뭐죠? 난 쉬고 싶어요."

"1시간 후에 나갈 거니까 외출 준비해요."

"외출이요? 아직도 숙취가 가시지 않아 머리가 터질 것 같다고요."

"스스로 자초한 일이잖아."

"그래요, 그래서 더 속이 터지죠."

"딱 1시간뿐이란 거 잊지 말아. 난 기다리는 것은 질색이니까."

이 남자는 상대방에 대한 배려의 기본조차 없어!

"오늘은 일요일이에요. 나도 푹 쉴 권리가 있다고요. 아주 대단한 일주일이었으니까."

"그래서 지금 내 말을 거부하겠다는 말인가?"

그가 못마땅한 듯 얼굴을 찌푸리며 자리에서 벌떡 몸을 일으키자 그녀는 반사적으로 한 발짝 뒤로 물러섰다. 또다시 자신이 실수했다는 것을 깨달은 참이었다.

"꼭 그렇다기보다, 지금은 컨디션이……."

단아의 말끝이 흐려졌다. 그녀를 똑바로 응시한 채 당당히 다가오는 남자의 존재 때문이었다. 그냥 처음부터 알았다고 하면 될 것을 사서 문제를 자초한 자신이 야속할 정도였다.

마침내 그가 그녀의 시야를 완전히 막아섰다. 그녀는 침을 꿀꺽 삼키며 경계의 눈빛을 던졌다. 밤새 이 남자에 대한 면역성이 완전히 사라진 것인지 그녀로서도 어쩔 수 없는 무력감에 젖어 간다.

묘한 표정을 띤 강우가 한 손을 들어 귓가에 머문 검은 머리칼을 넘기면서 맨얼굴의 고운 볼을 스치듯 어루만졌다. 움찔, 저절로 그녀의 몸이 반응했다.

"그 움찔하는 버릇부터 고쳐야겠군."

강렬한 검은 눈동자가 다시 말문을 막으며 상처 받기 쉬운 갈색 눈을 지나 분홍빛의 작은 입술에 머물렀다. 명치끝이 꽉 막힐 만큼 가슴이 답답해졌다.

맙소사, 내게 키스하려는 걸까?

남자의 강렬한 눈빛과 표정, 몸짓에서 전해지는 숨 막히는 기운은 바로 그 말을 하고 있었다. '이제 그만 날 받아들여, 당신은 내 여자야' 라는 엄청난 메시지를 함께 전하면서…….

벗어나야 해. 이 늪에서 어서 벗어나야 해.

어떻게든 이 낯선 분위기를 물리치기 위해 안간힘을 쓰고 있는 단아의 노력이 무색할 만큼 그는 커다란 손으로 가뿐히 그녀의 얼굴을 감싸 안았다. 따스한 체온과 입술만을 응시한 채 어둡게 흐려지는 검은 눈동자가 온 신경을 사로잡는다.

"난…….."

"쉬이, 지금 키스하지 않으면 난 미쳐 버릴 거야."

어딘가 다급하면서도 애절한 애원이 담긴 허스키 보이스가 그녀의 이성을 마비시켰다.

곧이어 찾아온 입술. 스치듯 다가왔다 도톰한 아랫입술을 길게 빨자 떨리는 꽃잎처럼 그녀의 입술이 자연스럽게 벌어졌다. 만족의 신음이 그의 입술을 통해 흘러나오더니 그가 그녀의 고개를 젖히며 입술 전체를 완전히 막아 버렸다.

강우와의 강렬한 첫 키스.

쉬지 않고 밀려와 감기는 노련한 혀와 달콤한 입술로 인해 단아는 정신을 차릴 수 없었다. 무의식적으로 두 손을 들어 그의 목에 팔을 감자 그가 그녀를 더욱 바싹 끌어안으며 그녀의 입술을 맘껏 탐했다. 손바닥 아래 남자의 탄탄한 근육이 생생히 전해진다.

얼마나 그렇게 서로를 찾았을까?

여전히 첫 키스의 강렬한 여운에 잠겨 멍해 있는 단아와 달리 먼저 이성을 찾은 것은 강우였다. 그가 거친 숨을 내쉬며 그녀의 가녀린 어깨를 붙잡아 두 사람 사이에 공간을 만들었다. 거친 키스로 부푼 붉은 입술과 사과처럼 달아오른 단아의 얼굴을 바라보는 남자의 눈빛이 더 진하게 물들며 그녀의 가슴을 휘저었다.

화끈, 단아의 얼굴이 달아올랐다.

왜 항상 모든 일이 일어난 뒤에야 정신을 차리는 걸까?

결국 이번에도 후회할 짓을 하고 만 단아였다. 그가 키스할 것을 뻔히 알면서도 밀어내려는 시도조차 하지 않은 자신이, 왜 매번 이 남자에게 이렇게 속수무책으로 끌려가는 것인지 답을 찾을 수 없었다. 마치 그녀의 그런 후회와 갈등을 그대로 알아챈 것처럼 그가 쓴 미소를 흘렸다.

"남은 일주일이 쉽지만은 않겠군. 나 이상으로 당신에게도."

그녀가 반발하듯 입을 열려 하자 그가 고개를 흔들며 그녀를 침실 쪽으로 가뿐히 밀었다.

"괜한 심통 부리지 말고 어서 준비나 해요. 어서."

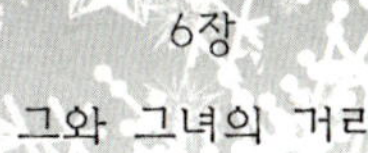

강우가 데려간 곳은 청담동 사거리에 위치한 고급 의상실이었다.

한눈에 보기에도 수십에서 수백만 원은 족히 되어 보이는 값비싼 옷들을 바라보면서 단아는 내심 당혹스러웠다. 무엇보다 강우의 존재를 금세 알아본 의상실 점원이 마치 왕이라도 행차한 양 온갖 수선을 떨면서 연신 화사한 미소를 날리고 있기에 더 그랬다.

"마음에 드는 옷이 있으면 골라 봐요."

"옷이라면 지금도 충분하다고 했잖아요."

그녀는 가능한 낮은 소리로 항의하듯 내깔았지만 그는 코웃음치듯 그녀의 말을 싹 무시했다. 바로 옆에서 귀를 쫑긋 세운 채 그들의 대화를 엿듣던 여자의 눈이 살짝 커졌다 작아지는 게 보

였다. 그녀와 눈이 마주치자 여자는 어색한 미소를 지으며 시선을
피했다.

"이 여성분에게 어울리는 옷을 좀 보여 주시겠습니까? 캐주얼,
정장, 드레스, 코트든 뭐든."

"네? 아, 물론이죠. 잠시만 기다려 주세요."

의상실 직원이 빠른 걸음으로 매장 안쪽으로 사라졌을 때쯤 단
아는 곧장 강우 쪽으로 몸을 돌려 못마땅한 표정으로 따지듯 물
었다.

"대체 몇 번이나 말해요? 당신이 내 옷까지 사 줄 필요는 없다
고 분명히 말했잖아요!"

"당신이야말로 왜 내 말을 안 듣는 거지? 이제부터 함께 참석
하게 될 곳이 한두 곳이 아니라고 했잖아. 그러기 위해서 그에 적
합한 옷이 필요한 법이고. 매번 그렇게 내 호의에 초를 쳐야 속이
편하겠나?"

"아무리 그렇다 해도 이건 정말……."

하지만 그들의 낮은 실랑이는 얼굴 가득 환한 미소를 띠고 여
러 벌의 옷을 가지고 오는 여자와 또 다른 한 명의 직원 때문에
맥없이 끝나 버렸다.

"이건 어떠세요? 울 카라 포인트 페미닌 라인 원피스인데 우아
한 선이 살아 있어 세련된 파티룩으로 그만이죠. 거기에 이 감청
색 쉬크 셔츠는 어떤 옷을 받쳐 입느냐에 따라 정장이나 캐주얼로
맵시를 낼 수 있고요, 이건 저희 의상실에만 한정 판매하는 사넬
레이디 룩이죠. 가격은 좀 비싸지만 클래식하고 럭셔리한 분위기

때문에 많은 여성분들이 선호하는 디자인이랍니다. 아가씨 우윳빛 피부가 워낙 맑고 깨끗한 데다 몸매도 예쁘셔서 어떤 옷이든 완벽하게 소화하실 수 있을 거예요. 아, 그리고 이 디자인은……."

그로부터 1시간 동안 단아의 의지와 전혀 상관없이 많은 옷상자들이 차곡차곡 쌓이기 시작했고 평생 살아도 가져 보지 못할 아름답고 값비싼 옷과 핸드백, 액세서리 그에 어울리는 구두까지 그 모두가 그녀의 것이 되었다.

얼마나 많은 여자에게 이런 관용을 베풀었을지, 아마도 그 대부분의 여자들은 그의 관대한 씀씀이에 행복의 비명이라도 질렀겠지만 그녀는 아니었다. 오히려 그의 기호에 맞게 꾸며지는 꼭두각시 인형이 된 것 같아 화가 나고 비참할 뿐이었다.

"아직도 기분이 상한 건가? 내가 멋대로 주문해서?"

주문한 물건들의 배달을 부탁한 뒤 의상실 주인의 극진한 인사를 받으며 우아한 유리문을 나섰을 때 그가 그녀의 표정을 살피며 던진 질문이었다.

"잘 알면서 굳이 확인까지 하는 이유가 뭐죠?"

그의 입가에 번지는 묘한 미소가 그녀의 신경을 건드린다.

"이해가 안 되니까. 보통 여자들은 저 정도로 쇼핑을 할 수 있다면 행복해서 비명을 지를걸."

"그럼 그런 여자들한테나 사 주지 그랬어요?"

강우가 가볍게 웃으며 아무렇지도 않게 그녀의 코트 깃을 단단히 여며 주었다. 마치 항상 그랬던 사람처럼. 내심 놀란 단아였지만 그 이상으로 바짝 다가서 있는 남자의 존재가 의식되었다. 이제 그에게서 전해지는 사향 향마저 익숙해질 정도다.

"그러게. 그랬더라면 최소한 고맙다는 말이라도 들었을 텐데."

그가 싱긋 웃으며 만족스런 눈빛으로 그녀의 모습을 훑었다.

"이번이 마지막이에요. 내 의견은 완전히 무시하고 또다시 이렇게 제멋대로 군다면……."

"군다면? 내가 또다시 그런다면 어쩌겠다는 거지?"

그가 흥미로운 표정으로 그녀를 자극하듯 물었다.

단아는 그를 노려보며 입술을 깨물었다. 할 수만 있다면 가슴속에 있는 말을 다 끌어내 소리치고 싶었지만 그럴 수 있는 처지가 아니라는 것을 그 누구보다 그녀가 더 잘 알았다.

"최소한 내 의견을 묻고 그에 합당하게 존중해 주었으면 좋겠어요. 난 당신의 꼭두각시 인형이 아니라 엄연한 인격을 가진 사람이니까요."

"물론 그 말은 충분히 공감하지만 우리가 계약을 한 이상, 당신 육체는 내 맘대로 할 수 있는 게 아니었나?"

"나쁜 자식!"

어찌 막을 수도 없이 터져 나온 욕설에 강우가 껄껄 웃음을 터트렸다.

"생각보다 입이 거칠군."

"이 정도면 양반인 줄 알아요. 그보다 더 심한 말이 머릿속에 맴도는 중이니까."

"난 내 여자가 남에게 말거리가 되는 게 싫을 뿐이야."

"난 당신 여자가 아녜요!"

“아니, 당신은 내 여자야. 조만간 합법적인 아내가 될 테고. 그 도도한 머리는 아니라 해도 이 매혹적인 육체만은 내 것이라는 뜻이지. 그 사실을 잊지 말아요.”

“대체 얼마만큼 날 모욕해야…….”

“점심은 뭐로 할까? 이 근처에 괜찮은 스파게티 집이 있는데 거기도 괜찮겠지? 가까우니까 차는 여기에 놔두고 걸어서 가지.”

그녀의 말을 자르며 강우가 이번에는 또 아무렇지도 않게 그녀의 손을 잡아 깍지까지 꼈다.

쿵, 또다시 심장이 요동친다.

“지……지금 뭐하는 거죠?”

“뭐가?”

마치 아무것도 모르겠다는 듯 순진한 표정을 짓는 그의 능청은 수준급이었다.

그녀는 어이없다는 표정으로 시선을 내리깔며 그가 꼭 잡고 있는 손을 가리켰다. 그도 그녀의 시선을 따라 내려가더니 다시 아무렇지도 않은 듯 싱긋 웃었다. 당황한 그녀가 손을 빼려는 것을 뻔히 알면서도 그는 손아귀의 힘을 더 주고 있었다.

“벌써 잊은 건가? 우리가 조만간 결혼할 사이라는 거? 어젯밤 파티는 그렇다 해도 오늘은 최소한 남들이 보기에 여느 연인처럼 보여야 하지 않겠어? 난 이제부터 가능한 많은 사람들에게 우리의 이런 모습을 보여 줄 생각이거든. 내 말 이해하겠지?”

가능한 많은 사람들에게? 결국 이 모든 게 남들에게 보여 주기 위한 쇼라는 거야?

당장이라도 그의 손을 밀어내고 싶었지만 그의 말마따나 그녀는 사람들 앞에서 그와 연인처럼 행동해야 할 의무가 있었다. 그렇다고 거리 한복판에서 이런 일을 하게 될 줄은 상상도 하지 못했지만……. 대체 이제부터 사람들의 눈을 의식하며 어떤 일을 해야 할지 가슴이 답답해진다. 무엇보다 아무리 의식하지 않으려 해도 남자의 커다란 손이 자꾸 그녀의 신경을 끌었다.

"난 이런 일에 익숙하지 않아요."

"그럼 익숙해지려고 노력해 봐. 생각보다 그렇게 힘들지는 않을 테니까."

이 남자에겐 이 모든 일이 이렇게 간단한 걸까?

"그렇다 해도 이건……."

거리 한복판에 서서 서로 손을 잡은 채 실랑이를 벌이는 그들에게 호기심이 이는 것인지 지나가는 행인들이 그들을 힐끗거렸다.

"자, 그만 투정 부리고 점심이나 먹으러 가지."

투정? 마치 철없는 아이 취급하는 그의 말투가 거슬려 한마디 하려 했지만 그는 이미 몸을 돌려 걸음을 뗐고 그녀는 입술을 깨물며 그와 보조를 맞추며 걸어야 했다.

지옥에나 떨어져라, 서강우!

강우가 추천한 스파게티 전문점은 의상실에서 얼마 떨어지지 않은 곳에 있었다.

고급스런 청담동 분위기와 어울리는 유럽식 카페 풍의 그곳에는 이미 많은 사람들이 주말 점심을 먹기 위해 테이블을 차지하고 있었는데 그중 몇 명의 여자들이 강우와 단아를 알아본 것인지 은근한 시선을 던지며 자기들끼리 뭐라고 속삭이는 것이 보였다.

저들의 눈에 우리는 여느 연인처럼 보일까?

초조할 만큼 속이 탄다. 강우의 목적이 무엇이든 사람들 앞에서 태연하게 연인처럼 행동하는 것은 그녀의 생리에 맞지 않았다. 마치 모든 이들이 꼭 마주 잡은 두 사람의 손을 보는 것만 같았다. 마침내 그들이 테이블로 안내되고 족쇄처럼 옥죄었던 강우의 손에서 해방되자 저절로 안도의 숨이 터져 나왔다. 그녀는 재빨리 코트에 땀에 젖은 손을 닦아 냈다.

"그 정도로 힘들었나?"

"뭐가요?"

"나와 손잡고 걷는 거."

단아는 힐끗 시선을 들어 눈앞의 남자를 보였다. 어딘가 기분이 상한 표정이었다. 그제야 단아는 코트에 손을 닦은 것을 그가 오해했다는 것을 알았다. 그의 존재를 의식하며 바싹 긴장한 탓에 손바닥에 땀이 나서 그랬다는 것을 이 남자가 알 턱이 없었다. 왠지 미안한 마음에 당신이 생각하는 그런 것이 아니라고 말하고 싶었지만 입으로 나온 말은 다른 말이었다.

"이런 일에 익숙지 않다고 했잖아요."

"설마 지금까지 단 한 번도 남자랑 손잡고 걸어 본 일이 없었다는 말은 아니겠지?"

설마? 마치 그녀에게 그런 일은 절대 불가능하다는 그의 암시가 마음에 들지 않았다.

"그렇다면요?"

"생각보다 거짓말을 잘하는군."

"왜 거짓말이라는 거죠?"

"전에도 말했잖아. 당신 정도 미모라면 남자들이 가만 놔둘 리가 없을 테고 연인끼리 손잡고 걷는 건 당연한 일일 테니까."

"그 말은 칭찬인가요, 조롱인가요?"

"당신 생각은?"

"왜 난 항상 당신이랑 대화하면 무슨 수수께끼 놀이를 하는 기분이죠? 난 당신이 정말 내게 무슨 대답을 원하는지 모르겠어요. 대체 어디서 어떤 말을 듣고 왜 그런 생각을 하는지 모르겠지만, 난 지금까지 남자를 사귄 적이 없어요."

"단 한 번도?"

단 한 번, 혼자 가슴앓이를 한 적은 있지만 그것까지 이 남자에게 고백할 이유는 없었다.

"그래요, 단 한 번도."

그의 매끈한 입가가 시니컬하게 비틀렸다. 그녀의 말을 전혀 믿지 않는다는 증거였다.

"뭐 당신이 그렇게 말하고 싶다면 그런 거겠지."

"이봐요, 난 정말……."

"갑자기 시장해지는군. 당신은 뭘 먹을 거지? 여기서 원하는 게 있으면 골라 봐."

그가 그녀에게 메뉴판을 건네며 이번에도 가뿐히 화제를 바꿨다.

항상 이런 식이다. 자기가 하고 싶은 말만 하고 듣고 싶은 말만 들으려는 이기주의자. 그녀가 괜한 오해에 억울해한다는 것을 뻔히 알면서도 그는 눈 가리며 아웅 하는 식으로 무시할 뿐이다.

그녀는 그런 강우가 못마땅했지만 아무리 부정해 봤자 입만 아플 뿐이라는 것을 알았다. 이미 노새처럼 굳어진 그의 머리는 그녀의 말을 단 한 마디도 믿지 않을 테니까 말이다.

강우는 한 번 마음먹으면 무엇이든 할 수 있는 남자라는 것을 새삼 깨닫는 순간이었다.

그는 정말 이제부터 연인처럼 행동하기로 작정한 사람처럼 매 순간 그녀를 향한 배려를 잃지 않았다. 스파게티가 나오자 자기 음식을 덜어 그녀에게 맛보라고 다정하게 포크를 내민 것뿐만이 아니라 샐러드를 덜어 주고 매번 음료를 따라 준다는지, 항상 그랬던 것처럼 입가에 연신 미소를 머문 채 그녀를 지그시 바라본다든지, 식당을 나설 때에는 예의 바른 신사처럼 그녀의 어깨를 보호하듯 감싸며 걷는다든지.

한 마디로 다른 사람의 눈에는 완벽한 연인 그 자체로 보였을 것이고 단아는 몇몇 여자들의 눈길에서 질투와 부러움의 시선을 분명히 느낄 수 있었다. 그 탓일까? 고작 4시간을 함께 외출했을 뿐인데도 마치 하루 종일 강우와 보낸 양 착각이 들었다.

따스한 난방이 가동되는 아파트에 들어서 곧장 그녀의 침실로 향하는 단아를 향해 강우가 잊지 않고 한마디 했다.

"오늘 7시에 저녁 약속이 있어. 6시 정도에 나갈 생각이니까 그때 맞춰 준비해요."

또?

단아는 걸음은 멈춘 채 날이 선 눈빛으로 그를 쳐다보았다.

"내겐 선택의 여지가 없는 건가요?"

"피할 수 없는 자리라 그런 거야."

"서강우도 피할 수 없는 자리라니, 대체 그 대단한 존재가 누구죠?"

"여동생 부부."

어딘가 살짝 굳어진 얼굴로 그가 말했다.

"당신 여동생이요?"

"늦건 빠르건 한 번 거쳐야 할 관문이라고 생각해요."

강우는 그 이상 어떤 힌트도 주지 않은 채 몸을 돌려 거실 안쪽의 그의 방으로 사라졌다.

여동생 부부? 한 번 거쳐야 할 관문이라는 말은 또 뭐지? 왜 오늘 밤 굳이 저 남자의 여동생 부부를 만나야 한단 말인가?

물론 결혼하기 전, 최소한 한 번은 그의 가족들과 대면해야 한다는 것을 각오한 단아였다. 어쨌든 그에겐 하나뿐인 여동생이니까. 하지만 여전히 마음은 무거웠고 강우 외에 또 다른 누군가와 거짓 관계를 맺게 된다는 사실이 영 내키지 않았다.

❖　　❖　　❖

그날 저녁을 위해 단아는 우윳빛 살결을 최대한 살리는 옅은 색조 화장을 하고 오늘 산 온 중에서 클래식한 분위기의 갈색 톤 브이넥 니트 롱 티에 깔끔한 흰색 기모 바지를 골라 입었다. 전체적으로 루즈한 느낌에 긴 목과 날씬한 몸매를 살려 주는 디자인인 데다 그다지 화려하지 않아 나름 마음에 들었다.

전신 거울 앞에 서니 열에 들떠 희미하게 물든 얼굴과 불안한 눈빛 때문에 거울 속의 여자는 어딘가 어색하고 낯설어 보였다.

그래도 돈이 좋긴 좋군.

단아는 쓴 미소를 지으며 남색 패딩 코트와 흰 실크 백을 들고 방을 나섰다.

거실 소파에 앉아 깊은 생각에 잠겨 있던 강우가 그녀의 등장에 고개를 들며 천천히 몸을 일으켰다. 스트라이프 브라운 터틀넥에 그보다 더 옅은 빛의 데님 바지를 입은 모습은 그의 넓은 어깨와 장신의 키를 강조하며 매력적인 남성미를 더욱 부각시켰다.

우연찮게 두 사람 모두 브라운 계열의 옷을 선택했다는 사실이 은근 신경에 쓰였다. 강우 역시 그 사실을 알아챘는지, 아니면 갑자기 그녀가 모르는 무슨 좋은 일이라도 생각난 것인지 웃음기를 머금은 눈으로 날씬한 그녀의 몸을 느긋하게 훑어 내렸다. 움찔, 다시 그의 시선에 몸이 자동적으로 반응한다.

"준비가 됐다면 이만 가죠."

"아니, 잠깐."

그는 한 손을 들어 그녀를 저지하더니 소파 한 편에 놓인 캐시미어 더블 코트 안에서 뭔가를 꺼내 그녀에게 다가왔다. 단아의 시선이 그의 큰 손바닥 위에 놓인 남색의 작은 벨벳 상자 위에 머물렀다.

그녀가 이게 뭐죠? 하는 눈빛으로 그를 올려다보자 그가 묘한 미소를 지으며 긴 손가락으로 상자를 열어 그 안의 물건을 보여 주었다. 그것은 가는 두 줄 전체에 하트 모양의 다이아몬드가 촘촘히 박힌 눈부시게 아름다운 목걸이였다.

"아름답지 않나?"

그의 말 그대로 저절로 감탄사가 터져 나올 만큼 섬세하고 아름다웠지만 그것은 어디서나 볼 수 있는 여느 목걸이가 아니었다. 저 모두가 진짜 다이아몬드라면—물론 당연히 그럴 테지만— 그 자체만으로 엄청난 값이 나갈 것이라는 것은 의심의 여지가 없었다.

"오늘 밤 당신에게 어울릴 것 같군."

그가 두 손에 목걸이를 들어 그녀에게 내밀자 단아는 반사적으로 목을 뒤로 뺐다.

"뭐하는 거죠?"

"뭘 하다니? 이걸 당신 목에 채워 주려 하잖아."

"난 받을 수 없어요."

그의 잘생긴 얼굴이 김이 빠진 듯 금세 구겨졌다.

"받을 수 없다니, 무슨 뜻이지?"

"말 그대로 그 목걸이를 받을 수 없다고요. 아니, 받을 이유가 없어요.”

“어째서?”

“정말 몰라서 물어요? 이미 당신에게 충분히 받았어요. 이 옷과 수많은 액세서리, 핸드백, 구두…… 그 외 일일이 다 설명해 줘야 하나요?”

“하지만 이 목걸이는 다른 거야.”

“다르긴 뭐가 달라요?”

“왜 단 한 번이라도 기분 좋게 받아 주지 않는 거지?”

“이건 지금까지와 차원이 다른 물건이니까요. 딱 봐도 엄청난 가격이 나갈 물건을 당신에게 받을 이유가 없어요.”

“그 때문에 더 의미가 있다는 걸 모르겠나? 이 목걸이는 이 세상에 단 하나뿐이야.”

이 세상에 단 하나? 이 남자, 정말 미친 게 아닐까? 그 대단한 물건을 왜 내가 받아야 하는지, 그 때문에 더 부담이 된다는 사실을 왜 이해조차 못하는 걸까?

“이봐요, 서강우 씨…….”

“젠장, 당신이 그렇게 부를 때 내 기분이 얼마나 더러워지는지 알아?”

“당신 기분이 어떻든 다시 한 번 말하지만 그런 고가의 물건은 사양하겠어요.”

“정말 고집이 세군. 하지만 한단아, 당신은 이걸 목에 걸어야 할 거야. 당신이 원하든 원치 않든 간에. 왜냐하면 내가 그러길 원하니까. 그리고 당신이 내 말에 무조건적으로 순종해야 하는 가련한 신세라는 것을 잊지 말았으면 좋겠군. 알아들었나?”

지난밤 이후 잠시 사라졌다고 생각했던 냉혹할 만큼 거만한 서강우가 다시 그녀 앞에 서 있었다. 정떨어지게 하는 강압적인 눈빛으로 그녀를 압도하면서.

가련한 신세! 정말 그녀의 처지에 딱 맞아떨어지는 말이었다.

사람이 어떻게 저리 무신경하고 무례하고 거만할 수 있는지, 무조건 명령하고 자기가 원하는 대로 하지 않으면 직성이 풀리지 않는 남자. 독재자에 에고이스트에 성차별주의자. 여자에게 어떻게 다가가야 할지 최소한의 기본조차 모르는 남자!

이런 남자의 매력에 잠시라도 끌리다니……. 그래. 이 남자는 날 자신이 원하는 대로 해야 직성이 풀리는 거야. 결국 그는 날 돈 주고 샀으니까! 내게 무슨 의지가 있겠어? 이런 끔찍한 남자에게 그런 의지를 보여 준들 무슨 의미가 있겠는가.

단아는 입술을 앙다물며 몸을 홱 돌려 그가 그 징그러운 돌덩어리를 채워 주기를 기다렸다. 긴 머리칼이 들려지고 서늘한 기운이 전해지는 동안 두 사람 사이에 얼음 같은 침묵이 흘렀다.

“오늘 밤에 돌아오면 이 목걸이를 돌려주겠어요.”

그녀는 정면만을 응시한 채 고집스럽게 말했다.

“이제 당신 것이니 내가 상관할 바 아니야.”

그 역시 고집스럽게 맞받았다.

“준비됐으면 이제 가지.”

먼저 몸을 홱 돌려 앞서 걸어가는 남자의 넓은 등을 보면서 단아는 저절로 이를 갈았다.

꽉 벽창호 같으니라고!

❖　　　❖　　　❖

단아는 여전히 분이 풀리지 않아 고집스럽게 강우의 존재를 외면한 채 차장 밖의 정경만을 보았다. 하지만 시간이 지날수록 내심 냉정한 척 자신을 무장하고 있으면서도 강우의 여동생 부부를 만나야 한다는 사실에 초조감이 밀려오는 것은 어쩔 수 없었다. 그녀는 무의식중에 가는 목에 달린 다이아몬드 목걸이를 어루만지며 깊은 숨을 들이켰다.

"부담 가질 거 없어. 그저 가벼운 가족 화합일 뿐이니까."

언제나처럼 예리한 강우가 그녀의 속내를 금세 알아채며 말을 건넸다.

가벼운 가족 회합?

갑자기 크게 웃음이라도 터질 것 같다.

그 가족 화합에 왜 내가 참석해야 한단 말인가?

단아는 날카롭게 고개를 돌려 바로 옆에 앉은 남자를 보았다.

"이미 우리의 결혼에 대해 여동생에게 말한 건가요?"

"아니, 아직 아무에게도 말하지 않았어."

"그럼 왜 나까지 가족 회합에 참석해야 하는데요?"

"그 애가 당신의 존재를 알아 버렸으니까. 당신을 직접 보고 싶다 하더군."

"날? 무슨 이유로요? 아니면 매번 오빠의 여자가 바뀔 때마다 그렇게 심사를 받는 건가요?”

“당연히 아니지. 사실 지금까지 누이가 따로 만날 만큼 진지한 여자도 없었어.”

“그럼 난 진지하다는 건가요?”

“어떻게 생각하느냐에 따라.”

“그렇게 애매모호한 말로 날 혼란스럽게 만들지 말아요.”

“어차피 조만간 가족이 될 사람인데 왜 그렇게 민감하게 반응하는 거지?”

“몰라서 물어요? 난 당신과 결혼은 고사하고 가족까지 만날 준비가 되지 않았다고요.”

“당신이 준비가 됐든 안 됐든 우리 결혼은 3주 뒤에 있을 테고 내 누이는 당신을 직접 만나고 싶어 할 뿐이야. 더 정확히 말하면 나와 함께 있는 당신을 보고 싶어 하는 거겠지만 말이야.”

“그게 무슨 뜻이죠?”

“별 뜻 아니니 너무 깊게 생각하지 말아.”

“깊게 생각하지 마라……. 좋아요. 그럼 난 생각하는 것 외에 뭘 해야 하죠? 당신 옆에 막대 인형처럼 붙어 앉아서 당신이 명령하기만 기다리면 되는 건가요?”

“그것도 썩 나쁜 생각이 아니군.”

그녀가 매섭게 눈을 흘기자 그는 싱긋 웃었다.

“사실, 한 가지 부탁이 있어요. 혹시나 그 애가 당신을 불편하게 한다 해도 참아 주길 바라.”

“날 불편하게 한다 해도?”

“그 앤 지금 정서적으로 좀 불안한 상태에 있거든. 특별히 요즘 들어 더욱. 그 때문에 당신을 불편하게 만들 수도 있을 거야.”

정서적으로 불안하다는 말에 그녀가 의아한 시선을 던졌지만 강우는 그 이상의 친절한 설명은 베풀지 않았다.

“아, 그리고 한 가지 더. 전에 말했던 대로 난 우리 계약에 대해 비밀을 지키길 원해. 즉, 그 말은 여동생 부부 앞에서도 우린 사랑하는 연인처럼 행동해야 한다는 뜻이지. 괜한 의심을 사지 않도록 특별히 더 조심했으면 좋겠어. 해 줄 수 있겠지?”

“난 거짓말에 익숙지 않아요.”

“하지만 선택의 여지가 없다는 걸 잘 알 텐데? 어쨌든 오늘 밤 두 사람에게 우리의 결혼 소식을 알릴 예정이라는 것만 알아 둬요.”

결국 일은 점점 커져 가고 있었다. 강우는 진심으로 이 결혼을 밀어붙일 생각인 것이다. 대체 저 영리한 머리로 무슨 생각을 하는 것인지 짐작조차 가길 않았다.

“호랑이 굴에 제 발로 들어가는 기분이군요.”

“이 말이 위안이 될지 모르겠지만 나 역시 오늘 밤 식사가 그리 내키는 건 아니야.”

“그 말을 들으니 더 가고 싶지 않네요. 한데 내가 왜 당신 말을 고분고분 따라야 하죠?”

“내가 그러길 원하니까.”

또, 그 말이군. 이젠 너무 들어서 귀에 인이 박일 정도다.

“이 모든 무거운 짐에서 과연 해방될 날이 오기나 할지 모르겠네요.”

그가 그녀를 향해 희미한 미소를 지었다.

"그거 아나? 당신은 매사 모든 것에 의미를 부여하는 경향이 있어. 사물을 단순하게 보면 인생은 그만큼 더 편하고 행복해질 거야."

"난 지금까지의 내 인생만으로 충분히 행복했어요. 당신을 만나기 전까지."

그녀는 마지막 말을 강조하며 신랄하게 내뱉었다.

"내 인생은 아주 따분했지. 당신을 만나기 전까지."

그 역시 지지 않고 말을 받으며 그녀의 날씬한 몸을 향해 의미심장한 시선을 던졌다.

나쁜 자식!

순간적으로 저려 오는 전율에 얼굴을 붉히면서도 이 거만한 남자의 말 한마디와 눈빛 한 번에 반응하는 자신이 끔찍하게 싫었다.

왜 내 육체는 분노에 떠는 머리처럼 이성을 찾을 수 없는 것일까?

결국 답이 없는 의문만 쳇바퀴 돌듯 머릿속을 휘저을 뿐이다.

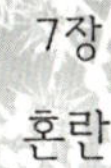

7장

혼란

"당신이 바로 그 여자군요."

그것이 화려한 외모 이상으로 시크한 분위기를 풍기는 강우의 여동생, 채원이 단아를 처음 본 순간 내뱉은 말이었다.

단아와 비슷한 나이 또래로 보이는 채원은 같은 여자가 보기에도 보호 본능을 자극할 만큼 작은 몸집에 글래머러스한 여성적인 타입이었다. 하지만 그녀의 날이 선 표정이나 예쁜 입을 통해 흘러나온 공격적인 어조에 당황하지 않았다면 거짓말이었다.

바로 그 여자? 무슨 뜻이지? 신문에 봤던 그 여자란 뜻일까? 아니면 내가 모르는 사이 이 여자에게 무슨 실수라도 한 걸까?

이젠 아예 대놓고 평가하듯 머리에서 발끝까지 여주인의 무례한 시선이 이어지자 당혹감을 넘어서 화가 날 정도였다. 그녀는 힘겹게 강우의 말을 상기하며 마음을 진정시켰다.

“처음 뵙네요. 한단아라고 합니다.”

단아는 최대한 예의 바른 미소를 띠며 눈인사를 건넸지만 채원은 그 인사마저 가볍게 무시해 버렸다. 울컥, 다시 분노가 치밀었다.

대체 무슨 여자가…….

마치 그런 단아의 속을 그대로 간파한 듯 적절한 타이밍에 맞춰 강우가 앞으로 나서며 여동생의 관심을 끌었다.

“잘 지냈니?”

거짓말처럼 날카로운 빛이 사라지며 채원의 얼굴에 환한 미소가 번졌다.

“그럼. 그러는 오빠야말로 잘 지낸 거야? 아무리 바쁘다지만 하나밖에 없는 동생 얼굴도 안 보고 살 생각이었어?”

“회사 일 때문인 거 알잖아. 매제는?”

단아로서는 처음 들어 보는 아주 다정한 강우의 음성이었다. 그가 여동생을 특별히 아끼고 있다는 것은 더욱 분명해 보였다.

“곧 올 거야. 갑자기 잡힌 부산 학술회 때문에 미팅이 있어 좀 늦는다고 했거든. 재하 씨가 올 때까지 응접실로 가서 간단히 한 잔 할까? 이쪽으로 와.”

재하…… 씨?

그 한 마디에 심장이 덜컹 내려앉으며 전신이 그대로 얼어붙었다. 강우와 채원이 동시에 고개를 돌려 단아를 바라보자 그녀는 어색한 표정으로 그들을 따라 걸음을 뗐다.

바보, 재하란 이름이 그리 드문 것도 아니잖아. 동명이인은 얼마든지 있을 수 있어.

무엇보다 1년 반이 훌쩍 넘은 지금까지 그 이름만으로 과민 반응을 보이는 자신이 마음에 들지 않았다.

고가의 가구들로 꾸며진 넓은 응접실의 화려한 샹들리에 아래, 단아는 강우가 건네준 레모네이드를 마시면서 좀 떨어진 고풍스런 클래식 소파에 앉아 대화를 나누고 있는 두 사람을 바라보았다.

눈앞의 남녀는 확실히 여는 남매처럼 비슷한 외모를 갖고 있었다. 까만 머리칼이며 사람의 시선을 잡아끄는 뚜렷한 윤곽, 균형 잡힌 날씬한 몸매에 세련미가 넘쳐흐르는 패션 감각까지 채원은 강우 이상의 빼어난 미모의 소유자가 분명했다. 하지만 자신감과 에너지가 넘치는 남자다운 강우와 달리 어딘가 약간 신경질적이고 다소 불안해 보였다.

정서적으로 불안하다는 강우의 말이 사실인 걸까?

단아는 눈을 가늘게 뜨며 마치 아기 달래 듯 여동생을 대하는 강우를 조심스럽게 주시했다.

불행한 결혼 생활 때문에? 하지만 그게 내게 저렇게 차가운 이유가 될까? 아니면, 저 모습이 세상이 모두 제 것이라고 착각하는 상류층 여자들의 전형적인 특성일까?

물에 뜬 기름처럼 이방인이 된 기분이다. 응접실에 들어선 이후, 채원은 자신이 안주인이라는 사실조차 잊은 것인지, 단아 쪽은 눈길 한 번 주지 않은 채 강우만을 상대하고 있었던 것이다. 도저히 상식선에선 이해할 수 없는 무례한 여자였다.

날 싫어하면서 왜 보자고 한 거지? 아, 아니지. 강우와 함께 있는 날 보고 싶다고 했어.

강우의 말은 여전히 미스터리였지만 딱히 속 시원한 대답을 해줄 사람도 없었다. 아무렴 어떻겠는가. 어차피 채원의 관심은 오히려 그녀 쪽에서 부담스러웠다.

"오빠 취향이 이렇게 수준 미달인지 오늘 처음 알았어."

처음엔 잘못 들었다고 생각했다. 하지만 못마땅한 듯 그녀 쪽을 힐끗 쳐다보는 채원을 보고 그녀의 착각이 아니라는 것을 알았다. 그녀는 깊은 숨을 들이마시며 자신이 왜 이런 모욕을 참아야 하는지 이해하려 했다. 강우가 원하니까. 그 외에 그녀가 그곳에 있을 이유는 없었다.

"확실히 너완 다르지."

"정말 함께 사는 거야? 저 여자랑?"

세상에, 마치 내가 유령이라도 된 것처럼 말하잖아. 어쩜 남매가 저리 똑같은지. 거만하고 안하무인인 데다 제멋대로에……

끝없는 수식어가 그 뒤를 따랐지만 입으로 터져 나오지 않은 것은 순전히 노력 덕분이었다. 오늘 강우가 그녀를 이곳에 데려온 것은 그녀의 인내를 시험하기 위해서인지도 모른다. 그녀는 다시 한 번 깊은 숨을 들이마셨다.

"오늘로 3일째죠."

"뭐라고요?"

채원이 눈살을 찌푸리며 단아 쪽으로 고개를 휙 틀었다.

"오늘로 그와 함께 산 지 3일째라고요."

단아는 흔들리지 않은 미소를 지으며 불쾌한 표정을 짓고 있는 여인과 당당히 마주했다.

그래, 칼에는 칼로 받아 주겠어.

이제 더 이상 예의 바른 숙녀인 양 자신을 포장해 채원의 무례를 감당하고 싶지 않았다.

그녀의 공격이 효과가 있었는지 채원의 얼굴이 주춤 흐려지는 것이 보였다. 하지만 그 사이를 놓치지 않고 강우가 끼어들었다.

"우린 지금 조금씩 서로에게 익숙해져 가는 중이야. 동거는 처음이라 쉽진 않지만 말이야."

그가 사랑하는 연인을 보는 눈빛으로 단아에게 따스한 미소를 건넸지만 그 순간 검은 눈이 경고조로 빛났다는 것을 모를 단아가 아니었다.

조용히 있으라고?

더 이상 여동생을 자극하지 말라는 메시지는 분명했다.

무슨 말인가 한껏 세차게 받아치고 싶었지만 이번 한 번만 더 참기로 했다. 감정적인 여자 앞에서 똑같이 행동하는 자체가 어리석은 일이었다.

"그래서 내가 얼마나 놀랐는지 알아? 다름 아닌 오빠가 내게 이런 짓을 하다니, 어떻게 저런 여자와 함께 살 수 있는 거냐고? 내 기분이 어떨지 모르는 거야? 저따위 여자가 오빠 옆에 있다는 생각만으로……."

"채원아!"

강우가 얼굴을 찌푸리며 매섭게 말을 막았지만 이미 단아의 귀에 들어온 뒤였다.

저따위 여자? 이젠 안 돼. 도저히 참을 없어.

이유 없이 당하고 참는 데도 한계가 있었다. 아무리 예의를 갖추려 해도, 강우를 위해 참으려 해도 그럴 수 없었다. 아니, 그럴 가치가 없는 여자였다.

말에도 정도가 있다는 말을 막 내뱉으려는 순간 고요한 벨소리가 들렸고 채원은 마치 준비된 총알처럼 거실 밖으로 뛰어나갔다. 갑자기 사라진 채원를 대신에 분노의 화살은 강우를 향했다.

"이봐요, 서강우 씨! 지금 날 갖고 뭘 하는 거죠? 아예 오누이가 날 모욕 주려고 작정을 한 건가요? 입에서 나오는 말마다 어떻게 그렇게 무례할 수 있는지, 오늘 밤 내내 이런 식으로 날 무시할 생각이라면 난 당장 집으로 돌아가겠어요. 당신에게 받은 모욕만도 모자라서 이젠 당신 여동생한테까지 당할 이유는 없어요! 대체 자신들을 뭐라고 생각하는 거죠?"

"기분을 상했다면 미안해. 아까 말했듯이 내 여동생은 심리적으로 정상이 아니야. 평소엔 이렇게 예민하거나 무례한 여자가 아니라면 이해하겠나? 당신이 조금만 더 참고 이해해 줘."

"이해? 정상이 아니라고 그냥 참고만 있으라는 건가요? 내가 왜 그래야 하는데요? 정말이지 이런 말도 안 되는 경우는……."

"그이가 왔어요."

마치 아무 일도 없었다는 듯이 채원의 음성이 매끄럽게 끼어들었다.

단아는 아직도 가시지 않은 분노에 반사적으로 고개를 획 돌려 소리 나는 쪽을 보았다.

철렁. 심장이 발 아래로 곤두박질치며 전신이 그대로 얼어붙었다. 들고 있던 잔이 기울어지면서 값비싼 카펫 위로 투명한 액체가 스며들고 있다는 사실조차 의식 못한 단아였다.

"어떻게……."

더 이상 말이 이어지지 않았다. 아니, 그 이상의 말이 떠오르지 않았다. 그녀는 후들거리는 다리에 힘을 주며 천천히 몸을 일으켰다. 채원의 옆에서 그런 단아를 바라보는 남자 역시 충격에 창백하긴 마찬가지였다.

윤기 흐르는 머리칼, 중키의 마른 체격, 강우만큼 미남은 아니라 해도 선한 인상으로 시선을 잡아끄는 남자. 그는 그녀의 기억 속 모습 그대로였다. 다정하고 관대하며…… 그리고 바로 그 때문에 더 큰 상처를 남긴 사람. 그 남자는 분명 단아가 아는 윤재하가 분명했다.

하지만 어떻게 그가 여기에…… 설마, 그가 채원의 남편?

종이에 잉크가 스며들듯 믿을 수 없는 사실이 젖은 사고 안으로 밀려 들어왔다.

"두 사람이 아는 사이였나?"

아주 멀리서 메아리처럼 들려오는 강우의 나직한 음성이 단아를 현실로 잡아끌었다. 그녀는 흠칫 몸을 떨며 강우 쪽을 보았다. 재하의 얼굴을 넋 놓고 바라본 것을 강우와 채원이 놓칠 리 없었다.

재하의 바로 옆에서 노골적인 분노를 드러낸 채원이 그녀를 노려보는 것이 느껴졌다. 그녀는 떨리는 손을 꼭 마주 잡고서 어떻게든 마음을 다스려 보려 애를 썼지만 지금 이 순간의 충격을 감추긴 힘들었다.

교수님을 이곳에서 만나다니, 그것도 강우의 매제로…….

"단아와 난…… 그녀는 한때 내 제자 중 한 명이었지."

마침내 재하의 입에서 나직한 소리가 흘러나왔다.

"오랜만이야, 단아. 그동안 잘 지냈나?"

제자 중 한 명?

단아는 쓴 미소를 지으며 희미하게 고개를 끄떡였다. 그의 말이 맞다. 재하에게 있어 그녀는 제자 중 한 명 그 이상도 그 이하도 아니다.

"오랜만이 뵙네요, 교수님."

가늘게 떨리는 목소리가 그녀의 것이 아닌 양 낯설다.

갑자기 그 순간에 전혀 어울리지 않게 채원이 신경질적인 웃음을 터트렸다.

"세상 참 좁지 않아요? 그 제자가 이젠 오빠의 연인이 되어 우리 집에 나타나다니 말예요."

"강우의 연인?"

재하가 검은 눈썹을 치켜뜨며 강우에 이어 단아를 다시 보았다.

"그녀를 본 순간 한눈에 사랑에 빠졌다고 할까. 이제야 나도 정신을 차린 것인지도 모르지."

강우가 그녀 쪽으로 다가와 사랑하는 연인을 대하듯 자연스럽게 어깨에 팔을 두르며 바싹 끌어안았다. 마치 자신의 소유권을 주장하는 남자처럼. 재하의 시선이 단아의 어깨에 놓인 강우의 단단한 손에 날아와 꽂혔다.

이게 무슨 웃지 못할 희극일까? 사람들의 노골적인 시선 속에 발가벗겨진 기분이 이럴까?

도망치고 싶었다. 아무도 없는 곳, 그 누구의 시선도 느낄 수 없는 곳에서 혼자만의 시간을 갖고 싶었다. 하지만 불가능하리라. 서강우가 옆에 있는 한, 그런 행운은 일어날 수 없었다. 마치 그런 그녀의 마음을 직감한 듯 그녀를 안은 팔에 더 강한 힘을 주는 강우였다.

"더 놀라운 뉴스는 두 사람이 함께 산다는 거죠. 우리 오빠가 동거를 하다니, 정말 놀랍지 않아요?"

채원이 남편의 얼굴을 뚫어지게 주시하며 간들거리는 음성으로 말했다.

여전히 충격에서 헤어 나오지 못한 듯 재하는 단아가 강우의 애인이며 그와 동거한다는 사실에 적응이 되지 않은 것 같았다.

"운명을 억지로 거스를 수는 없는 법이니까."

강우는 다정한 미소와 함께 고개를 살짝 숙여 대담하게 그녀의 이마에 키스까지 했다. 화끈, 단아의 얼굴이 불처럼 뜨거워지면서 저절로 몸이 떨린다. 차마 눈을 들어 재하의 얼굴을 똑바로 바라볼 수 없었다.

"그리고 더 빅뉴스를 알려 주자면 우린 조만간 결혼할 생각이야."

"결혼? 오빠가 결혼을 한다고? 이 여자와?"

놀라 입만 뻐끔거리는 재하와 달리 채원의 새된 음성이 온 집 안에 쩌렁쩌렁 울려 퍼졌다.

"정확히 3주 후에 할 생각이야. 다음 주쯤에 정식으로 발표할 예정이지만 가족이니 먼저 알아야 할 것 같아서. 모두 축하해 주면 고맙겠군."

강우는 단호히 말을 잘랐고 채원도 오빠의 권위에 함부로 도전하는 어리석은 동생은 아니었다. 하지만 이미 그녀와 재하의 얼굴은 몰라보게 창백해져 있었다.

"아…… 물론, 축하해 줘야지."

간신히 정신을 차린 재하가 눈에 띄게 굳은 표정으로 입을 열었다.

"난 자네가……."

"괜찮다면 저녁을 시작하는 게 어때? 더 자세한 이야기는 그때 해도 늦지 않을 것 같군. 두 사람 모두 괜찮은 거지?"

특유의 허스키한 음성으로 강우가 재하의 말을 자르며 저녁 식사를 제안했고 결국 세 사람은 그 강압적인 제안에 응접실로 이동하는 것 외에 달리 선택의 여지가 없었다.

❖　　　❖　　　❖

그날 저녁은 단아에게 그 어떤 순간보다 버티기 힘든 고역의 시간이었다.

오랜 시간 사모했던 남자가 바로 눈앞에 있다니, 그것도 한 여자의 남편으로서.

기계적으로 포크를 들어 입으로 넣고 있었지만 무엇을 먹는지, 어떤 맛인지 감각도 없었다. 그녀를 제외한 세 사람의 어색한 대화조차 알아들을 수 없었다. 간간이 그들의 결혼 계획에 대해 묻는 채원의 날이 선 목소리가 들려왔지만 그것이 전부였다. 머릿속은 온통, 재하의 생각만으로 그대로 터질 것 같았다.

그가 강우 여동생의 남편이었다니, 어떻게 그 사실을 까맣게 몰랐을까?

하긴 알았다 해도 달라질 것이 없었다. 어차피 채원이 아니라도 그가 누군가의 남편이라는 사실은 변함이 없었고 그녀의 사랑이 이뤄질 가능성은 없는 셈이었으니까 말이다.

재하를 처음 만난 건 대학원에 합격했던 23살 무렵이었다. 부임한 지 얼마 되지 않은 부드러운 인품의 젊은 교수는 이미 대학 내에서 많은 여대생들의 흠모와 존경의 대상이 되어 있었고 단아도 그의 강의를 듣다 우연히 그의 직속 조교로 뽑히고 그와 많은 시간을 함께하면서 그의 매력에 빠지게 되었다.

하지만 그로부터 한참 후에야 그에게 조만간 결혼할 약혼녀가 있다는 것을 알게 되었기에 그녀의 사랑은 결국 보답받을 수 없는 짝사랑으로 남아야 했다.

사실 한때, 재하도 그녀와 같은 마음일지도 모른다는 착각이 든 때도 있었다. 하지만 교통사고 후, 힘든 재활 기간 동안 그녀 옆에서 묵묵히 힘을 주었던 남자는 어느 한 순간 완전한 타인이 되어 그녀의 가슴을 찢어 놓았다.

그는 지쳤다고 했다. 그녀 옆에 머무는 것에, 현실의 도피처로 그녀를 이용하는 것에 죄책감을 느낀다고 했다. 그는 여전히 약혼녀를 사랑하며 자신의 어리석은 실수로 사랑하는 여자를 잃을 수 없다는 것을 깨달았다고 했다.

어리석은 실수. 그에게 단아는 그런 존재일 뿐이라는 사실은 큰 상처이자 아픔이었다. 물론 처음부터 알고 있었다. 그에 대한 애틋한 마음을 남몰래 키워 온 순간부터, 그가 누군가의 약혼자라는 사실을 알게 된 그 순간부터 결국 그에게 그 이상을 기대하는 것은 욕심이라는 것을 알았다.

하지만 대형 교통사고와 연이은 아버지의 횡령 사건으로 심신이 모두 피폐해 있는 동안 그녀는 그에게 더 의지할 수밖에 없었고 그 누구보다 큰 힘이 되어 주었던 남자의 잔인한 고백은 그녀를 완전히 무너뜨리며 치유할 수 없는 깊은 골을 만들었다.

그리고 그로부터 1년 반 후, 이제 두 번 다시 만나지 못할 것이라 믿었던 그녀의 사랑이, 참 많이 아파하고 그리워했던 한 남자가 지금 눈앞에 있었다. 창백하게 굳은 얼굴로 의식적으로 그녀의 시선을 피한 채. 이젠 모두 잊었다고 생각했는데 그를 다시 보자 마치 아련했던 지난 추억들이 파노라마처럼 밀려드는 것 같았다.

저 눈빛 때문이야. 나 이상으로 깊은 상처에 물든 것 같은 검은 눈동자. 오래전, 그녀에게 매정한 말을 내뱉던 순간에도 그 눈만은 그녀를 외면하지 못했다. 마치 말로 하지 못하는 아주 많은 이야기를 하는 것처럼…… 어쩌면 그랬기에 끝내 그를 미워할 수 없었던 걸까?

"무슨 생각을 그렇게 하는 거지? 묻는 말에 대답도 하지 않고."

바로 옆에서 들려온 강우의 물음에 그녀는 고개를 들며 멍하니 두 눈을 깜박거렸다. 남은 세 사람의 시선이 고스란히 그녀에게 향해 있었다. 찰나의 순간, 지금 여기에 누구와 와 있는지 잊지 말라는 듯, 강우의 검은 눈이 그녀를 향해 경고조로 매섭게 빛났다.

내 태도가 마음에 안 든다는 뜻이겠지?

하지만 아무리 안간힘을 써도 평소의 그녀로 돌아올 수 없는 것을 어쩌란 말인가.

"아, 미안해요. 무슨 말을 했죠?"

"음식이 입에 맞지 않느냐고 물었어."

"음식……? 아, 맞지 않긴요. 스테이크가 아주 연하고 소스도 맛있다고 생각하던 참이에요."

아주 작은 조각으로 칼질만 되어 있는 스테이크를 힐끗 보며 강우가 눈썹을 치켜뜨자 단아는 얼굴을 붉히며 들고 있던 포크와 나이프를 놓았다.

"죄송합니다. 잠시 실례할게요."

세 사람의 부담스런 시선을 한 몸에 받으며 어떻게 그곳을 나와 화장실을 찾았는지 알 수 없었다. 어떻게든 혼자만의 시간이 필요했다. 생각을, 생각을 해야 했으니까. 평소의 차분한 그녀로 돌아가기 위해서도, 조금이라도 숨 쉴 시간을 가져야 했다. 재하의 등장 이후 단순한 가족 회합은 엄청난 회오리를 일으켰고 단아는 여전히 그 혼란 속에 빠져 있었다.

채원이 부른 이유가 뭘까? 강우와 함께 있는 날 보고 싶어 한다는 말은? 만일 그녀가……

시간이 흐를수록 식은땀이 흐르면서 초조함이 밀려왔다. 단아는 그 이상 생각하는 것이 두려워 얼른 두 눈을 꼭 감고 손을 씻었다.

그녀가 막 문을 열고 나서는데 바로 앞에 한 사람이 그녀를 기다리고 있었다. 아담한 몸집에서 뿜어 나오는 채원의 강렬한 적의의 기운에 그녀는 저도 모르게 움찔했다. 싸움을 걸지 못해 안달이 난 암고양이처럼 잔뜩 독이 서린 얼굴이었다.

"항상 그렇게 도망치나 보죠?"

"무슨 말이죠?"

"뭔가 켕기는 게 있지 않고서야 계속 여기 숨어 있는 이유가 뭐냔 뜻이에요."

"대체 무슨 말을 하는 건지……."

"계속 불에 댄 사람처럼 안절부절못하고 있잖아요. 우리 그이가 나타난 순간부터."

채원은 마지막 말을 강조하며 아주 매몰차게 내뱉었다. 단아의 얼굴을 붉어지는 것을 보며 그녀는 더 차가운 표정을 던지며 계속 말을 이었다.

"경고하는데 난 두 번 참는 데 익숙한 여자가 아녜요. 남의 것에 침을 흘리지 말란 뜻이에요. 그는 엄연한 내 남자이니까. 과거에도 지금에도! 알아듣겠어요?"

"이봐요, 난……."

하지만 단아가 말할 시간은 없었다. 채원은 이미 몸을 홱 돌려 응접실 쪽으로 사라져 버렸고 그녀는 강한 펀치라도 맞은 것처럼 한동안 멍하게 서 있었다.

남의 것에 침을 흘리지 말라고? 과거에도, 지금에도? 그 말은……. 그녀 역시 내 존재를 안다는 뜻일까?

채원의 무례하고 차가운 행동을 상기하면서 그녀는 그렇다고 확신했다.

그래, 그녀는 그와 나의 관계에 대해 알고 있어. 하지만 어떻게? 결국 강우도 아는 걸까? 그 때문에 내게 그런 터무니없는 제안을 한 것일까? 하지만 왜?

점점 복잡하게 얽혀 들어가는 냉혹한 현실을 생각하는 것만으로 머릿속이 터질 것 같았지만 채원의 말처럼 하루 종일 이곳에 숨어 있을 수는 없었다. 그녀는 깊은 호흡을 몇 번이고 들이마신 뒤 무거운 발을 떼 힘겹게 응접실로 향했다.

❖　　　❖　　　❖

강우의 아파트로 돌아가는 내내, 차 안은 무거운 침묵, 그 자체였다.

강우는 그녀의 존재를 무시한 채 아주 무거운 표정으로 그만의 세계에 빠져 있었다. 그가 무슨 생각을 하는지 짐작조차 할 수 없었지만 그에게서 전해지는 기운 중 하나가 꾹꾹 억눌린 분노의 흔적이라는 것만은 확실히 알 수 있었다. 그녀의 태도가 마음에 안 들었던 것이리라. 그가 원한 것은 사랑하는 연인의 모습이었고 그녀는 확실히 그를 실망시켰다.

단아가 응접실로 돌아왔을 때 강우는 이미 떠날 채비를 갖추고 기다리고 있었고 다시 힘든 시간을 견디지 않아도 된다는 사실에 내심 안도한 단아였다. 그녀가 없는 사이 세 사람 사이에 무슨 일이 있었든 굳은 얼굴의 재하와 신경질적인 채원을 뒤로하고 마침내 서늘한 밤공기를 느꼈을 때 비로소 안도의 한숨을 내쉴 수 있었다.

"할 말이 있어."

어떻게든 혼자 남자 머릿속을 정리하고 싶었던 단아의 계획은 그 한마디에 그대로 무산 되었다. 그녀는 깊은 숨을 들이켜며 그를 보았다.

"난 지금 너무 피곤해요. 내일 하면 안 되겠어요?"

저도 모르게 애원조가 흘러나왔지만 강우의 표정은 흔들림이 없었다.

"안 돼. 지금 해야 할 말이야."

"강우 씨, 난 정말……."

"같은 말을 두 번 하게 하지 말아 줘."

그가 경고가 담긴 매서운 표정을 지은 채 가는 잇새로 내뱉었다.

자포자기의 한숨이 터져 나온다.

아직도 이 남자를 몰라? 그는 내게 자비를 베풀 관대한 남자가
아니야.

"대체 무슨 말을 하고 싶은 건데요?"

"당신과 매제에 대해."

쿵! 심장이 다시 요란하게 뛰기 시작한다. 긴장으로 바싹 마른
신경이 팽팽한 피아노 줄처럼 당겨지면서 그녀는 두려운 눈빛으
로 눈앞의 남자를 보았다.

"한단아와 윤재하에 대해 이야기하고 싶어."

강우는 그녀의 눈을 똑바로 응시한 채 같은 말을 반복했다. 그
녀의 얼굴에 숨길 수 없는 당혹감이 퍼지는 것을 그도 분명히 보
았을 것이다. 그가 잔인할 만큼 차가운 냉소를 던졌다.

"그렇게 노골적인 두 사람의 행동을 보면 아무리 둔한 사람이
라도 눈치챘을 거야."

휘청, 그녀는 소파 등 머리에 간신히 몸을 기대며 깊은 숨을 들
이마셨다.

"우선 좀 앉고 싶군요."

의식적으로 그의 시선을 피한 채 소파 가장자리에 자리를 잡고
앉아 떨리는 몸을 끌어안았다.

이 남자의 위협에 위축될 이유가 없어. 이 남자가 뭐라고 하든
그가 나와 재하의 관계에 대해 무슨 말을 하고 싶든, 그건 이미
다 지나간 일이야.

그녀는 금방이라도 터질 것 같은 시한폭탄의 순간을 감지하면
서도 어떻게든 흔들리지 않기 위해 자신을 끊임없이 다독이며 되

뇌었다.

"한 잔 하겠나?"

"아뇨…… 아니, 좋아요, 독한 걸로 한 잔 주세요."

이러다 정말 알코올 중독자가 되겠군.

강우는 범접할 수 없는 엄격한 표정으로 거실 한편의 미니바로 걸어가 두 개의 크리스털 잔에 갈색 액체를 채웠다. 잠시 후 그녀 앞 테이블에 잔이 놓였고 그녀는 떨리는 손으로 곧장 잔을 집어 들어 한 모금 들이켰다. 진한 기운에 식도가 타들어 가는 것 같았지만 독한 알코올 기운이 지금의 긴장을 조금이라도 누그러뜨려 주길 바랐다.

그 후 몇 분 동안 피 말리는 긴장을 동반한 침묵이 계속 이어졌다.

단아는 땀에 젖은 두 손을 꼭 모아 쥔 채 그가 먼저 입을 열기만을 기다려야 했다.

"당신, 생각보다 더 어리석은 여자더군."

단아는 반사적으로 고개를 들어 강우를 보았다. 그의 표정은 무자비할 만큼 냉정했다. 죄인을 다루는 매정한 재판관처럼 그 어떤 자비의 흔적도 없이. 눈빛만으로 사람을 죽일 수 있다면 그녀는 이미 그 자리에서 목숨을 잃었으리라.

"그렇게 상처 입은 표정을 짓는다고 내가 눈곱만큼이라도 동정할 것 같나?"

"난……."

"임자 있는 사람을 사랑하는 것만큼 어리석은 일은 없어. 결국 그 어리석은 사랑은 주변 사람에게 치유할 수 없는 지독한 상처만 남길 뿐이니까."

저절로 숨이 차오른다. 쿵쿵쿵. 심장이 더 요란하게 뛰기 시작했다.

강우가 안다……. 그래. 그는 모든 걸 알고 있어.

충격과 체념, 막연한 불안을 그의 입을 통해 확인하자 마치 벼랑 끝에 밀린 듯 비참했다.

"난 당신이 무……슨 말을 하는지 모르겠어요."

"이제 와 아니라고 발뺌할 생각인가? 난 당신이 생각하는 것 이상으로 당신에 대해 잘 알아."

"당신이 나에 대해 뭘 알고 있든 관심 없어요. 난 왜 이런 대화를 당신과 나눠야 하는지 그 이유조차 이해할 수 없으니까."

그의 무시무시한 위협에 기죽지 않기 위해 그녀는 씨도 먹히지 않을 허세를 부리고 있었다. 하지만 그녀의 흔들리는 표정을 보며 그는 여지없이 냉소를 흘렸고 그녀는 다시 크리스털 잔을 들어 갈색 액체를 들이켰다. 여전히 목 안이 타들어 갔지만 이번엔 아무 도움이 되지 않았다.

"아직도 그를 사랑하는 건가?"

그녀는 숨을 훅 들이마시며 힘겹게 맞은편 남자를 보았다. 이 남자의 질문의 의도가 도무지 짐작이 가지 않았다.

"난 그런 무례한 질문에 대답할 이유가 없어요."

"아니, 이유는 충분해. 왜냐하면 그는 내 여동생의 남편이거든."

"당신이 무슨 말을 하든……."

"내 누이는 지금 임신한 상태야."

단아의 갈색 눈이 놀란 토끼처럼 커졌다.

임신? 교수님의 아이?

"채원이가 왜 그렇게 불안해하는지 이제 이해가 가나? 2년 전 당신은 그 애를 완전히 만신창이로 만들어 놓았고 또다시 당신 때문에 불안해하고 있어."

"대체 내가 뭘 했다고……."

"내 입으로 일일이 설명해 주길 원해?"

그가 한일자로 다문 잇새로 거칠게 내뱉었다.

"당신과 그 잘난 매제가 사랑을 나누는 동안 그 녀석은 우울증에 자살까지 시도했단 말이야! 만일 그때 채원이한테 무슨 일이 있었다면 난 두 사람 모두 가만두지 않았을 거야!"

강우의 입을 통해 들은 말이 조금씩 충격에 젖은 머릿속으로 스며든다.

재하와 내가 사랑을 나누는 동안? 채원의 자살 시도?

상상도 하지 못한 말들이 머릿속에서 춤을 추기 시작했다. 그리고 무시무시한 분노를 억누르고 있는 남자의 얼굴에서 그가 진심이라는 것을 알았다. 막을 수 없는 한기가 척추를 타고 발끝까지 빠르게 번져 간다.

"당신은 오해하고 있어요. 교수님과 난…… 우리는…… 그런 사이가 아니에요. 물론 제삼자가 보기엔 그렇게 보일 수도 있겠지만 우린 단 한 번도…… 어쨌든 그런 사이가 아니에요."

"그건 당신 생각일 뿐이지."

"무슨 뜻이죠?"

"내 매제는 여전히 당신을 잊지 못한다는 뜻이야."

단아는 어떻게든 그 말을 부정하려 했지만 강우가 한 손을 들어 그녀의 말을 막았다.

"하지만 그가 한 가지 약속을 지켰다는 것은 알겠더군. 그 일 이후 당신과 두 번 다시 만나지 않겠다는 약속. 오늘 두 사람의 놀란 얼굴을 보니 확실히 알 수 있었어."

약속? 그동안 두 남자 사이에 약속이 있었다고? 대체 그게 무슨 뜻이지?

아니, 그 이상 어떤 말이 이어질지 듣기조차 두려웠다.

"설령 그런 일이 있었다 해도, 이미 다 지나간 일이에요. 이미 1년 반 전에 그는 날 떠났으니까요."

"과연 그럴까? 안타깝게도 그는 지금 내 여동생과 이혼하길 원하고 있어."

이혼이라는 말이 더 큰 충격을 가져왔다. 그녀의 놀란 얼굴에 그의 냉소 어린 표정은 더욱 짙어질 뿐이었다.

"그게 그렇게 놀랄 일인가? 어쨌든 그 때문에 채원이의 심리 상태는 아주 위험한 지경에 처해 있지. 그리고 그 이유는 물론 우리의 대단한 한단아 때문이고."

"그런 억지가 어디 있죠? 두 사람의 이혼이 나 때문이라뇨? 내가 교수님을 다시 본 건 오늘이 처음이에요! 게다가 그가 그렇게 떠난 것도 그가 원했기 때문에……."

"정말 순진하군. 그가 당신과 헤어진 건 내 협박 때문이었어. 그의 미국행 역시."

협박?

날씨 얘기라도 하듯 가볍게 던지는 그 단어가 다시 그녀의 말문을 막았다.

재하가 이 남자의 협박 때문에 날 떠났다고? 하지만…….

"그때, 그는 내 누이와 파혼하고 당신과 결혼할 생각을 하고 있었어."

"말도 안 돼, 결혼이라니……."

"하지만 불행하게도 그런 일은 일어날 수 없었지. 당신과 헤어지지 않으면 내가 당신 아버지를 완전히 박살 내 버리겠다고 협박했거든."

한 번 터진 폭탄은 그것으로 끝이 아니었다. 그의 입을 통해 흘러나오는 말의 강도는 점점 커져 갔다.

"당신이…… 뭘 했다고요?"

"당신 아버지가 그렇게 쉽게 빠져나간 것이 이상하다고 생각하지 않았나?"

강우의 음성은 다분히 비웃음이 담겨 있었다. 마치 어린애라도 알 상식을 그녀가 이해하지 못한다는 듯이 말이다.

"당신과 깨끗이 헤어지는 조건으로 당신 양부에 대한 고소를 취하한 거야. 물론 명목상의 이유는 증거 불충분이었지만."

"말도 안 돼요! 아버지는 아무 죄가 없었다고요!"

"그렇게 믿고 싶었겠지. 하지만 당신 아버지도 아주 똑똑히 알고 있을걸. 내가 왜 그를 놓아주었는지 말이야. 그 역시 내 조건에 동의했으니까."

쿵! 아버지가……? 그럼 아버지도 이 사실을 알고 있단 말이야?

아니, 도저히 믿을 수가 없었다. 선웅은 그녀의 애달픈 사랑에 대해 아는 유일한 사람이었다. 그리고 그 사랑 때문에 그녀가 얼마나 마음고생을 했는지, 재하가 떠난 뒤 얼마나 힘들어하고 아파했는지 누구보다 잘 아는 분이었다.

그런 그가 날 속이며 강우의 협박에 굴복해 두 사람이 헤어지도록 도와줬다고? 오로지 당신의 안위를 위해서?

아팠다. 가슴이 너무 아파 눈물이 터질 것만 같다. 교통사고 때문에 일 년 이상 몸이 불편했던 그때에도 이 정도의 깊은 고통을 느낀 적은 없었다. 남녀의 배신 이상의 쓰라린 고통. 그만큼 선웅을 믿고 의지했기에 그가 준 상처는 더 깊고 아팠다.

"양부도 알고 있었다는 사실이 놀랍겠지만 그게 바로 현실인 거지. 사람의 본성은 극한 상황에서 더 명백해지는 법이거든. 본능적으로 살기 위해 몸부림친다고 할까. 물론 그 당시 매제의 경운, 내 위협에서 당신을 보호하기 위해 무슨 일이라도 불사할 것 같았지만 말이야."

그녀는 지금도 재하가 마지막 던졌던 그 말을 떠올릴 수 있었다. 그는 여전히 약혼녀를 사랑하며 복잡한 현실 때문에 잠시 그녀의 감정을 이용했을 뿐이라고 말했다. 마치 어제 일처럼 그의 목소리가 귀에 생생하게 들릴 정도다.

그런데 그 모든 것이 거짓이었다고? 아버지와 날 구하기 위한 희생이었단 걸까?

"윤재하의 희생에 감동이라도 한 얼굴이군. 정인이 있다는 걸 뻔히 알면서 그를 놓아주지 않다니, 자신이 얼마나 뻔뻔스러웠는지 그런 생각은 들지 않나?"

정인. 재하를 알고 한참 뒤에야 그와 결혼할 약혼녀가 있다는 것을 알았다. 하지만 그때는 이미 그에 대한 마음이 깊어진 상태였다. 그리고 바로 그 때문에 그녀 역시 깊은 죄의식에 시달려야 했다면 일말의 동정이라도 해 줄까? 차가운 흑요석같이 빛나는 검은 눈은 차갑고 냉정했다. 그는 믿기는커녕 그런 그녀를 비웃을 것이다.

"그렇다 해도 당신이 사람들을 협박한 행동이 정당화될 수는 없어요."

"난 지금도 내 자신의 행동에 후회하지 않아. 모두의 화평을 위해 독을 제거하는 것이 내 임무였으니까."

독. 나를 말하는 거야.

찌릿, 날카로운 화살이 그녀의 심장을 그대로 관통하는 것 같은 아픔 통증이 일었다.

"그래서 그 독을 제거하고 나니까 속이 시원하던가요?"

"하지만 그 독은 생각보다 더 심한 독성을 갖고 있더군. 매제의 의식에서 당신을 완전히 제거하지 못했으니 말이야."

강우는 잠시 말을 끊고 그녀를 아주 날카롭게 주시했다.

"당신은 아직 내 질문에 대답하지 않았어. 지금도 그를 사랑하나?"

사랑한다면, 그는 어떻게 반응할까?

순간 분노의 치기가 차올랐지만 어리석은 대답은 할 수 없었다. 그녀가 몰랐던 재하의 진심이 무엇이었든 지난 시간 그는 깊은 상처를 남긴 남자였고 그가 떠난 후 그녀는 그 상처를 힘겹게 가슴 깊이 묻었다. 두 번 다시 그 아픈 상처와 사랑을 꺼내고 싶지 않을 만큼 말이다.

"침묵이 항상 좋은 대답은 아니야."

"……."

"경고하지만 그에 대한 감정을 깨끗이 정리하는 것이 좋을 거야. 이건 인간으로서의 내 충고야. 진심 어린."

그녀는 상처 받은 눈을 들어 눈앞의 남자를 보았다.

"감정을 마음대로 컨트롤할 수 있었다면 이런 일도 일어나지 않았을 테죠. 무엇보다 당신은 내가 어떤 감정을 갖든 강요할 수 없어요."

"물론 그렇지. 하지만 그 감정이 다시 문제를 일으킨다면 그것은 내 문제가 되는 거야. 당신이란 여자가 또다시 내 여동생의 인생을 망치게 놔둘 생각은 없으니까."

우윳빛의 창백한 얼굴 속에 여린 상처가 고스란히 드러났다. 결국 강우가 양부의 횡령을 빌미로 그녀에게 그런 비열한 제안을 한 이유도 그 때문이라는 것을 깨달았기 때문이었다.

"결국…… 당신이 내게 접근한 이유도, 그런 어이없는 제안을 한 이유도 당신의 그 소중한 여동생 때문이었나요? 윤 교수님에게서 날 떼어 놓기 위해? 그리고 그런 날 벌주기 위해?"

강우의 얼굴이 눈에 띄게 굳어졌다. 이를 앙다물었는지 매끈한 턱 근육이 움찔거리며 움직인다. 그는 피 말리는 침묵 속에 상처 입은 눈으로 어둡게 흐려진 단아를 뚫어지게 응시했다. 마치 수 시간이 흐른 것 같았다. 그가 단호한 표정을 짓는 순간 그녀 역시 숨을 들이켰다. 그리고 마침내 그의 입술을 통해 흘러나온 한 마디.

"그래."

그래…….

그 짧은 단언은 긴 여운을 만들며 머리에서 발끝으로 서서히 퍼져 갔다.

온 가슴을 갈가리 찢을 만큼 진한 고통을 이끌어 내면서, 그가 얼마나 잔인하고 냉혹한 남자인지 똑똑히 알려 주면서……. 동생의 안위를 위협하는 모든 것을 제거하려는 남자. 그리고 그 위협적인 존재는 다름 아닌 단아 자신이었다.

그리고 그 모든 것을 위해 이번에는 강우 자신을 희생시킨 것이다. 단아를 아내로 삼으려 하면서까지. 동생의 결혼을 지키기 위해!

"왜 처음부터 진실을 말하지 않은 거죠? 그랬다면 이렇게 충격받을 일도 없었을 거예요."

깊은 상처를 어떻게든 억누른 채 그녀는 간신히 물었다.

"마음이 흔들리는 매제 때문에 당신과 결혼하려 한다면 받아들였을 거 같아?"

만일 그가 처음부터 재하의 이름을 언급했다면 아마도 그녀는 꿈쩍도 하지 않았을 것이다. 그를 다시 만난다는 것은, 다름 아닌 그의 누이의 남편으로서 만난다는 것은 묵은 상처에 모래를 붓는 꼴일 테니까.

하지만 아버지를 위해서라면…… 결국 같은 결론이 나지 않았을까?

그렇지만 그녀가 용서할 수 없는 것은 강우의 비열한 행동이었다. 아버지의 횡령을 미끼로 뻔뻔스럽게 그녀의 육체를 요구하는 동시에 여동생의 결혼을 유지시키기 위한 제물로 그녀를 이용하고 있다는 사실. 자신의 동생을 위해 다른 사람이 상처 받는 것쯤은 우습게 여기는 잔인한 행동에 그녀는 더 진한 아픔을 느꼈다.

그럼 그 이상 뭘 바랐는데? 서강우가 그런 남자라는 것을 처음부터 알았잖아. 오히려 처음부터 그런 자신의 모습을 분명히 드러낸 건 이 남자였어.

그런 남자에게 그런 줄도 모르고 끌린 자신이 너무 부끄러울 뿐이다.

"결국 당신이 말했던 여자는 이 모든 내막의 일종의 방패막이였던 셈이군요."

"완전히 거짓말은 아니야. 사실 한혜원은 기회만 된다면 어떻게든 안주인 자리를 차지하려고 할 여자거든. 우리의 결혼은 날 비롯해 모든 사람에게 의미가 있는 일이지."

"날 희생시켜서 말인가요?"

"당신의 희생을 통해 아버지가 새 삶은 찾았다면 된 거 아닌가?"

그는 마치 동정을 모르는 매정한 남자처럼 매섭게 받아쳤다.

단아는 가슴을 꽉 죄는 아픔을 숨긴 채 딱딱하게 굳은 음성으로 입을 열었다.

"한데 이제 와 왜 이 모든 얘기를 새삼 해 주는 거죠?"

"그래야 모든 것이 명확해질 것 같으니까."

"자신을 희생할 만큼 내가 그렇게 위협적인 존재라니 아주 재미있군요."

"난 채원이와 매제, 두 사람 모두에게 당신의 존재를 분명히
알려 주고 싶었을 뿐이야. 물론 당신을 포함해서. 당신이 내 여자
라는 것을 안다면 매제도 더 이상 못 먹을 감을 넘보지 못할 테고
채원이도 안심할 수 있을 테니까."

"만일 그때 식당에서 당신을 만나지 않았다면……."

"아직도 우연히 존재한다고 믿는 건가?"

그녀의 얼굴에 떠오른 놀란 표정을 보며 그가 예의 냉소를 던
졌다.

"당신을 직접 보기 위해 내가 그곳에 간 거야. 친구와 만날 스
케줄을 이미 알고 있었거든. 그렇게 놀란 얼굴 하지 말아. 나 같
은 위치에서 그런 것 알아내는 것쯤은 그리 어려운 일이 아니야."

그렇다면 그날 저녁의 그들의 첫 만남은 다분히 의도적이었다
는 뜻이었다.

그가 일부러 그곳에 왔고…… 하지만 왜?

그녀의 무언의 질문에 대답하는 그의 말이 이어졌다.

"당신이란 여자를 직접 두 눈으로 보고 싶었어. 대체 왜 매제
가 지금까지 그렇게 흔들리고 있는지 그 실체를 눈으로 확인하고
싶었거든."

"나란 존재와 상관없이 서채원이라는 여자 때문에 이혼을 원할
수도 있어요."

그녀의 반격에 강우가 날카로운 눈빛을 던졌다.

"아니, 모든 문제는 전적으로 당신 때문이었어."

“난 이해할 수 없어요!”

대체 무슨 근거로 두 사람의 이혼이 그녀 때문이라고 단정하는 것인지, 과거에 무슨 일이 있었든, 아무리 강우가 채원의 오빠라 해도 그녀에게 그런 터무니없는 비난을 할 권리는 없었다.

“한 달 전 다시 한국으로 돌아오기로 결정된 날, 누이는 매제의 노트북에서 당신 이름이 적힌 메일 하나를 우연히 보게 됐지. 그 때문에 두 사람은 심한 말다툼을 했어.”

“그런 일이…….”

“당신의 감정과 상관없이 그는 아직도 당신에 대한 마음을 접지 않았다는 증거야.”

칼로 가르듯 매서운 어조에 그녀는 저도 모르게 몸을 떨었다.

“그 때문에 채원인 더 큰 혼란에 빠져 있고, 지난 1년 반 동안 그에게 다가서기 위해 무던히도 애를 썼다는 걸 내가 잘 아니까. 그 애는 진심으로 그를 사랑해. 그의 아이를 갖기 위해 얼마나 애를 썼는지 당신이 알기나 하나? 마침내 아이를 갖게 됐는데 다시 당신이 나타나…….”

“이봐요, 그를 다시 만난 건 바로 당신 때문이라고요!”

“그가 당신을 다시 찾아가는 건 시간문제였어.”

“대체 무슨 이유로 그렇게 단언하는 거죠?”

“뉴욕에서 돌아온 뒤 몇 주 전부터 그는 당신의 행적을 좇고 있었으니까.”

재하가? 나의 행적을 좇고 있었다고?

그녀는 믿을 수 없다는 듯 두 눈을 크게 떴다.

“하지만……..”

“중요한 것은 그가 여전히 흔들리고 있다는 사실이지. 만일 그 원인이 또다시 한단아, 당신 때문이라면 난 가만있지 않을 거야. 무슨 수를 써서라도 막을 거라는 뜻이야.”

“또다시 그를 협박해서 말인가요?”

“아니지, 잊었나? 이번에 난 당신을 협박했지. 아버지를 구하는 조건으로. 결혼. 그 사실을 잊지 말아.”

결혼. 그래, 그는 날 협박했어. 아버지를 구하는 조건으로.

“우리 모두가 제자리를 찾을 수 있는 방법은 당신이 나와 결혼하는 길뿐이야.”

“그 정도의 희생으로 당신에게 돌아가는 게 뭐죠?”

“아직도 몰랐나? 당신은 기대 이상으로 내 구미를 잡아당기고 있잖아.”

강우가 냉혹한 미소와 함께 의미 있는 시선으로 그녀의 몸을 훑어 내리자 단아는 들고 있는 잔을 그를 향해 힘껏 던졌다.

“비열한 자식!”

억울하게도 그는 그녀가 던진 잔을 가볍게 피했고 텅 빈 잔은 소파 등받이를 맞고 푹신한 소파에 툭 떨어졌다. 그녀의 처량한 신세처럼.

“잊지 마, 한단아. 당신은 이제 공식적으로 내 여자가 됐고 몇 주 후면 합법적인 서강우의 아내가 될 거야. 당신이 사랑해야 하는 남자는 윤재하가 아니라 나, 서강우라고!”

너무 상처가 크고, 너무 화가 나서 도저히 그 말을 순순히 받아들일 수 없었다. 아니, 그녀가 받은 이 지독한 상처만큼 눈앞이 이 잔인한 남자에게도 고스란히 전해 주고 싶었다. 절대 그의 뜻대로 될 수 없다는 사실을 말이다.

"당신 말대로 그가 날 아직도 사랑하고 어쩔 수 없이 떠난 것이라면 왜 내가 그렇게까지 희생해야 하죠? 난 내 오랜 사랑을 다시 찾을 수도 있어요!"

그것은 확실히 분노의 치기였다. 그리고 그에 대한 반응은 명확했다. 순간적으로 무섭게 일그러진 강우의 얼굴이 그 증거였다.

앗, 하며 자신의 실수를 자각했지만 벌떡 일어나 그녀 앞을 막아선 남자의 존재를 본 순간 이미 늦었다는 것을 알았다. 번쩍 빛나는 검은 눈이 단순한 경고 이상의 강렬한 분노를 분출했다.

그녀는 도망갈 길을 막힌 어린 사슴처럼 두려움에 젖은 눈으로 그를 올려다보았다. 단단한 구릿빛 손가락이 작은 턱을 잡아 사정없이 힘을 주자 그녀의 입에서 고통의 신음이 터져 나왔다. 그가 1cm도 안될 만큼 얼굴을 바싹 들이댄 채 가는 잇새로 내뱉었다.

"어디 한번 해보시지. 결국 당신은 당신 아버지를 평생 마주할 수 없을 거야. 감옥 면회실 외에는! 알아듣겠나?"

그리고 강우의 무자비한 입술이 인정사정없이 연약한 입술을 파고들었다.

벌을 주듯 강압적으로 밀어붙이는 무례한 키스.

숨이 막혀 어떻게든 벗어나려 얼굴을 비틀었지만 그는 단단한 바위처럼 꼼짝도 하지 않았다. 그리고 야속할 만큼 조금씩 그 뜨거운 열기에 물들기 시작하는 자신을 느꼈다. 이 남자의 치명적인 유혹을 뿌리칠 만큼 자신이 강하지 않다는 것을 절실히 느끼게 하는 순간이었다.

하지만 단아는 마지막 힘을 끌어 모아 그를 홱 밀쳐 냈다. 이번에는 순순히 그녀를 놓아주는 강우였다. 숨길 수 없는 남녀의 거친 호흡이 거실 안에 메아리친다. 그녀를 바라보는 매서운 검은 눈은 조롱 어린 냉기를 쏟아 내고 있었다. 그녀가 잠시나마 반응했다는 사실을 분명히 알고 있다는 듯이 말이다. 단아는 입술을 깨물며 그의 시선을 피했다.

"모든 것을 분명히 하기 위해 당신을 지금 당장 가져 버릴 수도 있어."

당혹감에 흔들리는 그녀를 보며 강우가 잔인하게 내뱉었다.

울컥, 그녀는 저도 모르게 한 손을 번쩍 쳐들었다. 짝! 소리와 함께 남자의 얼굴에 선명한 손자국이 번졌다. 그가 붉게 달아오른 얼굴을 감싸며 기분 나쁜 미소를 지었다.

"진실을 말해서 거슬린 건가?"

"그 진실이란 게 뭔데요?"

"마음은 여전히 매제에게 가 있는지 몰라도 당신 육체만은 날 절대 거부할 수 없다는 거. 내 말이 틀렸나?"

화끈, 볼이 달아오른다. 그의 직선적인 말이 무엇을 의미하는지 알기 때문이었다.

"실망시켜 미안하지만 그런 일은 없을 테니 착각하지 말아요!"

"정말 그럴까? 이거 실망이군. 최소한 그 부분만은 솔직할 줄 알았는데 말이야."

"이봐요, 대체 지금 이 상황에 왜 그런 말을……."

"나 역시 이 상황에 당신이란 여자에게 끌린다는 사실이 썩 내키는 것은 아니야."

찌릿, 다시 위장이 비틀리는 것 같은 고통이 밀려왔다.

왜 이런 기분을 느끼는 거지? 남자에게 거부당하는 게 이번이 처음은 아니잖아?

"잘됐네요. 결국 당신과 난……."

"하지만 때때로 의지만으로 어쩔 수 없는 일이 있는 법이지. 바로 우리 사이의 이 육체적 끌림처럼. 그런 의미에서 최소한 그 자체를 즐길 수도 있지 않을까? 우리는 어엿한 성인이잖아."

그 순간 머릿속으로 선명한 영상이 떠올랐다. 너무나 적나라하게 떠오른 그 영상에 얼굴이 달아올랐지만 그의 말처럼 모든 것을 그렇게 단순하게만 바라볼 수 없었다.

그가 어떤 남자인지, 얼마나 잔인하며 어떤 비열한 짓을 했는지, 자기 목적을 위해 어떤 식으로 사람들을 이용했는지 뻔히 아는 마당에 그에게 끌리는 자신을 인정하는 것은 마지막 남은 자존심이 허락하지 않았다.

"말도 안 되는 소리 집어치워요. 당신이 무슨 말을 한다 해도 난 관심 없어요. 게다가……."

"그만. 오늘은 거기까지. 이제 더 이상 당신과 쓸데없는 입씨름을 하고 싶지 않군. 당신 이상으로 나 역시 피곤한 하루였으니까."

그는 정말 피곤하다는 듯이 미간을 굳히며 머리칼을 쓸어 넘겼다.

“내 마음이 바뀌기 전에 어서 들어가는 편이 좋을 거야.”

그녀가 지체하면 당장이라도 실천에 옮길 수도 있다는 암시였지만 단아는 오히려 그 후에 이어질 자신의 반응이 두려워 서둘러 방으로 들어갔다.

9장

현실에 눈을 뜨다

은은한 램프 불빛으로 물든 천장이 뿌옇게 흐려진다.

단아는 어느새 차오른 눈물을 닦아 내면서 아픈 통증이 밀려오는 가슴을 꾹 눌렀다. 문득 인생이 참 아이러니하다는 생각이 들었다. 지금까지 그녀도 모르게 자신의 인생이 누군가의 의해 조종되고 있었다는 생각을 하면 말이다.

그리고 그 누군가는 다름 아닌 서강우였다. 고작 지난주까지도 아무 의미 없었던 그가 지난 몇 년 동안 그녀만이 아닌, 재하, 양부의 인생까지 모두 휘젓고 있었다니……. 그리고 그 모든 이유는 물론 그의 대단한 여동생, 채원의 행복을 위해서였다.

더 안타까운 것은 강우는 그런 자신의 비열한 행동에 대해 눈곱만큼의 후회나 양심의 가책을 드러내지 않았다. 그리고 지금까지도 그 잔인한 복수는 현재 진행형인 셈이다. 이번엔 바로 단아를 이용해서.

그 사실을 뻔히 알면서 난 왜 이렇게 슬프고 비참하고 깊은 상처에 아파하는 걸까?

문득 재하의 얼굴이 스치듯 지나갔다. 저녁 식사 내내 그녀의 존재를 의식적으로 외면한 채 혼자만의 깊은 생각에 잠겨 있던 남자.

하지만 정말 아이러니한 것은 거의 1년 반 만에 다시 만난 그를 보고 난 후 그녀가 느낀 진짜 감정이었다. 그가 강우의 매제라는 사실 때문인지, 아니면 어느새 강우의 강력한 협박에 세뇌당한 탓인지 더 이상 재하는 그녀가 예전에 알던 그 남자가 아닌 먼 타인처럼 느껴졌다.

강우의 말을 통해 재하가 어쩔 수 없는 협박 때문에 그녀를 떠났다는 것을 알게 된 지금조차, 처음의 충격이 사라지자 오히려 기쁨보다는 슬픔과 안타까움이 더 컸다면 답이 될까?

그녀도 모르는 사이, 눈에 보이지 않은 틈이 생긴 두 사람. 그 사실을 깨닫고 새삼 놀란 그녀였지만 그것은 재하를 다시 본 후 그녀가 느낀 감정의 실체였다. 결국 그녀는 고통의 긴 터널의 시간을 지나면서 재하에 대한 감정을 극복한 것이다.

그러나 강우는 아직도 그녀가 재하를 사랑한다고 생각한다. 그리고 바로 그 불안 때문에 결혼이라는 굴레 속에 자신을 내던지려 하는 것이고. 문득 서로 다른 사람의 결혼은 불행의 시작일 뿐이라는 강우의 말이 떠올랐다. 그리고 그들의 결혼 역시 그렇게 될 것은 자명한 일이다.

‘모든 것을 분명히 하기 위해 당신을 지금 당장 가져 버릴 수도 있어.’

그는 그 선언 그대로 충분히 그럴 수 있는 남자였다. 아니, 지금까지 그가 해 온 그 무수한 협박을 감안한다면 오히려 그 이상의 시도가 없었다는 것이 이상할 정도였다.

그의 거친 키스. 그녀의 섣부른 치기에 강렬한 분노를 담아 응답한 그에게 당황한 것도 사실이었다. 그는 몸에 낙인을 찍듯 그녀의 입술에 강렬한 체온을 남겼고 그녀는 여전히 그 깊은 상처에서 벗어나지 못했다.

하지만 문제는 그런 최악의 상황 속에서도 서강우란 남자에게 끌리는 자신이었다. 새삼 놀라울 것도 없다. 그 모든 굴욕과 분노에도 불구하고 그가 다가올 때마다 그녀는 딴 여자가 되는 것 같았고 그 불가항력은 쉽게 치유될 수 있는 부분이 아니었다.

‘나 역시 이 상황에 당신이란 여자에게 끌린다는 사실이 썩 내키는 것은 아니야.’

남의 애인이라고 생각했던 여자에게 끌리는 자신을 용서할 수 없는 거겠지?

갑자기 가슴 한편이 쓰리듯 아프다. 이유는 알 수 없었다. 마치 자신이 어느 누구에게도 받아들여질 수 없는 쓰레기가 된 것 같아 비참할 뿐이었다.

결국 버려지도록 정해진 쓰레기…….

수많은 생각으로 머릿속은 터질 것 같았지만 단아는 그 밤 한숨도 자지 못할 것을 알았다.

❖　　❖　　❖

다음 날 아침 8시, 단아는 두통에 힘겨운 몸을 일으켜 긴 시간을 들여 목욕을 했다.

거울에 비친 그녀의 모습은 여전히 지치고 상처 입은 표정이었다. 아무리 자신을 다잡으려 해도 강우가 던진 충격과 눈앞에 펼쳐진 현실이 버거운 것은 사실이었다.

긴 한숨이 저절로 터져 나온다. 이제부터 그녀의 인생에 어떤 일이 펼쳐질지 모르지만 그녀는 그것을 감당할 만큼 강해져야 한다. 모든 사람들을 위해 묵묵히 견뎌 내야 한다는 것을 알았다.

단아는 애써 자신을 다독이며 욕실을 나와 거실로 들어섰을 때 가장 먼저 마주친 사람은 도우미 아주머니였다. 잠시 사무적인 미소와 함께 눈인사를 건넨 중년 부인은 주방으로 사라졌고 혼자 남겨진 단아는 괜스레 움츠러들었다. 모든 것을 알고 있는 것 같은 여자의 정중한 태도가 그녀를 더욱 구석으로 몰아붙였다.

저분의 눈에 난 어떻게 비치는 걸까? 강우의 수많은 여자 중하나?

씁쓸한 기분에 입술을 깨물며 단아는 은은한 커피 향에 끌려 자동적으로 주방으로 향했다. 당연히 출근했을 거라고 생각한 강우가 그곳에 있는 것을 보고 잠시 주춤했다. 그가 고개를 들어 그녀를 보았다. 두 사람의 시선이 마주치자 자연스럽게 어젯밤의 일이 떠올랐고 결국 시선을 돌린 것은 그녀였다.

"자리에 앉으시면 아침을 준비하도록 하겠습니다."

갑작스런 음성에 단아는 곧장 고개를 가로저으며 사양했다.

"아니, 괜찮아요. 그냥 모닝커피 한 잔이면……."

"그 때문에 아주머니가 있는 거야. 자리에 앉아요."

결국 강압적인 한마디에 그녀는 어쩔 수 없이 자리에 앉아야 했다.

잠시 후 정갈한 반찬들이 차려진 테이블 한편에 그녀의 밥과 된장국이 놓였다. 잠시 머뭇거리는 표정에 그의 날카로운 시선이 이어지자 그녀는 마지못해 수저를 들어 국을 떠먹었다.

오늘 아침의 강우는 폭풍 전야의 거친 성격을 감춘 채 그만의 생각에 잠겨 있었다. 딱히 그녀에게 말을 걸 생각이 없어 보인다는 사실에 내심 다행이다 싶었다. 윤기 흐르는 와이셔츠에 산뜻한 스트라이프 청색 넥타이를 맨 그의 모습은 오늘따라 쉽게 범접할 수 없는 냉철한 비즈니스맨을 연상시켰다.

"계속 그렇게 깨작거리기만 할 건가?"

강우의 퉁명스런 어조에 그녀는 번쩍 고개를 들었다. 그는 잘생긴 미간을 찌푸린 채 못마땅한 표정으로 그녀와 밥공기를 번갈아 쳐다보았다.

"그러니까 그렇게 마르지. 음식은 먹으라고 있는 거지 감상하라고 있는 게 아니야. 유치하게 굶는 것으로 내게 시위하는 건 아니겠지?"

"내가 언제……."

"괜히 아주머니 신경 쓰게 하지 말아. 자기 요리에 문제가 있다고 생각할 수도 있어."

자동적으로 주방을 둘러본 단아는 아주머니가 이미 자리에 없다는 것을 알아챘다. 눈치 빠른 사람이라 언제쯤 피해야 하는지 잘 아는 것 같았다. 단아는 젓가락을 들어 맛깔스런 빛을 내는 도라지 무침에 손을 가져갔다. 그런 그녀의 모습을 불편할 만큼 뚫어지게 주시하던 강우가 불쑥 입을 열었다.

"오늘은 뭘 할 계획이지?"

"일일이 보고해야 하나요?"

"그런 뜻이 아니란 걸 알잖아."

그녀의 대답이 못마땅한지 그가 퉁명스럽게 내뱉었다.

"당신 덕분에 일자리를 잃었으니 특별히 할 일은 없어요."

"전에도 말했지만 당신이 원하면 다른 자리를 알아볼 수 있어."

"전에도 말했지만 당신의 도움은 받고 싶지 않아요."

"정말 고집이 센 여자군."

그는 기분이 상한 듯 들고 있던 수저를 소리 나게 내려놓더니 물을 단번에 들이켰다.

결국 어제의 일을 통해 그가 왜 그녀가 학교를 그만두길 원했는지 그 이유를 알게 되었다. 재하가 1년간의 교환 교수직을 마치고 다시 대학으로 돌아올 예정이었고 그렇게 되면 두 사람이 재회는 것은 필연이었으니 강우는 그의 손으로 그 필연을 과감히 끊어 버린 것이다. 어찌 되었든 만나게 되긴 했지만 말이다. 강우의 매서운 감시하에, 아주 특별한 자리에서.

"특별한 일이 없다면 오후에 웨딩드레스를 볼까 하는데, 당신 생각은 어떻지?"

"웨딩드레스?"

낯선 그 단어에 그녀가 눈에 보일 정도로 당황하자 그의 이마에 골이 더 깊어졌다.

이 남잔 진심으로 이 어이없는 결혼을 밀어붙일 셈이야.

"설마 결혼식에 청바지를 입고 갈 생각은 아니겠지?"

단아는 얼굴을 붉힌 채 입술을 꼭 깨물었다.

"어차피 간소하게 가족들만 참석할 결혼인데 굳이 웨딩드레스까지 입을 필요가 있을까요?"

"누가 간소한 결혼식이라고 했지?"

"하지만……."

"당신은 어떤지 모르겠지만 이건 내 첫 결혼이야. 첫 결혼을 도망쳐 몰래 하는 것처럼 비밀 결혼식을 치를 생각은 없어. 우리 결혼식에는 많은 하객들이 참석할 테고 그에 맞는 합당한 예식이 될 거야. 이번 주 중의 공식 발표 후 3주 뒤에 결혼식이 있을 예정이라는 것만 알아 둬."

결혼. 인생에서의 가장 중요한 선택. 하지만 이루어질 수 없는 사랑을 시작한 이후부터 결혼은 더 이상 그녀에게 의미 있는 단어가 아니었다. 순백의 웨딩드레스 역시 마찬가지였다. 그런 그녀가 이제 재하의 아내인, 서채원의 오빠와 결혼하게 되다니, 인생이란 정말 아이러니하다.

"결혼에 관련한 모든 준비는 내 쪽에서 알아서 할 테니까 남은 몇 주 동안 처녀 시절의 마지막 시간을 맘껏 즐겨 보는 것도 나쁘지 않겠군. 초대하고 싶은 친구라도 있어? 당신 쪽 하객 초대는 모두 당신에게 일임하겠어."

그는 그녀를 특별히 배려하는 것처럼 말하고 있었다. 결혼이라는 막중한 무게감에서 어떻게든 벗어나게 해 주고 싶다는 듯이 말이다.

자신이 내게 어떤 비열한 협박을 했는지 깨닫고 그나마 양심의 가책이라도 느끼는 걸까?

설마, 그럴 리가 없다. 그가 어떤 사람이라는 걸 잊지 마. 그는 여전히 임자 있는 남자를 사랑했던 날 경멸해. 다름 아닌 여동생의 행복을 깨려 했던 나쁜 여자로. 더 이상 누구에게도 상처 받고 싶지 않다면 정신 똑바로 차려.

"진심으로 여동생 부부 때문에 결혼까지 해야 한다고 믿는 건가요? 꼭 당신의 희생이 아니라도 난 절대로 두 사람에게……."

"내 마음은 변함없어. 우린 예정대로 3주 후에 결혼하게 될 거야. 그 외에 다른 방법은 없어."

"내 말을 들어 봐요, 강우 씨, 이건 정말……."

"이미 결정된 얘기를 계속 반복할 생각인가?"

무 자르듯 단호히 말을 막은 그는 의도적으로 그녀를 외면한 채 커피를 따랐다. 결국 이것으로 결혼에 관련한 모든 얘기는 끝났다는 뜻이었다. 점점 꼬여 가는 자신의 인생을 생각하면 저절로 한숨이 나온다. 상처 받은 심장이, 어쩔 수 없는 현실의 비참함 때문에 더 그랬다. 그리고 그 사실을 강우 역시 똑똑히 알고 있었다. 그저 어떻게든 무시하려 할 뿐.

잠시 두 사람 사이에 어색한 긴 침묵이 이어졌다.

무심코 시선을 든 그녀는 자신을 바라보는 강우의 낯선 눈빛에 깜짝 놀랐다. 연민 어린 자조의 빛? 어딘가 슬프면서도 씁쓸한 기운이 전해지고 있었다. 가슴이 탁 막히면서 답답해진다.

"어젯밤엔 정말 당신에게 화가 많이 났었어. 스스로 자제가 안 될 만큼 말이야. 하지만 오늘 아침의 당신은…… 이렇게 밝은 햇살 속에서 당신을 보니…… 그렇게 화를 냈던 내 자신이 우습게 느껴질 정도군. 어쩌면 우린 처음부터 만나지 말았어야 했는지 몰라. 차라리 당신이란 여잘 몰랐다면, 그때 그 사진을 보지 않았다면……."

단아의 놀란 표정에 그는 어깨를 으쓱하며 어색한 웃음을 던졌다.

무슨 뜻이지……? 그때 그 사진을 보지 않았다면?

"아침부터 괜한 소리를 했군. 내 말은 잊어버려요."

이번엔 강우 쪽에서 그녀의 시선을 외면하더니 갑자기 바빠진 사람처럼 곧장 몸을 일으키며 의자 위에 걸쳐 둔 남색 양복 상의를 걸쳤다. 날렵한 동작으로 인해 남자다운 근육이 팽팽한 셔츠 사이에서 두드러지자 그녀의 시선은 자연스럽게 그곳으로 향했다. 이 순간조차 무의식적으로 끌어당기는 그의 남성적 매력을 의식하는 그녀였다. 무엇보다 왠지 방금 전 스치듯 보았던 그의 표정이 계속 뇌리 한편에 머물러 떠나지 않았다.

"나중에 전화하지."

"집에 없을지도 몰라요."

다시 그녀가 아는 강우로 돌아왔다는 사실이 아쉬운 것인지, 뭔가 풀리지 않은 답답함 때문인지 그녀는 시선을 내리깔며 퉁명스럽게 말했다.

"그럼 휴대폰으로 연락할게."

"……."

"미래 남편이 출근하는데 쳐다보지도 않을 건가?"

"하나도 재미없는 농담이군요."

그녀는 고집스럽게 테이블에 시선을 고정한 채 말했다.

"한단아."

거스를 수 없는 그 한 마디에 단아는 낮은 한숨과 함께 고개를 들었다.

"서로 피곤하지 않으려면 최소한의 예의를 지켜야 하는 거야."

"내 딴에는 하는 만큼 하는데도 상대방이 그렇게 생각하지 않는다면 어쩔 수 없죠."

"한단아!"

"아, 알았어요, 알았어. 지구 끝까지라도 마중 나가 드리죠. 이제 만족하나요?"

그녀는 억지로 내키지 않은 몸을 일으키자 그가 예상외로 소탈한 웃음을 터트렸다.

"이리 와 봐."

강우가 희미한 미소를 머금으며 단아를 향해 커다란 손을 내밀었다.

"뭐라고요?"

단아는 놀란 토끼처럼 눈을 휘둥그렇게 뜬 채 남자의 손을 보았다.

이 남자가 갑자기 또 왜 이러는 거지?

"잠깐 이리 와 보라고. 오늘 아침엔 계속 두 번씩 말해야 알아듣는 건가?"

대체 그가 무슨 생각으로 오라고 하는 건지 의심스러운 상황에서, 어이없게도 가슴이 콩콩 뛰기 시작했다.

그 옅은 미소에 작은 손짓 하나만으로 그대로 반응하는 자신이 놀라웠다. 일주일의 짧은 시간 동안 강우는 그녀에게 엄청난 힘을 가진 남자가 되어 있었던 것이다. 그리고 더 믿을 수 없는 것은 그녀의 의지와 상관없이 자동적으로 그를 향해 움직이는 두 다리였다.

마침내 그녀는 강우와 나란히 마주했다.

자동적으로 벗어날 수 없는 강렬한 검은 눈의 덫에 갇힌다. 방금 전 보았던 그 아련한 빛을 다시 보았기 때문인지도 모른다. 말로 하지 못하는 무언의 메시지를 전하는 듯 강렬히 타오르면서도 안타까울 만큼 아련한 여운이 담긴 그 눈빛에 마음이 흔들리지 않았다면 거짓말이었다.

강우가 오른손을 들어 부드러운 갈색 머리칼을 부드럽게 쓰다듬더니 작은 턱을 살짝 들어 올렸다. 찌릿, 언제나처럼 몸이 반응하면서 심장 박동이 더 요란한 소리로 울려 댔다.

섬세한 관자놀이 근처의 맥박에 이어 손끝이 턱 선을 따라 앵두처럼 부푼 분홍빛의 아래 입술을 건드렸다. 훅, 숨이 저절로 멈춘다. 그는 또다시 눈에 보이지 않은 최면을 그녀에게 걸고 있는 것이다.

"그거 아나? 자신이 얼마나 아름다운지?"

"……."

"그리고 얼마나 키스하고 싶은 입술을 가졌는지? 난 어쩌면 큰 실수를 하는 것인지도 몰라. 하지만 이젠 돌이킬 수 없어. 아니, 돌이키고 싶지 않아. 이렇게 당신을 내 손으로 만질 수 있다면, 당신의 이 달콤한 입술을 가질 수 있다면……."

그가 독백처럼 읊조리며 천천히 고개를 숙인다. 키스하려 한다는 것을 알았다. 당장 얼굴을 돌려야 한다는 것을 알면서도 그의 입술만을 응시하는 단아였다.

그리고 마침내 그의 부드러운 입술이 닿았다. 영혼의 떨림처럼 가볍게 스치듯, 그리고 다시…… 또다시……. 그리고 언제나처럼 그 키스 한 번으로 심장은 순식간에 바닥으로 곤두박질치며 온몸에 짜릿한 전율을 보냈다.

지금까지와는 완전히 다른 키스.

어젯밤 분노에 젖어 그녀의 입술을 강탈했던 그 거친 키스와는 완전히 다른, 마치 그녀의 모든 것을 음미하듯, 애절하면서 가슴을 적시는 부드러운 키스였다. 그리고 그녀는 그저 그 키스에 취하는 것 외에 다른 방도가 없다는 걸 알았다. 그의 심장 박동을 느끼며 넓은 가슴에 꼭 안기는 것 외에.

"이러다 당신 입술에 중독되고 말겠군."

마지막으로 다시 한 번 그녀의 입술 위에 온기를 남기면서 강우가 말했다.

그녀의 갈색 눈이 무의식중에 아름다운 검은 눈을 찾아 헤맨다. 그가 말하는 의미의 진심을 알고 싶었다. 그녀를 내려다보며 그가 가슴을 휘젓는 따스한 미소를 머금었다.

쿵쿵, 심장이 울린다. 그의 키스에, 그녀를 바라보는 눈빛에, 입가에 머문 미소 때문에. 후회도 조롱도 분노도 아닌, 진심 어린 만족의 미소였기에 그녀의 얼굴에 혼란스런 표정이 고스란히 떠올랐다.

이 키스의 의미는 뭐죠?

그녀는 그렇게 묻고 싶었다.

아니, 당신에게 난 뭔가요? 왜 내게 이렇게 가슴 설레는 키스를 하는 건가요?

하지만 그것은 우문이었다. 이미 그에게 자신이 어떤 존재인지 분명히 알고 있지 않는가.

그럼에도 불구하고 주방 밖의 도우미 아주머니의 존재마저 까맣게 잊은 채 매번 그의 키스에 빠져드는 자신이 우습다. 그의 입술에 닿은 순간 오직 그라는 존재와 그의 키스만이, 그가 전해 준 그 달콤한 감각만이 존재한다는 것이 놀라울 뿐이다. 매번 무력하게 반응하는 자신을 떠올리며 단아가 무의식적으로 미간을 찌푸리자 그가 이마를 문질렀다.

"예쁜 얼굴 찡그리지 말아."

"이건 옳지 않아요."

"뭐가?"

강우는 그녀의 말이 무엇을 의미하는지 뻔히 알면서도 아무렇지도 않은 척 묻고 있었다.

"이 키스……."

"키스가 왜? 당신도 나만큼 좋았던 거 아니었나?"

"하지만 우린 이런 키스를 나눌 만큼 가까운 사이가 아니에요. 왜 날 이렇게 혼란스럽게 하는 거죠? 당신은 날 경멸하잖아요. 날 미워하고 날 속이고 벌주려 하면서 왜 이런 키스를 하는 거냐고요?"

강우는 말없이 그녀를 응시했다.

"이 느낌은, 당신과 나 사이의 이 스파크는 거짓이 아니니까. 난 어리석은 남자일지 모르지만 내 자신까지 속이는 거짓말쟁이는 아니야. 그리고 지금 이것이 무엇인지도 잘 알지. 이런 일이 모든 남녀에게 일어날 수 있다고 생각해? 전에도 말했지만 그냥 받아들이고 그 자체를 음미할 수도 있잖아."

"그럴 수 없다는 건 당신이 더 잘 알잖아요. 당신은 여전히 내가 윤 교수님과……."

아차, 했지만 이미 입술을 통해 터져 나온 후였다.

강우의 얼굴이 눈에 띄게 굳어졌다. 차갑게 외면하는 그 모습에 그녀는 가슴 한쪽이 뻥 뚫린 것처럼 허해지는 기분을 느꼈다.

"그 얘긴 하고 싶지 않군."

지금까지 두 사람이 나눴던 환상은 그녀의 말 한마디로 다시 현실로 돌아왔다.

이제야 깨달은 걸까? 내가 누구인지, 내가 누구의 여자였는지? 그래서 혐오감이 든 것일까? 그런 자신이 싫어진 걸까?

단아는 어떻게든 상처 받은 감정을 숨기기 위해 고개를 숙였다.

"오후 4시에 최 비서가 올 테니 그때까지 준비하고 있어요."

강우가 다시 입을 열었을 때 그가 한 말은 그것이 전부였다.

그리고 그는 떠났다. 그녀에게 눈길 한 번 주지 않고. 예전에, 항상 알아 왔던 강우의 모습으로 등을 보인 채 그렇게 그녀에게서 멀어져 가고 있었다.

처음에는 그랬다.

2년 전 단아를 처음 보았을 때 그녀가 누구라는 것을, 그녀가 누구의 여자라는 것을 알기 전까지, 처음 그녀를 본 순간 심장은 그대로 쿵 내려앉았고 그는 마치 불가항력의 힘에 거침없이 끌려가는 것 같은 무력감과 스스로도 이해할 수 없는 아니, 인정하고 싶지 않은 깊은 혼란을 느꼈다. 그와 더불어 미친 듯 솟아오르는 한 여자에 대한 강렬한 소유욕.

그것이 가능할까? 단 한 번 보는 것만으로, 고작 사진 한 장을 보면서 이렇게 강한 소유욕을 느낄 수 있을까? 그녀가 누구인지, 정확히 어떤 여자인지조차 모르는 상태에서 이런 지독한 감정이 생길 수 있다니…….

서른두 해를 살아오면서 강우에게 있어 여자란 무수한 모래만큼이나 흔하고 무의미한 존재였다. 대부분 여자들은 그가 어딜 가든 어떤 모습이든 그를 감지하고 다가와 그의 환심과 관심을 끌기 위해 애를 썼다. 물론 그 힘의 바탕은 무시할 수 없는 돈과 권력이었다.

그는 여자들이 자신에게 반응하는 것이 그의 매력 때문이라고 믿을 만큼 순진한 남자가 아니었다. 오히려 그 때문에 더 냉정한 남자가 된 것인지도 모른다. 그 누구보다 일찍 냉정한 사회의 생리를 터득한 그였으니까 말이다.

돈과 권력만으로 충분하지만 거기에 육체적 매력까지 더해지면 그것은 마치 한 덩어리의 강력한 최음제 같은 효과를 일으킨다. 그리고 그 앞에서 수많은 여자들이 맹목적으로 무너져 내리는 모습을 숱하게 보아 온 그였다.

사춘기를 거치고 지금의 나이에 이를 때까지 그의 머릿속에 심어진 여자는 항상 남자의 든든한 보호막을 필요로 하는 나약한 존재이거나 자신의 이상을 좇기 위해 남의 상처 따윈 아랑곳하지 않는 이기적인 모습이 전부였다.

그리고 그는 수많은 경험을 통해 유혹하기 위해 달려드는 한심한 여자들을 어떻게 다뤄야 할지 잘 알았다.

적어도 그에겐 그랬다. 그리고 그날까지도 그 생각은 변함없었다.

늦은 시간, 야근으로 단단히 굳은 근육을 펴면서 개인 비서가 깜박 잊고 제출하지 않은 연말 보고서를 찾기 위해 비서실로 들어가기 전까지. 한단아라는 여자를 보기 전까지……

주인이 떠난 텅 빈 사무실은 고요했다. 철제 서류함에서 원하는 파일을 찾은 뒤 무심히 주변을 둘러보던 강우의 눈에 여성 패션 잡지 하나가 들어왔다. 어디서나 볼 수 있는 여느 잡지. 평소라면 아예 눈길조차 주지 않았을 그가 마치 뭔가에 끌리듯 정말 아무 생각 없이 그것을 집어 들고 한 장, 한 장을 넘기기 시작했다.

그리고 심장이 그대로 멈췄다.

순식간에 굳어 버린 사지, 손끝 하나 움직일 수 없었다.

그는 숨을 죽인 채 오직 한 곳만을, 한 페이지만을 주목했다.

그녀.

양면의 페이지를 꽉 채우는, 티끌 하나 없는 순백의 드레스를 입고 천사의 날개를 단 여인이 그곳에 있었다. 수정처럼 빛나는 크고 맑은 갈색 눈과 앵두 같은 옅은 빛의 입술, 윤기 흐르는 검은 머리칼만이 색채를 드러낼 뿐 그녀의 모습은 희고 고운, 순결 그 자체였다.

누군가 남자들의 무의식은 순결한 천사에 대한 환상을 가지고 있다고 했던가?

어쩌면 그도 그런 것인지도 모른다. 그렇지 않고서야 고작 사진 한 장을 보고 이렇게 정신이 나갈 이유는 없었다. 물론 그는 이 모든 것이 현대의 놀라운 포토샵의 눈속임에 불과하다는 것을 알았다. 이런 비현실적인 모습에 감탄하는 것은 어리석을 뿐 아니라 지금까지의 냉철하고 모든 면에 주도면밀하기로 소문난 그에게 있을 수 없는 일이었다.

다른 사람도 아닌 서강우가 고작 여자 한 명 때문에 잡지에서 시선을 떼지 못하다니……. 그런 일은 있을 수 없었다. 아니, 그런 자신을 용납할 수 없었다. 결국 이 여자도 다른 여자와 마찬가지로 허상과 허영으로 가득 찬 이기적인 여자일 뿐이다.

언제부터 보이는 그대로 믿는 순진남이 된 거지?

그는 그런 자신을 향해 냉혹한 비웃음을 던졌다.

냉정하고 이기적이었던 어머니를 잊었나? 그녀가 얼마나 미인이었는지, 얼마나 많은 사람들이 그 아름다움을 추앙했는지 말이다.

하지만 그 안의 실체는 차가운 얼음이자 추한 무덤이었다. 그는 단 한 번도 그녀에게서 어머니의 따뜻한 온기를 느끼지 못했다. 어린 시절, 한때는 잠시나마 그런 모정을 바랐는지도 모른지만 이제 그는 그 실체를 알았고 더 이상 바랄 만큼 어리석지 않았다.

그리고 그의 여동생 채원. 완벽한 인형 같은 외관을 가진 그녀지만 항상 나약하고 불안에 떠는 여자이기에 그녀는 항상 그의 가슴을 억누르는 멍울 같은 존재였다.

결국 눈에 보이는 것은 허상일 뿐이다. 진실을 속인 허상. 그리고 이 여자도 다른 여자들과 다를 바 없으리라. 순간적인 눈의 착각으로 그 눈부신 순결함에 숨이 막힌 것이 사실이라 해도 그것은 그저 피로에 지친 심신의 착각이 틀림없었다.

그래, 분명히, 분명히 그럴 것이다.

강우는 정신을 차리기 위해 자신을 매섭게 다그쳤다.

그러나 그런 단호함에도, 자신에 대한 비웃음에도 불구하고 이미 머릿속에 낙인처럼 선명히 각인된 그녀의 모습은 쉽게 지워지지 않았다.

그로부터 2주일의 시간이 흘렀다. 일하는 시간 내내, 어쩌다 잠시 딴생각을 하는 틈이면, 잠을 자는 순간까지 어김없이 그녀는 그의 사고 속으로 스며들어 그를 괴롭혔다.

이제 그녀를 두 눈으로 직접 보고 싶은 강렬한 충동은 제 힘을 가진 양 무섭게 몸부림 쳐댔고 그는 결국 백기를 들어야 했다.

그는 두 눈으로 **직접** 그녀를 봐야 했다. 그 진실이 무엇이든, 그 실체가 무엇이든, 그 결과에 어떤 환멸을 느끼든, 한단아라는 여자를 직접 확인해야 했고 어떻게든 볼 수 있게 만들어야 했다.

그래서 찾아갔다. 한 달간의 긴 여정으로 출발하게 될 아주 중요한 유럽 출장 하루 전날, 어떻게든 시간을 만들어 그녀를 찾아간 강우였다. 개인 보좌관을 통해 그녀에 대해 조사를 지시하고 그녀의 모든 스케줄을 점검했다. 그리고 그녀가 알아채기 전에, 그가 어떤 남자라는 것을 알고 여느 여자들처럼 유혹할 기회를 갖기 전에 그는 조용히 그녀를 지켜보기로 했다.

그날 그녀는 압구정의 한 스튜디오에서 우아한 실크 드레스의 패션 화보를 촬영 중이었다.

한단아. 26살. 모델로서는 의외로 많은 나이였지만 천성적인 동안 탓인지 1년 전 모델계에 데뷔한 이래 최고를 인기를 구가하는 신인 유망주라 들었다. 섬세한 이목구비만큼이나 환상적인 몸매는 모든 이의 시선을 한눈에 빨아들일 만큼 완벽했다.

결국 난 여자의 아름다운 외관에 빠져 허우적거리고 있는 것인가?

단아를 지켜보는 내내 그는 수없이 자신에게 물으며 답을 찾으려 했다. 화려한 외모의 여자일수록 그 안의 실체가 얼마나 텅 비었는지 누구보다 잘 아는 그이기에 눈부신 조명 속에 더욱 화사하게 빛나는 그녀를 보면서 그를 무섭게 끌어당기는 한 여자의 매력을 어떻게든 부정하려 안간힘을 썼다.

그러나 실제로 본 순간부터 그의 심장은 평소보다 더 빠른 속도로 뛰면서 몸의 한 곳이 자연스럽게 반응했다. 그의 단단한 육체가 한 여자를 향해 주파수를 맞춘 채 미친 듯 빨려 들어가는 기분이었다. 마치 블랙홀처럼…….

결국 강우는 자신의 완전한 오판을 인정했다.

한단아라는 여자는 결코 조잡한 현대 사진 기술의 창조물 따위가 아니었다. 그녀는 진짜였다. 화려한 옷과 장신구로도 감출 수 없는 순결의 아름다움과 매력을 간직한 여자였다.

누군가 오로지 육체적인 매력에 빠져 이런 어리석은 환상을 갖는 그를 비웃는다 해도, 그에게는 그것이 사실이었다. 그녀를 두 눈으로 직접 보게 되면 모든 환상이 깨질 거란 예상을 완전히 뒤엎으며 그녀는 더 강력한 자력으로 그를 끌어당겼다. 생소하고도 당혹스러울 정도의 강렬한 소유욕이 그의 가슴을 휘저으면서 막을 수 없는 폭포처럼 터져 나오는 순간이었다.

강우는 그녀에게서 시선을 떼지 못한 채 그 긴 촬영 시간 내내 그곳에 남아 있었고 모든 것이 끝나기 전에, 스튜디오가 눈부신 환한 빛으로 밝아지기 전에, 그곳에서 누군가 그의 존재를 알아채기 전에 그곳을 빠져나왔다.

그것이 서강우가 한단아를 직접 본 첫날이었다.

그리고 그것이 그가 모델로서의 단아를 본 마지막 날이기도 했다.

그로부터 3주 후 단아는 늦은 밤, 해외 화보 촬영을 위해 공항으로 가던 도중 만취한 미성년자가 운전하는 스포츠카와 정면 충돌하는 불운한 교통사고의 피해자가 되었다.

예상보다 길어진 한 달 반 정도의 긴 유럽 출장을 마친 후 뒤늦게야 그녀의 사고 소식을 접한 강우는 충격으로 멍한 가슴을 부여안고 앞뒤 가릴 것 없이 곧장 그녀의 병실을 찾았다.

그리고 그날, 두 달 가까이 한 여자에 대한 환상을 저버리지 못하고 난생처음 직접 다가가기로 결심한 그날, 어떻게 다가가는 것이 좋을지 수줍은 10대 소년처럼 안절부절못하던 그날, 그 누구보다 그의 여자가 되길 바랐던 한 여자, 한단아 때문에 그리고 그 여자를 마치 사랑하는 연인인 양 정성스레 돌보고 있는 아주 낯익은 한 남자 때문에 강우는 온몸을 불사를 만큼 격렬한 배신감과 분노를 맛보아야 했다.

결국 그가 옳았다. 항상 그랬던 것처럼 그의 판단은 틀리는 법이 없었다.

그녀는, 한단아만은 다를 것이라고 착각한 그 자체가 정말 어이없었다. 순결한 외모로 감쪽같이 자신을 속이다니, 얼마나 어리석은가. 어쩌면 그 때문에 그의 분노와 배신감은 더욱 통제력을 잃어버린 것인지도 모른다.

모든 것을 부수고 내던지고 싶은 강렬한 충동이 수없이 그를 내려쳤다. 그랬다. 결국 그녀는 누군가의 남자를 빼앗고 있는, 이 세상에서 가장 더럽고 추한 여자에 불과했다.

천사의 가면을 쓴 요부.

재하의 마음을 흔들고 그가 유일하게 사랑하는 여동생의 사랑을 짓밟고 채원의 가슴을 갈가리 찢으며 자살까지 몰고 간 여자가 바로 한단아였다. 그리고 그녀는 바로 생애 처음으로 그의 시선을 한눈에 빼앗아 버린, 그 문제의 여자였다.

이제 강우가 선택할 길은 한 가지밖에 없었다.

그리고 물론 그는 나약한 재하에게서 단아 같은 여자를 어떻게 떼어 놓아야 하는지 그 방법을 잘 알았다. 그녀가 재활치료로 인해 아무리 오랜 병원 신세를 져야 하는 가엾은 처지라 해도. 아니, 어쩌면 그 때문에 그녀는 재하에게 더 큰 힘을 발휘하고 있는지도 모른다.

마치 하늘은 그에게 모든 특권을 부여하듯 완벽한 타이밍에 맞춰 단아의 양부, 선웅까지 그의 손안에 떨어졌다. 결국 모든 것은 운명처럼 그의 손바닥 위에 놓인 셈이었다. 그는 운명의 주사위를 던지는 냉혹한 군신, 마르스(Mars)처럼 그 안의 모든 사람들—선웅, 재하, 채원, 그리고 단아—의 운명을 손아귀에 틀어쥐게 되었다.

그리고 언제나처럼 강우는 승리자가 되었다.

 ❖　　　❖　　　❖

그리고 또 다른 서클(circle).

한단아가 강우의 손아귀 안에 다시 들어왔다.

지난 2년의 시간을 뒤로한 채 결국 그의 눈앞에 다시 와 있는 것이다. 모든 환멸과 분노에 그녀의 존재를, 그 이름 자체를 깨끗이 잊고 살아온 그를 비웃기라도 하듯 그녀는 다시 그의 인생 속으로 얽혀들었다.

그리고 그는 또 다른 선택을 했다. 여전히 순결의 가면을 쓰고 살고 있는 한 여자와의 결혼이 바로 그 선택이었다. 그도 그 결정이 자신의 목을 스스로 조일 수 있는 어리석은 선택이라는 것을 알았다.

물론 처음부터 결혼을 생각한 것은 아니었다. 매제의 연연이었던 여자와의 결혼은 그 자체가 있을 수 없는 일이었으니까 말이다.

처음에는 그저 여전히 흔들리고 있는 재하 때문이라도, 단아의 존재로 인해 다시 불안에 떠는 채원을 위해서라도, 조만간 만나게 될 두 사람의 인연을 과감히 끊어 버리기 위해서라도, 언젠가 태어날 채원의 소중한 아기를 위해서라도, 그 여자가 두 번 다시 다른 여자의 남자를 건드리지 못하도록, 남의 가슴에 상처를 주지 못하도록 확실한 벌을 줄 필요가 있다고 생각했을 뿐이다.

처음에는 그랬다. 적어도 처음에는…….

하지만 단아를 다시 본 순간, 사진으로서가 아니라, 몇 미터 떨어진 어둠 속에서가 아니라, 밝은 빛 속에서 그녀의 실체를, 그녀의 아름다움을, 그 맑게 빛나는 갈색 눈을 직접 마주 본 순간 모든 것이 변해 버렸다.

그녀를 처음 보았을 때 느꼈던 그 불가항력적인 자력이 2년이란 세월을 훌쩍 뛰어넘어 다시 제자리를 찾으며 미친 듯 그를 끌어당기고 있었던 것이다.

그리고 강우는 어느새 자신의 마음이 변했다는 것을 깨달았다.

그는 단아를 가져야 했다. 채원과 재하의 행복 이상으로 그 자신을 위해서라도 그녀는 그에게 꼭 필요한 존재였다. 그 실체가 무엇이든, 2년 동안 그 스스로도 인정하지 않았던, 그를 괴롭히던 그 강력한 힘에서 어떻게든 벗어나고 싶었다.

물론 가장 중요한 것은 방황하는 재하에게서 그녀를 떼어 놓는 것이었다. 조만간 다시 재회하게 될 재하로 인해 흔들리는 그녀를 두 번 다시 보고 싶지 않았다.

그래서 그는 결혼을 선택했다. 본인 스스로 감당 못 할 결혼을 아주 태연히, 뻔뻔스럽게 선언한 것이다. 그리고 이제 그는 그가 한 선택의 결과를 고스란히 감당해야 했다.

❖　　❖　　❖

정말 알 수 없는 여자였다.

1초, 1분, 1시간, 1주일…… 시간이 흘러가면 흘러 갈수록 그는 점점 깊은 혼란에 빠져드는 자신을 감지했다. 한단아는 그의 모든 예상에서 완벽하게 벗어나는 그런 여자였다.

그들이 처음 마주한 레스토랑에서 그에 대한 혐오감을 드러낸 그 순간부터, 한순간 온몸이 경직될 만큼 강렬한 시선을 교환한 그 순간부터 그녀는 결코 여느 여자들처럼 그를 대하지 않았다. 더 놀라운 것은 그의 돈과 권력에 전혀 휘둘리지 않은 그녀의 당당한 모습이었다.

처음엔 그 모든 것이 그저 그를 현혹시키기 위한 여느 여자들의 가식일 뿐이라고 생각했다. 수없이 그녀의 자존심을 건드리며 여자라면 절대 무시할 수 없는 완벽한 덫을 놓았지만 그녀는 매번 그를 실망시키며 최소한의 가식적인 미소조차 짓지 않았다. 오히려 나중에는 강우 편에서 제발 받아 달라고 애원이라도 해야 할 것처럼 그가 기꺼이 건네는 모든 것을 거부하며 자존심 상해했다.

눈에 띄게 굳어지는 얼굴과 분노의 표정을 띤 채 어쩔 수 없이 받아들이는 그녀의 모습으로 인해 그의 자존심이 얼마나 상했는지 신만이 아시리라.

그 사실이 한편으로 놀랍고 감탄스러웠지만 마치 쓸모없는 먼지인 양 그의 존재를 무시하는 그녀의 모습은 그의 가슴 속에 더 강한 투지를 자극했다. 그녀를 흔들어 그녀 안의 진짜 모습을 드러내게 하고야 말겠다는 오기, 자신의 매력에 빠져 허우적거리는 그녀를 꼭 보고야 말겠다는 욕심.

그는 단 한 번도 그런 도전을 피한 적이 없었다. 특별히 한단아의 도전이라면 충분히 받아들일 용의가 있었다. 그녀에게 그 도전의 대가가 무엇인지 분명히 알려 줄 생각이었다. 언젠가 그 도전의 결과를 감당하지 못한 채 그 앞에 무릎 꿇는 그녀를 꼭 보고 싶었다.

그러나 한단아에 관한 한, 그의 냉정한 이성은 단 한 번도 제 힘을 발휘하지 못했다.

양부를 위해 어쩔 수 없이 자신을 희생하면서도 자존심과 분노를 숨기지 않는 그 도전적인 눈을 보고 있노라면, 잔뜩 겁에 질린 사슴 같은 커다란 갈색 눈으로 자신을 방어하듯 꼭 끌어안고 있는 여자를 보고 있노라면, 매정한 현실과 서강우라는 남자 사이에서 혼란스러워하는 그녀를 보고 있노라면, 그 아름다운 눈에 취해 그녀에 대한 모든 진실을 깡그리 잊은 채 자신이 마치 이 세상에서 가장 나쁜 약탈자가 된 기분이 들곤 했다.

그리고 그 기분은 항상 그를 괴롭혔다. 무의식중에 손을 뻗어 그녀를 끌어안고 자신은 그녀의 적이 아니라고 말하며 그녀를 안심시키고 싶을 만큼 말이다. 어쩌면 그 때문에 더욱 손을 쉽게 뻗지 못하는 것인지도 모른다.

그 눈. 가련한 사슴처럼 상처 입은 채 흔들리는 바로 그 여린 갈색 눈 때문에.

그리고 그녀를 향한 욕망은…….

실크처럼 부드러운 그 눈부신 피부를 손끝으로 살짝 어루만지는 것만으로 그는 자제력을 잃었다. 가슴 속에서 무섭게 타오르는 욕망은 어찌 손쓸 새도 없이 순식간에 타올랐고 그 순간의 불꽃에 그대로 잠기고 싶은 유혹은 사악한 뱀의 유혹보다 더 달콤하고 강렬했다. 그녀는 그가 예상치 못한, 굳건한 방패조차 없는 가장 나약한 부분을 그렇게 공격하고 있었다.

그 달콤한 입술을 한 번 맛본 이상 그녀에게 키스하지 않는 것은 성인의 경지가 아니고선 불가능한 일이었다. 그녀가 재하의 애인이었다는 사실조차 그 충동을 막을 수 없었고 어쩌면 바로 그 때문에 더욱 그녀에게 그 자신의 체취를 남기고 싶은 것인지도 모른다.

여자와 남자.

그러다 언제부터 그녀를 한 여자로서 다시 그렇게 의식하게 되었던가? 아니, 언제부터 그녀에게 그의 존재를 남자로서 각인시키고 싶었던가?

옆에 있는 그녀의 존재를 의식하고, 그녀의 표정을 살피고, 그녀에 대해 더 알고 싶고, 그녀의 입가에 어린 웃음을 보고 싶으면서도 그로 인해 상처 받는 그녀를 보면 자신이 미치게 싫었다.

하지만 그녀가 저항하면 저항할수록 그를 향한 혐오와 분노를 드러내면 드러낼수록 그녀를 향한 갈망은 더 커져 갈 뿐이었다. 그녀를 내 여자로 만들고 싶은, 그녀의 머릿속에서 재하라는 존재를, 그와 관련한 단 한 조각의 기억조차 깨끗이 지워 버리고 오직 서강우라는 남자를 아로새기고 싶은 강렬한 충동은 육체적 욕망 이상으로 강했다.

그것이 아무리 지나친 욕심이라 해도 그의 진심은 그녀와 온몸을 불사를 것 같은 뜨거운 사랑을 나누면서 그녀 안에 남자로서의 그를 각인시키고 싶을 뿐이었다.

그러나 아이러니하게도, 그 터무니없는 욕심과 오기는 오히려 그 반대의 효과를 일으켰다. 시도 때도 없이 그녀를 찾고 하루 종일 그녀만을 생각하는 것은 다름 아닌 강우, 그 자신이었으니까 말이다.

그녀는 그런 힘을 갖고 있었다. 고작 1주일의 그 짧은 시간 동안 그에게 그녀는 그런 엄청난 힘을 가진 여자가 되어 있었다. 어느 순간엔 그녀가 그런 그의 약점을 알게 될까 봐 두려울 때도 있었다.

젠장! 정신 차려, 서강우! 그녀는 너에게 최면을 걸고 있어. 정말 그녀가 어떤 여자인지 몰라? 그녀가 어떤 식으로 채원이의 인생을 파괴하고 힘들게 했는지 모르는 거냐고. 여동생을 위해, 그녀의 행복을 위해 이 세상에서 가장 나쁜 놈이란 소리를 들어도, 양심의 가책을 느낀다 해도 상관없다고 자신한 게 언제였지? 그런데 지금 얼마나 지났다고 그녀의 눈빛에, 그녀의 표정에 흔들린다고 말하는 건가?

비겁한 변명으로 자신의 행동을 합리화하는 자신을 향해 그는 수도 없이 소리쳤다.

하지만 언제나처럼 그것은 다 소용없는 시도였다. 2년 전 그랬던 것처럼, 한단아라는 여자는 그를 머리부터 발끝까지 완전히 흔들어 놓는 이 세상의 단 한 명의 여자일 뿐이었다.

우선 그녀의 외모가 문제였다.

첫눈에 각인처럼 새겨진 천사의 그림을 완전히 지워 버리고 재하를 유혹한 끔찍한 요부의 이미지를 강제로 밀어 넣었던 그 힘겨운 노력에도 불구하고 눈앞의 여자는 여전히 순결한 천사처럼 연약하고 청초해 보였다. 벌레 하나 죽이지 못할 것 같은 얼굴, 우윳빛의 투명한 살결에 윤기 흐르는 머리칼이 등까지 자라 아름다운 달걀형의 얼굴을 강조하며 그의 시선을 빨아들이고 매 순간 숨을 그대로 앗아 갔다.

이건 눈속임일 뿐이다, 추한 내면을 모습을 감추기 위한 가면이다, 라고 수도 없이 자신에게 말을 했지만 그의 시선은 어김없이 그녀의 얼굴을, 그녀의 눈빛을 찾아 헤매고 있다.

그리고 단 한 번도 쉽게 꺾이지 않는 그녀의 고집과 자존심. 외관은 연약한 여자의 모습이었지만 그녀는 그 누구보다 그에게 강하게 대항하는 놀라운 여자였다.

가슴을 잡아끄는 이 감정의 실체는 무엇인가? 왜 그녀를 볼 때마다, 그녀가 시선을 외면할 때마다 몸을 흔들어서라도, 소리를 질러서라도 자신을 향해 얼굴을 돌리게 하고 싶은, 내 눈에서 그녀를 놓아주고 싶지 않은 강렬한 충동을 느끼는 건가? 내가 언제 여자에게 이런 감정을 느낀 적이 있었던가? 그것이 왜 이제 와 한단아여야 하나? 왜 하필 그녀여야 하지?

그녀는…… 재하의 애인이었다.

윤재하가 사랑했던 여자. 채원의 가슴을 갈가리 찢어 놓은 장본인이자 2년이 지난 지금까지도 위험의 요소를 다분히 간직한 요주의 인물이었다. 항상 감시하고 허튼짓을 못 하도록 그의 덫 안에 가둬야 하는 그 여자에게, 그녀를 응징할 분명한 명분을 가지고 있는 지금, 왜 나는 그녀의 눈빛 하나, 표정 하나에 흔들리며 이렇게 괴로워하는 것인가?

❖　　　❖　　　❖

　　감당할 수 있을 거라고 생각했다.

　　어떤 비열한 방법으로 단아를 그의 손아귀에 넣었든, 그녀가 그의 사정권 안에 들어온 이상 더 이상 그녀가 도망칠 길은 없다고 자신했다. 모든 것은 계획대로 진행되고 있었기에 이제 두 사람이 재회한다 해도 거뜬히 이겨 낼 수 있을 거라 확신한 그였다.

　　그러나 이번에도 냉정한 현실은 보기 좋게 그를 비웃었다. 결코 태연할 수 없었다. 아무렇지도 않은 듯 웃으며 바라볼 만한 아량이 그에겐 눈곱만큼도 남아 있지 않았다.

　　재하의 눈빛이 싫었다. 단아를 향해 애절히, 슬픈 듯이 하염없이 바라보는 그 눈빛이 싫었다. 그런 그에게서 시선을 떼지 못한 채, 충격에 젖어 옛사랑을 떠올리는 단아의 눈빛도 마음에 들지 않았다.

　　그런 두 사람이 채원과 강우의 존재를 까맣게 잊은 채 서로를 넋 놓고 응시하는 모습에 견딜 수 없는 화가 치밀었다. 그리고 가슴 속에 부글부글 끓어오르는 분노를 억누른 채 냉정하게 아무렇지도 않은 듯이 버티고 있어야 하는 자신에게 더 싫었다.

　　두 사람을 완전히 떼어 놓고 서로 바라볼 수도, 서로 느낄 수도 없는 곳에 가둬 놓고 싶은 강한 충동, 재하를 바라보는 그녀의 시선을 억지로라도 떼어 내어 자신만을 바라보게 하고 싶은 지독한 욕망은 그 스스로도 어쩔 수 없는 감정이었다.

이것이…… 질투인가?

심장이 망치에 맞은 듯 쿵 내려앉았다.

질투? 창자를 비트는, 온몸을 쥐어짜는 것 같은 이 고통이 질투란 말인가? 내가? 서강우가 매제의 여자에게? 여동생의 가정을 파괴하려는 여자에게?

그 혹독한 시련의 시간을 어떻게 버틴 것인지 자신도 모른다. 그는 그저 그 순간을 덮어야 했다. 아무 일도 아닌 것처럼, 모든 일에 초월한 사람처럼, 세 사람의 상처 입은 모습이 눈에 보이지 않은 것처럼, 그렇게 그 시간을 헤쳐 나가야 했다.

냉정하고 자신감에 찬 모습으로. 확실하게, 그 누구도 침범할 수 없을 만큼 강하게.

그것이 그날 밤, 네 사람이 처음 만난 자리에서 재하와 채원과 단아와 강우, 그 자신을 위해 그가 할 일이었다.

❖　　　❖　　　❖

'결국…… 당신이 내게 접근한 이유도, 그런 어이없는 제안을 한 이유도 당신의 그 소중한 여동생 때문이었나요? 윤 교수님에게서 날 떼어 놓기 위해? 그리고 그런 날 벌주기 위해?'

단아가 그렇게 물었다.

그리고 그는 그렇다고 대답했다. 입술을 앙다문 채, 숨을 들이켠 채, 도저히 벌어지지 않은 입술을 억지로 움직여서. 그리고 그는 보았다. 단아의 얼굴에 떠오른 숨길 수 없는 지독한 절망의 상처를. 그리고 그것은 또 다른 생채기를 내며 그의 속을 그대로 후벼 팠다.

결국 그녀가 모든 것을 알았다. 자신이 그녀에게 무슨 짓을 했는지, 그녀에게 어떤 식으로 씻을 수 없는 상처를 남겼는지 알았다. 아니, 이 모든 것은 당연히 거쳐 갈 관문이었고 그는 그 과정을 통해 그녀에게 자신의 존재를, 그녀의 현 위치를 분명히 알려 주려 했다.

하지만 그녀에게 그는 이제 더 이상 씻을 수 없는 잔인하고 비열한 남자로 남게 되었다. 여동생의 안위를 위해 사람들을 협박하는 피도 눈물도 없는 냉혈한으로서 말이다.

그리고 그 순간 확실히 알았다.

자신에게 그녀가 어떤 존재인지, 그녀에 대한 그의 감정의 실체를.

여전히 재하에 대한 사랑을 놓지 못하는 단아를 보면서, 그의 안에서 무섭게 용솟음치는 치졸한 질투의 불꽃을 감지하면서 그 순간의 분노를 억누르지 못한 채 그녀의 입술을 거칠게 탐했다. 아무리 그것이 치졸한 질투에서 비롯된 욕심이라 해도, 사람의 감정이 아닌 단순한 육체의 반응일 뿐이라 해도…… 그의 존재를 그녀에게 알려 주고 싶었다.

이 순간 그녀를 흔드는 것은 윤재하가 아니라 바로 눈앞에 있는 서강우라는 것을 분명히 알려주고 싶었다.

그에게 응답하는 그녀의 그 작은 반응에 안도하는 자신이 우습다. 그 사실에 어떻게든 매달리려 하는 자신이 추하다. 그녀를 향한 지독한 감정을 감춘 채 어떻게든 육체적 욕망으로 그 모든 것을 덮으려 하는 자신이 비겁하다.

그 밤은 그의 서른 네 해의 인생 중 가장 힘든 시간이었다.

❖   ❖   ❖

다음 날 아침, 눈을 뜬 순간 가장 먼저 단아의 얼굴이 떠올랐다.

그녀를 어떻게 봐야 할지, 그녀를 어떻게 대해야 할지, 이제 그녀가 모든 것을 아는 이상, 다시 예전처럼 그녀를 대할 수 없다는 것은 가장 잘 아는 그였다. 그녀의 눈 속에 담긴 경멸을 그가 감당할 수 있을지조차 자신할 수 없었다. 그녀에게 있어 자신이 어떤 남자라는 것을 뻔히 알면서도 그 사실을 어떻게든 부정하고 싶었다.

잠을 통 못 잤는지, 젖은 머리칼이 닿은 창백한 안색 때문인지 그녀는 더 많이 지쳐 보였다. 그리고 그 원인이 바로 자신이라는 것을 굳이 확인할 필요도 없었다. 하지만 그 이상으로 그녀는 언제나처럼 청초하고 순결한 아름다움으로 그의 숨결을 빼앗았다.

문득 사랑스러운 얼굴에 떠오른 미소를 보고 싶다는 생각이 들었다. 그로 인해 환하게 웃는 그녀를 볼 수 있다면 더 이상 바랄 것이 없을 것 같았다.

그리고 무의식중에 찾은 그녀의 달콤한 입술. 키스하지 않고는 도저히 배길 수 없는 그 유혹에 그는 자신을 맡겼다. 그 달콤한 입술에 취해 있는 동안, 그는 처음으로 그런 생각을 했다.

할 수만 있다면 지금까지의 모든 계획을 완전히 뒤로한 채 그녀와 처음부터 다시 시작하고 싶다고, 재하, 채원, 선웅와 관련된 매정한 현실이 아닌 오직 한단아와 서강우라는 남녀가 만나 처음부터 다시 시작하고 싶다고 말이다.

그러나 그것은 결코 이뤄질 수 없는 꿈속의 환상일 뿐이다.

그러니 이제 그가 할 일은 남은 일을 마무리하는 것이었다. 그녀가 원치 않는다는 것을 뻔히 알면서도, 어떻게든 벗어나기 위해 안간힘을 쓰고 있는 것을 두 눈으로 보면서도 아무것도 모르는 척 무시하며 그는 이 결혼을 밀어붙일 것이다.

오직 결혼만이 단아를 완전히 그만의 것으로 만들고 아직도 재하를 잊지 못하는 단아의 마음을 단단히 붙잡을 수 있는 유일한 길이라고 믿기 때문이었다.

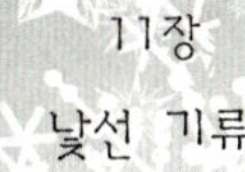

11장

낯선 기류

오후가 되니 비가 추적추적 내리기 시작했다.

그 전조를 알리듯 오전부터 몸 여기저기가 쑤셔 오기 시작한다. 교통사고 이후 찾아온 후유증 중에 하나였다. 단아는 욱신거리는 근육을 마사지하며 힘겨운 몸을 일으켰다. 이제 더 이상 게으름을 피울 수 없었다. 조만간 최 비서가 마중하러 올 테니 준비를 해야 한다.

최 비서는 정확히 4시에 도착했다. 그의 안내로 논현동에 위치한 화려한 웨딩 홀로 들어가 눈부시게 아름답고 값비싼 웨딩드레스의 디자인을 고르는 동안에도 그녀는 알 수 없는 초조감에 애꿎은 손톱만 물어뜯었다. 점점 다가오는 냉혹한 현실이 그녀를 더욱 옥죄는 것만 같았다.

어떤 걸 선택해야 하지? 전통적인 흰 드레스? 아니면 화려한 디자인?

사실 어떤 것을 입든 상관없었지만 그녀는 그들의 결혼이 대중적이라는 것과 강우의 사회적 지위를 고려해 그에 걸맞은 드레스를 골라야 한다는 것을 알았다. 그는 첫 결혼에 어울리는 우아한 품위를 원할 테니까.

"이건 어떠세요?"

페이지 한 면을 장식한 것은 순백의 레이스 시폰 웨딩드레스였다.

"최신 유행 스타일은 아니지만 과하지 않은 모티브로 깔끔하고 고급스러우면서 몸의 곡선을 자연스럽게 살려 주기 때문에 많은 신부들의 사랑을 받은 디자인이죠. 가는 실크 끈이 쇄골 라인의 아름다움을 살려 주는 동시에 가슴과 허리선으로 이어지는 부분이 단아하면서도 고풍스런 멋을 풍겨서 아가씨처럼 날씬한 몸과 흰 피부에 아주 잘 어울릴 거예요. 이 디자인과 가장 유사한 웨딩드레스가 있는데 한번 입어 보시겠어요?"

한 시간 넘게 결정을 하지 못한 채 무심히 책장만 넘기는 단아 때문에 속이 탔는지 30대 중반의 세련된 웨딩 샵 주인이 한 말이었다. 이곳에 들어선 순간부터 여주인은 최대한 정중하게 단아의 비위를 맞추고 있었다. 하지만 여자의 눈 속에 담긴 호기심과 질투까지 감추긴 무리였다.

결국 강우의 아내가 되는 것은 이런 대우도 따라오는 걸까? 지나칠 정도의 친절과 아부?

그래, 막강한 재력은 어쩌면 이런 것을 의미하는지도 모른다.

솔직히 여주인의 호기심을 이해하지 못하는 것도 아니었다. 단아 같은 평범한 여자가 서강우 같은 거물과 어떻게 만나 결혼까지 하게 됐는지, 그 모든 과정이 알고 싶어 몸이 달 지경일 테니까. 아마도 오늘 이곳 문을 나선 순간부터 그들의 결혼은 공식 발표가 되기도 전에 모든 사람들의 입에 오르내리게 되리라.

"아름답군요. 한번 입어 볼게요."

"그러실래요? 잘 생각하셨어요. 이쪽으로 오세요. 우리 애들이 입는 것을 도와 드릴 겁니다."

노련한 여주인의 제안답게 웨딩드레스의 우아한 자태가 호리호리한 그녀의 몸을 매혹적으로 감쌌다. 단아는 손끝으로 부드러운 시폰 공단을 쓸어내렸다. 특별히 손볼 곳이 없을 만큼 드레스는 그녀에게 맞춤복처럼 꼭 맞았다.

"어쩜, 정말 너무 아름답네요! 전에도 어떤 신부가 이 드레스를 원하긴 했지만 이렇게 완벽하게 소화한 분은 없었거든요. 사실 까놓고 말해서……. 어머, 대표님. 어서 오세요."

열에 들뜬 여주인과 달리 담담한 눈길로 자신을 바라보던 단아는 여자의 말에 정신이 번쩍 들었다. 대형 거울 속에 말쑥한 비즈니스 슈트 차림의 강우가 나타났다.

쿵, 심장이 울리면서 그녀의 얼굴이 저절로 붉게 물들었다. 그가 오리라는 것을 전혀 예상하지 못한 탓이었다. 아니면, 이 남자에게 지금의 모습을 보여 주기가 썩 내키지 않았던 것인지도 모른다.

"아름답군. 그 드레스로 결정한 건가? 난 디자인만 선택할 줄 알았는데?"

"아직 결정하진 않으셨어요. 우선 단아 양이 원하는 디자인과 유사한 드레스를 입어 본 거죠. 원하는 디자인을 정하고 치수를 잰 후에 새 웨딩드레스를 만들 예정인데 아마 오랜 시간이 걸리지 않을 거예요. 게다가⋯⋯."

여주인은 단아가 입을 열기도 전에 열정적으로 말을 이어 갔다.

강우가 무심한 눈길로 여주인을 힐끗 본 뒤 다시 우아한 드레스 차림의 단아에게 시선을 돌렸다. 순간적으로 반짝이는 생기. 그녀만의 착각이라고 생각할 만큼 그 순간 검은 눈은 감탄 어린 뜨거운 열정으로 빛나고 있었다.

왜 난 저 눈빛에 가슴이 이렇게 떨리는 거지?

하지만 여전히 그의 시선을 그대로 감당하기가 벅차다.

"당신이 올 줄은 몰랐어요. 그런 말은 없었잖아요."

"일일이 내 스케줄까지 보고할 생각은 없었으니까. 내가 갑자기 나타나 거슬리는 건가?"

"그럴 리가요. 감히 서 대표님을 두고 누가 그런 생각을⋯⋯."

이번에도 어김없이 여주인이 끼어들었고 이제 강우는 노골적으로 눈살을 찌푸렸다.

"잠시만이라도 약혼녀와 단둘이 이야기를 나눌 수는 없는 겁니까?"

"네? 아, 이런⋯⋯. 제가 주제넘게 나섰네요."

여주인은 눈에 띄게 얼굴을 붉히며 실례한다는 말을 남긴 채 서둘러 사라졌다.

"그렇게 무례하게 말하는 법이 어디 있어요? 얼마나 무안했겠어요?"

"그렇다고 일일이 끼어드는데 가만있으라는 건가? 신부의 눈부신 아름다움을 맘껏 음미할 자유도 없이?"

단아는 강우의 노골적인 찬사에 당황하며 얼굴을 붉혔다.

"얼굴까지 붉히니까 정말 수줍은 신부 같은데?"

"그만 놀려요."

"놀리긴 누가 놀려? 너무 아름다워 입이 다 벌어질 지경인데. 무엇보다……."

"잠시 기다려 주세요. 옷 갈아입고 금방 나올 테니까요."

계속 이어지는 그의 찬사를 받고 있으면 자신이 정말 이상해질 것 같아 그녀는 말을 막으며 서둘러 커튼을 쳐 그들 사이에 떠도는 낯선 기류를 밀어냈다.

그가 왜 말도 없이 불쑥 나타난 거지?

지금까지 강우로 인해 받은 상처 때문인지 그녀는 그의 등장만으로 과민해진 상태였다. 더 솔직히 말하면 그의 입을 통해 또 다른 폭탄이 이어질 것 같아 그와 단둘이 마주하는 것조차 두려운 것이 사실이었다.

다시 원래 옷으로 갈아입고 커튼을 젖혔을 때 강우는 드레스 룸 한편의 폭신한 소파에 앉아 느긋하게 패션 잡지를 뒤적이고 있었다. 은은한 조명 아래, 머리에서 발끝까지 명품으로 치장한 고급 슈트 차림의 그는 완벽한 남성미를 물씬 풍겼다.

단아가 천천히 다가가자 희미한 미소와 함께 고개를 든 강우의 얼굴이 금세 굳어졌다. 그는 아이보리 터틀넥 스웨터와 물 빠진 청바지 차림을 보며 눈살을 찌푸렸다.

"저번에 산 옷들은 다 어떻게 된 거지? 자선단체에 기부라도 했나?"

"특별히 성장해야 될 때가 아니라면 난 편하게 입는 걸 더 좋아해요."

단아는 그의 못마땅한 시선에 반항하듯 단호하게 받아쳤다.

"이런 내가 마음에 안 든다면 그건 당신 사정인 거죠."

"누가 마음에 안 든다고 했나? 사실 당신은 뭘 입어도 맵시가 나는 여자잖아. 아마 다른 여자들은 그런 당신을 진심으로 부러워할 거야."

또다시 터져 나온 찬사에 그녀는 잠시 할 말을 잃은 채 몸을 일으키는 장신의 남자를 보았다.

이 남자가 뭘 잘못 먹었나? 왜 갑자기 이렇게 친근하게 다가오는 거지?

"아까 그 디자인으로 결정한 건가?"

"당신만 괜찮다면 그렇게 하고 싶어요. 종류가 너무 많아서 고르기도 힘드니까요."

"그래? 그렇다면 치수를 잰 후 미셸 진에게 추가할 부분을 말하도록 하지."

"미셸 진? 아, 아까 그 여주인. 그러죠."

어색한 표정을 띠며 단아는 그의 에스코트에 따라 드레스 룸을 나섰다.

두 사람의 등장에 좀 전의 강우의 무례한 태도는 까맣게 잊은 듯 환한 미소를 띠며 여주인이 그들을 맞았다. 그로부터 20분, 재단사가 그녀의 치수를 재는 내내 강우의 노골적인 시선에 시달린 탓인지 드레스에 부가할 사항을 말하고 웨딩 샵의 문을 나섰을 때에는 저절로 안도의 숨이 새어 나왔다.

오후 내내 내리던 비는 그쳐 있었지만 날이 저문 탓에 거리는 여기저기 크리스마스 분위기를 물씬 풍기는 네온 불빛으로 빛나고 있었다. 그녀는 옷깃 사이로 스며드는 찬기를 막기 위해 패딩 코트를 더 단단히 여미며 의아한 듯 주변을 둘러보았다. 당연히 기다리고 있을 거라고 생각한 세단이 보이지 않았다.

"최 비서는 어디로 간 거죠?"

"내가 보냈어."

"보내요? 집으로 가는 게 아닌가요?"

저도 모르게 튀어나온 방어적인 어조에 강우 역시 미간을 좁혔다.

설마 또다시 채원이 날 만나길 원하는 건 아니겠지?

"오늘은 아무 약속도 없으니까 안심해. 그냥 시간도 어중간해서 함께 저녁이나 먹으려는 것뿐이니까."

"하지만 아주머니가……."

"그분은 한동안 오시지 않을 거야. 딸이 오늘 아침에 출산을 해서 보름 정도 산후조리를 해 주기 위해 춘천에 내려가셨거든. 뭐 먹고 싶은 게 있…… 앗! 조심해!"

다급한 외침과 함께 강우가 그녀의 몸이 옆으로 홱 잡아끌었다. 순간 몸의 균형을 잃은 단아는 가는 비명을 내지르며 그의 품에 덜컥 안겼다.

쿵. 멍한 충격에 젖어 넓은 가슴에 안겨 있는 동안 강우의 생생한 심장 박동 소리가 바로 귓가에서 들려왔다.

"젠장, 정말 큰일 날 뻔했군."

낯설 만큼 가늘게 떨리는 음성이었다.

그녀는 자신의 머리를 꼭 감싸 안은 채 가슴을 들썩이고 있는 남자의 존재를 의식하며 천천히 고개를 돌렸다. 골목 한편에서 갑자기 튀어나와 요란한 굉음과 탁한 연기 냄새만을 남긴 채 어느새 저 멀리 달리고 있는 오토바이 두 대가 보였다. 강우가 민첩하게 대처하지 않았다면 오토바이에 치여 정말 큰 사고가 날 수도 있는 위급 상황이었다. 문득 2년 전의 교통사고의 기억과 맞물리며 뒤늦게야 전신이 떨리면서 식은땀이 흘렀다.

미간을 무섭게 구긴 강우가 두 사람의 공간을 만들더니 그녀의 턱을 살짝 들어 올렸다.

"당신 괜찮아? 얼굴이 백지장처럼 창백해."

당신 역시 창백하다는 말을 하고 싶었지만 입으로 새어 나오진 않았다. 그녀를 바라보는 검은 눈은 걱정으로 가득했다. 어제까지도 지독한 상처를 주었던 그 냉혹한 서강우라는 사실을 까맣게 잊게 할 만큼 진심 어린 눈빛이었다.

"괜……괜찮아요. 그냥 좀 놀라서."

단아는 그 눈빛에 흔들리는 자신을 힘겹게 밀어내며 어색한 표정을 지었다.

"나도 놀랐어. 젠장, 어떻게든 저놈들을 잡았어야 했는데……."

"무슨 일이 있었던 거죠?"

"스피드광들이 어떻다는 거 알잖아. 하필 이 시간에 골목에서 경주라니……. 계속 떨리는 건가? 우선 어디라도 들어가 마음을 좀 진정시켜야 할 것 같아."

강우의 재촉에 이끌려 거의 안기다시피 단아는 그곳에서 몇 블록 떨어지지 않은 식당 안으로 들어섰다. 그들의 등장과 함께 밝게 인사를 건넨 그곳의 주인으로 보이는 젊은 남자가 그녀의 창백한 안색을 보고 그들을 곧장 구석의 테이블로 안내했다.

한동안 그녀가 진정되기를 기다리며 지켜보던 강우가 먼저 입을 열었다.

"이제 좀 괜찮아?"

그녀는 깊은 숨을 들이켜며 천천히 고개를 끄떡였다.

"우선 이거부터 마셔 봐. 찬 기운이 들어가면 놀란 가슴이 조금은 나아질 거야."

언제 주문했는지 얼음 물 한 잔이 그녀 앞에 놓이자 그녀는 군말 없이 잔을 들이켰다.

"착한 아이로군."

강우가 옅은 미소를 지으며 손을 내밀어 그녀의 입가를 닦았다. 그 친근한 동작에 그녀가 얼굴은 튼 것은 자동 반사였다. 그가 눈에 띄게 눈살을 찌푸렸다.

"그냥 입가에 물방울이 묻은 걸 닦으려 했을 뿐이야."

"아…… 알아요. 난 그냥……."

"그냥 뭐 말이지?"

방금 전과는 생판 다른 퉁명스런 음성.

"그냥…… 좀 놀라서 그래요."

"내가 당신을 해치기라도 할까 봐? 노파심에서 하는 말인데, 아까 그 오토바이들은 부른 건 내가 아니야."

"그런 생각은 꿈에도 해본 적이 없어요. 난 진심으로 당신이 날 구해 줘서……."

"됐어. 억지 인사는 받고 싶어 한 말은 아니니까."

다시 두 사람 사이에 어색한 침묵이 깔렸다.

단아는 입술을 깨물며 조심스럽게 시선을 들었다.

내가 너무 과잉 반응을 하는 거야. 그의 순수한 호의에 지나치게 반응하다니…….

"당신 기분을 상하게 할 생각은 없었어요."

"상하지 않았어. 그저 그런 얼간이들 때문에 또 어떤 사람이 피해를 당할지 화가 나서 그런 것뿐이야. 아까야 운이 좋았지만……."

"그 얘긴 그만하죠."

대형사고로 이어질 수 있었던 기억만으로 한기가 돌아 그녀는 몸서리를 치며 애써 주변으로 시선을 돌렸다.

그가 데려온 곳은 호텔 레스토랑이나 어제 갔던 럭셔리한 스파게티 전문점이 아니라 어디서나 볼 수 있는 아담한 평수의 평범한 부대찌개 식당이었다. 이번에도 의외다. 서강우 같은 남자가 이런 곳을 선택했다니 말이다.

"무슨 생각을 하는 거지?"

간단히 메뉴 주문을 마친 후 얼마 전까지의 딱딱한 표정 대신

여전히 낯선 분위기의 부드러운 표정을 띠며 그가 그녀를 지그시
바라본다.

"이런 곳에 자주 오나요?"

"이런 곳?"

"서민식당."

그는 싱긋 웃으며 가볍게 어깨를 으쓱했다. 오늘 그를 만난 이
후로 벌써 두 번째 그렇게 웃고 있었다.

"왜 난 이런 곳에 발도 딛지 않을 줄 알았나? 나 역시 부대찌
개를 좋아하는 평범한 한국남자일 뿐이야."

그 말에 그녀는 내심 코웃음을 쳤다. 그가 평범하다면 이 세상
에 평범한 사람은 단 한 명도 없다는 말이 더 맞으리라.

"당신 같은 사람이 그런 말을 하면 사람들은 무시당했다고 생
각할 거예요."

"이곳에 내가 어울리지 않는다고 생각해?"

"그런 값비싼 옷차림이라면 그렇죠."

그는 자신이 입은 세련된 슈트를 슬쩍 내려다보며 다시 어깨를
으쓱했다.

"따로 갈아입을 시간이 없었을 뿐이야. 게다가 이 차림에 걸맞
은 장소로 간다면 오히려 당신이 불편하지 않겠나? 그보다는 내
가 양보하는 편이 낫지."

양보? 내가 제대로 들은 걸까? 서강우가 내가 당황하지 않도록
날 위해 여기로 왔다고?

여전히 혼란스럽다. 아니면 갑작스런 그의 변화에 적응이 안

되는 것인지도 모른다.

그녀의 생각을 그대로 읽었는지 그가 그녀의 눈을 똑바로 응시한 채 씁쓸한 미소를 띠었다.

"그 표정을 보니 굳이 묻지 않아도 알 수 있겠군. 당신에게 나란 인간이 어떤 모습인지 말이야. 서강우는 한단아에게 기본적인 매너조차 없는 돈 많은 속물일 뿐인 건가?"

그녀는 그의 시선을 피한 채 입술을 깨물었다. 따스한 인간미가 부족한 남자라고 생각한 적은 있지만 기본적인 매너도 모르는 돈 많은 속물이라고 생각한 적은 없었다.

"그런 뜻이 아니란 거 알잖아요. 그저 오늘 따라 당신 모습이 좀 적응이 안 될 뿐이에요."

"내 모습이 어때서?"

정말 몰라서 묻는 걸까? 어젯밤 어떤 일이 있었는지 뻔히 알면서……?

그가 그녀에게 무엇을 원하는지 모든 것이 드러난 마당에 그는 마치 아무 일도 일어나지 않았던 것처럼 행동하고 있었다. 무엇보다 그녀를 바라보는 그의 눈빛은 확실히 어제와 달랐다.

뭐랄까. 남자가 여자를 바라보는 낯설 만큼 다정하면서도 애틋한 눈빛이라 해야 하나?

그리고 그 눈빛에 흔들리지 않으려고 안간힘을 쓰는 자신이 안쓰럽다.

"왜…… 그렇게 보는 거죠?"

"내가 보는 게 싫어?"

“그건 내 질문에 대한 대답이 아니에요.”

그가 다시 싱거운 사람처럼 씩 웃었다.

“당신은 믿지 않겠지만 난 항상 당신 눈을 보는 걸 좋아했어. 당신은 신기할 만큼 호수처럼 맑은 눈을 가졌거든.”

단아는 당혹감에 다시 얼굴을 붉혔다.

왜 계속 저런 말을 하는 거지? 그렇게 해서 그에게 얻어지는 게 뭐가 있다고.

그녀는 애써 마음을 가다듬으며 저 눈빛과 표정에 속지 말라고 몇 번이고 되뇌었다. 강우는 지난 2년 동안 그녀와 주변 사람들의 인생을 서슴없이 휘둘렀던 장본인이었다. 그리고 지난 1주일 동안 그의 옆에서 똑똑히 지켜보며 배우지 않았던가. 그는 목적이 없다면 한 발짝도 내딛을 남자가 아니다.

그녀에게서 차가운 기운을 감지했는지 그가 미간을 좁히며 못마땅한 표정을 지었다.

“지금 당신 표정은 마음에 들지 않는군. 뭐가 잘못됐나?”

“차라리 그냥 평소처럼 대하면 어때요?”

“평소처럼 대하라니?”

“위협을 서슴지 않는 냉정한 남자처럼 말예요.”

“그것이 당신이 생각하는 내 모습이겠지?”

“아니라면 거짓말이죠.”

“너무 솔직한 것도 때론 상처가 되는 법이야.”

“다른 사람이라면 그렇겠죠.”

“여전하군. 절대 지는 법이 없어.”

하지만 그는 쓴 미소만 지을 뿐 그 이상의 반론을 재기하지 않았다. 오늘은 단아가 무슨 말을 하던 절대 흔들리지 않기로 작정한 사람 같았다.

"왜 갑자기 모델 일을 그만둔 거지?"

불시의 질문에 단아는 다시 한 번 당황한 표정을 숨기지 못한 채 눈앞의 남자를 보았다. 그는 진지한 표정으로 그녀의 얼굴을 바라보며 대답을 기다리고 있었다. 자신의 이야기를 하기가 내키지 않았지만 그녀는 무심한 표정으로 가녀린 어깨를 으쓱했다.

"어차피 오래 할 생각은 없었어요."

"그렇게 짧게 말고 자세히 말해 봐."

"내가 모델 일을 그만둔 게 당신과 무슨 상관이 있는데요?"

"교통사고 때문이었나?"

도무지 주저가 없는 직선적인 물음.

잊고 싶었던 2년 전의 악몽이 가뿐히 되살아났다. 그날 밤, 공항으로 향하는 밴 안에는 의상 코디와 로드 매니저를 비롯해 세 사람이 타고 있었는데 그중에 가장 큰 피해를 입은 사람이 단아였다.

처음 그녀가 의식을 잃고 응급실에 실려 갔을 때 갈비뼈와 골반이 부러질 정도의 심한 중상이었기 때문에 담당 의사는 하반신 마비가 될 수 있다는 최악의 진단을 내놓을 정도였다.

그녀는 깊은 심호흡을 하며 애써 아픈 기억을 밀어냈다.

"워낙 큰 사고였기 때문에 다 낫는다 해도 다시 시작하긴 어려웠을 거예요. 몸도 마음도 예전 같지 않았으니까요. 무엇보다 모델일은 내게 큰 의미가 없었죠.”

“그럼 왜 시작했던 거지?”

“호기심과 돈 때문이었죠. 대학원 친구 한 명이 나 몰래 지원 서를 냈고 운 좋게도 그해 신인 모델에 발탁되었어요. 그 뒤는 모든 일이 순탄하게 풀렸지만 난 단 한 번도 내 자신이 패션 쪽에 어울린다고 생각하지 않았어요. 무엇보다 내게 있어 모델 일은 공부에 지친 머리를 잠시 식히면서 쉽게 돈을 벌 수 있는 일종의 일탈일 뿐이었으니까.”

“하지만 사람들 생각은 달랐을걸. 당신은 신인 모델치고 꽤 인기가 많았으니까.”

“그 말은 당신도 전부터 날 알았다는 뜻인가요?”

강우는 대답을 하기 전에 잠시 그녀의 얼굴을 뚫어지게 응시했다. 까만 동공 속의 그 빛이 무엇을 의미하는지 짐작조차 할 수 없었지만 그 아련한 눈빛에 가슴 한쪽이 따끔거렸다.

“솔직히 말하면 잡지에서 당신을 처음 봤어.”

“잡지에서? 날 말인가요?”

“순백의 드레스를 입은 천사의 모습이었지. 믿을 수 없을 만큼 청초한 아름다움을 담은……..”

천사의 모습? 청초한 아름다움을 담은?

“물론 곧 그것이 내 착각이었다는 것을 알게 되었지만……..”

그 말을 하며 그가 그녀의 눈을 똑바로 응시했다.

단아는 침을 꿀꺽 삼켰다. 그 말의 의미는 그 청초한 천사의 모습 뒤에 남자를 유혹하는 요부가 숨어 있다는 말과 상통했다. 그녀는 경계 어린 눈빛으로 눈앞의 남자를 보았다.

"내게 무슨 말을 듣고 싶은 거죠?"

강우는 얼굴을 굳히며 몸을 바로 폈다. 검은 양복에 감싸인 강인한 어깨선에 힘이 전해졌다.

"매제는 어떻게 만난 건가?"

결국 이거였어. 그렇게 돌고 돌았지만 결국 그는 나와 교수님에 대해 말하고 싶었던 거야.

가슴에 차오른 또 다른 형태의 상처를 밀어내며 그녀는 그를 똑바로 응시했다.

"난 아무 말도 하지 않겠어요."

"내가 궁금해하는 것이 그렇게 이상한 일인가? 곧 아내가 될 여자에게 남편이 관심을 갖는 것은 당연한 일일 텐데?"

"날 바보 취급 말아요."

"난 두 사람의 과거에 대해 당신 입으로 직접 듣고 싶을 뿐이야."

"어떤 과거요? 이미 다 알면서 그 이상 뭐가 더 필요하다는 거죠? 무엇보다 그는 날 떠났잖아요. 당신의 협박 때문에. 잊었나요?"

단아는 쓰린 상처를 숨긴 채 빈정거렸다.

"재하를 만났을 때 그에게 약혼녀가 있다는 것을 알고 있었어?"

"……."

그 사실을 안 것은 한참 뒤라고 대답해야 할까? 그러면 조금은 날 이해해 줄까?

"역시 처음부터 알고 있었던 거군."

그녀가 입을 열어 진실을 고백하기도 전에 그가 먼저 내린 결론이었다.

실망인지, 상처인지 알 수 없는 낯선 그림자가 그의 검은 눈에 아른거린다. 그 말은 이미 그의 머릿속에 결론을 내리고 있다는 뜻이기도 했다.

찌릿, 가슴이 계속 따끔거린다. 결국 강우에게 있어 단아라는 여자는 약혼녀가 있는 남의 남자를 빼앗으려한 부도덕한 여자일 뿐이다.

"그게 지금 와서 왜 중요하죠?"

그의 입가에 씁쓸한 미소가 감돌았다.

"그러게. 좋아, 그럼 이 질문은 어때? 그를 어떻게 만난 거지? 그의 수업을 듣게 된 건가?"

그는 지치지도 않는지 고집스럽게 다음 말을 이어 갔다.

"당신같이 무례한 남자는 처음 봤어요."

"어떤 여자들은 그게 매력이라고 하더군."

"그 여자 중에 난 빼 주길 바라요."

"자, 어서 말해 봐요. 그를 언제 처음 만난 거지?"

강우는 그가 원하는 대답을 듣기 전까지 절대 물러나지 않을 것이다.

그녀는 나직한 한숨을 내쉬며 내키지 않은 듯 입술을 억지로 움직였다.

"대학원 첫 학기에 우연히 그의 강의를 들었어요."

"그래서? 그의 어디가 마음을 끈 건데? 다정한 미소? 친절한 태도? 잘생긴 외모?"

강우가 못마땅한 표정으로 다그치듯 물었다.

단아는 재하를 처음 만났던 그 봄을 기억했다. 그는 대부분의 다른 교수처럼 권위적이지도 고지식하지도 않았고 그의 수업에 참관하는 제자들과 깊고 사심 없는 대화를 나눌 줄 아는 관대하고 개방적인 젊은 교수였다. 그리고 그런 그의 인간적인 모습은 자연스럽게 이성에 대한 호감으로 이어졌다.

그로부터 한참 후 그에게 조만간 결혼할 약혼녀가 있다는 것을 우연히 알게 된 후 깊은 상처에 그에 대한 감정을 억지로 접으려고 한 적도 있었지만 사람의 감정이라는 것이 마음먹은 대로 한순간에 끊을 수 있는 것이 아니었다.

자상하고 존경스러운 재하의 인품을 알기에 한 남자에 대한 가슴앓이는 점점 커져 갔고 결국 그녀는 그의 옆에서 그를 도우면서 조용히 그를 바라보는 것으로 만족하자고 자신을 타이르곤 했다. 지금 생각해 보면 정말 자신의 감정에 충실했던 순진한 시절이었다.

그리고 찾아온 매정한 현실. 갑작스런 교통사고 후, 잠시나마 그에게 의지했던 그녀의 작은 행복은 재하의 매정한 이별 선언으로 산산이 부서졌고 그로부터 한 달 후 단아는 지인을 통해 그가 마침내 약혼녀와 결혼했다는 소식을 들었다.

한동안 과거의 아련한 추억에 젖어 있던 단아는 볼에 차가운 유리잔이 닿자 깜짝 놀라 얼굴을 감쌌다.

"누가 그렇게 추억에 젖으라고 했나?"

그가 딱딱하게 굳은 얼굴로 유난히 쌀쌀맞게 말했다.

"난 물어본 말에 대답했을 뿐이에요."

"해마다 아주 많은 여학생들이 우리의 친애하는 교수님과 사랑에 빠지곤 했지."

"지금 빈정거리는 건가요? 그는 절대 바람둥이가 아녜요."

"물론 그가 그런 남자가 아니란 건 내가 더 잘 알아. 그와 난 20년 이상 친구 관계였고 그런 남자였다면 내 동생과 결혼하게 내버려 두지도 않았을 거야."

"그러면서 왜 그런 질문을 한 건데요?"

"그게 진실이니까. 물론 당신처럼 그 감정이 몇 년을 흐르는 경우는 드물었지. 대부분 금세 자기 또래의 남자 친구를 발견하곤 했거든."

"우리는……."

"당신과 재하는 우리가 아니야!"

돌연 그가 매섭게 말을 끊었다. 숨길 수 없는 분노의 빛이 검은 눈에 가득 담겨 있었다.

"그는 엄연한 유부남이고 곧 내 조카의 아버지가 될 남자니까."

단아는 움찔 몸을 떨면서 다시 냉정한 남자로 돌아온 강우를 보았다.

잔인한 남자. 그는 내 마음의 상처 따위는 안중에도 없는 걸까? 꼭 그런 식으로 내 상처에 모래를 뿌려야 하는 걸까?

강우는 잠시 입을 열기 전에 상처가 고스란히 드러난 단아의 얼굴을 바라보다가 결심한 듯 턱 근육을 이완시키며 깊은 심호흡을 했다.

"난 더 이상 누구도 상처 받길 원하지 않아."

하지만 나는 예외일 테죠, 아닌가요?

그녀는 이미 상처 받았고 쉽게 치유될 성질의 것이 아니었다.

"어젠 네 사람 모두 감정적으로 많이 흥분해 있었지. 사실 예상은 했지만 당신과 매제의 당황하는 모습을 보고 기분이 좋았다는 말은 못 하겠더군. 아니, 아주 화가 났었어. 마치 서툰 어린아이들의 연극을 보는 것 같았으니까. 억지로라도 잘못을 덮으려는 것처럼 아주 어색하게 보였지. 두 사람 모두 순진할 만큼 감정 조절을 못 하더군. 결국 내가 내린 결론은 생각만큼 일이 그렇게 쉽지만은 않다는 거야."

"쉽지만은 않다니…… 그게 무슨 말이죠?"

"우리가 결혼을 하기 전에 모든 것에 분명한 선을 그어야 한다는 뜻이야."

"분명한 선?"

"당신과 매제와의 관계."

그가 불쾌한 듯이 그 말을 거칠게 내뱉었다.

"어제도 말했지만 그는 아직도 당신을 잊지 못하고 있어."

그녀가 이의를 달 듯 입을 열려고 하자 그는 손을 들어 그녀의 말을 막았다.

"지금은 내 말을 들어. 그가 당신을 잊지 못한 것은 사실이야. 어제 내 눈으로 직접 그 사실을 확인했고 당신 역시 그를 지우지 못했지, 아닌가?"

"……."

단아는 아무 말도 할 수 없었다. 강우는 그녀가 어떤 말을 하든 자신의 생각을 바꾸지 않을 것이다. 그는 두 사람이 여전히 사랑한다고 믿었고, 그에게 있어 그 사실은 절대 바뀔 수 없는 불변의 진실이었다. 마치 입안이 커다란 실타래에 엉킨 것처럼 답답하다.

그녀의 침묵에 강우가 무섭게 얼굴을 일그러뜨렸다.

"당신들의 감정이 어떻든, 지금 중요한 건 채원이야. 그애는 지금 임신 15주째이고 심신이 모두 불안한 상태에 있다는 건 당신이 더 잘 알 거야. 만일 재하가 임신 사실을 알게 된다면 상황은 완전히 달라지겠지."

그녀는 어이가 없어서 놀란 표정을 던졌다.

"그가 아직도 모른다는 건가요?"

"내가 알기로 그래. 상상임신이 아닐까 두려워서 확신하기 전까지 말을 꺼내지 못했을 테지. 2주 전 귀국한 후에 정확한 임신 확인을 위해 채원일 산부인과에 억지로 데려간 것도 나니까."

생각지도 못한 강우의 고백에 단아는 자동적으로 입술을 막았다.

상상임신이라니…….

지난밤 신경이 날카롭게 곤두서 있던 채원의 모습을 떠올렸다. 손님을 초대한 여주인으로서 지나치다 싶을 만큼 무례하게 행동한 그녀였지만 만일 결혼 기간 내내 그런 이유로 심한 마음고생을 했다면 같은 여자로서 그녀가 얼마나 깊은 상처를 입었을지 충분히 짐작할 수 있었다.

마침내 그렇게 염원하던 임신이 되었는데 그 남편이 이혼을 원한다면…….

그 원인이 바로 자신 때문이라는 생각이 들자 자신이 아주 몹쓸 여자가 된 기분이었다.

강우가 원하는 것도 이것이었을까? 그녀가 여동생에 대해 죄책감을 느끼는 것?

"내가 할 말은 아니지만 당신 동생은 하루 빨리 교수님께 고백하는 편이 나을 거 같네요."

몇 번인가 학교에서 단체로 대학과 결연된 고아원으로 봉사활동을 간 적이 있었는데 그곳에서 재하가 유독 아이들을 예뻐했던 기억이 났다. 그런 그가 자신의 피가 흐르는 자식을 외면할 리 없었다. 그러니 만일 아내가 임신한 사실을 안다면 강우의 말 그대로 모든 상황은 완전히 달라질 것이다.

"내 생각도 그래. 하지만 과거의 일을 생각해 볼 때……."

그는 잠시 말을 끊고 조용히 듣고 있는 단아를 바라보며 어색한 미소를 지었다.

"두 사람 모두 성격이 너무 다른 데다 특별히 채원인 감정 표현에 아주 서툰 여자라는 거지."

"그렇다고 임신 사실을 비밀로 할 순 없어요."

"그렇지. 하지만 문제가 그렇게 간단한 건 아니야. 한 번 속은 남자는 쉽게 믿기가 어려운 법이거든."

그녀가 이해하지 못한 표정으로 바라보자 그가 쓴 미소를 지으며 어깨를 으쓱했다.

"사실 처음부터 순탄한 결혼은 아니었어. 채원이의 일방적인 짝사랑으로 이뤄진 약혼이었던 데다 더 큰 문제는 당신의 존재를 알게 된 채원이가 자살 시도에 이어 임신했다고 거짓말을 했기 때문에 결혼까지 가게 된 거였거든."

"어떻게……."

그녀는 입술을 막은 채 숨을 골랐다.

"그만큼 채원인 재하를 사랑했지. 그를 놓칠 것 같은 두려움에 하지 말아야 할 짓까지 할 만큼. 사실 날 비롯해 모두가 놀란 건 사실이야. 어쨌든 나중에야 모든 사실을 알게 된 재하가 불같이 화를 냈고 신뢰와 존경이 깨진 두 사람의 결혼 생활은 처음부터 순탄할 순 없었어."

"불쌍한 교수님……."

"그렇다고 당신이 그를 동정할 필요는 없을 텐데?"

그가 딱딱하게 내뱉었다.

"문제는 여전히 당신이거든. 당신이 그의 주변에 계속 맴도는 한 채원이는 불안을 느낄 테고 재하는 안정을 찾지 못할 거야."

단아는 갈색 눈을 홱 치켜떴다. 마치 몹쓸 여자라도 되듯 말하는 강우의 말투에 강한 반감이 일었다. 그녀는 다시 한 번 그의 말에 상처 받고 있었다.

"대체 내게 뭘 원하는 거죠? 오지로 봉사라도 떠날까요? 아니면 아예 이 나라에서 완전히 사라지길 원해요? 그래서 두 사람이 행복하게 오래오래 살도록?"

"난 그저 당신이 도와주길 바랄 뿐이야."

"돕다니, 나 같은 여자가 어떻게 도울 수 있겠어요?"

단아는 빈정거리듯 내뱉었다.

"난 당신이 매제에게 냉정하게 행동하길 바라. 그와 개인적으로 만나는 것은 물론 사적인 대화조차 원치 않는다면 너무 지나친 부탁인가? 당신만 흔들리지 않는다면 모든 건 제자리를 찾을 거야. 그것이 내가 원하는 전부야. 최소한 우리가 결혼하기 전까지만이라도."

머릿속이 복잡하다. 강우가 그녀에게 원하는 것이 무엇인지 알기에 더 큰 씁쓸함이 밀려왔다.

"당신이 원하는 것을 주면 난 무엇을 얻을 수 있죠?"

긴 침묵 후에 이어진 그녀의 뜻밖의 공격에 강우가 의표에 찔린 듯 잠시 말을 잇지 않았다.

"결국 공짜는 없다는 뜻인가?"

"당신에게 배운 거죠. 지금 당신이 원하는 사항은 처음 계약안에 들어 있지 않았으니까."

"당신이 원하는 건 뭐지?"

"두 가지."

"두 가지? 첫 번째는 뭐요?"

"자유."

그는 미간을 좁히며 깊은 숨을 들이마셨다.

"어떤 의미의 자유라는 거지? 내가 언제 당신을 구속하기라도 했나?"

"내가 말하는 자유는 인간으로서의 자유의지를 말해요. 당신 의도가 무엇인지 명확해진 이상 이제 무조건 당신 의사에 따라 움직이는 인형이 될 생각은 없어요. 난 내 자신을 존중하고 당신에게도 똑같은 것을 원할 뿐이에요. 즉, 그 말은 당신이 멋대로 내게 육체적인 강요를 할 수 없다는 뜻이죠. 만일 내가 누군가와 잔다면 그건 오로지 내 자유의사에 따라 결정될 테니까요."

"자유의지라…… 지금까지의 당신을 생각하면 그 말은 이해할 수 없군."

그의 조롱에 그녀의 얼굴이 붉게 물들었다. 그가 말하는 의도를 분명히 인식한 탓이었다.

"당신이 무슨 생각을 하든, 중요한 것은 당신이 내 의지에 반해 이 모든 일을 멋대로 밀어붙였다는 사실이죠. 난 당신에게 그런 취급을 받을 이유가 없어요. 아무리 내가 당신이나 당신 여동생이 생각하는 그런 여자라 해도 말이죠."

"난 항상 당신을 존중했다고 생각하는데? 그게 아니라면 우린 지금쯤 매일 아침을 한 침대에서 맞이했을 거야. 내 말이 틀리나?"

그의 뻔뻔스런 응답에 화가 치미는 것은 어쩔 수 없었다.

"그 뻔뻔한 자신감 때문에 언젠가 큰 코를 다칠 날이 올 거예요."

"언젠가는."

그는 아무렇지도 않게 맞받았다.

"나머지 하나는 뭐지?"

"이혼."

"이혼?"

상상도 못 한 말이었는지 그의 미간이 눈에 띄게 굳어졌다.

"그래요. 이혼. 지금부터 당신이 원하는 부분에 부합하도록 최선을 다하겠지만 당신 여동생 부부에게 더 이상 문제가 없을 때

난 당신을 떠나겠어요. 그리고 그 시기는 내가 결정해요."

한동안 긴 침묵이 깔렸다. 그의 얼굴은 어떤 감정도 드러내지 않은 채 무표정했지만 단아는 그 침묵과 표정에 알 수 없는 가슴 멍울을 느꼈다.

"당신은 이혼을 요구할 수 있는 처지가 아니란 걸 알 텐데? 전에도 말했지만 이 결혼은……."

"당신이 받아들이지 않는다면 난 어떤 약속도 할 수 없어요. 특별히 윤 교수님에 한해서."

강우는 그녀의 대범한 말에 믿을 수 없다는 눈빛을 던졌다.

"지금 날 협박하는 건가?"

"내가 그 만큼의 중요한 존재라는 힌트를 준 건 다름 아닌 당신이었어요. 잊었나요?"

날이 선 강우의 표정에 심장이 미친 듯 울린다. 하지만 흔들리지 않으리라. 그가 무슨 말을 하건, 어떤 식으로 나오건 그녀는 자신의 의견을 밀어붙일 생각이었다.

"내가 동의할 수 없다면?"

"그럼 난 윤 교수님에 대한 당신의 요구에 어떤 대답도 하지 않겠어요."

"지난 한 주 동안 아주 노련한 여자가 됐군."

"당신 덕분이죠."

그는 어이없다는 듯 쓴 웃음을 지었다.

"내 제안을 받아들일 건가요?"

예리하게 빛나는 검은 눈이 다시 그녀를 뚫어지게 주시한다.

그의 영리한 머릿속은 지금 그녀의 제안이 그에게 어떤 득과 실이 있는지 빠르게 계산하고 있으리라.

마침내 긴 침묵을 깨고 그가 다시 입을 열었다.

"그러겠다면 내 요구를 들어줄 건가?"

"쉽지는 않겠지만 노력해 보겠어요."

"노력만으론 안 돼. 난 확실한 대답을 원하니까. 그는 지금 부산 학술회에 참석 중이야. 모레쯤 다시 서울로 내려올 예정인데 만에 하나 그가 당신에게 연락한다면 난 당신이 냉정하게 대해 주길 원해. 그 말은 그와 개인적으로 만나는 것은 물론 사적인 전화조차 원치 않는다는 뜻이지. 내 말 이해하겠나?"

"그는 당신의 매제예요. 만일 내가 당신과 결혼한다면 어떻게 그를 보지 않을 수 있죠? 최소한 가족 모임 자리에서도⋯⋯."

"나와 함께가 아니라면 그런 일은 일어나지 않아. 설마 그런 시간을 기다라는 건 아니겠지?"

한층 날카로워진 어조에 그녀는 즉각 긴장했다. 그를 자극할 필요는 없었다.

"억지로 갖다 붙이지 말아요."

"지금 가장 중요한 건 채원이가 마음의 안정을 찾는 거야. 당신만 냉정하게 대처한다면 조만간 매제도 마음을 접고 채원이에게 돌아가게 될 거라는 것만 잊지 말아 주길 바라."

"아이를 위해서⋯⋯."

"그래, 아이를 위해서. 약속할 수 있겠어?"

단아는 깊은 숨을 들이켜며 그의 얼굴을 뚫어지게 주시했다.

강우의 표정 역시 어딘가 긴장이 서려 있었다. 이제부터 그녀의 입을 통해 나오는 말이 그녀의 미래를 결정하리라.

"걱정 말아요. 나도 더 이상 나 때문에 당신 여동생이 상처 받길 원치 않아요. 그리고 당신이 원한다면 이 말도 해 드리죠. 난 더 이상 어리석은 사랑도 원치 않아요."

그는 회의적인 표정을 던졌지만 그녀는 고집스럽게 자신의 확고한 의지를 던졌다. 그가 믿든 안 믿든 그녀의 생각은 변함없었다. 이제 믿는 것은 이 남자의 의지일 뿐이다.

"좋아, 당신이 그렇게까지 말해 준다면 한번 믿어 보기로 하지. 하지만 너무 자신하진 말아요. 사람 일은 아무도 모르는 법이니까."

그가 조롱하며 투명한 잔 안의 붉은 액체를 단숨에 비워 버렸다.

"이것으로 우리 거래는 성사된 건가요?"

"당신이 원하는 대로."

하지만 단아에게 그 이상의 특별한 기쁨은 없었다.

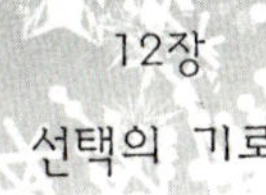

적막감에 젖은 새벽 시간.

밤부터 다시 내리기 시작한 비는 이제 눈으로 바뀌어 세상을 온통 하얀 눈밭으로 바꾸어 놓았다. 기온은 뚝 떨어져 TV 일기예보는 연일 한파주의보를 보도했지만 난방이 가동되는 럭셔리한 방 안에서 바라보는 유리창 너머의 세상은 그녀에게 별천지처럼 멀게만 느껴질 뿐이다.

한 줄기 눈물이 볼을 타고 흘렀다. 적막한 고요함에 잠긴 이 새벽이 그녀를 더 쓸쓸하게 휘감는다. 현실의 그녀의 처지가 너무 처량하기 때문인지도 모른다.

문득 지난밤 강우의 말이 떠올랐다.

강우가 그녀에게 원하는 모든 것.

재하에 대한 냉정한 태도와 재하가 어떤 식으로 다가오던 평형 감각을 잃지 말라는 당부.

그는 재하의 감정보다 그녀가 어떻게 반응할지 더 불안했던 것이다. 그래서 지난밤 내내 팔을 걷어붙이고 그녀를 달래고 회유하고 미소까지 날리면서 그녀를 설득했던 것이다.

하지만 왜 그 사실이 이리 서글프고 상처가 되는 걸까?

처음부터 알았던 일이었다. 강우에게 자신이 어떤 존재인지. 그녀는 단지 이 모든 문제를 야기한 골칫덩어리 같은 실타래이자 유일한 해결의 열쇠일 뿐이다.

또한 그는 단아 없이는 이 문제를 풀 수 없다고 확고히 믿고 있었다. 한 집안의 가정사가 그녀에 의해 좌지우지되고 있다는 사실은 여전히 의문이었지만 강우의 말을 빌자면 그것은 요지부동의 진실이었다. 여동생의 모든 불행과 행복의 잣대가 바로 단아에게 달려 있다는 사실, 그리고 바로 그 이유 때문에 강우는 지금도 이 어이없는 결혼을 추진하는 것이리라.

그러나 강우가 한 가지 모르는 것이 있다. 아니, 이미 말을 했지만 귀를 막고 고집스럽게 들으려 하지 않을 뿐이다. 그의 특별한 부탁이 아니라도 단아는 더 이상 재하에게 다가갈 생각도, 그를 혼란스럽게 하고 싶지도 않았다. 무엇보다 재하의 아이를 임신한 채원을 위해서도, 같은 여자의 입장에서 단아는 채원에게 더 큰 상처를 주길 원치 않았다.

자살 시도와 임신을 했다는 거짓말로 시작된 결혼과 순탄치 못했을 결혼 생활, 그리고 단아의 존재만으로 불안해하는 채원이 재하를 진심으로 사랑하고 있다는 것을 누구보다 잘 알고 있으니까.

재하에 대한 모든 감정을 정리한 이상, 한때 재하에 대한 사랑앓이로 깊은 상처를 입었다 해도 이제 그것은 다 지나간 과거의 상처일 뿐이다. 그동안 그녀는 정신적으로 많이 성숙했고 그와 같은 어리석은 사랑을 다시 하길 원치 않았다.

하지만 강우는 그 사실을 절대로 믿지 못할 거야…….

그래서 단아는 슬펐다.

❖   ❖   ❖

띠띠띠……. 가벼운 신호음과 함께 현관문이 열리는 소리가 들렸다.

강우가 왔다. 주방 한편에 걸린 클래식한 벽시계는 7시 30분을 가리키고 있었다. 하루 종일 혼자서 시간을 보낸 탓인지 그와 다시 한 공간 안에 머문다는 생각만으로 이유 없이 심장이 뛴다. 마치 그를 기다리기라도 한 것처럼.

자신의 뜻밖의 반응에 살짝 콧등을 찡그린 단아는 키친타월에 손을 닦은 후 서둘러 거실로 나갔다.

이제 막 거실로 들어선 강우가 단아를 보고 멈칫 동작을 멈췄다. 앞치마를 두른 채 나온 그녀의 모습에 약간 놀란 듯 한쪽 눈썹을 치켜 올리는 것이 보였다.

"왔어요? 날씨가 많이 춥죠?"

"어? 아, 기온이 많이 떨어졌더라고. 저녁을 준비하는 건가?"

그녀는 앞치마를 두른 자신의 모습을 힐끗 내려다보며 어색한 미소를 지었다.

"아주머니도 안 오시는 데다 딱히 할 일도 없어서…… 아직 저녁 전인가요?"

"응. 그래도 당신이 굳이 저녁까지 준비할 건 없었는데."

"한 것도 없어요. 반찬 몇 개에 전골 하나 끓인 것뿐이라……."

자신 없는 그녀의 표정에 강우가 의외로 밝은 미소를 지었다.

"어떤 맛일지 궁금하군. 금방 옷 갈아입고 나오도록 할게."

"급할 거 없으니까 서두르지 않아도 돼요."

"오케이."

그가 다시 싱긋 웃으며 넓은 복도를 지나 마스터 룸으로 사라졌다.

바보처럼 그녀 역시 미소 짓고 있다는 것을 깨달은 것은 전기 스토브의 스위치를 올렸을 때였다. 강우가 자신에게 어떤 짓을 했는지 뻔히 알면서도 하루 종일 남편을 기다리며 음식을 만든 새신부라도 된 양 살짝 들떠 있는 자신의 모습에 괜스레 얼굴이 달아올랐다. 남자와 한집에 살더니 점점 엉뚱한 상상만 늘어가나 보다.

그로부터 15분 후, 샤워를 한 것인지 젖은 머리칼을 한 채 강우가 거실로 나왔다. 카탈로그에서 그대로 빠져나온 것 같은 비즈니스 정장 대신 날렵한 몸을 감싼 남색 티에 회색 트레이닝복의 가벼운 차림이라 해도 그는 충분히 시선을 끌었다.

"얼마 전 내가 끓여 준 북엇국에 대한 답례인가?"

"꼭 그렇다기보다…… 어쨌든 당신이 뭘 좋아하는지 몰라서 그냥 내 맘대로 정했어요."

그가 기대에 찬 표정으로 식탁 위를 둘러보았을 때 단아가 조심스럽게 말했다.

"내가 말하지 않았던가? 난 딱히 가리는 음식은 없어."

식탁 중앙에 부글부글 끓는 사기그릇의 뚜껑을 열자 구수한 쇠고기 버섯전골 향이 주방에 은은하게 퍼졌다. 강우는 눈을 살짝 감고 음미하듯 숨을 들이켜더니 만족스럽게 미소 지었다.

"냄새랑 모양은 아주 근사한데?"

"맛은 장담할 수 없어요."

마치 중요한 심사를 기다리는 초보 요리사처럼 그녀는 그가 국물 한 입을 떠먹는 것을 조심스럽게 지켜보았다. 나름 요리는 한다고 자신하는 그녀였지만 누군가를 위해, 특별히 남자를 위해 요리한 것은 처음이기에 긴장이 되는 것은 어쩔 수 없었다.

"괜찮아요?"

"괜찮으냐고? 이렇게 시원한 국물 맛은 처음인데? 아주 맛있어."

내심 안도의 숨을 내쉰 단아였다. 그가 맛있다고 해 주니 한결 마음이 편해졌다. 그가 전골이 이어 그녀가 만든 해파리 파 무침과 연근조림까지 맛을 보며 놀란 듯 눈을 크게 떴다.

"공부하면서 언제 요리까지 배운 거지?"

"괜히 치켜세우지 말아요. 남들이 들으면 대단한 음식이라도 만든 줄 알겠어요. 도우미 아주머니의 솜씨에 비하면 아무것도 아니라는 건 내가 더 잘 알아요."

강우가 가볍게 웃더니 빈 그릇에 전골을 한 사발을 떠 아주 맛나게 먹기 시작했다.

"당신은 안 먹어?"

"네? 아, 먹어야죠."

매 순간 긴장을 동반했던 지금까지와는 다르게 두 사람은 처음으로 평온한 가운데 저녁 식사를 이어 갔다. 간간이 그녀의 수저 위에 반찬을 얹어 주는 강우의 행동에 내심 당황한 것만 뺀다면 말이다. 주변의 시선 때문에 그런다면야 이해가 가는 행동이지만 단둘이 있는 상황에서 그의 친절은 오히려 부담스러울 정도였다. 무엇보다 주객이 전도된 듯 지금 상황만 본다면 마치 그가 그녀를 위해 오늘 저녁을 준비한 것 같은 분위기였다.

"이것도 먹어 봐."

"……."

"이것도."

"그러지 마요."

"뭘?"

"그렇게 반찬 올려 주는 거."

단아는 어느새 수저 위에 사뿐히 놓인 조기 한 점을 바라보며 난처한 표정을 지었다.

"왜? 조기 싫어해?"

"내가 어린애도 아니고 굳이 당신이 챙겨 주지 않아도 알아서 잘 먹을 수 있어요. 무엇보다 여긴 당신과 나 둘뿐이라고요."

"그게 무슨 상관인데?"

"누군가의 시선을 의식할 필요도 없는데 왜 굳이 이런 친절을 베푸는 거죠?"

"내가 그러고 싶으니까."

"당신한테 어울리지 않아요."

"왜 내게 어울리지 않는다고 단정 짓는 건데? 나라고 여자한테 이 정도의 친절을 베풀지 말란 법은 없잖아?"

"하지만 지금까지 내가 아는 당신이라면……."

"그거 아나? 자신이 의외로 선입견 덩어리라는 거? 한 번 그렇다고 생각하면 옆에서 뭐라 하건 죽어도 마음을 바꾸려 하지 않지. 고집 센 노새처럼."

그는 오히려 그녀가 할 말을 하고 있었다. 서강우라는 남자야말로 한 번 마음을 정하면 결코 뒤돌아보지 않은 앞뒤 꽉 막힌 옹고집쟁이가 아니던가.

"그럼 지금의 이런 모습이 진짜 당신이라는 건가요?"

단아가 눈썹을 올리며 믿을 수 없다는 듯 말하자 강우가 씩 웃으며 어깨를 으쓱했다.

"그럴 수도 있고 아닐 수도 있고."

"애매모호한 대답이군요."

"나도 내 자신에게 이런 면이 있었는지 새삼 놀라는 중이야. 사실 당신이란 여잔 나도 모르는 뭔가를 끌어내는 묘한 힘이 있거든. 내가 아닌 다른 사람이 되게 하는 힘이랄까."

그의 은근한 암시에 그녀의 얼굴이 달아올랐다. 그가 무슨 말을 하는지 알 것 같으면서도 왠지 그 분명한 뜻을 묻기가 두려웠다.

“당신은 믿지 않겠지만 당신은 내게 그런 힘을 발휘하게 하는 여자야.”

쿵. 뜻밖의 고백에 심장이 다시 울리기 시작했다. 가벼운 듯 내려치면서도 긴 여운으로 흔드는 그 의미 때문이었다.

“난…… 당신이 무슨 말을 하는지 모르겠어요.”

갑작스런 진지모드가 부담스러워 단아는 어떻게든 아무렇지 않게 받아쳤다.

“아니, 당신은 잘 알아. 내 말이 무슨 뜻인지, 내게 당신이 어떤 존재인지. 아니면 이렇게 다가가는 내가 두려운 건가?”

마치 도박을 걸듯 툭 던지는 그 마지막 말이 그녀를 다시 옥죄이며 숨 막히게 했다.

한 남자의 존재. 한정된 공간 안에서 서로를 의식하는 시선. 맥박 치는 심장 박동.

잔잔하던 공기가 순식간에 뜨겁게 돌변했다.

그녀의 시선을 사로잡은 채 짙게 물든 검은 눈동자 때문에 가슴이 두근거린다.

이 남자는 내게 무슨 말을 하고 싶은 걸까? 아니, 내게 무슨 대답을 원하는 걸까?

두려웠다. 지금까지 그가 그녀에게 했던 그 잔인한 일들을 생각한다면 매정히 외면하면 그만이건만 그의 눈가에 담긴 뭔가가, 그의 무심한 한마디가 엄청난 파문을 일으키며 그녀의 마음을 흔들어 놓기 때문이었다. 서강우라는 남자의 존재를 미치게 의식하게 만들면서.

단아는 억지로 시선을 내리깔았다. 그러지 않으면 영원히 이 남자의 강렬한 늪에서 헤어 나오지 못할 것만 같았다.

그는 항상 그녀에게 놀라운 마술을 부린다. 그 흑요석 같은 검은 눈동자로, 문득문득 떠오르는 딱 잘라 설명할 수 없는 애절한 표정으로, 숨 막히는 그만의 특별한 매력으로.

그리고 그 모든 것은 완벽한 일체가 되어 그를 향한 그녀의 유일한 방패인 분노의 감정마저 점점 무용지물로 만들어 가고 있었다.

❖ ❖ ❖

그로부터 3일 후, 강우가 갑작스럽게 잡힌 재천 출장 때문에 오랜만에 홀로 저녁을 보내고 있을 때 강우의 예상대로 재하에게서 전화가 걸려왔다. 그녀는 깊은 심호흡을 하며 전화선을 타고 들려오는 목소리를 들었다.

―나야, 재하.

각오는 하고 있었지만 막상 낯익은 목소리를 듣자 가슴 깊은 곳에 묻어둔 아련한 추억이 자연스럽게 떠올랐다. 그의 부드러운 음성은 항상 상대의 마음을 차분히 가라앉혀 주곤 했으니까. 하지만 그런 여지를 몰아내듯 강우의 강한 음성이 뇌리를 스치듯 지나간다.

'한단아, 그는 채원이의 남편이야. 우리의 계약을 잊지 말라고!'

그녀는 쓴 미소를 지었다. 이젠 아예 세뇌가 된 것인지, 그 짧은 시간 동안 어느새 강우는 시야에서 사라진 순간에도 그녀의 모든 사고를 철저히 지배하고 있었다.

"네……."

―내가 갑작스럽게 전화해서 방해한 건 아닌가 모르겠군.

"그렇지 않아요. 그냥 쉬고 있었거든요."

―권 교수를 통해 단아가 지난주에 학교를 그만둔 얘기는 들었어.

"……상황이 그렇게 됐어요."

―단아의 꿈은 교수인 줄 알았는데 아니었나 보군.

"잘 알다시피 결혼 때문에……."

'결혼'이란 단어에 수화기 너머로 무거운 침묵이 깔렸다. 여전히 재하는 그녀가 강우랑 결혼할 거라는 사실을 받아들이기가 쉽지 않은 듯했다.

―사실 그 때문에 단아랑 만나서 꼭 할 말이 있어. 지금 잠시 얼굴 좀 볼 수 있을까?

"그건 그다지 좋은 생각이 아닌 것 같네요. 강우 씨도 좋아하지 않을 테고……."

―단아에게 괜한 부담을 주려는 건 아니야. 하지만 결혼하고 난 뒤라면 너무 늦기 때문에 그래. 마침 강우가 재천 공장 일 때문에 그곳에 내려갔다는 말을 들은 참인데, 맞지? 그래도 마음에 걸리면 강우에겐 비밀로 하고 힘들더라도 잠시만 시간을 내주길

바라. 1시간이면 충분해.

"교수님……."

―제발 거절하지 말아 줘. 내겐 아주 중요한 일이거든. 그럼 단아가 나올 때까지 학교 근처 '칼립소'에서 기다릴게.

"잠깐만요. 난 정말……."

단아가 거절의 말을 내뱉기도 전에 재하는 전화를 끊어 버렸다.

그녀는 눈살을 찌푸린 채 대답 없는 핸드폰을 내려다보았다. 이제 와 재하가 무슨 말을 하려는 것인지, 왜 그렇게 간절히 그녀와 만나길 원하는지 혼란스러울 뿐이다.

결국 강우는 이런 상황을 예견하고 그녀에게 냉정한 태도를 요구했던 것일까?

단아는 무의식중에 침대 옆 협탁의 디지털시계를 보았다. 6시 15분. 3시간 전 강우는 다행히 인명피해는 없지만 갑작스런 한파로 인한 화재 정리를 하려면 아무래도 오늘 내려가긴 무리일 것 같다는 전화를 했다. 마치 남편이 집에서 기다리는 아내를 걱정하듯 그는 자신이 없더라도 저녁은 꼭 챙겨먹으라는 당부를 잊지 않았다.

마음이 불편하다. 강우의 요청을 따른다면 재하가 기다리든 말든 무시하면 그만일 테지만, 재하의 음성 속에 담긴 간절한 애원이 계속 마음에 걸렸다. 그는 정말 간절히 그녀와 만나길 원하고 있었다.

무슨 이유 때문에? 결혼한 후에는 늦는다는 말은 무슨 뜻일까?

혹시나 그가 그녀에 대해 눈곱만큼의 미련이라도 갖고 있다면 차라리 직접 만나 내 감정을 분명히 전하는 편이 좋지 않을까?

아니, 어쩌면 그 때문에 일이 더 복잡해질 수 있다. 강우의 말대로 냉정하게 행동해야 한다. 무엇보다 강우는 그녀가 개인적으로 재하와 만나길 원치 않는다고 분명히 못을 박았다. 사적인 전화는 물론이고.

만일 두 사람의 약속을 저버리고 재하를 만난다면 그는 두 번 다시 그녀를 믿지 않을 것이다. 하지만 이런 식으로 피한다고 모든 일이 해결될지는 여전히 의문이었다. 특별히 재하가 만나길 원하는 이유가 강우가 생각하듯 그녀에 대해 특별한 감정 때문이 아닐 것 같은 직감이 들기에 더 마음이 흔들렸다.

몇 분 동안 고민하던 단아는 마음을 다잡고 간단히 외출할 채비를 시작했다. 한 번 건너야 할 다리라면 진실과 직접 마주하는 편이 낫다는 결론을 내렸다. 강우가 없는 지금이라면 오히려 재하의 진심을 알고 그녀의 마음을 전할 수 있는 기회가 될 수 있으리라.

어쨌든 재하를 무조건 무시하는 것은 그동안 그녀의 마음 한구석을 차지했던 남자에 대한, 그리고 그녀와 그녀의 아버지를 위해 자신을 희생했던 한 남자에 대한 예의가 아닌 것 같았다.

그리고 내일 강우가 재천에서 돌아오면 그에게 당당히 말할 작정이었다. 유감스럽게도 그의 약속을 지키지 못했지만 그의 요구대로 재하가 그녀에 대한 마음을 접도록 그를 만났노라고.

❖ ❖ ❖

대학가의 카페, 칼립소에 다다른 것은 8시가 조금 넘은 시간이었다. 밤새 내린 눈으로 거의 빙판이 되다시피 한 도로 때문에 차들이 거북이 운행을 한 탓이었다.

매서운 추위로 인해 빨갛게 달아오른 볼을 감싸며 단아는 두 시간이 훌쩍 넘은 시간을 확인했다. 재하가 아직도 기다릴까 싶으면서도 의식 깊은 곳에는 그가 기다리고 있을 것을 알았다.

그녀는 깊은 심호흡을 한 후 훈훈한 난방이 가동되는 카페 안으로 들어섰다. 유럽풍의 은은한 인테리어로 꾸며진 내부는 몇몇 커플들이 자리를 차지하고 있었다. 안면이 있는 카페 주인인 30대 후반의 전 사장이 그녀를 알아보며 웃으며 다가왔다.

"단아 씨? 정말 오랜만이네요. 그동안 왜 그렇게 안 오셨어요?"

"일이 조금 바빴어요. 잘 지내시죠?"

"그럼요. 아, 그렇지 않아도 윤 교수님이 단아 씨 오시면 알려 달라 했는데. 다시 대학에 복귀하셨다고 하더라고요."

그가 사람 좋은 미소를 지으며 카페 구석의 테이블을 눈짓했다.

지난 추억의 아련한 향수가 밀려오자 단아는 전 사장에게 어색한 미소를 보내며 그곳을 향해 천천히 걸음을 뗐다.

"교수님……."

"아, 왔군."

혼자만의 깊은 생각에 잠겨 있던 재하가 그녀를 알아채고 반가움과 어색함이 섞인 표정으로 천천히 고개를 들었다.

"그렇게 전화를 끊고 나서 당신이 안 올지도 모른다고 생각했어. 와 줘서 고마워."

"난 아직도 잘 나온 건지 모르겠어요."

그는 그녀의 말을 못들은 척하며 가는 미소를 지었다.

"우선 앉지. 식사는 했나? 간단히 뭐라도 시킬까?"

"아뇨. 커피 한 잔이면 충분해요."

그는 곧장 손을 들어 그녀가 즐겨 마시곤 했던 아메리카노를 주문한 뒤 그녀를 쳐다보았다.

"지난번 그렇게 만난 뒤 이렇게 개인적으로 만난 건 처음이군. 잘 지냈어? 좀 말랐나?"

"마르긴요. 원래 살찌는 타입이 아닌걸요."

그녀 역시 어색한 미소와 함께 조용히 말했다.

지난번 채원의 집에서 그를 보았을 때는 충격에 정신이 나간 나머지 그의 얼굴조차 제대로 보지 못했다. 어쨌든 재하는 마지막 병실에서 보았을 때와 거의 달라진 것이 없어 보였다. 턱에 희미한 수염이 돋아난 것 외에. 항상 깔끔하게 자신을 관리하던 남자였기에 초췌하게 수염을 기른 모습은 어딘가 낯설게 보인다.

그녀의 시선을 느꼈는지 그가 얼굴을 살짝 붉히며 턱을 쓰다듬었다.

"보기 흉하지? 요새 정신이 없어서 깜박했어."

그가 어색하게 변명했고 그 모습은 수줍은 소년처럼 보였다.

그녀가 아는 소박한 남자의 모습. 그녀는 흔들릴 것 같은 마음을 다잡으며 강우의 말을 떠올렸다. 그에게 단호한 모습을, 냉정한 모습을 보여 주어야 한다. 그 때문에 그녀가 이곳에 나온 것이다.

"교수님, 교수님께 꼭 할 말이 있어요."

"미안하지만 그전에 내가 먼저 말하면 안 될까?"

그 표정에 담긴 간절함에 그녀는 조용히 입을 다물었다.

잠시 후 주문한 커피가 나왔고 그는 쉽게 말을 꺼내지 못한 채 자신의 커피 잔을 들었다. 긴장했는지 잔이 가늘게 떨리는 게 보였다. 마침내 그는 단단히 각오한 사람처럼 잔을 다시 내려놓고 비장한 표정으로 입을 열었다.

"오늘 내가 왜 만나자고 했는지 궁금하겠지?"

그녀는 말없이 고개를 끄떡였다.

"그동안 많이 망설였지만 이런 말은 직접 얼굴을 보고 해야 한다고 생각했어. 그것이 내가 진실을 전할 수 있는 가장 좋은 방법일 테니까. 그러니 이 자리가 단아를 불편하게 한다 해도 조금만…… 조금만 참아 줘. 예전의 어리석은 날 생각해서라도."

그는 애원 섞인 표정으로 그녀의 얼굴을 응시하더니 다시 시선을 내리깔았다.

"이제 와 이런 말을 한다는 게 얼마나 비겁한지 잘 알아. 하지만 1년 이상 한국을 떠나 있으면서 여러 면에서 내 자신을 돌아볼 시간은 많았지. 그때 내가 단아에게 무슨 짓을 했는지, 몸도 성치 않은 여자에게 어떤 상처를 주었는지, 내가 한 짓을 생각하면……."

그는 잠시 말을 끊고 자조의 쓴 미소를 지었다.

"마지막 날 병실에서 내가 한 모든 말은……."

"강우 씨의 협박 때문이었다는 거 알아요."

재하의 잘생긴 얼굴이 깜짝 놀라며 멍한 표정이 떠올랐다.

"알고 있었나?"

"안 지 얼마 되지 않아요."

"어떻게 안 거지?"

"강우 씨가 말해 주었어요."

"그가?"

그녀는 천천히 고개를 끄떡이며 그의 얼굴에 떠오른 혼란을 읽었다. 협박한 본인이 직접 고백했다는 말을 믿기 어려운 것이리라.

"그렇다면 그때 내가 했던 말이 진심이 아니었다는 것도 아는 건가?"

마치 한순간에 어둠이 사라진 것처럼 그의 얼굴이 금세 밝아졌다. 하지만 그 생기는 얼굴 전체에 퍼지기도 전에 사라져 버렸다.

"강우의 협박에 굴복해 당신에게 그런 말을 해야 했을 때 내 심정이 어땠는지 신만이 아실 거야. 그 말들이 단아에게 어떤 상처가 될지 뻔히 알면서…… 미안해. 이 말을 꼭 하고 싶었어. 아무리 강우 때문이라고 해도 내가 좀 더 강했다면 그런 비굴한 짓은……."

돌연 말을 멈춘 재하가 무엇이 마음에 안 드는지 미간을 일그러뜨린 채 거칠게 머리칼을 쓸어 넘겼다. 자신을 향한 자조의 쓴 미소가 얼굴 전체에 퍼진다.

"미친놈. 아직도 자신을 합리화하고 있군."

"아버지와 날 위해 한 일이었잖아요. 그러니 더 이상 자책할 필요는 없어요."

"그렇게 말해 줘서 고마워. 당신은 정말 착한 여자야. 하지만…… 하지만 난 그 정도로 대단한 사람은 아냐."

그녀의 얼굴에 떠오른 의문에 그는 다시 자조의 쓴 미소를 지었다.

"이 말을 하지 않으면 결국 제자리걸음인 셈이지. 사실 난 오늘 단아에게 용서를 빌러 왔어."

"용서? 난 교수님을 탓하지 않아요. 교수님이 내게 용서를 빌 이유는……."

"아니, 내 말을 들어. 난 단아가 생각하는 그런 성인군자가 아니야. 강우를 탓하기 전에, 꼭 강우의 협박 때문이 아니라도 난 결국 내 자신을 위해 그런 이기적인 선택했을 인간이니까."

"……."

"내가 단아의 순수한 감정을 이용한 것은 사실이야. 지금 생각하면 그것이 얼마나 비겁하고 잔인한 행동이었는지 잘 알아. 하지만 그 당시엔 그저 현실을 외면하고 싶었어. 내가 무슨 말을 하건 진지한 눈빛으로 경청하고 아주 작은 것에도 감동하는 순수한 당신과 함께 있는 편이 더 편했기 때문이지. 그런 권리는 눈곱만큼도 없는 주제에 이기적인 욕심으로 난 당신의 무조건적인 존경과 사랑을 이용하고 있었던 거야. 그리고 그런 무책임한 나로 인해 채원이와 단아, 두 여자 모두에게 더 큰 혼란과 상처를 준 셈이지."

그는 마치 신부 앞에 고해성사를 하는 신도 같았다. 그를 짓누르고 있던 자책감에서 어떻게든 벗어나고 싶어 몸부림치고 있는 것이 보였기에 더욱 그 말이 진실로 다가왔다.

"마침 그 참에 강우가 우리 관계를 알게 되면서 일은 걷잡을 수 없이 커져 갔지. 강우가 날 무섭게 협박하더군. 당장 끝내지 않으면 단아를 비롯해 한 이사님까지 가만두지 않겠다면서 말이야. 그 순간 난 어렵지 않게 탈출구를 찾아낸 거야. 비겁한 내 자신을 탓하지 않고 교묘하게 빠져나갈 수 있는 안전한 도피처를. 겉으론 그것이 우리 모두를 위해 최선이라 자위하면서 내심 난 안도하고 있었다면 이해하겠어? 단아의 존재를 알게 된 채원이가 자살 시도로 죽음 직전까지 가는 최악의 상황을 지켜보면서 갑자기 내가 무슨 짓을 했는지 깨달았거든."

그는 과거의 아픈 시간을 떠올리듯 고통스런 표정을 짓더니 두 손을 꼭 마주 잡았다.

"사랑하는 내 여자 하나도 제대로 지키지 못하는 주제에, 내가 단아처럼 아름답고 똑똑하고 미래가 창창한 여자의 앞길을 어떻게 막고 있었는지. 당신이 주는 무한 신뢰와 존경을 놓치기 싫어서 내가 어떤 식으로 교묘히 당신 주변을 맴돌고 있었는지, 그리고 그런 나 때문에 당신이 얼마나 혼란스러워하는지 말이야. 이제 그만하자. 단아를 위해, 채원일 위해서도 이런 비겁한 행동은 그만둬야 한다, 수없이 다짐을 하면서도 난 차마 그 끈을 놓을 수 없었던 거야. 그러다 단아가 교통사고를 당했고 육체적인 고통 때문에 힘들어하는 단아에게 차마 잔인한 말은 꺼낼 수 없었지. 하지만 강우의 협박을 빌미로 난 그 이상으로 잔인하게 당신에게 상처를 준 거야. 내 자신의 비겁한 모습을 직시하는 것이 두려워서……."

재하의 말 속에는 자신을 향한 환멸과 후회, 고통이 고스란히 담겨 있었다.

이젠 거의 지워 버렸다고 믿었던 묵은 상처가 아주 조금씩 사지 속으로 스며든다. 어쩌면 그녀의 무의식은 이 모든 것을 진작부터 알고 있었는지도 모른다. 재하에게 자신이 어떤 존재였는지, 그가 어떤 식으로 자신을 이용하고 있는지…….

하지만 그런 것을 알면서도 냉정하게 그를 밀어내지 못한 그녀도 잘한 것은 없었다. 친부모에게 버려진 이후, 누군가에게 버려지는 것 자체가 트라우마가 된 그녀가, 처음으로 마음의 문을 연 이성에게서 차마 매정하게 돌아서지 못했던 자신의 어리석음을 탓할 뿐이다.

결국 재하는 진실을 말하고 있었다. 단아에 대한 그의 솔직한 감정. 그리고 그 사실을 이제 그녀는 그 어떤 고통 없이 담담히 받아들일 수 있었다. 더 이상 원망도 일지 않았다. 그저 그동안 그가 겪었을 죄의식과 고통을 감지할 수 있을 뿐이다.

그렇다고 지난 시간, 재하가 그녀에게 보여 준 모든 것이 거짓이라고는 생각하지 않았다. 어쨌든 그는 약혼녀를 배신하는 그 어떤 행동도 하지 않을 만큼 그녀에게 분명한 선을 긋는 남자였으니까 말이다. 어쩌면 그의 말대로 그는 그저 현실을 잊은 도피처가 필요했는지도 모른다. 그를 편안히 감싸고 이해해 줄 도피처.

무거운 짐을 내려놓은 것처럼 단아의 마음이 한결 편안해졌다.

이런 고백을 해 준 그의 용기에 감사해야 할까? 그가 그때 어떤 마음으로 그녀에게 어떤 상처를 남겼든 그의 결정은 많은 사람의 인생을 바꾸어 놓은 것이 사실이었다. 아버지, 단아, 재하 그리고 채원……. 그것이 강우의 의한 협박 때문이라 해도 재하의 결단은 모두에게 꼭 필요한 일이었다.

혹시나 단아의 감정이 더 깊어지기 전에, 교통사고로 인해 나약해진 심신 때문에 그에게 더 의지하게 되는 최악의 사태가 오기 전에, 나약한 두 사람으로 인해 주변의 사랑하는 사람들이 더 깊은 상처를 받기 전에 누군가 현실을 직시하고 그 길을 바로 세워야 했다.

"교수님은 이기적인 비겁자가 아니에요. 그저 마음이 따뜻해서 쉽게 사람을 저버리지 못했을 뿐이죠. 난 교수님을 원망하지 않아요."

단아는 재하를 보며 진심에서 우러난 고운 미소를 지었다. 그제야 재하의 얼굴에 어두운 기운이 가시며 그녀에게 조심스런 시선을 던졌다.

"단아에게 그런 상처를 주었는데도?"

"시간이 약이라는 말도 있잖아요. 한때는 많이 힘들었지만 이제는 무엇이 옳은지 알아요. 교수님은 모두를 위해 옳은 결정을 한 거예요."

"고마워. 이렇게 나약한 날 이해해 주고 용서해 줘서."

그녀는 희미한 미소를 띠우며 가로저었다.

"이제 와 이런 말을 하는 건 염치없지만, 난 지금이라도 단아가 행복해지길 진심으로 바라."

행복……. 갑자기 쓴 물이 가슴으로 치밀어 오른다. 억누를 수 없는 슬픔과 낯선 상처가 뒤엉키면서. 그리고 그 이유는 바로 서강우라는 남자 때문이었다.

강우도 이 사실을 알까? 그가 생각하고 믿는 것처럼 단아가 재하에게 중요한 존재가 아니라는 것을, 결국 이 어이없는 희극이 그 누구에게도 아무 의미가 없다는 것을?

그는 여전히 재하가 그녀를 사랑하기 때문이라고 굳게 믿고 있다. 그럴 가치조차 없음에도 불구하고 바로 그 때문에 자신을 희생하면서 결혼까지 하려 하는 것이다. 여동생의 행복을 위해. 이 아이러니한 현실에 갑자기 히스테릭한 웃음이 터질 것만 같았다.

"내 걱정은 말아요. 난 지금도 충분히 행복하거든요."

하지만 그녀의 갈색 눈에 떠오른 슬픔의 흔적을 재하가 놓칠 리 없었다.

"왜 내게 거짓말을 하는 거지? 단아는 전혀 행복해 보이지 않아."

그는 안타까운 듯 고개를 저으며 나직한 한숨을 내쉬었다.

"오늘 내가 여기 온 또 다른 이유는 더 이상 과거의 일 때문에 누구도 불행해지길 바라지 않기 때문이야. 결국 강우와 결혼을 하게 된다면 단아의 인생은 끔찍한 지옥이 될 테니까. 더 큰 실수를 저지르기 전에, 모두가 비참해지기 전에 할 수만 있다면 난 이 모든 불행을 막고 싶어."

끔찍한 지옥. 더 큰 실수. 불행.

재하는 강우와의 결혼으로 인해 파생될 모든 고통을 말하고 있었다. 그리고 어떻게든 그의 힘으로 그 불행을 막으려 하는 것이다. 순간 가슴을 그대로 관통하는 진한 고통이 스며들었다.

"난 불행하지 않아요. 강우 씨를 사랑하고……."

"그만! 아직도 모르겠나? 강우가 어떤 말로 단아를 현혹시켰는지 몰라도 그건 사랑이 아니야. 난 그를 20년 이상 알아 왔어. 그가 어떤 남자인지 누구보다 잘 알고 있단 말이야. 날 믿어, 단아. 그가 당신에게 접근한 이유는 나 때문이야. 내가 당신을 사랑한다고 믿기 때문이지."

그는 깊은 숨을 들이켜며 어떻게든 그녀를 설득하려 하고 있었다.

"이 결혼을 무리하게 감행하는 이유도 바로 그 때문이야. 내게서 당신을 떼어 놓기 위해 이런 짓을 하는 거라고. 난 더 이상 당신이 상처 받길 원치 않아. 아니, 그가 당신을 그런 식으로 이용하게 내버려 둘 수가 없어. 만일 그와 결혼한다면 당신 인생은 지옥이 될 거야."

지옥. 이미 그곳을 맛보았다면 이 남자는 뭐라고 할까?

그녀의 가슴은 온통 보이지 않는 상처와 멍으로 얼룩져 있었다. 이제 그 아픔조차 느끼지 못할 만큼. 그래, 강우와의 결혼은 그 상처에 소금을 붓는 결과를 가져올 것이다.

"그와 결혼하는 것은 인생 최대의 실수가 될 거라고. 난 누구보다 당신이 행복하길 원해. 진실한 사랑을 찾길 바라. 아직 시간이 있어. 좀 더 생각해 봐. 내 도움이 필요하다면 언제든……."

"아뇨, 교수님. 더 생각한다 해도 내 결정은 변하지 않아요. 난 그와 결혼할 거예요."

"한단아!"

그가 안타까운 표정으로 몸을 앞으로 내밀며 두 손을 꼭 마주 잡았다.

"그가 어떤 남자인지 정말 몰라? 정말 이 결혼이 사랑 때문이라고 믿는 거야?"

재하는 그녀가 이 결혼을 하는 이유를 알지 못한다. 강우의 나쁜 의도와 관계없이, 그녀가 재하한테 그랬던 것처럼 또다시 순수하게 강우와 사랑에 빠졌다고 믿는 것이다. 그리고 결국 강우라는 남자로 인해 큰 상처를 받게 될 것을 걱정하는 것이다.

이미 서강우라는 남자로 인해 얼마나 깊은 상처를 받았는지 안다면 재하는 뭐라고 할까? 강우가 예전과 똑같은 방식으로 아버지의 목숨을 담보로 날 비열하게 협박했다면?

"단아는 그가 어떤 남자인지 몰라. 마음만 먹으면 한없이 냉정해질 수 있는 남자가 그야. 친구인 나조차도 어쩔 땐 그가 두려울 정도라면 답이 안 되겠어? 2년 전, 내 비겁한 행동은 그렇다 쳐도 당신과 헤어지도록 그가 어떤 위협을 가했는지 단아가 몰라서 그래. 그는 나와 당신, 그리고 한 이사님의 인생까지 박살 내 버리겠다고 눈 하나 깜박하지 않고 외치던 남자야. 자신의 앞을 가로막는 것은 절대 가만히 참고 있을 남자가 아니라고. 그가 당신에게 청혼한 이유는 우리 사이를 가로막기 위해서야. 그는 단지 당신을 이용할 뿐이라니까."

"알아요. 다 알고 있어요."

재하가 할 말을 잃은 듯 입만 뻥긋거렸다가 다시 거칠게 내뱉었다.

"그런데도 그와 결혼하겠다는 거야? 당신을 이용할 뿐인 남자와? 그 모든 것을 감수할 만큼 그 남자를 사랑한다는 말은 하지 마. 난 절대 믿지 않을 테니까."

강우가 어떤 식으로 재하를 협박했을지 보지 않아도 충분히 짐작할 수 있었다. 표현과 방식은 다르다 해도 결국 강우는 자신의 원하는 것을 얻는 남자였다. 바로 그가 그녀에게 그렇게 했으니까. 갑자기 가슴이 묵직한 무게로 눌리는 것 같은 고통과 슬픔이 밀려왔다.

그는 왜 모든 사람에게 그런 협박을 서슴지 않는 사람이 된 걸까?

"난 가끔 그를 만난 것이 운명이 아닐까 생각해요. 나도 모르는 사이 그가 내 인생에 얽혀 있었다는 것을 생각하면 정말 아이러니가 아닐 수 없죠. 그리고 이젠 우리가 함께 있어요. 아주 자연스럽게. 사실 운명은 피할 수 없는 것이잖아요. 이제 그 사실을 받아들이기로 했어요."

"그가 우리 모두에게 그렇게 잔인한 짓을 했는데도 말인가?"

"본성 자체가 악한 남자는 아녜요. 결국 그도 사랑하는 동생을 위해 한 일이었잖아요."

그래, 어쩌면 우리는 용서하는 방법을 배워야 하는지도 모른다. 모든 결과에는 원인이 있는 법이고 그 결과가 단순히 강우 혼자만의 책임이라고는 절대 말할 수 없었다.

"내가 아무리 만류한다 해도 그와 결혼하겠다는 거야?"

그녀는 침묵으로 대답을 대신했고 그 역시 더 이상 그녀를 설득할 수 없는 것을 깨달은 듯했다. 재하는 긴 한숨을 내쉬며 이제 식어 버린 커피를 다시 한 모금 마셨다.

"결국 난 당신에게 아무 힘이 되어 주지 못할 것 같군."

"그렇지 않아요, 교수님. 오늘 내게 힘들게 고백해 준 거 진심으로 감사하게 생각해요."

"감사는 무슨, 오히려 내가 감사해야지. 단아는 몇 년이나 묵은 내 죄책감을 덜어 주었어."

재하는 쓸쓸한 미소를 짓다가 다시 얼굴을 굳히더니 결연한 표정을 띠었다.

"난 조만간 이혼할 생각이야."

"이혼? 진심인가요? 아직도 그녀를 사랑하고 있잖아요."

"사랑한다는 것으로 모든 것이 정당화될 수는 없는 법이니까. 아니, 난 그녀를 사랑할 자격이 없는 놈이야."

"그런 말이 어디 있어요? 교수님만큼 자격 있는 남자가 또 어디 있다는 거죠?"

"아니, 난 이제 내 자신을 분명히 볼 수 있어. 내가 얼마나 겁쟁이고 비겁한 남자인지. 난 결국 어떤 여자도 행복하게 만들 수 없어. 이런 식으로 가다간 채원이의 인생마저 망치고 말 거야. 한

마디로 구제불능인 거지.”

“하지만 채원 씨는? 그녀가 당신을 얼마나 사랑하는지 모르는 건가요? 지난번에 본 그녀는 당신을 진심으로 사랑하고 있었어요.”

“알아, 안다구. 그래서 더 힘든 거야. 난 그녀가 원하는 남자가 될 수 없어. 그녀를 사랑하지만 그녀를 감당할 자신이 없어.”

그녀는 그의 가슴 속에 담긴 깊은 상처를 보았다. 그가 여전히 힘든 결혼 생활을 해 가고 있다는 의미였다.

“그녀는 날 믿지 않아. 우리에 꼭꼭 가둔 채 자신만을 바라보길 원하지. 무심코 시선을 돌리기라도 하면 금세 히스테리 상태로 돌변해 버리고 아무리 내 진심을 전달한다 해도 믿지 않아.”

“하지만 진실은 언젠가 통할 거예요. 포기하지 말아요!”

“난 더 이상 이런 비참한 상태를 버틸 자신이 없어.”

“만약…… 만약 그럴 만한 가치가 있다면 다시 한 번 생각해 보겠어요?”

“그럴 만한 가치? 그게 무슨 뜻이지?”

내가 아내의 권리인 임신 소식을 먼저 말해도 되는 걸까?

하지만 주제넘는 참견일지 몰라도 두 사람의 행복을 위해서라면 그에게 말할 충분한 이유가 될 거라 믿었다.

단아는 마음을 굳게 다잡으며 천천히 입을 열었다.

“채원 씨는 교수님의 아이를 가졌어요.”

“내 아이?”

그는 믿을 수 없다는 표정으로 멍하니 말을 따라 했다.

“아니, 아냐. 그럴 리가 없어. 전에도 같은 거짓말로…….”

“그녀는 임신했어요. 이번엔 확실해요. 강우 씨와 함께 가서 임신 사실을 확인했으니까요. 그의 말로는 이제 임신 15주째라고 하더군요. 그녀는 교수님을 사랑해요. 하지만 자존심 때문에 교수님에게 다가가지 못할 뿐이죠.”

“…….”

“그녀에겐 교수님이 필요해요. 누구보다 교수님의 격려와 사랑이 말예요. 그녀를 사랑한다면 이제 그만 죄책감을 버리고 그녀에게 돌아가세요. 그녀에게 교수님의 솔직한 심정을 고백하고 그녀의 상처를 위로해 주고 따뜻한 남편이 되어 주세요. 지금 그녀에게 꼭 필요한 사람은 바로 교수님이에요. 그리고 다음에 만날 때는 우리 모두 밝은 모습으로 만났으면 좋겠어요. 사랑하는 한 가족으로서…….”

13장

거센 폭풍

새하얀 눈이 하염없이 내린다. 마치 지난 시간의 모든 상처를 희고 고운 색깔로 덧칠하듯이.

오늘 밤 재하가 해 준 고백은 여러 면에서 의미 있는 일이었다. 이제 단아는 더 이상 그 어떤 상처나 아픔 없이 길고 긴 터널에서 빠져나와 재하와 채원이 잘되기를 진심으로 기도할 수 있었다. 두 사람은 이 위기를 잘 극복할 것이다. 서로를 사랑하는 마음이 있는 한, 언젠가 태어날 그들의 소중한 아이를 위해서도 말이다.

그런 의미에서 그녀는 오늘 밤 강우의 말을 거역하고 재하를 만난 것을 후회하지 않았다. 설령 내일 그가 모든 것을 알고 배신감에 불같이 화를 낼지라도 그녀는 그의 분노를 감내해 낼 작정이었다.

서강우. 그의 얼굴이 떠오르자 언제나처럼 가슴 끝이 찡하게 울려 온다. 사랑하는 여동생을 위해 자신을 희생하면서 결국 모든 이의 머릿속에 냉혹한 인간으로 낙인찍힌 남자.

어쩌면 이 순간 가장 불행하고 가장 외로운 남자는 그가 아닐까?

뜨거운 물기가 눈가에 차오르며 네온 불빛과 색색의 화려한 전등으로 어우러진 세상을 뿌옇게 흐려 놓았다. 그녀는 손을 들어 눈물을 닦고는 그 물기를 하염없이 응시했다. 그것은 한 남자를 생각하며 느끼는 또 다른 형태의 아픔과 안타까움의 눈물이었다.

이제는 조금씩 강우라는 남자를 이해할 수 있을 것 같았다. 왜 그가 모두에게 그런 위협을 해야 했는지, 왜 그가 그렇게 냉혹한 남자가 되었는지. 물질적인 풍요에도 불구하고 부모의 차가운 무관심 속에 삭막했을 어린 시절 동안 유일하게 사랑했던 여동생을 지켜주고 싶은 오빠로서의 진심을 말이다.

누가 그를 탓할 수 있을까? 누가 그의 마음을 위로해 줄 수 있을까?

❖   ❖   ❖

강우의 아파트에 도착한 것은 10시가 훌쩍 넘은 시간이었다.

내일 강우를 만나면 어떻게 설명해야 할까 하는 이런저런 생각들로 자동적으로 현관문을 열고 실내로 들어섰을 때 단아는 거실에 있는 예기치 않은 인물을 보고 주춤, 걸음을 멈췄다.

그였다. 내일이나 내려올 거라고 했던 강우가 거실 소파에 앉아 있었다. 쉽게 다가가지도 못할 만큼 무섭게 굳은 얼굴로 술을 마시면서. 이미 삼분의 이 이상 비워진 술병으로 판단하건대 그는 이미 충분히 많은 양의 알코올 마신 것 같았다.

그답지 않아.

단아는 미간을 살짝 찌푸리면서 깊은 심호흡을 했다.

"언제 온 거죠? 공장 화재 건은 잘 해결되었나요?"

그녀는 가능한 아무렇지도 않게 물었다.

강우가 그녀 쪽을 보았다. 흠칫, 가슴이 철렁 내려앉을 만큼 그가 무표정한 얼굴로 그녀를 쳐다본다. 갑자기 큰 죄라도 지은 양 심장이 떨리면서 긴장이 몰려왔다. 단아는 깊은 숨을 들이마시며 떨리는 손으로 코트를 벗어 거실 한편의 옷걸이에 걸었다. 하지만 그런 와중에도 그녀의 모든 신경은 거실 소파를 향해 있었다.

"어딜 갔다 온 거지? 휴대폰도 가져가지 않았더군."

대리석 테이블 위에 놓인 그녀의 휴대폰이 눈에 들어오자 단아는 입술을 깨물었다. 서둘러 나가면서 깜박 잊고 나왔던 것이다.

"잠시 볼일이 있어 나갔다 왔어요."

왜 재하를 만나러 갔었다는 말을 하지 못하지? 난 죄를 짓지 않았어.

괜한 오해를 사기 전에 어서 강우에게 오늘 그녀가 들은 모든 것을 이야기해야 한다. 그리고 그들의 결혼에 대해서도 다시 심각하게 대화를 나눌 필요가 있었다.

"이 시간까지?"

"이제 고작 10시 30분 지났을 뿐이에요. 설마 결혼하기 전부터 의처증 있는 남편처럼 행동할 생각은 아니겠죠?"

가벼운 농담으로 던진 말에 그의 얼굴이 무섭게 일그러지자 그녀는 아차, 싶었다.

"의처증? 외간 남자를 만나 나쁜 짓이라도 저지르고 온 건가?"

단아의 얼굴이 홍당무처럼 빨갛게 물들었다.

강우가 갑자기 어이없다는 듯이 메마른 웃음을 터트렸다.

"당신은 거짓말도 못 할 여자로군"

"사실은…… 윤 교수님을 만나고 오는 길이에요."

"언제 그 얘기를 하나 했지."

그녀가 놀란 듯 두 눈을 크게 뜨자 그의 입가가 기분 나쁘게 비틀렸다.

"그게 그렇게 놀랄 일인가? 당신의 일거수일투족은 최 비서를 통해 보고되고 있었어."

"그…… 말은 날 미행시켰단 말인가요?"

설마 하는 마음으로 물었지만 이미 그녀는 그의 얼굴에서 대답을 읽은 후였다. 그는 그녀를 믿지 않았다. 아니, 눈곱만큼도 신뢰하지 않은 것이다. 가슴을 후벼 파는 날이 선 고통이 퍼진다. 전혀 예상치 못한 낯선 아픔과 비참함이었다.

결국 이 남자와 난 영원히 같은 길을 갈 수 없는 운명인 걸까?

"그리고 당신은 여지없이 날 실망시켰지. 그의 전화를 받자마자 핸드폰을 챙기는 것도 잊을 만큼 달려 나감으로써. 내 부탁은 까맣게 잊은 채 그리운 연인에게로 말이야."

"그렇지 않아요."

"아니면 나 혼자 소설을 쓰는 건가?"

“강우 씨, 내 말을 들어 봐요. 내가 오늘 나간 이유는……."

“아니, 당신이 내 말을 들어!”

쨍! 그가 크리스털 잔을 대리석 바닥에 내려친 순간 바싹, 유리가 갈라지면서 갈색 액체가 테이블 위로 넘쳐흘렀다. 그가 얼마나 강한 힘을 주고 있었는지 오른손 검지 안쪽에서 붉은 피기 새어 나오는 것을 보고 그녀는 새된 비명을 지르며 서둘러 그에게 다가갔다.

“손에서 피가 나요! 유리가 박혔을지도……."

그녀가 무의식적으로 그의 다친 손을 잡자 강우는 마치 더러운 물건을 피하듯 그녀를 거칠게 밀어냈다. 쿵, 그녀는 바닥에 털썩 주저앉으며 창백한 얼굴로 그를 올려다보았다. 그의 즉각적인 거부에 강한 펀치라도 맞은 기분이었다.

“강우 씨……?”

“유리가 박히든 말든 무슨 상관이야! 당신은 날 속였어. 지난 밤 그렇게 부탁했건만 며칠도 지나지 않아 기다렸다는 듯이 그의 전화 한 번에 쪼르르 달려가 그를 만난 거야! 대체 내게 뭘 바란 거지? 한량없는 자비라도 바란 건가? 그런 두 사람의 모습을 마냥 웃으면서 바라보라고? 아무 일도 아니라는 듯이 초연한 남자처럼? 그거 아나? 나, 서강우가 이 넓은 집에 혼자 있을 당신이 마음에 걸려서 무리하게 스케줄까지 조정해서 올라왔다는 거? 그런 내 자신을 생각하면 지금도 화가 치밀어. 결국 내게 돌아온 것은 당신의 배신이 전부일 뿐인데 말이야, 안 그래?”

“난 당신을 배신하지 않았어요. 하지만 날 미행한 것은 옳은 일이 아니에요."

"그럼 대체 뭐가 옳은 일이지? 그 잘난 자존심에 애걸이라도
해야 했나?"

"날 믿었어야 했어요."

"어떻게? 어떻게 내가 당신을 믿기를 바라는데? 이렇게 날 감
쪽같이 속인 당신을 말이야."

"당신 말을 거역하고 그를 만난 건 미안하게 생각해요. 하지만
그건 우리 모두에게 꼭 필요한 일이었어요. 게다가 우린 그저 긴
대화를 나눴을 뿐이에요. 내가 그에게 들은 말은……."

"두 사람이 자주 가던 추억의 카페였지."

그가 그 사실까지 안다는 것에 그녀는 경악했다.

그 외에 또 무엇을 알고 있을까?

"남편을 속이고 애인을 만나는 동안 기분이 어떻던가?"

"당신은 아직 내 남편이 아니고, 교수님 역시 내 애인이 아녜요."

"그래? 그럼 애인도 아닌 남자와 이 시간까지 무슨 이야기를
그렇게 심각하게 나눈 거지?"

강우의 조롱이 가슴 안에 긴 생채기를 냈다. 갑자기 견딜 수 없
는 피곤이 밀려왔다. 강우는 분노와 배신감에 귀를 막은 채 그녀
의 말을 단 한 마디도 들으려 하지 않는다. 지금 같은 상태에서
대화를 나누는 것은 두 사람 모두에게 지치고 힘든 에너지 소모
만 될 터였다. 그녀는 더 이상 그에게 상처를 받고 싶지도 자신으
로 인해 그를 화나게 하고 싶지도 않았다.

"그만하죠. 지금은 아무래도 대화하기 좋은 타이밍이 아닌 것

같아요. 내일 얘기해요. 좀 더 맑은 정신으로 모든 상황을 이해할
수 있을 때.”

“지금 날 주정뱅이로 몰아세우는 건가?”

그가 무섭게 일그러진 얼굴로 천천히 몸을 일으켰다. 쿵쿵쿵.
심장이 세차게 울려 댄다.

“내 말은 감정적으로 흥분한 지금보다…….”

“고작 4일 전이야! 내가 당신에게 그렇게 간청했던 것이 고작
4일 전이라고!”

그가 버럭 소리를 지르며 미처 피할 사이도 없이 단아의 가녀
린 팔등을 아프게 붙잡았다. 그 강한 손길에 가는 비명이 터져 나
왔지만 그는 손아귀 힘을 풀지 않았다. 그 찰나의 순간 단아는 팔
에 묻어나는 희미한 핏자국을 보면서 그의 상처가 생각만큼 깊지
않다는 사실에 안도했다.

“당신이 그 자식을 만나고 있다는 보고를 받았을 때 내 기분이
어땠을 것 같아?”

강우는 그녀의 말을 듣고 있지 않았다. 강한 알코올 냄새와 분
노로 일그러진 표정, 살짝 풀린 까만 동공을 보며 그녀는 그가 생
각보다 더 많이 취해 있다는 것을 알았다.

수없이 쓸어 넘긴 것 같은 헝클어진 검은 머리칼, 팔등까지 말
아 올라간 소매 단, 구겨진 셔츠, 황폐한 표정. 그는 마치 감정적
으로 완전히 무너진 사람처럼 보였다. 지금까지의 냉철한 서강우
의 모습을 완전히 잊을 만큼 지금의 그는 너무 낯설다.

찌릿, 다시 가슴 안에 쓰린 아픔이 퍼졌다. 연민이었다. 손을

뻗어 위로해 주고 싶은 충동. 그가 걱정하듯 그런 일은 없었노라고 위로하고 싶은 충동은 너무 강해서 그녀 자신도 놀랄 정도였다. 한 남자의 존재를 의식하며 그에 대한 연민에 무력할 만큼 흔들리는 자신이 두려웠다.

"그만 날 놔줘요, 강우 씨."

"왜? 왜 내가 놔줘야 하지? 난 더 이상 당신을 놓고 싶지 않아!"

"내 말을 들어봐요. 당신 생각처럼 그런 최악의 일은 없었어요. 그저 교수님과 만나……."

"교수님, 교수님! 대체 언제쯤 그 잘난 입에서 그 이름을 지워버릴 거지? 내가 미쳐야 직성이 풀릴 건가? 당신, 그렇게 잔인한 여자였던 거야?"

가슴 깊은 곳에서 끌어올린 것 같은 생생한 절규에 그녀의 얼굴에서 핏기가 가셨다.

"강우 씨……?"

"당신이 무슨 말을 하건 난 당신을 놓지 않을 거야. 알아듣겠나? 날 나쁜 놈이라 욕해도 소용없어. 당신과 재하를 떼어 놓기 위해선 무슨 짓이든 다 하고 말 테니까. 그것이 당신에게 더 지독한 고통을 준다 해도 난 그렇게 하고 말 거야! 바로 이렇게!"

순식간에 밀어붙인 강우의 입술이 단아의 섬세한 입술에 거친 낙인을 찍었다. 숨도 쉬지 못할 만큼 그녀를 꽉 끌어안으면서. 강렬한 회오리바람이 몰아친다. 쉬지 않고 몰아치는 열기가 입안을 그대로 헤집으며 아랫입술에 깊은 상처를 남겼다. 성난 황소처럼 이성을 잃은 그의 키스에 그녀는 육체적 고통 이상의 더 큰 혼란을 느끼고 있었다.

강우 씨, 대체 왜 이러는 건데요? 내가 교수님을 만난 게 그렇게 큰 상처였나요?

"아직도 당신을 흔들 수 있는 재하가, 그 자식을 놓지 못하는 당신이, 이런 당신에게 매달린 내 자신이 너무 화가 나. 당신은 내 거야! 누가 뭐래도 당신은 내 여자라고. 처음부터 그랬고 앞으로 영원히 그럴 거야. 아무도, 아무도 당신을 건드릴 수 없어! 알아듣겠나? 알아듣겠냐고?"

그것은 단순히 그녀를 향한 외침이 아니었다. 마치 세상 모든 사람을 향한 절규 같았다.

그는 넓은 가슴 안에 그녀를 더욱 바싹 끌어안으며 다시 그녀의 입술을 찾았다.

너무나 애절하게, 가슴이 터질 것처럼 처절하게, 숨이 막힐 만큼 거칠게.

그가 왜 그토록 아파하는지, 왜 그렇게 분노하는지, 왜 그렇게 힘들어하는지 그 이유를 명확히 알 수 없다 해도 참 신기한 것은 지금 이 순간 그가 느끼는 모든 감정의 실체가 마치 눈에 잡히는 것처럼 그대로 전해져 온다는 사실이었다.

그리고 바로 그 이유 때문에 단아는 강우를 밀어낼 수 없었다. 깜짝 놀랄 만큼 완전히 무너져 내린 남자를 도저히 외면할 수 없었다. 오히려 무의식중에 팔을 들어 그의 몸을 꼭 끌어안은 단아였다.

마침내 그녀의 진심이 통한 걸까?

거칠게 탐하던 입술이 한층 부드러워지기 시작하면서 그는 금방이라도 깨질 것 같은 유리 인형을 다루 듯 조심스럽게 그녀의 얼굴을 감쌌다.

마침내 그의 입술이 떨어지고 두 사람의 시선이 만났다. 거친 숨을 내쉬면서 그가 눈에 뜨게 미간을 일그러뜨렸다. 거친 키스로 인해 생채기가 난 그녀의 아랫입술을 보고 있었다.

그가 천천히 손을 들어 입가를 어루만졌을 때 단아는 따끔한 통증에 저절로 콧등을 찌푸렸다. 그가 입술을 앙다물면서 깊은 숨을 들이켰다. 다시 그녀에게 와 닿은 까맣게 젖은 눈동자. 이제 더 이상 남자의 검은 눈에 분노의 흔적은 없었다. 그보다 더 진한 슬픔과 상처, 그리고 자책으로 얼룩진 후회만이 있을 뿐이다.

왜 그 눈빛이 내 마음을 이렇게 아프게 쥐어짜는 걸까?

더 이상 그 아름다운 눈에서 그런 어두운 빛을 보고 싶지 않았다. 어떻게든 그가 지금 이 순간 느끼는 그 모든 절망에서 그를 구해 주고 싶었다.

단아는 한 손을 들어 그의 볼을 감쌌다. 단단하면서도 부드러운 피부가 손바닥을 통해 그대로 전해진다. 그리고 다른 한 손으로 들어 헝클어진 검은 머리칼을 어루만지며 그의 목을 끌어당겼다.

검은 눈이 놀란 듯 크게 떠졌다. 그녀가 먼저 그에게 다가왔다는 사실이 좀처럼 믿어지지 않는 것 같았다. 하지만 흔들리지 않으리라. 그가 어떻게 생각하든 그녀는 그의 마음을 위로해 주고 싶었다. 더 이상 아파하고 힘들어하는 그를 보고 싶지 않았다.

그녀는 두 눈을 감고 그의 입술에 키스했다. 그가 숨을 훅 들이켜며 몸을 굳혔다. 그의 고른 치열을 훑고 그의 혀를 수줍게 감았다. 여전히 그는 미동도 하지 않은 채 석고처럼 굳어 있었다.

그녀는 좀 더 용기를 내 입술을 더 크게 벌려 그의 온기를 빨아들였다. 그가 자신에게 반응해 주길 간절히 기도하면서…….

그리고 그 일이 일어났다.

두 사람 사이에 흐르는, 어찌 막을 수 없는 불가항력의 힘.

그녀의 서툰 키스로 다시 가열된 열기가 점점 큰 불꽃이 되어 두 사람의 육체를 무섭게 불태우기 시작했다. 그가 그녀를 으스러질 만큼 세게 껴안으며 그녀의 키스에 뜨겁게 응답했다.

서로를 찾는 손길이 다급해졌다. 어느새 두 사람의 옷들이 하나둘 벗겨지고 단단한 근육이 그녀의 연약한 피부를 쓸며 따스한 체온을 느꼈을 때에야 단아는 그들이 태곳적의 모습으로 사랑을 나누고 있다는 사실을 인식했다.

하지만 그것은 중요하지 않았다. 지금 이 순간 중요한 것은 단 일 초의 시간도 아까울 만큼 더 가까이 다가가 서로의 존재를, 이 순간의 욕망을 함께 공유하며 나누고 싶을 뿐이었다.

강우의 커다란 손이 탐스럽게 부풀어 오른 가슴을 감싸며 단단히 곧추선 연약한 유두 끝을 지분거리다 뜨거운 입술로 젖가슴을 집어삼킬 듯 빨아들인다. 쉬지 않고 몰아치는 강렬한 전류가 전신을 타고 꼭 모은 다리 안쪽으로 모이고 있었다.

쉬지 않은 키스 세례 속에 폐는 쭈그러진 처량한 풍선처럼 제 기능을 못 찾고 허우적거렸다. 그녀는 소리 내어 숨을 들이마셨다. 그가 다시 도톰하게 부푼 아랫입술을 막았다. 그 촉촉한 혀의 감촉이 부드러운 입안을 샅샅이 훑으며 모든 체액을 그대로 삼킨다.

두 혀가 뒤엉키고 비틀고 오감을 뒤흔들며 온몸이 들썩였다. 그리고 그 새를 놓칠세라 노련한 손가락이 허리선을 따라 부드러운 허벅지 안쪽을 쓰다듬으며 그녀의 은밀한 곳을 애무했다.

솜털처럼 부드러운 달콤한 여성이 잠든, 그 누구도 건드리지 않았던 성지…….

순간 주춤, 낯선 두려움에 몸을 사린 그녀였지만 그는 그녀가 도망치게 놔두지 않았다. 모든 두려움마저 한순간에 밀어낼 만큼 그의 손길은 너무 섬세하면서도 노련했다.

그녀는 두 눈을 꼭 감고 입술을 앙다물었다. 이미 촉촉이 젖어 있는 그곳에 닿은 낯선 남자의 손길은 마치 죽음의 탄성처럼 온몸을 긴장으로 피 마르게 한다.

새틴을 어루만지듯 부드럽게 쓰다듬고 문지르면서 어느 순간 거칠게 안으로 밀어 넣었다 빼는 손길에 그녀는 미친 듯 신음을 내뱉으며 더 간절히 원하듯 두 다리를 벌렸다. 그녀가 할 수 있는 것은 본능적으로 그에게 온몸을 맡기며 허리를 아치형으로 휘면서 땀에 젖은 단단한 어깨를 움켜잡는 것이 전부였다.

뜨거운 입술이 요란한 맥박이 울리는 가녀린 목선을 따라 움푹 패인 가슴 계곡을 지나 점점 아래로 내려갔고 그녀는 양쪽 주먹을 꼭 쥔 채 그의 입술이 닿는 모든 곳이 불에 활활 타오르는 열기를 느꼈다.

그의 뜨거운 혀와 입술을 배 주위에서 느끼고 얼마 후 더 강한 충격이 온몸을 강타했다. 뜨겁게 달구어진 허벅지 사이에 잠긴 숨 막히는 혀의 감촉.

너무 놀란 나머지 순간적인 거부감에 곧장 다리를 모으려 했지만 그는 가는 허벅지를 단단히 붙잡은 채 꼼짝도 못 하게 만들었다. 그저 그녀가 할 수 있는 일이라곤 머리를 뒤로 젖힌 채 가슴을 위로 올리고 그가 더 가까이 다가오도록, 그 격렬하고 고통스러운 감촉이 더 깊은 곳에 와 닿도록 헝클어진 검은 머리칼을 끌어당기는 것이 전부였다.

부드러운 여성 안쪽에서 뜨거운 감촉이 전해지자 그녀는 숨 막히는 긴장을 느꼈다. 그는 깊게 빨아들이고 내뱉고 물고 거칠게 호흡하면서 온몸을 뜨거운 전류에 달구었다.

완전히 탈진할 것처럼 목이 메고 근육이 긴장으로 단단히 조여들었을 때, 더 이상 그에게 저항할 마지막 한 줌의 힘마저도 완전히 소진해 버린 그 순간 그녀는 때가 왔다는 것을 알았다. 절정으로 치닫는 육체에 완전한 만족과 기쁨을 줄 시간이. 그리고 그는 노련한 남자답게 그 순간을 놓치지 않았다.

그가 그녀 안으로 그대로 밀고 들어왔다. 한순간의 주저함도 없이 그녀 안을 그대로 꽉 채우면서. 헉! 지금까지의 벅찬 희열이 순식간에 격한 고통으로 돌변했다. 그녀는 그 갑작스런 통증에 새된 신음을 내지르며 두 다리에 강한 힘을 주었다. 자신을 지키려는 본능적인 몸짓이었다.

강우의 육체가 그대로 얼어붙었다.

거친 숨을 몰아쉬면서 그는 잔뜩 일그러진 얼굴로 이 상황을 이해하려 애쓰고 있었다.

“단아……?”

탁하게 갈라진 음성이 그의 입술을 통해 흘러나왔다.

단아는 어느새 물기가 차오른 눈으로 그를 보았다.

그가 묻고 있다. 대체 지금 무슨 일이 일어난 것이냐고, 그는 도저히 이해할 수 없는 것이다. 지금 이 순간 그녀의 반응이……. 하지만 그녀는 아무 대답도 할 수 없었다. 지금은 아니었다. 잠시 육체의 고통을 느끼긴 했지만 이 작은 아픔 때문에 이대로 이 순간의 열정을 놓치고 싶지 않았다. 그를 보내고 싶지 않았다.

그녀는 깊은 심호흡을 하며 더 큰 용기를 내어 그의 허리에 팔을 감으며 끌어당겼다. 그를 계속 원한다는 몸짓이었다. 그 역시 한껏 고조된 욕망을 밀어내기가 쉽지 않을 것이다.

잠시 어떻게 해야 할지 흔들리는 것 같았던 강우가 다시 결심을 한 듯 입술을 앙다물면서 그녀 안으로 자신을 밀어 넣기 시작했다. 처음보다 이번이 조금은 덜 고통스러웠다. 그의 입가가 긴장으로 바싹 조여지는 동안 그녀는 몇 번이고 숨을 들이켜며 그 순간의 고통을 감내했다.

그렇게 몇 번 서로의 힘겨운 노력이 반복하면서 어느새 지금까지의 고통은 사라지고 그 이상의 놀라운 감각이 그 자리를 채워 갔다.

벅찬 충만감과 진한 현기증.

그녀는 견뎌야 했다. 이 순간의 절정을 감당해야 했다. 지독한 고통과 숨 막히는 희열이 검의 양날처럼 동시에 존재한다는 믿을 수 없는 사실을 오감으로 느끼고 있었다. 최후의 정점을 향해 마지막 순간 더 강하게 밀어붙이는 남자의 강한 힘이 전해진다. 그녀는 다리 안쪽에 온 힘을 모은 채 그의 열기에 동참했다.

"아, 하학."

그녀의 숨이 거의 끊어질 듯 터져 나왔다.

"단아!"

강우도 두 눈을 질끈 감고 낯설 만큼 얼굴을 일그러뜨린 채 전신의 근육을 바싹 조였다. 그러다 더 이상 견딜 수 없다는 듯 외마디 비명을 지르며 그대로 무너져 내렸다.

그녀는 거칠게 뛰는 심장 고동을 느끼며 자신의 어깨에 얼굴을 묻고 있는 남자를 꼭 끌어안았다. 그 순간 그 공간 안에 존재하는 것은 두 남녀의 식지 않는 육체의 열기와 땀과 거친 호흡이 전부였다.

몇 초의 시간이 흘렀을까?

강우의 강인한 팔이 가녀린 맨어깨를 꼭 끌어안는 동안에도 단아는 여전히 생애 처음 느낀 그 강렬한 감각의 깊은 환희에서 정신을 차리지 못한 상태였다. 온몸이, 긴장이 풀려 버린 온 신경이 그녀를 감싼 땀에 젖은 한 남자를 향해 몸부림치는 것 같았고 그 뒤에 찾아온 진한 여운은 여전히 그녀를 사로잡은 채 놓아주지 않았다.

충격과 환희와 절정…… 그리고 사랑.

상상도 하지 못한 뜻밖의 감정의 실체와 마주하자 단아의 눈가에 금세 물기가 차올랐다. 그녀는 혹시나 강우가 볼까 싶어 고개를 돌려 두 눈을 꼭 감은 채 넓은 가슴에 얼굴을 묻었다. 따스한 피부의 온기와 쿵쿵 울리는 그의 심장 박동이 귓가에 생생하게 들려온다.

마치 그것이 신호라도 보낸 듯, 가슴 근육이 살짝 굳어지는가 싶더니 그가 천천히 몸을 떼기 시작했다. 그를 보내고 싶지 않았다. 아직은 비정한 현실을 마주하고 싶지 않았다. 그냥 이렇게, 조금만 더 그에게 안긴 채 자신이 방금 깨달은 놀라운 사실에 적응하고 싶을 뿐이었다.

그러나 냉정한 현실이 그런 나약한 단아를 비웃듯 강우의 몸이 완전히 떨어졌다. 그 틈을 비집고 가슴에 커다란 구멍이 뻥 뚫린 것처럼 허한 바람이 한기를 몰고 왔다.

두려웠다. 두 눈을 떠 냉정한 강우를 보기가, 자신에게 이런 놀라운 감각을 알려 준, 감정의 실체를 깨닫게 한 그를 마주하기가 두려웠다. 아니, 자신의 진심을 그가 알까 더 두려웠다.

그렇다고 언제까지 겁쟁이처럼 도망칠 순 없었다.

단아는 힘겹게 눈을 떠 이 순간 가장 두려운 남자를 보았다.

어느새 낯선 타인처럼 그녀에게 몸을 뗀 남자가, 방금 전까지 그녀에게 인생에서 최고의 환희를 안겨 준 그가 아주 어두운 표정으로 흩어져 있는 두 사람의 옷을 챙기고 있었다. 그 애절한 시선을 느꼈는지 그가 그녀 쪽을 본다.

찌릿! 하지만 그 눈은 마치 화살처럼 스쳐 지나가 버렸다. 그녀는 그가 자신의 시선을 피하고 있다는 것을 직감했다.

거부? 죄책감? 후회? 이제야 자신이 안은 여자가 누구라는 것을 깨달은 걸까?

말로 다 표현할 수 없는 깊은 상처가 가슴을 그대로 후벼 팠다.

마지막 속옷까지 집어 든 그가 자신의 흰 와이셔츠로 그녀의 벗은 몸을 덮어 주려 다가왔다.

그때였다.

갑자기 강우가 동작을 멈춘 것은, 그리고 그녀의 얼굴을 바라본 것은, 그녀의 눈과 정면으로 마주한 것은. 그의 얼굴은 충격에 완전히 창백해져 있었다.

그의 시선을 따라 움직이던 단아는 그가 무엇을 보았는지 알았다. 그녀조차 잊고 있었던 크고 작은 상처들. 그중 허리선을 따라 길게 이어진 징그러운 상흔을 결국 그가 보고 만 것이다.

강우가 묻듯이 그녀를 쳐다본다. 하지만 단아는 그의 시선과 마주하는 대신 입술을 꼭 깨물며 몸을 일으키면서 그의 손에서 옷을 빼앗아 재빨리 상체를 가렸다.

다행스럽게도 그의 와이셔츠는 허벅지 아래까지 내려와 그녀의 나신을 반 이상 감싸주었다. 갑자기 수치심과 굴욕감이 강한 무게로 그녀를 내리누르기 시작했다. 지금은 그에게 어떤 말도 듣고 싶지 않았다. 특별히 이 순간, 아직도 온몸이 그의 존재를 감지할 수 있는 지금은 아니었다.

"……우린 대화를 해야 해."

"아니, 지금 말고요. 지금은 아무 말도 하고 싶지 않아요. 이건 그냥 실수였을 뿐이니까."

"실수?"

"두 사람 모두 정신이 나가 있었던 거예요."

"하지만……."

“단 한 번이라도 그냥 내 말을 들어주면 안 돼요?”

단아는 저도 모르게 비명을 지르듯 소리쳤다.

그가 창백한 얼굴로 그런 그녀를 하염없이 응시했다. 그의 눈에 또 설명하기 힘든, 안타까움이 어린 슬픈 기운이 감돈다. 하지만 그녀는 힘겹게 그 기운을 외면했다.

이제 더 이상 그를 마주할 용기가 없었다. 혼자 있고 싶었다. 이 미치게 밀려오는 감정의 쓰나미에서 어떻게든 자신을 지키고 싶었다. 그녀는 후들거리는 다리로 간신히 몸을 일으켰다.

“피곤해서 이만 들어갈게요. 잘 자요, 강우 씨.”

단아는 깊은 숨을 들이쉬며 서둘러 그녀만의 성역 안으로 도망쳤다.

철컥, 문을 닫았다. 갑작스런 정적과 함께 뜨거운 눈물이 터져 나오기 시작했다. 그녀는 반사적으로 입을 틀어막았다. 무엇이 그리 서러운 것인지, 왜 이리 가슴이 찢어지듯 아픈 것인지 딱히 답을 찾지 못하는 주제에 그녀는 그 순간 느끼는 진한 고통에서 빠져나올 수 없었다.

두 사람 사이를 막고 있는 두꺼운 벽.

단아의 방문 손잡이를 잡으려던 강우의 손길이 멈췄다.

방 안에서 들려오는 단아의 억눌린 슬픈 절규가 그의 가슴을 휘저으며 강하게 잡아 비튼다. 그는 창백하게 굳어진 얼굴로 그저 그렇게 문 앞에 서서 완전한 무력감에 잠길 수밖에 없었다.

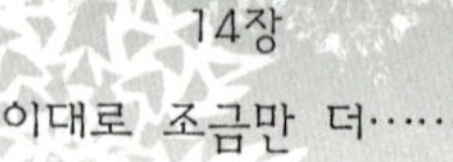

14장

이대로 조금만 더……

5평 남짓 되는 밀폐된 공간 안은 적막한 정적에 잠겨 있었다.

강우는 긴 손가락 안에 머물던 잔을 가볍게 흔든 후 한 모금 들이켰다. 독한 기운에 저절로 미간이 좁힌다. 몇 시간째 안주 하나 없이 빈속에 잘도 밀어 넣고 있었다.

하지만 아무리 마셔도 취하지 않는다는 것이 문제였다. 아니, 취할 수가 없었다. 시간이 지날수록 그날 밤의 기억은 더욱 또렷이 똬리를 틀며 그를 괴롭힐 뿐이다. 알코올의 기운을 빌려서라도 어떻게든 도망치고픈 자신을 비웃는 것처럼. 단아에게 무슨 짓을 했는지, 어떤 치명적인 상처를 입혔는지, 어떤 식으로 그녀를 오해했는지 분명히 말해 주면서…….

강우는 나직한 한숨을 내쉬며 은색 손목시계를 힐끗 보았다. 밤 11시 20분.

지금쯤 잠이 들었을까?

아니, 단아는 깨어 있을 것이다. 굳이 거실로 나와 아는 척하지 않는다 해도 항상 그가 돌아온 뒤에야 그녀의 침실 불이 꺼진다는 것을 잘 알고 있는 강우였다. 그 작은 신호에 연연하는 자신이 우습다. 아직까지 그녀가 그를 완전히 밀어내지 않았다는 사실에 안도하는 자신이 안쓰럽다.

하지만 그보다 더 아이러니한 것은 그녀 역시 그처럼 그를 의식적으로 피하고 있다는 사실이었다. 두 사람이 약속이라도 한 듯이.

하지만 이 순간에도 한 여자가 미치게 그립다. 그녀의 아름다운 얼굴을 보며, 그 맑은 눈에 취한 채 그 고운 음성을 들으며 그가 과거에 했던 그 비열한 모든 짓을 다 잊고 싶을 뿐이다.

하지만 그럴 수 없다는 현실이, 그러기에는 그들이 이미 너무 멀리 와 버렸다는 사실이, 그에게 그런 자비를 구할 권리가 눈곱만큼도 남아 있지 않다는 것이 그를 무섭게 옥죄고 있었다.

정말 이대로 현실을 외면한 채 복잡하게 엉킨 실타래를 풀 수 있는 마지막 기회마저 저버릴 것인가? 정말 이대로 양심을 버린 이기적인 인간으로 남을 것인가?

그는 수없이 자신에게 되묻는다. 그리고 그 답은 매 순간 달라졌다.

단아를 놓아줘야 한다, 그것이 그가 할 수 있는 최선이다라고 다짐하면서도 다음 순간 그는 결국 소리 없는 양심의 외침을 밀어낸다. 비겁하다 해도, 겁쟁이라 욕한다 해도 그는 그녀를 보낼 수 없었다. 그저 그럴 수 없을 뿐이다. 아니, 그것이 그의 진심이었다.

냉혹한 현실과 마주하느니 차라리 이기적인 겁쟁이가 되는 편이 나았다. 단아를 놓는 순간 그의 인생마저 완전히 박살 나 버릴 것 같아서, 그녀 없이 사는 인생이 끔찍한 지옥이 될 것만 같아서 어떻게든 그녀와 연결된 위태로운 가는 줄에 매달리고 싶은 것이다.

❖　　　❖　　　❖

아름다운 신부 화장을 한 거울 속의 자신을 보고 있으면서도 단아는 좀처럼 자신이 강우와 결혼한다는 사실을 실감할 수 없었다.

남은 몇 주가 어떻게 흘렀는지 알 수 없었다.

'실수'라고 나름대로 규정지은 그 일이 있고나서 며칠 후, 공식적인 결혼 발표가 있었고 모든 일은 강우의 지휘에 따라 한 치의 오차도 없이 진행되었다. 그녀는 내심 그의 신속한 일 처리에 감탄하면서도 결국 자신 역시 그의 수많은 일거리 중 하나에 지나지 않는다는 사실을 절감했다.

그날 밤, 두 사람이 사랑을 나눈 이후 단아는 강우와 정면으로 마주친 적은 단 한 번도 없었다. 그는 매번 그녀가 일어나기 전에 출근했고 그녀가 잠든 후에 집에 들어오곤 했으며 남은 한 주 이상을 해외 출장으로 시간을 보냈다.

결국 강우가 그녀를 피하고 있다는 것은 의심의 여지가 없었다.

따끔, 그 사실에 다시 심장이 아프게 조인다. 그에게 그 어떤 의미도 될 수 없는 사실을 분명히 말해 주고 있었으니까. 결국 그녀는 여동생의 행복을 위해 이용되는 도구에 지나지 않았다. 그러므로 그에게 그 이상을 기대하는 것은 어리석은 짓이다.

그리고 바로 그 이유 때문에 그녀 역시 그를 피하는지도 모른다. 그를 사랑하게 된 자신을 그에게 들키고 싶지 않아서. 마지막 남은 자존심이라 해도 상관없었다. 그와 사랑에 빠졌다는 것을 그가 알게 되었을 때 그의 얼굴에 떠오를 조소를 감당할 자신이 없었다.

한편으론 그런 강우를 생각할 때마다 가슴 한편이 아리듯 쓰리기도 했다. 깊은 내면의 상처와 고독이 지금의 냉정한 그를 만든 것만 같아서.

28년을 살면서, 한 남자의 존재가 이렇게 크게 다가온 적은 없었다. 한 남자로 인해 이렇게 많은 감정을 끌어낸 적도 없었다. 그 짧은 시간 동안 강우가 그녀에게 준 상처는 재하 때보다 더 크고 더 지독하게 그녀의 가슴에 진한 멍울을 남겼다.

지금 돌이켜 보면 그녀의 본능은 처음부터 이것을 직감하고 있었는지도 모른다. 자신이 그의 매력에 속수무책으로 빠져들어 결국 사랑에 빠지고 말 것을 말이다. 그 때문에 그녀는 그를 더욱 경계하고 그녀 스스로도 놀랄 만큼 과민 반응을 보였던 것이다.

강우는 처음 만난 순간부터 단 1초의 쉴 틈도 주지 않은 채 밀어붙였고 매 순간 그녀 안의 모든 감정을 끌어내는 남자였다. 그와 함께 있을 때면 그녀는 생기를 찾고 그의 강렬한 눈빛과 그의 남자다운 모습과 그 안에서 풍기는 매혹적인 남자의 향기에 취해버리곤 했다. 한순간에 끌어당기는 육체적인 매력과 함께…….

처음에는 얼마나 부인하려 했는지 모른다.

재하처럼 편안하고 안전한 사람이 아닌 언제 터질지 모르는 시한폭탄 같은 남자이기에 어떻게든 그를 외면하려 했다. 그의 옆에 서 있는 것만으로 초조감과 상대에 대한 의식으로 정신을 차릴 수도 없었다.

하지만 그녀의 애달픈 저항을 비웃듯 고작 한 달도 안 된 그 짧은 시간 동안 그는 그녀의 의식 속에 가장 큰 부분을 차지하는 남자가 되어 버렸다.

잊으려 해도 잊을 수 없는, 그가 한 잔인한 협박에 아무리 화내려 해도 화낼 수 없는, 그의 우수가, 그의 고독이, 그의 상처가, 그의 분노가 마치 커다란 실타래처럼 그녀의 온몸을 칭칭 감으면서 놓아주지 않았다. 그녀의 내면이 그와 똑같은 상처로 얼룩져 있기에 더 그런 것인지 모른다.

그리고 이제 단아는 알았다. 자신의 감정의 실체를, 그렇게 부인하려 했던 노력이 결국 다 헛수고였다는 것을. 그 감정은 진작부터 그녀 안에서 무섭게 자라고 있었다는 것을…….

사랑. 그래, 그녀는 강우를 사랑한다.

그녀가 사랑하는 사람들을 협박하고 여동생의 행복을 위해 어떤 짓을 했던, 그가 사랑을 모르는 비열하고 냉정한 남자라 해도,

그에게서 눈곱만큼의 사랑을 얻지 못할 것을 알면서도 그녀는 그를 사랑한다. 그것은 의지로도 어쩔 수 없는, 그저 무력하게 끌려갈 수밖에 없는 불가항력의 감정이었다.

마침내 그를 받아들인 순간, 그와 한 몸으로 가슴 떨리는 영혼의 깃털을 건드린 그 순간 그녀는 분명히 깨달았다. 그를 진심으로 사랑하는 것이 아니라면 과연 그런 깊은 충만감을 느낄 수 있었을지, 아니, 사랑이 아니었다면 그녀는 그를 절대 받아들일 수 없었으리라. 그 감정의 실체를 깨달은 순간 그녀는 엉엉 울음이라도 터트리고 싶었다.

그리고 그때 그가 몸을 떼었다. 그 어떤 순간보다 그의 위로가 필요한 그때, 갑작스런 감정의 실체를 깨닫고 충격에 몸부림치던 그때, 그는 어둡게 흐려진 얼굴로 몸을 떼면서 그녀의 간절한 시선을 외면했다. 보이지 않는 상처로 피가 뚝뚝 떨어질 만큼 냉정하게……. 그 순간 단아는 자신이 또다시 보답받지 못할 슬픈 사랑을 하기 시작했다는 것을 알았다.

고통과 상실감이 전신을 꽉 채운다. 온몸의 피가 한 순간에 다 빠져나가 버린 것처럼 사지가 빳빳해지고 눈 안쪽이 불에 타듯 뜨거워졌다.

하지만 그녀는 강우로 인한 고통을 절대로 드러낼 수 없었다. 사고로 인한 긴 상처의 흔적을 보고 창백하게 일그러지던 남자를 본 이후로는 더욱 그랬다. 그러니 차라리 그 진한 고통과 아픔을 가슴 깊이 들이마시는 편이 더 나으리라.

그렇게 힘든 시간이 흐르고 동안, 자의든 타의든 단아는 강우에게 재하의 감정에 대한 진실을 고백할 기회를 놓쳤다. 결국 이 결혼이 무의미한 일이라고 말할 수 있는 유일한 기회는 그들이 재단 앞에 서 버림으로써 완전히 사라져 버린 것이다.

사실 단아는 지난 몇 주 동안 방관자처럼 그곳에 머물러 있었다. 이제는 어찌 되든 상관없었다. 재하의 감정이 어떻든, 강우가 어떤 오해를 하든 중요하지 않았다. 또다시 보답받을 수 없는 사랑으로 아파하는 지금, 그녀는 그저 그가 하는 대로, 그가 이끄는 대로 가면 그뿐이었다. 그 이상 생각하고 싶지 않았다. 어차피 오래 지속될 결혼도 아니었으니까.

그리고 투명하게 화창한 어느 날, 웅장한 웨딩 홀에서 몇 주 만에 처음으로 듬직한 신랑으로 변신한 눈부신 흰색 실크 정장 차림의 매력적인 남자를 다시 보았을 때 그녀는 그녀 안에서 생생히 살아 숨 쉬는 감정의 실체를 다시 한 번 확인했다.

그리고 무심코 시선을 돌리는 새신랑의 모습에서 눈앞에 펼쳐진 그들의 슬픈 미래도 보았다. 그 순간 그녀는 땅이 두 쪽으로 갈려져 자신을 삼켜 버리기를 진심으로 기도했다.

❦　　❦　　❦

단아는 깊은 심호흡을 하며 초조하게 벽시계를 바라보았다. 그녀에게 주어진 시간이 별로 없었다. 피로연에 이어 오후에 잡힌 비행시간에 맞추려면 어서 준비를 마쳐야 한다.

강우의 말을 빌자면 그들은 신혼여행을 떠날 예정이라 했다.

그가 여느 평범한 결혼처럼 신혼여행까지 계획했다는 사실은 의외였지만 어차피 그들의 결혼이 남에게 보이기 위한 과시용이라는 것을 잘 아는 단아였다.

하지만 그보다 그녀를 더욱 초조하게 하는 것은 조만간 그와 단둘이 시간을 보내야 한다는 사실이었다.

내가 그 시간을 견딜 수 있을까?

깊은 심호흡을 하고 피로연을 위해 준비한 비취색 원피스로 갈아입고 지퍼를 막 올렸을 때 신부 대기실의 문을 똑똑, 노크하는 소리가 들렸다. 그녀는 흠칫 놀라 마른침을 삼켰다.

강우일까?

다행히 그 주인공은 강우가 아니었다. 오히려 전혀 예상 밖의 인물인, 강우의 여동생 채원이 안으로 들어왔다.

"아가씨……?"

단아는 놀란 표정으로 엉거주춤 몸을 일으켰다.

"아, 일어나지 말아요. 실은…… 잠시 혼자 있고 싶다는 말을 듣긴 했는데 잠깐 들어가도 될까 싶어서…… 물론 방해가 안 된다면요."

"방해라니요. 어서 들어와요."

채원이 문을 닫고 조심스럽게 그녀 옆으로 다가왔다.

"모두들 신부가 아름답다고 난리였어요. 오빠 정말 행운아라니까요."

뜻밖의 칭찬과 우호적인 분위기에 단아의 얼굴이 붉어졌다. 마지막 만남과는 180도 다른 태도를 어떻게 받아들여야 할지 난감했다.

"그렇게 생각해 주다니, 고마워요."

"이젠 오빠와 결혼했으니 새언니라고 불러야겠죠?"

"그냥 이름을 불러도 상관없어요."

거울 속에서 두 사람의 시선이 만나자 채원이 어색한 미소를 지으며 시선을 피했다.

그리고 다시 찾아온 어색한 침묵.

지금의 채원은 단아가 아는 그 무례하고 거만했던 여자가 아니었다. 몇 번이나 입술을 달그락거리며 뭔가 말을 꺼내려다가 다시 시선을 피하는 모습이 낯설다.

그도 그럴 것이, 예의상 몇 마디가 오고 가긴 했지만 두 사람 모두 마지막 만남을 똑똑히 기억하고 있었던 것이다. 그리고 바로 그 이유 때문이라도 채원이 그녀를 직접 찾아왔다는 것이 놀라웠다.

그러고 보니, 결혼식 내내 그녀 주변을 맴돌던 채원의 모습이 떠올랐다. 뭔가 할 말이 있나 싶어 쳐다보면 금세 시선을 돌렸던 탓에 혹시 재하와 아직도 문제를 풀지 못한 건 아닌지 내심 걱정했던 단아였다.

"내게 무슨 할 말이 있는 건가요?"

"네? 아…… 그게……."

단아가 고개를 돌려 마주 보자 채원이 깊은 숨을 들이켜며 결심하듯 입술을 깨물었다.

"실은…… 새언니한테 사과할 게 있어서 왔어요."

"사과요?"

단아의 당황한 표정에 채원이 얼굴을 붉히며 미안한 표정을 지었다.

"이제 와 이런 말을 하는 게 너무 늦었다는 건 알지만 지난번 그렇게 무례하게 행동한 거 진심으로 사과할게요. 사람을 초대해 놓고 그렇게 심한 말을 퍼부었으니……. 이젠 내가 무슨 짓을 했는지 똑똑히 알아요. 얼마나 바보 같은 짓을 했는지도. 나 때문에 많이 놀라고 상처 받았죠?"

채원의 조심스런 눈은 진심을 담아 단아에게 묻고 있었다. 그제야 단아는 채원과 재하가 긴 오해를 풀었다는 것을 짐작할 수 있었다.

"교수님과 잘되신 것 같네요."

채원은 다시 얼굴을 붉히며 희미하게 고개를 끄떡였다.

"이런 말 하는 건 우습지만 정말 결혼하고 나서 처음으로 그와 깊은 대화를 나눴어요. 그동안 내가 얼마나 어리석었는지……. 이제 그이를 믿어요. 그가 날 얼마나 사랑하는지, 그 사랑을 믿지 못하고 의심하고 방황했던 내가 얼마나 어리석은 여자였는지요. 만일 새언니가 아니었다면 난 아마 영원히 그를 잃었을지도 몰라요."

그 생각만으로 가슴이 아픈 것인지, 채원이 더 말을 잇지 못하고 울먹거렸다. 그녀가 재하를 진심으로 사랑하고 있다는 것은 그녀의 표정과 몸짓에서 확연히 느낄 수 있었다.

"진작 찾아와 사과하려 했지만…… 쉽게 용기가 나지 않았어요. 어떻게 다가서야 할지도 알 수 없었고 혹시나 더 큰 실수를 할까 봐 두려웠거든요. 하지만 오늘 새언니를 보고 더 이상 미룰 수 없다는 걸 알았어요. 이미 난 새언니에게 큰 빚을 졌으니까요. 나 때문에 조금이라도 상처를 받았다면 이제라도 진심으로 용서를 빌고 싶어요.”

“난 아무것도 한 일이 없어요.”

사실 단아가 한 일은 아무것도 없었다. 그저 재하가 말한, 그의 진실한 감정과 그녀가 깨달은 현실을 인정하고 받아들였을 뿐이었다.

“그가 날 포기하지 않도록 도와줬잖아요.”

“아, 그거……. 내가 먼저 임신에 대한 말을 꺼내서 미안해요. 그 소식을 가장 먼저 전할 사람은 그 누구보다 아가씨였는데…….”

“아뇨, 괜찮아요. 어쩌면 난 끝까지 말하지 못했을지도 몰라요. 그리고 그가 떠나는 것을 붙잡지 못했을지도 모르죠. 그 잘난 자존심 때문에요. 새언니가 우리 사이를 다시 이어 준 거예요.”

이래서 인생은 아이러니하다는 걸까?

2년 전 두 사람을 갈라 놓은 것은 단아였는데 이젠 그런 두 사람을 이은 끈이 되다니 말이다.

“재하 씨 옆에 있는 새언니를 보고 자살 시도까지 한 것을 생각하면……. 제정신이 아니었던 거 같아요. 어떻게든 재하 씨를 붙잡고 싶은 생각에 어리석은 짓을 했던 거죠. 하지만 이젠 그 모두가 나의 지나친 상상에서 비롯됐다는 걸 알아요. 물론 그이가 새언니를 좋아한 건 진심이었죠. 그가 어떤 식으로든 새언니에게 의지했고 잠시나마 마음이 흔들렸다는 것도요. 재하 씬 지금도 새언니의 순수한 마음을 이용한 자신을 용서하지 못하더군요. 나약했던 그이를 용서해 주고 이해해 줘서 정말 고마워요.”

단아는 무슨 말을 해야 할지 몰라 그저 어색한 미소만 지었다.

“처음엔 그이가 나 아닌 다른 여자에게 마음을 줬다는 사실조차 받아들일 수 없었어요. 오랫동안 그에게 여자는 나뿐이라고 굳게 믿었으니까요. 하지만 결국 그 모든 원인이 내게서 비롯되었다는 것을 깨닫자 지난 몇 년간 재하 씨가 왜 그래야만 했는지 그 이유도 충분히 이해가 가더군요. 내가 솔직하지 않았기 때문이었죠. 좀 더 마음을 열고 다가갔다면 세 사람 모두 그렇게 힘든 길을 가지 않을 수도 있었는데……. 이제야 그것을 깨닫다니, 나란 여자, 정말 못났죠?”

채원의 얼굴이 또다시 자조의 쓴 미소가 번진다.

“재하 씨와 난…… 처음부터 그리 순탄한 관계는 아니었어요. 아는지 모르겠지만 난 오빠의 친구인 그이를 오랫동안 짝사랑했어요. 하지만 그는 일방적인 내 감정을 많이 부담스러워했죠. 그냥 편한 오빠 동생 사이로 지내고 싶어 했지만 내가 무조건 우겨서 약혼까지 한 것이었거든요. 난 그제야 그가 내 사람이 되었다고 행복해했지만 그는 나의 지나친 간섭과 구속에 많이 힘들어했어요. 그러다 우연히 새언니와 함께 있는 재하 씨를 보았을 때…… ”

채원은 과거의 한때를 떠올리듯 깊은 숨을 들이켰다.

“그가 얼마나 편안하고 따뜻하게 웃고 있는지 보았을 때는 정말 놀라고 비참했어요. 그가 나 외의 다른 여자에게 그런 표정을 짓는 것은 처음 보았으니까요. 그리고 그 때부터 난 더 이상 이성적 생각이나 판단을 할 수 없었던 것 같아요. 질투에 눈이 멀어 재하 씨에게서 새언니를 떼어놓아야 한다는 생각이 전부였죠. 내 추한 모습은 생각지도 않고 그가 다른 여자를 쳐다본다는 사실을 용납할 수 없었던 거예요. 결국 반 히스테릭한 상태에서 자살 시도까지 하고…… 나중엔 술에 취한 그를 유혹해 임신했다는 거짓 말로 거의 반 강제적으로 결혼까지 밀어붙였어요. 재하 씨처럼 책임감 강한 남자는 절대 자신의 아이를 저버리지 않을 것을 잘 알고 있었으니까요."

채원이 계속되는 고백을 단 하나의 말없이 듣고 있었다.

"그때까지 난 내가 이 세상에서 제일 잘났다고 생각했어요. 한 마디로 버릇없는 부잣집 공주님이 바로 나였죠. 언제든 내가 원하면 남자 마음 하나쯤은 내 맘대로 조정할 수 있다고 자신할 정도로. 그러다 내가 한 거짓말이 밝혀졌을 때 그이가 날 바라보던 표정은……."

떠올리기도 싫은 것인지 채원은 상처 입은 표정으로 몸을 부르르 떨었다.

"결혼하고 곧장 미국으로 가서 신혼살림을 차렸지만 우리 관계는 점점 더 최악의 상황으로 치달았어요. 자존심과 무관심의 연속. 그를 그대로 잃을 것만 같아 두려우면서도 난 어떻게 다가가야 할지 방법조차 몰랐던 거예요. 그저 어떻게든 그를 상처 입혀서 그에게서 반응을 얻어 낼 생각에 급급했었죠. 그것이 두 사람 모두의 감정을 더 피폐하게 만든다는 생각은 못 하고요."

그녀는 먼 과거를 떠올리듯 얼굴을 찡그리며 슬픈 듯 고개를 가로저었다.

"그이는 어떻게든 잘해 보려 애를 썼는데 난 우기고 속이고 감추고 오해하고 분노하고……."

쉬지 않고 쏟아 내던 채원이 갑자기 얼굴을 붉히며 어색하게 웃었다.

"사과하러 왔다가 이런 말까지 하게 되다니……."

"먼저 사과를 해야 할 사람은 나인지도 몰라요. 나 때문에 상처 받고 불안한 마음이 들었다면 진심으로 미안해요. 그의 주변을 맴돌았던 나 역시 잘한 것은 없었으니까요. 이제 모든 오해를 푸셨다면 두 분이 행복하길 진심으로 바랄게요."

채원이 얼굴이 한층 밝아졌다. 죄책감이 무거운 짐에서 해방된 사람처럼.

"그이도 노력해 보겠다고 했어요. 조만간 태어날 우리의 아이를 위해서도."

채원는 행복한 미소를 지으며 배 주변을 부드럽게 어루만졌다.

단아의 시선이 자연스럽게 그곳으로 향했다. 화려한 붉은 새틴 원피스를 감싼 날씬한 몸매 탓에 거의 티가 나지 않았지만 생각 탓인지 살짝 불러 보이는 것도 같았다. 거기다 달빛처럼 환하게 빛나는 얼굴은 행복한 임산부처럼 평안해 보였다.

사랑하는 사람을 찾은 여자의 행복한 표정. 순간 그런 채원이 한 없이 부러웠다. 그 행복은 그녀가 영원히 가질 수 없는 행복이기에 더 그런지도 모른다.

"예정일이 언제죠?"

"내년 7월이요."

"두 분을 닮은 아이라면 정말 사랑스러울 거예요."

"고마워요. 아, 이런, 내가 계속 방해만 하고 있는 거죠? 아무래도 내가 먼저 나가는 편이 나을 것 같네요."

단아는 옅은 미소를 지으면서 고개를 끄떡였다.

"오빠에겐 10분 후에 내려간다고 전해 주세요."

"그럴까요? 그럼 난 피로연장에서 기다리고 있을게요. 천천히 준비하고 나와요."

수줍은 미소를 띤 채원은 한층 밝은 얼굴로 왔던 것처럼 빠르게 방을 나갔다.

철컥, 문이 조심스럽게 닫히며 단아는 다시 혼자가 되었다.

다 잘되었다. 그녀의 바람대로 두 사람이 마침내 서로의 사랑을 확인하고 진짜 가족을 된 것이다. 그리고 그 부분에 큰 힘이 되었다는 채원의 진심 어린 말도 고마웠다.

이제 강우도 모든 진실을 알고 있을까?

강우를 생각하는 것만으로 머릿속이 복잡해지려 한다. 그녀는 긴 한숨을 내쉬며 이제 정말 서둘러야 한다는 것을 상기했다. 그녀는 옷매를 가다듬고 가볍게 화장을 고친 뒤 깊은 심호흡과 함께 신부대기실을 나섰다.

500명 이상은 족히 모인 화려하고 넓은 대형 볼룸은 이미 피로연으로 분위기가 한껏 고조된 상태였다. 다시 긴장이 찾아와 두 다리가 후들거린다. 그녀는 층계 난간을 꼭 잡고 조심스럽게 발을 내딛었다.

신기하게도 그 많은 사람들 중에 가장 먼저 눈에 띈 것은 사랑하는 강우였다. 여러 명의 중년 남자들에게 둘러싸인 그는 언제나처럼 당당하고 남자답고 눈부시게 멋져 보인다.

인생의 절정기에 우뚝 서 있는 남자.

마치 단아의 시선을 감지한 듯 강우가 눈을 들어 그녀를 보았고 단아는 저도 모르게 걸음을 멈췄다. 순간 주변의 모든 사물이 사라지고 오직 그와 단둘만이 남은 것 같은 착각이 인다.

마침내 그녀의 남편이 된 남자.

일시적인 결혼이라 해도 이제 강우는 엄연한 법적인 단아의 남편이었다.

이제 난 그를 어떻게 대해야 할까?

그에 대한 사랑을 깨달은 지금 그녀는 그저 모든 것이 두려울 뿐이었다.

15장

감정의 여로

오랜만에 비행기를 타고 해외여행을 간다. 그것도 신혼여행이
라는 이름으로 퍼스트 클래스에 앉아 친절한 승무원들의 극진한
서비스를 받으면서 말이다.

여느 평범한 신혼부부라면 거품 물고 부러워할 일인데도 지금
이 순간 단아의 머릿속을 지배하는 것은 바로 옆에 앉아 몇 시간
째 조용히 책만 읽고 있는 남자의 존재였다. 그들 사이에 깔린 침
묵의 기운은 피로연장을 나와 비행기를 탄 지금 이 순간까지 계
속 되고 있는 셈이었다.

피로연에서의 강우는 예의 바른 새신랑답게 부드러운 미소를
띤 채 신부인 단아를 리드하면서 그곳에 참석한 많은 사람들에게
일일이 인사를 건넸다. 하지만 그의 곁에 서서, 이제는 엄연한 그
의 아내로서 사람들에게 태연하게 인사하는 일은 바늘방석에 앉

은 것 같은 고역이었다. 자신이 마치 희대의 거짓말쟁이처럼 느껴
졌다.

그곳에서 단아는 강우의 부모를 처음 소개받았다. 60대 후반의
강우의 아버지, 서 회장은 강우의 30년 후를 연상시키는 중후한
매력의 소유자였고 그의 어머니, 최 여사는 환갑이 가까운 나이에
도 불구하고 30대 못지않은 날씬한 몸매에 사람의 시선을 잡아끄
는 미인이자 아들의 결혼식에서조차 모든 사람의 관심을 한 몸에
받길 원하는 자의식이 강한 여자였다.

어느 정도 예상은 했지만 그들의 모습에서 여느 평범한 부모의
모습을 찾기란 어려웠다. 그나마 말수가 거의 없는 서 회장이 서
로 의지하며 잘 살길 바란다는 형식적인 인사를 건넨 반면, 최 여
사는 단아가 자신이 기대했던 상류층 자제가 아닌 평범한 여자라
는 사실에 내심 놀란 듯했다.

단아를 향해 남자 하나 잘 만나 운이 좋다는 식의 조소를 던졌
을 때 놀랍게도 강우가 끼어들며 내 아내에 대한 최소한의 예의
를 지켜 달라는 차가운 말 한마디로 어머니의 입을 막아 버렸다.
그리고 그 후로도 강우는 두 사람을 친부모라기보다 결혼식에 참
석한 여느 하객처럼 정중하게 대할 뿐 그 이상은 아니었다.

곧이어 만난 재하는 채원과 마찬가지로 몇 주 전 카페에서 만
났을 때와 달리 어두운 빛 없이 아주 평온해 보였다. 사랑하는 여
자와 모든 오해를 풀고 다시 사랑을 되찾은 남자의 여유라고 해
야 하나. 따스한 미소를 띤 채 채원과 나란히 서 있는 그를 보는
것만으로 단아의 입가에 옅은 미소가 감돌았다. 다만, 단아의 선

택이 여전히 마음에 걸린 탓인지 그녀를 바라보는 재하의 눈길엔 희미한 연민이 깔려 있었다.

그가 그녀의 손을 꼭 마주 잡으며 행복하길 바란다는 말을 건 넸을 때 단아는 무의식중에 바로 옆에 서 있는 강우의 존재를 의 식했다. 그가 혹시나 오해하면 어쩌나 하는 마음이었는데 놀랍게 도 강우는 그 어떤 사심도 없는 담담한 표정으로 그런 두 사람을 바라보고 있었을 뿐이다.

또한 이 결혼의 유일한 위안이라면 예전에 비해 훨씬 밝아진 양부, 선웅이었다. 결혼식 내내 그녀 옆에서 든든한 버팀목이 되 어 준 양부는 이제야 진심으로 단아가 강우를 사랑한다고 믿는 것 같았다.

지난 주 양부와 만나 과거의 일에 대해 진지한 대화를 나누었 을 때 선웅은 그녀를 속인 것에 대해 사죄했다. 그리고 그녀는 그 런 아버지를 용서했다. 이미 일어난 일에 그를 탓하고 원망하기에 는 그녀가 받은 상처 이상으로 양부를 더 많이 사랑하기 때문이 었다.

그 뒤로 그들은 편안한 관계를 유지했고 마음의 무거운 짐을 다 지워 버린 선웅은 다행스럽게도 다시 예전의 낙천적인 모습을 조금씩 되찾아 가고 있었다.

"진심으로 행복하길 바란다."

기쁨과 슬픔이 교차하는 애틋한 표정으로 단아를 꼭 껴안은 선 웅이 그녀의 옆에 조용히 서 있는 강우를 보며 조심스럽게 입을 열었다.

“과거의 아픈 기억은 다 지워 버리고 내 딸을 행복하게 해 주게나.”

강우는 선웅이 내민 손 대신 그를 다정히 포옹함으로써 두 사람 모두를 놀라게 했다. 양부를 대하는 태도에서 무례함은 눈곱만큼도 찾을 수 없었다.

“걱정 마십시오. 지금까지 잘 돌봐 주신 것 이상으로 단아를 행복하게 해 주겠습니다.”

그는 아주 진지한 표정으로 그렇게 나직이 장담했다.

이 결혼이 고작 1, 2년, 아니, 어쩌면 그보다 빨리 끝나게 될 것을 누구보다 잘 알면서 왜 저런 장담을 하는 것인지, 나중에 아버지가 느낄 상처는 또 어떡하라고…….

단아의 가슴 한쪽이 또 한 번 진한 아픔으로 물들었다.

❖　　　❖　　　❖

“커피나 차, 드시겠어요?”

상냥한 승무원의 음성에 단아는 혼자만의 생각에서 빠져나왔다.

“아, 아니, 괜찮아요.”

그 말과 함께 무의식중에 옆쪽으로 시선을 돌린 단아는 자신을 보고 있는 강우의 시선이 의식되었다. 심장이 꽉 조여 오면서 쿵쿵 뛰기 시작한다.

“무슨 생각을 그렇게 하고 있었던 거지?”

놀랍게도 강우는 그녀의 시선을 담담히 받아들였다. 그날 밤 이후, 두 사람이 서로의 시선을 피하지 않고 이렇게 눈을 맞춘 것은 오랜만이었다.

"그냥 이런저런 생각을요. 아직 당신과 결혼했다는 것도 실감이 안 나고……."

"후회돼?"

그녀는 다시 눈을 들어 강우를 보았다. 진지한 검은 눈은 그녀의 진심을 묻고 있었다.

후회, 어떤 의미의 후회를 의미할까?

그는 그 누구보다 그녀가 왜 이 결혼을 선택했는지 그 이유를 잘 알고 있는 남자였다.

"후회한다 해도 이미 늦은 거 아닌가요?"

"그래, 늦었지."

"당신은 일을 너무 복잡하게 만들었어요."

"복잡하게라니, 뭘?"

"이 모든 희극. 우린 우릴 축복하기 위해 모인 모든 사람들을 감쪽같이 속인 거예요. 당신 가족과 내가 아는 모든 사람을 포함해서. 꼭 이렇게까지 해야 할 필요가 있었을까요? 당신이 조금만 양보했더라도 분명히 다른 해결책이……."

"그것을 탓하기에는 좀 늦은 감이 있군. 우린 이미 결혼했고 이 결혼은 합법적으로 아무 문제가 없어. 게다가 지금은 여느 신랑 신부처럼 신혼여행을 가는 것이고."

하지만 단호한 어조와 달리 그 말을 할 때의 그는 어딘가 씁쓸한 자조의 여운이 깔려 있었다.

자신을 향한? 아니면 이 답답한 현실을 향한?

그녀와 마찬가지로 그도 자신이 강행한 이 결혼에 대해 마음이 편치만은 않은 것이다.

"그리고 난 당신이 이 현실을 받아들이길 바라."

내가 받아들인들 무슨 의미가 있을까?

결국 그들이 평범한 신혼부부가 아니라는 것은 두 사람 모두다 아는 사실이었다. 그 뒤에 이어질 인생을 생각하면 벌써부터 가슴이 탁 막혀 온다.

"괜찮다면 잠시 눈을 붙이고 싶네요."

왠지 더 이상 그와 대화를 이어 가기가 힘들어 단아는 그가 대답하기 전에 얼른 눈을 감았다. 그의 시선이 자신에게 계속 머물러 있다는 것을 감지했지만 그녀는 의식적으로 그의 존재를 밀어냈고 정말 피곤했던 것인지, 얼마 지나지 않아 그녀는 잠 속에 빠져들었다.

야윈 얼굴과 아름다운 눈가에 어린 희미한 그늘.

지난 몇 주, 단아가 얼마나 맘고생을 하고 있었는지 보여 주는 증거였다.

강우의 가슴이 찌릿, 다시 아프게 조인다. 그 모든 원인이 바로 자신이라는 것을 알기에 더 마음이 무겁고 미안할 뿐이다. 그는 일부러 외면했다. 지난 몇 주, 그녀를 보면 죄책감에 마음이 약해질 것이 두려워 그녀를 피한 채 어떻게든 시간을 벌려 했다.

그나마 이 결혼에 대한 나의 일방적인 강행에 그녀가 아무 이
의를 달지 않은 채 묵묵히 따라와 준 것을 감사해야 하나?

그는 노력할 것이다. 그녀가 마음 문을 열고 그의 존재를 받아
들일 때까지, 그가 그녀에게 남긴 지독한 상처와 아픔이 언젠가
그의 진심 어린 사랑으로 다 치유될 수 있을 때까지 그는 자신에
게 주어진 이 마지막 기회에 그의 모든 인생을 걸 생각이었다.

그가 처음이자 마지막으로 진심으로 사랑하게 된 한 여자를 위
해서…….

❖   ❖   ❖

"드디어 도착했군."

푸른 상공 아래쪽을 가리킨 강우의 손길에 따라 단아의 시선이
움직였다.

에메랄드 빛 푸른 바다 한복판에 눈부신 보석처럼 떠 있는 아
담한 섬. 저절로 감탄사가 터져 나올 만큼 아름다운 산호섬이었
다. 착륙하기 전 유연하게 섬 주변을 한 바퀴 돌던 헬리콥터가 요
란한 소음을 줄이면서 마침내 평지에 사뿐히 내려앉았다.

먼저 내린 강우가 호주인 파일럿에게 수고했다며 인사를 건넨
후 단아에게 손을 내밀었다. 잠시 그의 도움을 받아야 하나 망설
이던 단아는 그런 고민을 하는 자신이 우스워 강우에게 자신을
맡겼다.

그녀의 손과 허리에 남자의 단단한 팔이 전해진다. 몇 주 만에

처음으로 느끼는 그의 온기에 몸이 찌릿, 저절로 반응하는 것을 애써 누르며 그녀는 새처럼 가볍게 낯선 땅에 발을 내딛었다.

하늘 위에서 본 아담한 분위기와 달리 지상에서 마주한 섬은 전체적으로 작은 규모가 아니었다. 100미터 정도 높이의 바위산이 한쪽 면을 막아선 채 그 아래쪽으로 세워진 럭셔리한 분위기의 리조트와 열대 지방 특유의 야자수, 흰 모래 사장 위해 태평스럽게 놓인 긴 선탠의 의자, 코코넛 방갈로, 대형 그늘 막이 쳐 있는 푸른 색깔의 수영장이 눈에 띄었고 그 앞쪽으로 곧장 이어진 코발트 빛 바다는 맑고 투명한 푸른 하늘과 조화를 이루며 마치 보석처럼 반짝거렸다.

단아는 위에서 내리쬐는 뜨거운 열기도 잊은 채 아름다운 자연의 경관에 감탄했다. 그런 그녀를 옆에서 조용히 지켜보던 강우의 얼굴에 옅은 미소가 감돌았다.

"정말 아름답지 않나?"

단아는 말없이 강우를 올려다보았다. 그 역시 지극히 편안한 표정으로 주변의 아름다운 경치를 감상하고 있었다. 진짜 신혼여행이라도 온 여느 신랑처럼 얼굴까지 환하게 빛내면서.

가슴 중간까지 풀어 헤친 헐렁한 흰 모시 셔츠에 강인한 다리를 드러낸 베이지색 반바지와 갈색 샌들까지, 정장 차림에 익숙한 그녀에게 지금의 모습은 완전히 딴 사람 같았다.

세련된 잠자리 형의 검은 선글라스로 눈을 가려 눈빛은 읽을 수 없었지만 강인한 턱 주변에 긴 비행으로 인해 밤새 희미하게 돋아난 거무스름한 수염과 가벼운 미풍에 헝클어진 검은 머리칼을 쓸어 넘기는 모습은 그 어느 때보다 남성미가 물씬 풍겼다. 카탈로그 모델 같은 그 모습에 가슴이 설레는 것은 어쩔 수 없었다.

단아는 애써 그에게서 시선을 돌리며 다시 눈앞의 정경을 바라보았다.

"열대 지방에 온 건 처음이지만 정말 아름답군요. 고작 몇 시간 전까지도 추운 겨울이었는데 지구 반대편에 이렇게 따뜻한 곳이 있다는 게 신기해요."

"그게 바로 이 섬의 매력이지. 아무리 꽁꽁 얼었다 해도 이곳에 오면 모든 것이 사르르 녹으니까. 지금이 가장 더운 시즌이고 장마철이 시작되긴 했지만 비는 보통 오후 한 차례나 새벽녘에 오는 데다 그늘에 있으면 항상 시원해서 한국 여름 같은 열대야 현상은 없는 편이야."

매끈한 입가에 부드러운 미소까지 띠운 채 친절한 가이드 같은 강우의 설명이었다.

마음만 먹으면 얼마든지 여자의 마음을 흔들 수 있는 것이 바로 이 남자의 매력이 아닐까. 지금의 강우를 보고 있노라면 이 결혼의 어두운 내막 같은 건 까맣게 잊힐 정도였다. 또다시 강우에게 무방비 상태로 빠져드는 자신을 느낀다.

이 여행은 그저 남에게 보이기 위한 것일 뿐이야. 하지만 누구에게? 여기 있는 원주민에게?

이 미칠 것 같은 현실에 웃음조차 나오지 않는다.

그들이 야자수 한편의 방갈로 의자에 앉아 앵두 빛의 시원한 열대 과일 주스를 마시는 동안 까만 피부색의 원주민들이 그들의 짐 가방들을 부지런히 리조트 안쪽으로 날랐다. 그녀의 목에 걸린 흰색 프렌치파니의 달콤한 향이 코를 간질인다.

사실 헬리콥터가 착륙했을 때 열 명 남짓의 원주민들이 이제 막 걸음마를 시작한 아이까지 안고서 환영의 노래와 함께 꽃까지 걸어 주었을 때는 적잖이 당황스러웠다.

"리조트 한편에 이들이 사는 마을이 있는데 대부분이 이 리조트에서 일하는 사람들이야. 워낙 낙천적인 사람들이라 외부인에 대해서도 아주 우호적인 편이고."

한눈에 보기에도 그렇다는 것을 알 수 있을 만큼 원주민들의 표정은 밝고 활기차 보였다.

"가족이 함께 사니 외롭진 않겠어요. 웃는 모습이 정말 순수해 보여요."

그 말에 강우의 입가에 깊은 미소가 번졌고 그녀의 가슴은 다시 널뛰기를 한다.

리조트 매니저, 제이미의 소개로 간단히 리조트 주변을 돌아본 뒤 그들은 아담한 카트를 타고 메인 리셉션에서 조금 떨어진 해변가 근처의 빌라로 향했다. 제이미의 친절한 설명에 따르면 그들이 묵는 곳은 VIP 신혼부부를 위한 럭셔리 허니문 풀 빌라 스위트라고 했다.

남태평양의 트로피컬 풍과 은은한 조화를 이루는 현대적 실내는 한눈에 보기에도 럭셔리한 분위기를 맘껏 풍겼다.

높은 천장과 시원하게 탁 트인 거실, 현대적인 주방, 그리고 2층으로 연결되는 작은 나선형 계단. 뜨겁게 내비치는 눈부신 햇살이 고풍스러우면서도 값비싼 코코넛 가구들과 현대적인 전자 제품으로 꾸며진 거실 안을 참나무 블라인드가 걷힌 넓은 유럽식 여닫이 창문을 통해 환하게 비추고 있었다.

거실에서 베란다로 통하는 넓은 유리문 너머로 근사한 8자형의 개인 수영장이 보이고 그 앞으로 펼쳐진 눈부신 코발트 빛의 바다가 눈에 들어오자 입에서 저절로 감탄사가 터져 나왔다. 정말 혼자 보기에는 아까운 정경이었다.

「침실은 위층에 있습니다.」

제이미가 영어로 친절하게 위쪽을 가리키며 말하자 강우가 그녀 쪽을 보며 눈짓을 보냈다. 그녀를 내려다보는 강우의 검은 눈동자 역시 남태평양의 햇살만큼이나 눈부시다.

"내 가방은 어디 있죠?"

"이미 다 옮겨 놓았을 테니 걱정 말아요."

「이제 가시겠어요?」

「네? 아, 그럼요.」

제이미의 재촉에 끌려 강우에 이어 나선형 계단을 오른 단아는 2층 전체를 차지하는 탁 트인 침실과 욕실 안의 화려함에 잠시 할 말을 잃었다.

신혼부부를 위한 완벽한 럭셔리 침실이라는 사실에는 의심의 여지가 없었다. 즉, 그 말은 이 넓은 공간 안에서 침대라고는 정중앙에 당당히 놓인 킹사이즈 침대 딱 하나가 전부라는 사실이었다.

갑자기 얼굴이 달아오르면서 숨이 가빠 온다. 이 상황을 어떻게 받아들여야 할지, 그저 난감할 뿐이었다. 무의식중에 시선을 돌려 강우를 찾았지만 그는 매니저와 함께 방 안을 둘러보며 만족스런 표정으로 대화를 나누고 있었다.

신혼여행이라고 해도, 그저 이름뿐인 신혼여행이기에 그들이 한방을 쓰게 될 거라고는 전혀 예상하지 못한 단아였다. 대체 강우가 무슨 생각을 하는 것인지, 속이 타들어 가는 기분이다.

제이미가 필요한 것이 있으면 언제든 불러 달라는 정중한 인사를 하고 떠난 뒤 넓은 공간임에도 불구하고 왠지 사방이 막힌 밀폐 공간 안에 갇힌 기분이 들었다.

사실 아까부터 그녀의 머릿속을 지배하는 것은 이제부터 며칠을 그와 단둘이 한 빌라 안에서, 그것도 한 침대에서 보내야 함에 대한 걱정이었다. 상상만으로 침이 바싹바싹 말랐다. 그의 기분이 상하지 않은 선에서 어떤 식으로 말을 꺼내야 할지 딱히 적당한 말이 떠오르지 않으니 더 문제였다.

"저, 강우 씨……."

"침대가 하나뿐이 없어서 그러는 건가?"

쉽게 말을 꺼내지 못하고 주저하는 그녀의 속을 그대로 들여다본 것처럼 강우가 태연스레 말을 던졌다. 단아는 살짝 얼굴을 붉히며 어색한 표정을 고개를 끄떡였다.

"당신이 이해해 줬으면 좋겠군. 이곳을 예약한 여직원은 우리의 속사정을 모르고 있으니 말이야. 그녀는 우리가 여느 평범한 신혼부부라고 생각했을 거야. 지금 와서 따로 방을 잡아 지내기도 우습고 당신만 괜찮다면 난 저쪽 소파를 이용할 생각인데, 당신 생각은 어떻지?"

그녀의 시선이 침대에서 좀 떨어진 긴 코코넛 소파로 향했다. 값비싼 고급 소재라 해도 잠을 자기에 편해 보이지는 않았다. 그렇다고 그의 말대로 사람들의 눈을 무시한 채 이제 와 따로 방을 잡을 수도 없었다. 하지만 네 사람은 족히 잘 수 있을 것 같은 대형 침대를 놔두고 185cm가 넘는 덩치 큰 남자가 좁은 소파에서 잔다는 것이 영 마음에 걸렸다.

그냥 그녀가 소파에서 자겠다고 말하고 싶었지만 그녀의 말에 동의할 남자도 아니었다. 그렇다고 딱히 다른 방법이 있는 것도 아니기에 결국 못이기는 척 그의 말에 동의해야 했다.

이것으로 남은 며칠, 그녀는 좀 더 긴장할 필요가 있다고 자신에게 되뇌었다. 어쩌다 방심해 그에게 속마음이라도 들킨다면 두고두고 후회할 것이 분명한 데다 그를 지나치게 의식한다면 이곳에서 지내게 될 며칠이 지옥보다 힘든 시간이 될 터였다.

"피곤하지 않으면 점심 먹기 전에 가볍게 섬 주변이나 돌아볼까?"

"네? 아, 그러죠."

"다른 옷으로 갈아입고 싶을 테니 난 아래층에 내려가 기다리도록 할게. 보기보다 햇살이 뜨거우니까 차향 모자에 선크림, 선글라스 잊지 말고."

그는 항상 그랬던 것처럼 다정한 미소를 지으며 먼저 계단을 내려갔다. 그녀의 시선이 강우의 뒷모습을 따라 움직였다. 그는 마치 진짜 신혼여행을 온 신랑처럼 그녀를 챙기고 있었다.

나 역시 아무 일도 없는 양, 그의 리드에 따라가야 할까?

이곳에서의 시간을 아무 탈 없이 무사히 넘기기 위해?

하루 종일 마음이 편치 않았다. 아니, 혼란스러웠다.

감탄사가 터져 나오는 아름다운 경치, 최고급 메뉴, 극진한 서비스, 무엇 하나 불만이 없을 만큼 외관상 완벽한 조화를 이루는 그곳에서 단아는 마치 물에 뜬 기름처럼 붕 뜬 채 적응하지 못하고 있었다. 특별히 사람들이 주변에 있건 없건 매 순간 그녀를 챙기는 강우의 다정한 태도 때문에 더 그런 것인지도 모른다.

처음에는 그저 예의상 그런 것뿐이라고 생각했다. 하지만 해변가를 둘러보고 점심 식사를 하는 동안에도 강우는 매사 그녀의 의견을 물으며 그녀 위주로 행동했다. 마치 이 결혼의 불손한 동기 같은 것은 처음부터 존재조차 하지 않은 양, 이제 갓 결혼한 새신랑이 자상하게 자신의 사랑하는 아내를 챙기듯이 말이다.

그리고 드디어 밤이 찾아왔다. 행복한 신혼부부를 위한 로맨틱 디너에 어울리는 근사한 해물 코스 요리를 먹고 리조트 투숙객들을 위한 원주민 민속 쇼를 지켜보는 동안, 단아는 조만간 찾아올 그들의 첫날밤을 강하게 의식했다. 재하를 만났던 그날 밤, 강우의 아파트에서 그렇게 사랑을 나눈 이후 그와 단둘이 한 공간 안에 있는 것은 처음이기에 더 긴장하지 않을 수 없었다.

10시가 되어 리조트의 모든 행사가 끝나자 투숙객들이 하나둘 자리를 뜨기 시작했고 두 사람 역시 친절한 직원들의 인사를 받으며 그들의 빌라를 향해 걸음을 떼야 했다. 까만 듯 밝은 밤하늘 속에서 서울 야경에서는 볼 수 없는 무수히 많은 별들이 쏟아질 듯 빛나고 있다는 사실조차 인식하지 못할 만큼 바로 옆의 강우의 존재가 그녀를 미친 듯 잡아끈다.

"앗!"

잠시 방심한 새 빌라 나무 문턱에 발을 헛디며 휘청한 단아를 강우가 재빨리 붙잡았다. 그녀의 팔둥과 허리에 닿은 남자의 손이 그녀를 단단히 받쳐 주었다.

찌릿, 또다시 전류가 온몸을 타고 발끝까지 흘렀다. 그녀가 몸을 틀기도 전에 그가 먼저 손을 떼었지만 그의 손길이 닿았던 부위가 화상을 입은 것처럼 욱신거렸다.

"괜찮아?"

"아, 그럼요. 발을 헛딛었나 봐요."

단아는 자신이 듣기에도 어색한 음성으로 변명하듯 말했다.

강우는 가볍게 고개를 끄떡인 후 그녀를 위해 빌라의 문을 열어 주었다. 거실 중앙에서 내비치는 옅은 램프 불빛이 로맨틱한 분위기를 연출하며 그들을 다정히 반겼다.

"피곤해? 잠들기 전에 가볍게 한 잔 할까?"

"아, 아뇨. 첫 날이라 좀 피곤하네요. 난 그냥……."

"그럼 당신이 위층 욕실을 사용해. 난 아래층을 쓸 테니까."

겁쟁이라 비웃어도 상관없었다.

단아는 강우와 마주치는 최대한 시간을 피하기 위해 아주 오랜 시간을 들여 뜨거운 물로 목욕을 했다. 그리고 더 이상 피할 수 없다는 것을 자각하며 깊은 심호흡을 하고 욕실을 나왔을 때 2층 침실엔 옅은 램프 불빛 외에 깊은 고요에 잠겨 있었다.

강우의 존재를 잔뜩 의식한 탓인지 그가 그곳에 없다는 사실에 풍선에 공기가 빠지듯 잔뜩 곧추선 긴장이 맥없이 느슨해진다.

바보처럼 난 대체 무엇을 기대하고 있었던 걸까? 그가 기다리고 있다가 날 덮치기라도 할까 봐? 아니면, 그의 매력에 이끌려 또다시 어리석은 실수를 반복할까 봐?

어쨌든 그 모두가 그녀의 착각이라는 것이 여실히 증명된 셈이다.

강우는 처음부터 그녀를 어떻게 할 생각 따윈 전혀 없었던 것이다.

무의식중에 그의 존재를 찾아 헤매던 단아는 1층 거실 한편의 창가에 서 있는 강우의 실루엣을 발견했다. 그는 크리스털 잔을 든 채 깊은 생각에 잠겨 있었다. 장신의 남자에게서 전해지는 아련한 고독의 그림자가 손에 잡힐 듯 다가왔다.

찌릿, 가시에 박힌 손가락이 따끔거리듯 가슴이 쓰려 온다. 그도 말은 안 했지만 지금 이곳이, 그녀와 이렇게 단둘이 보내는 이 시간이 쉽지 않다는 것을 직감하기 때문이었다. 그와 그녀 사이에 놓인 불안한 다리. 아직도 풀지 않은 채 엉망으로 엉킨 실타래를 그들이 의식적으로 무시하려 하고 있다는 것을 두 사람 모두 알고 있었다.

사방이 꽉 막혀 있었다.

빛 한 줌 없는 시커먼 어둠에 잠겨 단아는 공포에 오들오들 떨었다. 제발 누군가 단 한 마디라도 해 주길 바랐건만 들려오는 것이라곤 귓가를 스치는 기분 나쁜 바람 소리가 전부였다.

여긴 어디지? 왜 난 이런 곳에 있는 걸까? 엄마? 아빠? 어디 있어요? 나만 두고 어디로 간 거예요? 제발, 돌아와. 난 너무 두려워. 너무 무섭단 말이야!

하지만 그 외침은 머릿속의 메아리일 뿐 단 한 마디도 터져 나오지 않았다. 점점 커져 가는 공포와 두려움이 엄청난 크기가 되어 단아를 짓누르기 시작한다. 도망치고 싶었다. 누구든 자신을 구해 달라고 소리치고 싶었다. 하지만 아무것도 할 수 없는 현실에 무력감만 더해 갈 뿐이다.

그때였다.

까만 허공 속 얼마 떨어지지 않은 곳에서 철컥, 소리가 나며 문 하나가 열렸다.

갑작스레 쏟아진 눈부신 빛에 단아는 반사적으로 손을 들어 두 눈을 가렸다. 침을 꿀꺽 삼키고 조심스레 눈을 떴을 때 그녀는 한 남자를 보았다.

쿵! 심장이 미친 듯 요동친다. 강우였다. 그는 누군가를 찾아 헤매듯 다급하고 안타까운 표정으로 사방을 둘러보고 있었다.

날 찾는 걸까? 날 찾으러 와 준 걸까?

작은 희망의 불씨가 그녀 안에 무섭게 솟아오르자 단아는 있는 힘껏 입을 벌렸다.

강우 씨! 나예요, 단아! 내가 여기 있어요! 날 봐요. 날 여기서 끌어내 줘요!

얼마나 그렇게 애타게 불렀는지 알 수 없었다. 하지만 그녀의 외침은 허공 속의 메아리가 되어 허무하게 사라져 버렸다. 당장이라도 고개를 돌려 그녀를 바라봐 줄 것만 같았던 남자가 절망에 지친 얼굴로 힘없이 발길을 돌린다.

심장이 철렁 내려앉았다. 직감적으로 그가 떠나려 한다는 것을 알았다. 다시 그녀를 혼자 남겨 둔 채, 이 끔찍한 어둠 속에 남겨진 그녀를 보지 못한 채. 아무도 그녀의 존재를 알지 못한 채 사람들의 의식 속에 멀어질 것만 같아, 이대로 그를 영원히 보지 못할 것 같은 절망감이 사지를 꽁꽁 휘감았다.

안 돼! 이럴 수 없어! 날 두고 떠나지 말아요. 사랑해요! 사랑한단 말이에요. 그러니 제발 날 두고 떠나지 말아요. 제발!

“단아, 한단아! 눈을 떠…… 내 말 들려? 눈을 뜨라니까!”

따끔한 충격이 볼에 닿은 순간 단아는 깊은 절망의 늪에서 간신히 정신을 차렸다. 멍했다. 마치 길고 긴 시간 여행이라도 다녀온 듯 전신이 천근처럼 무거웠다.

그녀는 천천히 눈꺼풀을 들어 뿌연 안개가 걷히듯 자신을 걱정스럽게 바라보는 한 남자의 얼굴을 똑똑히 보았다.

강우…… 그였다. 꿈에선 그녀를 알아보지 못하고 그녀를 홀로 내버려 둔 채 등을 돌렸던 그가 그곳에 있었다. 그녀의 손을 꼭 마주 잡고서.

"강우 씨……?"

"그래, 나야. 괜찮아?"

난 괜찮은 걸까?

아니, 괜찮지 않았다. 지금도 생생한 그 순간의 공포와 두려움이 긴 여운을 남긴 채 머릿속을 맴돌고 있었다. 유일한 그녀의 사랑인 강우가 그녀에게서 등을 돌려 버렸던 끔찍한 악몽. 너무나 선명히 떠오르는 기억에 그녀는 흠칫 몸을 떨면서 두 눈을 꼭 감자 눈가에 어린 물기가 양쪽으로 주르륵 흘러내렸다.

"그저 꿈일 뿐이야. 괜찮아. 이젠 다 지나갔으니까."

강우가 손가락 끝으로 젖은 눈가를 닦아 주며 다정하게 위로의 말을 속삭인다.

단아는 다시 눈을 떴다. 그가 그녀를 보며 아무 걱정 말라는 듯이 옅은 미소를 지었다. 찌릿, 가슴이 찡하게 울렸다. 그녀를 바라보는 그 눈빛이 너무 다정해서, 그녀를 위로하는 그 미소가 너무 애처로워서.

그리고 놀라운 일이 일어났다. 마치 그녀 안에서 새 생명이 꿈틀거리듯 방금 전까지의 두려움과 절망이 조금씩 가시면서 낯선, 따스한 온기가 가슴 안을 꽉 채우기 시작했다.

그녀의 얼굴에 희미한 미소가 퍼진다. 강우가 그녀 옆에 있으며 더 이상 혼자가 아니라는 사실에 대한 안도의 미소였다. 그녀

는 지친 눈을 감으면서 무의식중에 그의 남은 한 손을 더욱 꼭 잡
았다.

"이제 가지 말아요. 아무 데도……."

"그래. 가지 않을게. 언제나 당신 곁에 있을게. 이제 다시 눈을
붙여 봐. 아무 걱정 말고……."

나직하면서도 달콤한 음성이 자장가처럼 귓가에 잠겨 오는 동
안 단아는 조금씩 깊은 잠 속으로 빠져들었다. 이제 더 이상 두렵
지 않았다. 강우가 옆에 있어 줄 테니, 그녀를 단단히 지켜 줄 테
니 편안히 잠들 수 있을 것이다.

깊은 고요에 잠긴 새벽, 강우는 높은 천장에 아른거리는 램프
불빛의 그림자를 응시했다.

그의 가슴에 안긴 여자의 고른 숨소리가 강우의 규칙적인 심장
고동과 맞물려 묘한 조화를 이룬다. 사랑하는 여자를 품에 안고
있다는 사실이 행복하면서도 그 뒤의 여운이 가슴을 쓰리게 잡아
끌었다. 감출 수 없는 씁쓸함의 흔적이 그의 입가에 맴돈다.

'사랑해요! 사랑한단 말이에요. 그러니 제발 날 두고 떠나지 말
아요. 제발!'

지독한 악몽 속에서 쥐어짜듯 힘겹게 뱉어 내던 단아의 음성이
쉽게 지워지지 않았다.

혼자 남겨질 것에 대한 두려움과 사랑하는 사람을 향한 절규.

그리고 그것은 다름 아닌 재하를 향한 단아의 무의식적인 몸짓이었다. 그녀는 여전히 재하를 사랑하고 있는 것이다.

알고 있었다. 그가 비집고 들어갈 공간이 눈곱만큼도 없다는 것을, 결국 그의 완전한 패배가 되리라는 것을 뻔히 알고 있던 주제에 막상 매정한 진실과 마주하자 심장이 터질 것처럼 아파 왔다. 그녀에게 자신은 절대 그런 존재가 될 수 없다는 사실이 미치도록 슬프고 비참했다.

그러면서도 그녀를 놓아주지 않은 난, 어떻게든 붙잡으려 애쓰는 난 얼마나 못난 남자인가?

마치 그가 떠날 것을 감지라도 한 것처럼 단아가 잡은 손에 꼭 힘을 주었다.

강우는 시선을 내려 자신의 가슴에 안긴 여자를 응시했다. 그녀는 더 이상 악몽을 꾸지 않는지 아이처럼 평온하게 잠들어 있었다. 규칙적인 가는 숨결이 그의 가슴을 간질거린다. 무방비 상태의 아기처럼 너무나 사랑스러우면서도 금방이라도 무너질 듯 연약해 보였다. 그가 단단히 붙잡아 주지 않으면 금방이라도 쓰러질 것처럼 그 안의 보호 본능을 자극하면서…….

그는 그녀를 안은 팔에 더 강한 힘을 주면서 깊은 숨을 들이켰다.

놓아줄 수 없다. 아니, 놓아주고 싶지 않다. 아무리 그녀가 재하를 사랑한다 해도, 내 소중한 사랑을 보내는 짓은 죽어도 할 수 없다.

깊은 잠에 빠진 순간에도 그의 손을 꼭 잡은 채 안심하듯 잠든 사랑하는 여자의 얼굴을 보면서 이렇게라도 그녀와 연결된 것에 감사한다면 정말 못난 남자인 건가?

그래, 차라리 못난 남자가 되는 것을 선택하리라. 매정한 현실에 아무리 가슴이 미어지듯 무너진다 해도 그녀가 옆에 있는 한, 이렇게 안을 수 있는 소중한 단아가 있다면, 이기적인 놈이라 손가락질한다 해도 포기하지 않을 것이다.

왜냐하면 지금 이렇게 그녀와 함께하는 이 순간이 그 무엇과도 바꿀 수 없을 만큼 너무 소중하고 너무 행복하기 때문이었다. 그리고 그것은 오직 이 세상, 단 한 명, 한단아라는 여자만이 서강우에게 줄 수 있는 특별한 행복이었다.

16장
영혼의 고백

신혼여행 둘째 날 아침, 지난밤의 아련한 기억이 머릿속을 스친 순간 단아는 화들짝 정신을 차리며 잠에서 깨어났다.

설마…… 실제로 그의 품에 안겨 잠이 든 것은 아니겠지?

막연한 의심이 스쳐 곧장 옆을 보았지만 그 사실을 증명해 줄 남자는 그곳에 없었다. 아침 일찍 산책이라도 간 것인지, 넓은 침대에 남은 것은 덩그러니 그녀 혼자뿐이었다.

심장이 세차게 울린다. 지독한 악몽마저 잠재운 채 편안히 푹 잘 수 있게 해 주었던 강우의 다정한 음성이 떠오른 탓이었다. 그녀가 느꼈던 그 달콤한 감각이 절대 꿈이 아니라는 것을 증명하듯이 말이다.

그로부터 30분 후, 강우가 가벼운 흰 면 티에 회색 운동복 차림으로 땀을 닦으며 돌아왔다. 그녀와 눈이 마주치자 그는 깜짝 놀랄 만큼 환한 미소를 지으며 아침부터 햇살이 아주 뜨겁다면서 오늘은 선크림을 듬뿍 발라야겠다는 말로 인사를 대신했다.

낯설다. 아니, 이제 점점 익숙해져 가는 중이었다. 서강우라는 남자의 또 다른 매력에. 그녀를 대하는 그의 다정한 태도가 잠시의 변덕이라 해도, 단아는 어리석은 말이나 행동으로 두 사람 사이에 새롭게 싹튼 이 순간의 묵약적인 우호 관계를 깨고 싶지 않았다.

그렇게 5일이 지나갔다.

아침 7시쯤 일어나 약속이나 한 것처럼 함께 한적한 해변가를 산책하고 가볍게 샤워를 마친 뒤 햇살이 듬뿍 내리쬐는 발코니 테이블에서 유럽식 아침 식사를 하고 책을 읽거나 영화를 보면서 각자 시간을 보낸다.

곧이어 근사한 피크닉 점심을 먹고 뜨거운 햇살이 어느 정도 가시는 오후엔 작은 모터보트를 타고 남태평양 바다 한가운데에서 신비한 산호와 물고기를 감상하거나 리조트에서 준비한 여러 해양 스포츠에 참여한다. 그리고 아름다운 노을이 지는 환상적인 저녁이 되면 감탄사가 터져 나오는 고급 요리를 음미하곤 했다.

더 이상 바랄 것이 없는 마술 같은 날의 연속이었다.

제삼자의 눈으로 본다면 말이다.

아이러니하게도 그녀의 희고 고운 피부가 뜨거운 태양 아래 적당히 그을러질수록 단아의 속마음은 그 이상의 불안과 초조로 물들어 갔다.

180도 달라진 강우를 대하기가 쉽지 않은 탓이었다. 강우와 함께 보내는 시간이 좋으면 좋을수록 그 시간이 행복하면 행복할수록 그가 다정하게 대하면 대할수록 내면의 상처는 그 이상 더 커져 갔다.

만일 한 달 전의 그를 몰랐다면, 2년 전 양부와 재하를 협박하던 무자비한 그를 몰랐다면, 그들이 결혼한 진짜 이유를 외면할 수 있다면 지금의 그의 모습에 푹 빠져 버렸을지도 모른다.

하지만 그 모든 것을 깨끗이 무시한 채, 그들 사이에 아무 일도 일어나지 않은 양, 두 사람 사이에 진짜 뭐라도 있는 것처럼, 그녀가 특별한 존재인 듯 다가오는 남자를 받아들이는 것은 쉬운 일이 아니었다.

무엇보다 첫날 밤 이후, 꼭 필요한 때가 아니고선 그녀와의 그 어떤 스킨십도 조심하는 강우를 의식하고 있었기에 마음은 계속 겉돌고 있다. 내면의 진실을 감춘 허상의 가면을 쓰고 있는 두 사람은 금방이라도 무너질 수 있는 허무한 모래성을 쌓고 있을 뿐이다.

차라리 협박하고 분노하고 소리치던 강우가 더 나았다. 그랬더라면 단아 역시 그를 더 쉽게 대할 수 있었으리라. 함께 분노하고 소리치면 그뿐이었으니까. 그렇지만 다정하고 관대하고 항상 미소 짓는 남자에게 화를 내는 것은 불가능했다.

그런 강우를 보고 그를 미친 듯 의식하며 그에 대한 사랑에 고통스러워하면서도 그런 내색을 할 수 없는 현실은 단아를 더욱 피 마르게 했다. 마치 치열한 자존심 대결에서 누가 먼저 백기를 들고 항복할지 기다리는 길고 긴 신경전 같았다.

더 이상 도망칠 길 없는 막다른 절벽 위에 선 기분이 이럴까?

완벽한 일상 속에 갇힌 채 단아는 그렇게 하루하루 점점 더 미쳐 가고 있었다.

그리고 결국 그 위태롭게 흔들리던 가는 인내의 끈은 5일째 되던 날 밤, 오랜만에 시원하게 쏟아져 내리는 폭우 속에서 그와 단둘이 저녁을 먹는 동안 그대로 뚝 끊어졌다.

"그만, 그만해요!"

돌연 단아가 격렬한 어조로 외쳤다.

그때까지 느긋한 표정으로 섬의 역사에 대해 이야기하던 강우가 한쪽 눈썹을 치켜 올리며 들고 있던 포크와 나이프를 내려놓았다.

"뭘 말이지?"

"당신의 그 모습. 그만하라고요!"

단아는 자리에서 벌떡 일어났다. 그 바람에 의자가 타일 바닥을 끌며 요란한 소리가 울렸지만 그녀는 상관하지 않았다. 안 그러면 미칠 것 같았다. 더 이상 그의 얼굴을 바라보며, 그의 나른한 목소리를 들으면서 아무 일도 없었던 것처럼 태연하게 식사할 수 없었다.

"더 이상 견딜 수 없어요, 알아듣겠어요? 마치 우리 사이에 아무 일도 없었던 것처럼, 평범한 신혼부부인 것처럼 행동하는 당신 모습에 진력이 났다고요!"

모든 것은 다 가짜야. 이제 더 이상 이런 가짜 속임수에 장단을 맞추지 않겠어!

지난 며칠간 꼭꼭 눌러두었던 감정의 실타래가 이성의 통제에서 벗어나 그대로 터져 나왔다.

단아는 곧장 유리문이 닫힌 테라스 쪽으로 걸어갔다. 의자가 끌리고 그가 다가오는 소리가 들렸다. 그녀가 유리문을 막 열려는 순간 강우가 그녀의 팔목을 강하게 움켜잡으며 저지했다. 그의 손길에 움찔 몸을 떠는 그녀를 보며 그가 입술을 앙다물며 숨을 들이켰다. 그가 의도적으로 그녀에게 손을 댄 것은 정말 오랜만이었다.

찌릿, 언제나처럼 가는 전율이 손목을 타고 전신에 흐른다. 그녀의 시선이 남자의 커다란 손 위에 머물자 그가 얼굴을 굳히며 조용히 손을 뗐다. 하지만 그녀에게서 완전 물러난 것은 아니었다.

"지금 밖에는 비가 내리고 있어. 문을 열고 나가서 뭘 어쩌겠다는 거지?"

"거짓과 위선으로 가득 찬 심신을 깨끗한 비로 지우고 싶은지도 모르죠."

"당신이 뭐 때문에 화가 났는지 모르겠지만 그동안 우린 잘 지내 왔잖아. 그냥……."

"잘 지내 왔다고요?"

그녀의 맑은 갈색 눈이 분노로 번쩍 빛났다.

아직도 가면 속에 숨어 있는 그에게 너무 화가 났다. 이런 식으로 모든 것을 무마하려는 그의 의도를 도무지 이해할 수 없었다. 하지만 그녀는 흔들리지 않을 것이다. 더 이상, 허무한 거짓의 무덤에 동조하지 않을 것이다!

"당신은 나와 당신 자신 모두를 속이고 있어요!"

격해진 감정의 소용돌이 속에서 그녀는 떨리는 숨을 깊이 들이마셨다.

"난 더 이상 이런 연극 따윈 견딜 수 없어. 이젠 누구도 속이고 싶지 않다고요. 알아들어요?"

"진정해. 당신은 지금 흥분해 있어. 조금만 마음을 진정시킨다면……."

"아뇨. 난 흥분한 게 아니에요. 그저 진실을 말할 뿐이죠. 가짜 가면을 벗고 진실과 마주하기로 한 것이 왜 잘못이죠? 제발, 이 유치한 연극에 날 끌어들이지 말라고요!"

그녀는 절규하듯 그를 향해 비명을 질러 댔고 강우는 굳은 얼굴로 그녀를 보고 있었다.

심장이 요란한 소리로 고동친다. 강우의 말대로 지나치게 흥분해 있다는 것을 감지하면서도 그런 자신을 막을 수 없었다. 갑자기 숨이 막혀 와 신선한 공기가 절실해졌다.

"난 나가겠어요. 당장 이곳을 나……."

그녀의 시도는 강우의 강압적인 저지에 다시 보기 좋게 차단되었다.

강우는 그녀가 몸을 떠는 것을 알면서도 이번에는 손을 떼지 않았다.

"그만해. 당신 말 다 알아들었으니까. 당신이 왜 그런지도 이해할 수 있어."

　아무것도 읽을 수 없을 만큼 어둡게 변한 표정과 다르게 강우의 음성은 차분했다. 그의 침착한 태도가 그녀의 비위를 거슬렀다. 그녀는 이렇게 화가 나는데, 이 미칠 것 같은 현실이 죽을 만큼 힘든데 그는 아무렇지도 않은 듯 그녀에게 말하고 있었다.

　그녀는 그의 손을 홱 뿌리치며 그로부터 몇 발자국 뒤로 물러났다.

　"그런 식으로 덮으려 하지 말아요. 난 당신 속을 모르겠어. 대체 왜 이러는 것인지, 내가 이렇게 혼란스러운 건 모두 다 당신이라는 남자 때문이라고요!"

　"그런다 해도 우리의 현실이 달라지진 않아."

　"무슨 현실? 당신과 내가 만들어 낸 허구의 현실? 아니면 사랑하는 사람들을 속인 채 의미 없는 이 결혼을 강행한 것? 이제 충분해요. 충분하다고요. 난 내 인생을 되찾고 싶어요. 당신을 몰랐던 예전의 나로 돌아가고 싶을 뿐이에요!"

　그녀의 마지막 말에 강우의 낯빛이 창백해지며 턱 근육이 실룩거렸다.

　"최소한 결혼 전에 말할 기회만 있었다면 우린 이곳에 와서 이런 어이없는 연극을 할 필요도 없었겠죠. 결국 진실은……."

　"알아."

　"알다니, 뭘 말이죠?"

　너무 작은 속삭임이라 그녀는 자신의 귀를 의심했다.

　"당신이 말하는 진실. 그리고 내가 외면한 진실. 재하의 진짜 감정에 대해."

처음에는 잘못 들었다고 생각했다. 그가 그렇게 쉽게 모든 것을 인정한다는 것이, 오래전 재하의 감정을 알고 있으면서도 이 결혼을 감행했다는 사실이 제대로 이해가 안 된 탓이었다.

"그 말은…… 교수님이 날 어떻게 생각하는지, 그가 진짜 사랑하는 사람이 누구인지 안다는 뜻인가요?"

"그래, 바로 그 말이야."

"하지만…… 언제, 언제 안 거죠? 설마 우리가 결혼하기 전부터……?"

반신반의한 표정으로 말끝을 흐리는 단아를 굳은 표정으로 응시한 채 그가 천천히 고개를 끄떡였다. 지금의 그 표정은 비장하기까지 했다.

"2주 전에, 재하를 만나 긴 대화를 나눴어."

"그럼 이미…… 다…… 알면서도 이 결혼을 밀어붙였단 말인가요?"

그가 얼굴을 일그러뜨리며 입술을 앙다문 채 거칠게 머리칼을 넘겼다.

"그래, 맞아. 다 알면서도 난 이 결혼을 감행한 거야. 그래야 했으니까."

"그래야 했다? 하지만…… 하지만 왜? 왜죠? 왜 그런 짓을 한 거죠? 교수님의 감정이 누구를 향하는지 이미 알고 있었다면 굳이 이 결혼을…… 설마 그 정도로 내가 미웠던 건가요? 그 정도로 날 벌주고 괴롭히고 싶어서……?"

"그렇지 않아! 절대 그런 뜻으로 이 결혼을 밀어붙인 게 아니야!"

"그럼 대체 무슨 의도로 나와 모두를 속이고 이 결혼을 감행한 건데요?"

그가 깊은 숨을 들이켜며 마른 입술을 축였다. 항상 모든 일에 침착하고 자신감에 차 있던 모습과 다르게 그는 구석에 몰린 사람처럼 아주 초조해 보였다.

"괜찮다면 거실로 가지 않겠나? 이젠 진지하게 대화를 나눌 때가 된 것 같군."

대화. 그래, 이제 때가 온 것이다. 거짓의 가면을 벗어던지고 뒤엉킨 실타래를 풀 시간. 그리고 두 사람의 관계를 정리할 시간이 말이다. 어떻게든 외면하려 했지만 그것은 두 사람에게는 꼭 건너야 할 다리 같은 것이었다.

그녀는 더 이상 이런 비참한 현실에서 살고 싶지 않았다. 더 이상 그를 향한 아픈 사랑에 전전긍긍하며 그에게 끌려가는 공허한 가짜 인생을 살고 싶지 않았다. 그 현실이 무엇이든, 결국 알게 될 그 현실에 마주해야 한다. 그래야만 그녀는 강우에 대한 감정을 극복할 수 있으리라. 아니, 그렇게 될 수 있기를 진심으로 바랐다.

단아는 창백한 얼굴로 깊은 심호흡과 함께 천천히 고개를 끄떡였다.

"좋아요. 거실로 가서 이야기하죠."

세찬 빗소리에 갇힌 무거운 침묵이 은은한 램프 불빛이 어린 거실 안을 맴돌았다.

창문과 지붕을 때리는 빗소리조차 두 사람 사이에 팽팽히 깔린 긴장의 기류를 막을 수 없었다. 단아는 깊은 숨을 들이켠 채 강우가 먼저 입을 열기를 초조하게 기다렸다.

"무슨 말부터 꺼내야 할지 모르겠군."

마침내 강우가 나직한 목소리로 힘겹게 입을 열었다.

비장하기까지 한 그의 눈빛과 굳은 얼굴을 보자 그녀의 긴장감은 한층 고조되었다.

"교수님의 진짜 감정을 알면서도 이 결혼을 진행한 이유가 뭐죠?"

"내 입으로 무슨 말을 듣기를 원하는 거지? 진실이 꼭 좋은 것만은 아니야."

그가 단아의 시선을 피한 채 거칠게 내뱉었다.

"그래요. 그렇겠죠. 하지만 난 들어야 해요. 설령 그 진실이 듣기 거북하다 해도 어쩔 수 없어요. 왜 이 결혼을 밀어붙인 것인지, 그 진실을 알고 싶어요."

그의 시선이 다시 그녀에게 머물렀다. 외관은 단호해 보일지 몰라도 그녀의 속은 너무 떨려서 그대로 무너질 것만 같았다. 강우가 돌연 자리에서 벌떡 몸을 일으켰다.

"그전에 한 잔 마시겠나? 난 독한 스카치 한 잔이 필요할 것 같군."

그녀가 굳은 표정으로 고개를 가로젓자 그는 미니 캐비닛으로 다가가 크리스틸 잔에 갈색 액체를 따랐다. 그 동작에서 서두르는 기색은 전혀 없었다. 그는 두 눈을 감고 아주 천천히 한 모금 들이마신 후 깊은 숨을 내쉬었다.

다시 깔린 무거운 침묵.

마침내 강우가 고개를 돌려 단아의 얼굴을 마주 보았다.

허공에서 두 사람의 시선이 부딪쳤다. 한순간 가슴이 탁 막힌다. 말 이상의 뭔가를 전하듯 애절하게 흔들리는 검은 눈빛 때문이었다. 그 눈빛에는 전에는 한 번도 보지 못했던 상처, 고통, 후회, 연민이 담겨 있었다. 그리고…… 사랑? 설마, 아니, 그녀가 잘못 본 것이리라.

"2년 전, 한 여자를 알았지."

마침내 강우가 결연한 표정으로 무거운 입을 열었다.

여자?

전혀 예상치 못한 단어에 낯선 통증이 단아의 가슴을 찔렀다.

질투…….

그래, 이 순간 그녀가 느끼는 이 견딜 수 없는 감정을 다른 말로 표현하긴 힘들었다.

"눈부신 우윳빛의 고운 피부에 아름다운 검은 머릿결을 가진 순백의 천사. 사진을 통해 그녀를 처음 본 순간…… 그때의 충격은 지금도 잊을 수 없어. 마치 거대한 망치로 머리를 맞은 기분이었으니까. 더 이상 돌이킬 수 없는 운명을 만난 것처럼."

강우가 잠시 말을 끊고 단아를 뚫어지게 응시했다.

"처음엔 그런 내 자신을 믿을 수 없더군. 요즘 같은 세상에 고작 사진 한 장에 흔들리다니, 그게 말이 된다고 생각해? 그래서 흔들리는 내 자신을 부정하며 어떻게든 그녀의 존재를 지우려 했지. 하지만 쉽지 않더군. 한 번 뇌리에 박힌 여자는 쉬지 않고 계속 떠올랐어. 결국 그녀를 직접 보기로 결심할 만큼. 그녀가 어떤 여자인지 두 눈으로 직접 확인해야 이 지독한 덫에서 벗어날 수 있을 것 같았으니까. 그리고…… 그녀를 직접 보게 되었지. 처음엔 그저 멀리서만 조용히 지켜볼 생각이었는데……."

그의 입가에 자조의 쓴 미소가 번졌다.

"그녀를 두 눈에 담은 순간 깨달았지. 그녀에게 벗어나는 것은 불가능하다는 것을. 그런 일이 가능할까? 이렇게 속수무책으로 한 여자에게 빠져들 수 있을까? 수없이 회의하며 자책했지만 그녀를 향한 감정은 더 커져 가기만 했어."

강우가 잠시 말을 끊고 갈색 액체를 한 모금 마셨다.

"하지만 그녀는 날 몰랐지. 나란 인간이 자신을 바라보는지도, 나란 존재 자체를 알지 못했어. 어쩌면 그 때문에 더 설렌 것인지도 몰라. 어설픈 십 대처럼 그녀에게 어떻게 다가갈지 고민하는 내 자신이 너무 낯설 만큼. 그렇게 태어나서 처음으로 한 여자에게 마음을 빼앗겨 그녀에게 진심으로 다가가기로 결심했던 그날, 지독한 운명처럼 난 그녀의 실체를 알게 되었지. 아니, 안다고 믿었어. 내 눈으로 직접 본 이상 그 이상의 확실한 증거는 없다고 믿었으니까. 교통사고로 병실에 입원한 당신과 당신 옆을 지키고 있는 재하를 보았을 때……."

"말도 안 돼……."

단아는 갈색 눈을 휘둥그렇게 뜬 채 손으로 입을 틀어막았다. 상상도 못 한 고백이었다. 그 여자가, 그가 말한 그녀가 바로 자신이라는 것을 도저히 믿을 수 없었다.

강우가 그런 단아의 반응을 보며 상처 입은 쓴 미소를 지었다.

"미칠 것 같더군. 처음으로 마음에 든 여자와 누구보다 믿었던 친구에게 받은 지독한 배신감과 모욕감, 그리고 분노 때문에 난 정신을 차릴 수 없었어. 결국 난 환상에 빠진 어리석은 남자일 뿐이었으니까. 그리고 결국 내가 할 일은 모두를 위해서, 특별히 사랑하는 내 여동생을 위해 정의의 심판자가 되는 것이었지. 그것이 아무리 잔인한 협박이라 해도, 그 때문에 누군가 그 어떤 상처를 입든 난 상관하지 않기로 했어. 그것으로 모든 것이 제자리를 찾을 수 있다고 자신을 합리화하면서 말이야."

강우는 남은 액체를 단숨에 들이켠 후 캐비닛 위에 잔을 내려 놓고 그녀에게 천천히 다가왔다.

단아의 두 손이 쉬지 않고 떨린다. 그녀의 시선을 사로잡은 한 남자의 존재가 자석처럼 그녀를 빨아들이기에 더 숨이 막혔다. 그가 던진 한 마디, 한 마디가 너무 강렬해서, 아니 도저히 믿을 수 없어서 머릿속은 충격으로 백지장처럼 창백해져 있었다.

"그리고 시간이 흘러 당신을 다시 보기로 결심했을 때, 채원이의 행복을 위해 매제에게서 당신을 영원히 떼어 놓겠다는 명분을 대며 당신을 다시 보았을 때…… 난 깨달았지. 결국 그 모든 변명은 내 자신을 합리화하기 위한 겉포장에 지나지 않다는 것을 말이야. 어느새 강박관념이 되어 버린 당신을 어떻게든 잊으려 했지만 결국 난 당신을 놓지 못했던 거야. 왜냐하면 당신과 함께 시간을 보내는 동안 내 안의 욕심은 점점 더 커져 가기만 했거든. 당신을 온전히 내 여자로 만들고 싶은 욕망. 당신의 몸과 마음속에서 재하의 존재를 깨끗이 지우고 오직 나만을 각인시키고 싶은 치졸한 질투. 결국 난 그 정도의 인간이었던 거야.”

강우가 고통으로 흐려진 검은 눈으로 그녀를 애절하게 바라보았다.

“하지만 그 사실을 인정하는 것은 결코 쉽지 않았어. 그동안 난 당신에게 더 큰 상처를 남기는 잔인한 남자가 되었지. 이미 본능은 모든 걸 알고 있던 주제에, 당신이 어떤 여자인지, 절대 남의 남자를 유혹하는 사악한 요부가 될 수 있는 여자가 아니라는 것을 직감하면서도 내 안의 목소리에 귀를 기울이지 않았던 거야. 어쩌면 그 사실을 인정한 순간 그동안 내가 당신에게 했던 그 모든 잔인한 일들을 감당할 자신이 없었기 때문인지도 몰라.”

그는 쓸쓸한 여운이 깔린 표정을 지으며 숱 많은 머리칼을 쓸어 넘겼다.

“하지만 그보다 더 지독한 두려움은 재하를 사랑하는 당신이었지. 그날 밤, 두 사람이 만나고 있다는 보고를 받았을 때 이성은 한순간에 날아가 버리더군. 아무 말도 귀에 들어오지 않았어. 당신이 또다시 날 속였다는 배신감과 분노, 상처, 질투 때문에 미친 남자처럼 날뛰었던 거야. 그리고 그 상태에서 당신을 안았지. 자신이 얼마나 못난 남자인지 인정하는 것이 두려워서 최악의 상태로 당신에게 다가간 거야.”

창백하게 일그러진 남자의 얼굴. 그날 밤의 일을 떠올리듯 그의 얼굴은 상처와 후회로 깊이 얼룩져 있었다. 갑자기 그가 소파에서 몸을 일으키더니 카펫이 깔린 바닥에 한쪽 무릎을 꿇으며 그녀를 올려다보았다.

"강우 씨!"

깜짝 놀란 단아가 당황하며 손을 뻗어 일으키려고 했을 때 그가 그 손을 꼭 잡았다. 그 눈빛은 차마 뿌리칠 수 없을 만큼 애절한 빛으로 흔들리고 있었다.

"이제 와 이런 말을 한다는 게 얼마나 비겁한지 알아. 하지만 난 해야만 해. 당신에게 용서를 빌어야 해. 당신에게 그런 깊은 상처를 준 것에 대해. 날 용서해 줄 수 있겠어?"

"난……."

"당신이 처음이라는 것을 알았을 때, 내가 상상했던 그런 여자가 아니라는 증거를 본 순간, 머릿속이 텅 비더군. 내 안에 가득 찬 추한 오만이 한순간에 박살 나는 순간이었어. 내가 아는 당신이라면, 지난 몇 년간 그럴 것이라 철석같이 믿었던 남의 남자를 유혹한 한단아라는 여자라면 절대 그래선 안 되는 거였으니까. 남녀 사이에 그런 순수한 관계가 가능할까? 그 순간 복수라는 이름 하에 당신에게 했던 잔인한 일들이 주마등처럼 스치고 지나더군. 당신의 슬픈 울음소리를 문밖에서 들으면서 내 자신이 그렇게 부끄러울 수 없었어."

가슴이 저민다. 그날 밤, 그의 얼굴이 떠올라서. 그녀의 시선을 피한 채 어둡게 흐려져 있던 얼굴. 그에 대한 사랑을 처음 깨달은 그날 밤, 그녀는 그가 자신을 거부한다고 믿었다…….

"그제야 제정신이 들기 시작하더군. 결국 내가 판단했던 모든 것이 완전한 착각이었던 거야. 그래서 재하에게 전화를 해서 만나자고 했지. 그의 진짜 감정을 듣고 당신과 재하 사이에 과거에 무슨 일이 있었는지 제대로 알아야 했어. 그리고 마침내 모든 진실을 알게 되었을 때 남녀 사이의 문제는 당사자 외에 아무도 알 수 없는 것이라는 생각이 들더군. 결국 우리 네 명 중 가장 큰 피해자는 당신이었던 거야. 당신의 죄라면 한 남자에 대한 그 순수한 마음이 전부였으니까. 그 감정을 이용한 재하와 그 감정에 분노한 채원이와 그 감정에 복수한 나, 우리 셋이 더 큰 죄인인 셈이지. 모든 사실을 알게 되었을 때 난 할 수만 있다면 당신에게 준 그 모든 고통을 보상해 주고 싶었어. 만일 내가 할 수만 있다면 어떻게 해서든⋯⋯."

그녀를 바라보는 강우의 눈빛이 간절한 빛을 담고 흔들렸다.

"당신이 이해하기 힘들어하는 건 잘 알아. 재하의 감정까지 확인한 이상, 이 결혼이 불필요한 일이라는 것은 나 역시 잘 알고 있어. 그런데도 왜 그랬냐고? 당신은 믿을 수 없겠지만 난 그래야만 했어. 아니, 그럴 수밖에 없었어. 당신에게 그 어떤 비난과 경멸을 받는다 해도 이 결혼을 밀어붙여야 했던 거야. 그동안 내가 당신에게 준 상처와 아픔에 대해 어떻게든 용서를 빌 기회를 찾기 위해서라도."

"강우 씨⋯⋯."

절절한 감정이 묻어나는 그의 목소리가 쥐어뜯는 것처럼 가슴을 아리게 한다.

강우는 그녀의 말을 듣지 못한 것처럼 계속 말을 이었다.

"최소한 마지막 남은 양심을 찾기 위해서라도 당신을 놓아줘야 한다는 것을 알아. 하지만 난 이기심을 선택했어. 이대로 당신을 놓아 버리면, 당신에게 다가갈 명분마저 사라진다면 난 완전히 무너져 버릴 테니까. 당신을 잃고 살 수 없다는 것을 너무 잘 아니까. 그래서 당신을 보내지 않은 거고, 이 결혼을 감행한 거야."

그녀의 볼을 타고 한 줄기 눈물이 주르륵 흘러내렸다. 그의 고백이, 그의 진심이 가슴을 헤집고 슬픔과 기쁨으로 뒤엉키고 있었다.

강우가 한없이 슬픈 표정으로 잡은 손에 힘을 주며 한 손을 들어 그녀의 눈물을 닦아 주었다.

"울지 마. 당신이 울면 난 아무것도 할 수가 없어. 그날 밤처럼 무력하게 당신을 바라봐야 한다면 내 심장은 터져 버릴 거야. 당신을 사랑해, 한단아. 내 온 마음을 다해 당신을 사랑해."

단아는 아무 말도 하지 못한 채 고개를 가로저으며 계속 울기만 했다.

사랑…… 그가 내게 사랑한다고 말하고 있다. 그렇게 간절히 원했던 그 사랑을 그가 지금 말하고 있다. 날 사랑한다고, 온 맘을 다해 사랑하노라고…….

강우가 몸을 일으켜 그녀 옆에 앉더니 넓은 가슴 안에 그녀를 꼭 끌어안았다. 흐느낌이 점점 커져 가는 동안 그녀를 안은 팔의 힘은 더욱 강해졌다. 따스한 온기. 그녀를 사랑하고 그녀를 위해 함께 아파하는 든든한 남자의 온기가 느껴진다.

얼마나 시간이 흘렀을까?

가녀린 어깨를 어루만지는 부드러운 손길 속에 단아는 간간이 울먹인 채 그에게서 전해지는 그만의 깊은 체취를 들이마셨다. 어느새 익숙해진 그의 향기가 상처 입은 마음을 조금씩 어루만져 주고 있었다.

살짝 몸을 뗀 강우가 아련한 눈빛으로 그녀에게 씁쓸한 미소를 흘렸다.

"결국 또 당신을 울리고 말았군."

"당신이란 남자는 정말……."

"나도 알아. 내가 얼마나 부족한 남자인지. 사랑하는 방법은 고사하고 내 것을 빼앗기는 것에 분노하고 협박밖에 할 줄 모르는 미숙한 인간이 바로 나지. 어쩌면 당신에게 용서를 구하는 것조차 사치인지 몰라. 지금이라도 당신을 자유롭게 놓아주는 것이 최선인지도 모르지……."

그가 깊은 숨을 들이켜며 그녀의 손을 꼭 잡았다.

"하지만…… 하지만 이런 날 용서해 주고 받아 준다면, 당신에게 준 그 모든 상처를 덮을 수 있는 기회를 준다면, 단 한 번이라도 그런 기회를 가질 수 있다면 난 당신 옆에서 평생 헌신할 준비가 되어 있어."

단아는 그 간절한 눈을 보며 깊은 숨을 들이마셨다. 아직도 그의 뜻밖의 고백에 심장이 떨리고 얼떨떨한 기분이었지만 그의 진실한 눈을 바라보고 있노라면 조금씩 그가 말하는 진실이, 그 긴 시간 동안 그만의 가슴 속에 꼭꼭 눌러 왔던 아픔과 사랑이 전해지는 것을 느낀다.

“나도 당신에게 할 말이 있어요.”

“당신이 아직도 재하를 사랑한다는 말이라면, 굳이 하지 않아도 알고 있어.”

그녀는 눈을 크게 뜬 채 눈앞의 남자를 보았다. 생각지도 못한 그의 말에 또다시 말문이 막힌 참이었다.

어떻게 그는 내가 아직도 재하를 사랑한다고 생각할 수 있을까.

“무슨…… 뜻이죠?”

“사람의 감정이란 것이 강요한다고 쉽게 지우거나 잊을 수 있는 게 아니라는 것은 누구보다 내가 더 잘 알아. 하지만 내가 더 노력할게. 당신 안에 내 사랑이 전해질 때까지, 언젠가 당신이 날 받아들일 때까지. 그러니 내게 단 한 번이라도 기회를 줄 수 없겠나?”

“왜 내가 아직도 교수님을 사랑한다고 생각하는 거죠?”

“며칠 전 당신이 악몽을 꿨을 때…….”

악몽을 꿨을 때? 그게 이것과 무슨 상관이 있단 말인가.

“당신이 그랬어. 사랑한다고, 날 두고 떠나지 말라고.”

그는 시선을 돌린 채 마치 지독한 상처에 입술을 떨어지지 않은 것처럼 억지로 말을 뱉었다.

“그래서 그 사랑이 윤 교수님이라고 생각했던 거예요?”

강우가 고개를 번쩍 들며 그녀를 보았다. 순간 검은 눈 속에서 희미하게 출렁거리기 시작하는 희망의 불꽃을 그녀도 분명히 보았다.

“그……그럼 아니라는 건가?”

“그래요. 당연히 아니죠. 결국 이번에도 당신 판단은 보기 좋게 빗나간 셈이네요. 난 더 이상 교수님을 사랑하지 않아요. 이젠 그때의 감정을 완전히 극복했으니까요.”

“하지만…….”

“바보. 당신 정말 바보로군요.”

애달픈 미소를 지은 채 단아는 한 손으로 그의 볼을 감쌌다. 그 작은 손길에 그가 움찔 몸을 떨며 두 눈을 더 크게 떴다. 그의 긴장이 느껴진다. 그녀의 입을 통해 어떤 말이 흘러나올지 상상조차 할 수 없는 것이다.

“내가 사랑하는 사람은 당신이에요. 날 무척이나 힘들게 했던, 나쁜 남자, 서강우.”

그는 여전히 창백한 안색으로 그녀를 응시할 뿐이었다. 그녀가 그랬던 것처럼 그녀의 고백을 도저히 믿을 수 없는 것이다. 강우가 눈으로 다시 묻는다. 자신이 제대로 들은 것이냐고, 정말 그녀가 그를 사랑하고 있는 것이 맞느냐고…….

단아는 입가에 고운 미소를 지으며 천천히 고개를 끄떡였다.

강우가 소리가 날 만큼 깊은 숨을 들이켰다.

“다만 언제부터인지 묻지 말아요. 나도 모르니까. 깨달았을 때는 이미 당신에게 걷잡을 수 없이 빠져든 후였어요. 지금까지 당신을 그렇게 피했던 이유도, 이곳에 와서 그렇게 힘들었던 이유도 당신에게 속절없이 끌려가면서도, 당신을 미친 듯 사랑하면서도 그 사랑을 표현할 수 없기 때문이었어요. 당신에게 내 진심을 들키는 것이 죽을 만큼 두려웠으니까요. 하지만 이제 말할게요. 거만한 에고이스트에 그 어떤 사람보다 날 아프게 한 남자지만 난 당신을 사랑해요. 그건 어쩔 수 없는 일이었어요. 운명. 맞아요. 내가 당신을 사랑한 것은 운명이고 난 그 운명을 사랑해요. 그리고 그 운명의 남자를 사랑해요. 영원히. 내가 죽는 그 순간까지.”

아름다운 검은 눈에서 희미한 물기가 어렸다. 그녀의 고백이 그의 가슴을 울리며 그를 감동시킨 것 같았다. 그에 화답하듯 단아의 맑은 눈에도 다시 눈물이 맺혔다.

슬픔이 아닌 기쁨의 눈물, 상처가 아닌 치료의 눈물. 그동안 한 남자로 인한 상처와 아픔, 고통을 한순간에 다 씻어 내리는…… 감사의 눈물이었다.

단아를 꼭 안은 강우의 두 손이 가늘게 떨리는 게 전해진다. 그리고 그가 천천히 고개를 숙였다. 영혼의 깃털처럼 부드럽게 스치는 입술. 그리고 길고 숨 막히며 가슴 저미는 따뜻한 키스. 그것은 마침내 서로의 사랑을 확인한 영혼의 고백이었다.

“사랑해…….”

그 어떤 말로도 포장할 수 없는 그 한 마디라면 충분히 족한 단아였다.

"주문하신 물건이 도착했습니다."

"그래?"

강우는 한껏 기대에 찬 표정으로 개인비서에게서 세계적인 금빛 로고가 박힌 작은 상자를 건네받았다. 어떤 작품으로 나왔을지 마치 자신이 선물을 받는 양 설레기까지 했다.

그는 깊은 심호흡을 한 후 남색 벨벳 상자를 조심스럽게 열었다. 가는 두 줄 전체에 촘촘히 박힌 하트 모양의 다이아몬드 목걸이가 나타나자 그의 입가에 만족의 미소가 번졌다. 그가 원했던 디자인 그대로 완벽한 세공으로 탄생한 이 세상, 단 하나의 보석이었다.

한눈에 그의 마음을 사로잡아 버린 순백의 천사를 위한 그의 첫 선물.

이것을 받을 때 그녀가 어떤 얼굴을 할지, 자신만큼이나 기쁘게 받아줄지 궁금했다.

사실 강우는 한껏 들떠 있으면서도 내심 초조한 상태였다. 유럽 출장이 예정보다 1주일 이상 길어진 이유도 있었지만 그녀와 만날 시간이 점점 다가올수록 어설픈 십 대처럼 자신이 혹시 실수나 하지 않을까 불안했던 것이다.

무엇보다 그녀는 그의 존재조차 알지 못하는 상태이니 갑작스런 그의 등장에 어떤 반응을 할지 전혀 예측할 수가 없었다. 혹시나 이런 그의 간절한 마음이 지독한 집착이나 끔찍한 스토커로 오인 받으면 어쩌나 하는 불안도 없지 않았다.

평소 냉철한 인간으로 소문난 서강우가 한 여자의 마음을 얻기 위해 이렇게 맘고생을 하고 있다는 것을 과연 몇 사람이나 믿을까?

그는 쓴 미소를 지으며 고개를 흔들었다. 상관없다. 남들이 어떤 생각을 하건, 이미 마음의 결정은 내려졌다. 혹시나 나중에 그녀가 그가 생각하는 그런 여자가 아니라는 이유 때문에 실망하게 될지라도 그는 값을 매길 수 없는 이 세상의 단 하나인 이 목걸이처럼 그녀도 그에게 그런 존재라는 것을 알려 주고 싶었다.

그러나 인생은 아이러니의 연속이라고 했던가.

마치 평소와 다른 강우를 비웃듯 안타깝게도 세상은 무엇 하나 그가 계획한 대로 돌아가지 않았고 그 소중한 선물을 그녀에게 전해 줄 기회는 찾아오지 않았다.

최 비서를 통해 유럽 출장에서 귀국하는 날에야 그녀가 심각한 교통사고를 당했다는 말을 전해 듣고 덜컹 심장이 내려앉은 충격을 받은 그였다. 아직 그녀에게 다가가지도 못했는데, 그가 누구라는 것을 알리지도 못했는데 이대로 너무 늦은 것은 아닌지, 이대로 그녀를 영영 보지 못하는 것은 아닌지, 죽을 것 같은 초조감과 불안, 공포에 젖어 그녀가 입원한 병원으로 달려갔을 때 그의 눈앞에 펼쳐진 것은 상상도 하지 못한 냉혹한 현실이었다.

단아와 재하.

한 순간에 눈부신 세상이 무너져 내리며 그의 소중한 천사가 그의 시야에서 완전히 사라져 버렸다. 그의 가슴 속에 소중히 간직하고 있는 이 세상 유일의 보석과 함께.

강우는 오랜 시간 금고 안에 잠들어 있던 벨벳 상자를 다시 꺼냈다.

2년 전에도 차마 버리지 못했던 하트 모양의 다이아몬드 목걸이.

어차피 이제는 그에게 아무 의미가 없는 돌덩이에 불과했다. 그러니 원주인에게 돌려주면 그뿐이었다. 여자라면 보석을 싫어할 리 없고 이렇게 값나가는 것을 받는다면 그에게 엎드려 절이라도 할지 모른다.

하지만 단아는 아니었다. 그녀의 반응은 전혀 그가 기대한 대로 흘러가지 않았다. 그 섬세하고 아름다운 디자인에 감탄한 것은 분명했지만 그 목걸이의 주인공이 이 세상에 오직 한 명, 그녀라는 사실을 받아들이지 않았다. 아니, 그 이상으로 불쾌해하며 그에게 그런 비싼 보석을 받을 이유가 없다고 딱 잘라 거절했다.

기분이 몹시 상했다. 지난 2년 동안, 차마 버리지 못한 채 간직했던 그의 성의를 그녀가 조금이라도 안다면, 그런 식으로 그의 소중한 목걸이를 하찮게 취급하지는 않았을 것이다. 하지만 그녀는 몰랐고 그도 말해 줄 생각이 없었다.

단아가 입술을 앙다물고 참고 기다리고 있는 동안 그는 억지로 그녀의 목에 그 목걸이를 채워 주었다. 그녀의 희고 가는 목에서 다이아몬드 목걸이가 이제야 원주인을 찾은 듯 눈부시게 빛났다. 하지만 여전히 굳은 표정의 단아를 보면서 강우는 기대했던 만큼 큰 기쁨을 느낄 수 없었다. 그리고 그 사실이 뜻밖의 상처를 주며 가슴 한쪽이 따끔거리며 쓰려 왔다.

모든 오해를 풀고 서로의 사랑을 확인했던 꿈같은 신혼여행을 마치고 한국으로 돌아온 뒤 그들이 갖는 첫 공식행사였다. 오늘의 파티를 위해 단아는 우아하게 머리를 틀어 올린 채 순백의 흰 레이스 드레스를 입었다. 그 고혹적인 자태에 그는 잠시 숨을 멈췄다. 마치 2년 전 그때, 그가 보았던 그 사진 속의 순백의 천사를 보는 것 같았다.

"그 목걸이는 아직도 가지고 있나?"

"목걸이?"

"내가 전에 준 하트 모양의 다이아몬드 목걸이."

"아, 그거요. 물론이죠. 워낙 값비싼 물건이라 잃어버릴까 싶어 잘 보관해 두었어요. 그걸 줄 때 당신, 정말 얼마나 못됐었는지 알아요? 벽창호처럼 꽉 막혀서 도통 내 말은 들은 척도 않고."

갑자기 그 날의 기억이 떠오르는 듯 단아가 입술을 삐죽거리며 그를 째려 보았다.

강우는 씩 웃으면서 그녀의 입술에 살짝 키스했다.

"당신이 기쁘게 받아 줬다면 그렇게 심술을 부리지도 않았을 거야."

"그런 고가의 선물을 선뜻 받을 여자가 몇이나 있겠어요?"

"과연 그럴까? 다른 여자였다면 앞뒤 가릴 것 없이 먼저 챙기고 봤을걸."

"모든 여자가 그럴 거라는 선입관부터 잘못된 거예요. 이 세상에 제정신을 가진 여자가 얼마나 많은데요? 정말 저렇게 말도 안 되는 주장을 할 때 보면 한 대 때려 주고 싶다니까. 그거 알아요? 은근히 아닌 척하지만 자신이 남성우월주의에 에고이스트에……."

"또 시작인가? 그래서 나도 노력하고 있잖아. 당신처럼 똑똑하고 자존심 강하고 할 말 다하는 여자도 있다는 것을 조금씩 인정할 만큼 말이야. 그러니까 그만 잔소리하라고."

"치, 아직 시작도 안 했다고요."

그녀가 어이없다는 듯 눈을 흘기자 그는 다시 씩 미소로 지었다. 단아가 오똑한 코를 살짝 찡그릴 때마다 그녀를 꼭 안고 키스해 주고 싶은 충동이 일었다.

이 여자는 매 순간 내가 점점 더 깊이 자신에게 빠져들고 있다는 걸 알기나 할까?

"오늘 밤 그걸 해 줄 수 있겠어?"

"오늘 밤?"

"그래, 오늘 밤. 지금 입고 있는 순백의 드레스에 그 목걸이를 건 당신을 보고 싶군."

"왜요?"

"응?"

"전부터 궁금했었거든요. 당신이 왜 그렇게 그 보석에 연연할까 싶어서. 값비싼 고가의 물건인 데다 디자인도 독특하고 뭔가 특별한 애착을 가진 것도 같고, 무슨 의미가 있는 건가요?"

그녀의 호기심 어린 표정에 강우는 살짝 얼굴을 붉혔다.

2년 전, 그녀를 생각하며 그가 처음으로 준비한 선물이라는 말을 꺼내기가 왠지 쑥스러웠다.

뭔가를 눈치챈 것처럼 단아가 맑은 갈색 눈을 빛내며 그에게 더 가까이 다가섰다.

쿵. 쿵. 그녀가 이렇게 가까이 다가올 때면 그의 호흡은 매번 제 기능을 하지 못한다. 그 달콤한 향기에 취한 채 그녀를 꼭 끌어안고 밤이 새도록 그의 팔 안에 그녀를 가두고 싶을 뿐. 마치 그녀에게 중독이라도 된 것처럼 말이다. 신혼여행 이후 그 중독 증상은 점점 심해지는 중이었고 이젠 아예 그의 몸에서 한단아라는 여자에 대한 면역성이 완전히 사라진 것만 같았다.

"뭔가 의미가 있는 거죠, 그렇죠?"

"그건…… 2년 전, 당신을 위해 준비했던 내 첫 선물이야."

"2년 전?"

"당신이 날 알기 전에, 유럽 출장에서 당신을 생각하며 내가 직접 디자인한 거였지."

"아……."

"이런 말을 하긴 쑥스럽지만, 솔직히 말하면 그걸 끼고 있는 당신을 보면 당신이 진짜 내 여자가 된 것 같아 행복해져. 이런 내가 유치하지?"

맑은 갈색 눈이 꿈꾸듯이 빛나고 고운 입매가 부드럽게 풀리면서 단아의 아름다운 얼굴에 사랑스런 미소가 어린다. 마치 그의 진심을, 그녀를 향한 그의 사랑을 가슴 깊이 음미하듯이.

"바보. 그 목걸이가 아니라도 난 영원히 당신 여자예요. 그걸 몰랐어요?"

그는 그녀를 꼭 끌어안으며 그녀에게 뜨겁게 키스했다.

이제 그의 진짜 아내가 된 여자. 그리고 영원히 그의 여자가 될 거라고 말해 주는 여자. 가슴이 뛴다. 그가 한 그 모든 잔인한 짓에도 불구하고 그에게 사랑을 주고 그의 사랑에 응답해 준 그녀가 너무 고맙고 사랑스러워서.

"그래, 당신은 영원한 내 여자야. 사랑해, 한단아."

"사랑해요, 강우 씨."

❖　　❖　　❖

"괜찮아?"

"네? 아…… 괜찮아요."

"괜찮아 보이지 않는데? 아까부터 식은땀이 나고 안색도 창백하잖아. 저번처럼 아픈 거야?"

걱정스런 강우의 음성을 들으면서 단아는 힘겹게 고개를 끄덕였다.

교통사고 후유증으로 매번 비가 오기 전이면 온몸의 근육이 비틀리듯 뼛속까지 진한 통증을 몰고 왔다. 담당 의사의 말로는 그녀가 평생 짊어지고 가야 할 짐이라고 했기에 이젠 어느 정도 익숙해져 있는 그녀이지만 강우의 입장에서는 매번 힘들어하는 그녀가 안쓰러운 것 같았다.

"이쪽으로 편안히 누워 봐. 내가 가볍게 마사지를 해 줄 테니까."

"정말 괜찮은데……."

"괜히 고집부리지 말고, 어서."

그녀가 눕자 그는 곧장 몸을 일으켜 욕실에서 물과 수건을 가져와 그녀 옆에 앉았다. 실크 잠옷 상의를 살짝 들어 허리 안쪽으로 나 있는 긴 상흔을 보면서 그가 숨을 들이켜며 미간을 좁히는 것이 보였다. 매번 그녀의 상처를 보며 나타나는 그의 반응이었다. 희고 고운 우윳빛 피부 속에 낙인처럼 두드러진 여러 상흔들. 사랑하는 남자의 눈에 그 상처들이 어떻게 비칠지 신경이 쓰이지 않는다면 거짓말이었다.

"보기 흉하죠?"

"아니, 하나도 흉하지 않아."

"거짓말."

"내가 왜 거짓말을 하는데?"

"왜냐하면 흉한 게 사실이니까. 사실 예전엔 참 많이 두려웠어요. 누군가 이걸 본다는 것이요. 왠지 내 자신이 상처투성이의 불

완전한 인간처럼 느껴져서……. 나 참 바보 같죠?"

그와 처음 사랑을 나누던 그 밤, 그녀의 상처를 보고 놀라는 그의 반응에 그렇게 과민반응을 했던 것도 그가 혹시나 그녀의 상처를 흉하다고 생각하면 어쩌나 하는 자격지심 때문이었다.

"별 걱정을 다하는군. 날 그렇게 몰라? 난 당신의 아주 작은 점까지도 숭배하는 남자야. 근데 고작 이 정도의 상처에 내가 흔들릴 것 같아? 내게 당신은 완벽 그 자체야. 그 이상 바랄 것이 없을 만큼. 그러니까 그런 걱정일랑 다 지워 버려. 아무 의미 없는 짓이니까, 알았지?"

그녀는 그의 말이 고마워 바보처럼 미소 지으며 고개를 끄떡였다.

그 역시 가슴 저미는 따스한 미소로 응답하며 불에 덴 듯 일그러진 피부 표면을 살짝 건드렸다. 단아가 흠칫 몸을 떨자 강우가 놀란 듯 얼른 손을 떼며 그녀를 쳐다보았다.

"아파?"

혹시나 자신이 그녀를 아프게 한 것은 아닌지 적잖이 당황한 표정이었다.

단아는 곧장 고개를 가로저었다.

"아뇨. 하나도 안 아파요. 갑자기 찬 손이 닿아서 놀란 것뿐이에요."

"그럼 다행이고. 그렇잖아도 몸이 안 좋은데 아프기라도 했으면 내가 견디기 힘들었을 거야."

"팔불출."

"그거 내가 멋지다는 뜻이지?"

"못 말려, 정말."

그녀는 꾹꾹 쑤시는 뼛속의 통증도 잊은 채 강우 때문에 킥킥 소리를 내며 웃었다.

강우가 따라 웃으며 적당한 온도의 물에 수건을 적신 후 조심스럽게 그녀의 옆구리에 대더니 천천히 허리 주변을 문지르면서 가볍게 마사지를 시작했다. 따스한 온기가 그녀의 피부 속으로 스며들어 몸 안의 통증까지 사그라지는 기분이었다.

"차라리 내가 당신 대신 아플 수 있다면……."

그의 애절한 음성이 독백처럼 흘러나왔다.

"그런 말이 어디 있어요?"

"이 상처를 보고 있으면 2년 전, 몸도 성치 않은 당신에게 내게 준 고통을 생각하면…… 어쩌면 이렇게 당신과 함께 있는 행복조차 내겐 과분한 것인지도 몰라. 나란 인간은……."

"이미 다 지나간 일인걸요. 이제 당신을 원망하지 않아요. 그리고 지금 이 순간 당신이 내 옆에 있어 줘서 정말 감사해요. 그러니까 그런 말 말아요."

그의 애달픈 미소가 더 깊어지더니, 그가 고개를 숙여 그녀의 긴 상처에 입술을 댔다.

"고마워, 그 힘든 시간을 잘 이겨 내 줘서. 이렇게 내 옆에 있어 줘서……."

그녀의 눈가에 뜨거운 물기가 아른거린다. 행복해서. 그리고 그녀 역시 고마워서. 강우 같은 멋진 남자를 만날 수 있어서. 비록 육체는 완전하지 않더라도 그녀를 그 이상으로 걱정해 주는 그가 있기에, 그녀의 아픔을 자신의 아픔처럼 아파해 주는 인생의 동반자가 있기에 단아는 더 이상 외롭지 않았다.

세상을 향해 소리치고 싶다.

나, 한단아가 서강우라는 남자를 얼마나 사랑하는지⋯⋯.

❖   ❖   ❖

분홍빛으로 치장한 방 안은 온통 풍선과 아기자기한 장식으로 가득했다.

오늘은 10시간 이상의 긴 산고 끝에 낳은 재하와 채원의 소중한 아이, 연지가 백 일째 되는 날이었다. 강우와 단아만이 초대된 조졸한 자리에서 자신이 주인공이라는 것을 아는지, 연지는 연신 사랑스러운 함박웃음을 짓고 있었다.

"정말 그새 많이 컸네요. 자랄수록 더 예뻐지는 것 같아요. 꼭 아가씨처럼."

"그죠? 하긴 누구 자식인데. 내가 봐도 정말 잘났다니까."

자신의 품에 꼭 안긴 사랑스러운 아기를 내려다보는 채원의 음성에는 부모로서의 뿌듯한 자부심이 넘쳐흘렀다.

"그 말만 듣고 크다간 버릇없는 공주님이 될 수도 있어."

"피, 그러는 당신이야말로 연지 하면 깜박 죽으면서. 이이는 꼭 누가 있으면 이런다니까."

채원이 눈을 흘기며 불평을 쏟아 내자 재하가 부드럽게 웃으며 아내의 허리에 팔을 둘렀다. 그 역시 아내와 딸에 대한 사랑을 감추기가 힘든 것 같았다.

마침내 찾은 진짜 행복. 두 사람 사이에서 자연스럽게 새어 나오는 행복의 기운에 단아와 강우까지 행복해지는 기분이었다.

"어째 클수록 코가 당신이랑 똑같아지는 거 같아, 그죠?"

채원이 자랑스러운 듯 남편을 향해 물었다.

"그나마 눈이랑 입술은 당신을 닮아 다행이지. 크면 아주 미인이 될 거 같지?"

"두 사람 모두 작작 좀 하시지. 둘 사이에서 태어난 아이니까 부모를 닮는 게 당연하잖아."

단아와 강우의 존재는 아랑곳없이 서로에게 푹 빠진 닭살 돋는 여동생 부부의 대화에 끼어들며 강우가 한마디 했다.

"지금 질투하는 거야?"

"누가? 내가?"

"그럼 오빠 말고 방금 누가 말했는데?"

웃음기 가득한 채원의 놀림에 강우가 얼굴을 붉히며 단아 쪽을 힐끗 보았다. 마치 그의 속을 그대로 들킨 것이 겸연쩍은 표정이었다.

"그렇게 부러우면 오빠네도 얼른 가져. 오빠가 재하 씨 이상으로 팔불출이 될 거라는데 내 재산을 다 걸 수도 있으니까. 언니 생각은 어때요?"

"네? 뭐가요?"

세 사람의 시선이 자연히 단아에게 향했다.

"아기 갖는 거요. 아기가 생기면 더 이상 신혼 기분은 느낄 수 없고 몸도 마음도 고되긴 하겠지만 그 이상의 의미가 있거든요. 두 사람 사이에 어떤 아이가 태어날지 정말 기대된다니까요.”

단아는 강우 쪽을 보며 괜스레 얼굴을 붉혔다. 강우를 닮은 아이. 아직까지 아기를 갖는 것에 대해 구체적인 의논을 한 적은 없었지만 막상 그의 아이를 가진다고 생각하자 가슴이 세차게 뛰며 묘한 기분에 휩싸였다.

“단아한테 괜한 부담 주지 마. 요즘 박사 과정 준비로 정신없는 거 뻔히 알잖아.”

“아, 맞다. 그걸 깜박했네. 하지만 어차피 논문도 거의 마무리 단계에 가볍게 패스할 테니 큰 문제는 아니잖아. 올해 가져서 내년쯤 낳으면 연지하고도 나이차가 크지 않고. 난 정말······.”

“우리 일은 우리가 알아서 할 테니까 신경 꺼, 서채원.”

채원이 단아를 곤란하게 하는 것이 싫었던지 강우가 곧장 여동생의 말을 끊었다.

“그래, 그건 당신이 할 말은 아닌 것 같아.”

재하도 강우의 편을 들으며 한마디 하자 채원이 입술을 삐쭉거리며 꼭 나한테만 뭐라 그런다니까, 라면서 혼자 투덜거렸다.

“어쨌든 백일을 축하한다, 연지야. 이건 삼촌 선물.”

분위기를 바꾸려는 듯 강우가 싱긋 웃으며 아기의 볼에 키스하며 작은 상자를 채원에게 건넸다. 아기의 손목에 맞은 값비싼 금팔찌를 받은 채원의 얼굴이 금세 초승달처럼 환하게 빛났다.

“어머, 너무 예뻐라. 정말 고마워. 오빠.”

“이건 제가 주는 선물이요.”

단아 역시 채원에게 아담한 흰색 쇼핑백을 내밀었다. 여기저기 발품을 팔다 찾아낸 사랑스러운 연지에게 어울릴 분홍색 수제 니트 원피스에 깜찍한 빨간색 아기 구두였다.

"어쩜 요즘은 아기들 옷이 어른 거보다 더 예쁘다니까. 이거 직접 뜬 수제품인 거죠? 이 원피스에 이 구두를 신으면 정말 깜찍할 것 같아요. 고마워요, 새언니."

집으로 향하는 동안 차 안에서 단아는 까만 밤하늘을 멍하니 바라보고 있었다.

"잠들었나?"

"아뇨."

"그럼 왜 이렇게 조용한 거지?"

"왜요?"

"채원이 집을 나섰을 때부터 말이 통 없었잖아. 무슨 고민이라도 있어?"

"고민은요, 그냥······."

사실 단아는 아까부터 머리에서 떠나지 않은 한 생각을 하고 있었다. 채원이 무심히 던진 한마디, 강우를 빼닮은, 두 사람의 아기에 대해서 말이다.

앞을 보고 운전을 하고 있는 강우가 그녀 쪽을 힐끗 쳐다보며 다시 물었다.

"그냥 뭐?"

"우리······도 가질까요?"

“뭘?”

“우리의 아기.”

깜짝 놀란 듯 두 눈을 크게 뜬 강우가 그녀를 다시 쳐다보고는 표시등과 함께 핸들을 틀더니 근처 갓길에 차를 세웠다. 그녀의 갑작스런 말에 꽤나 놀란 표정이었다.

“설마 아까 채원이가 한 말 때문에 그래? 신경 쓰지 말랬잖아. 게다가 지금은 임신할 수 있는 상황도 아니고. 우선 박사 과정 마무리 짓고 나중에 천천히 생각해도 늦지 않아.”

“물론 그렇긴 하지만 아가씨 말도 틀린 말은 아닌걸요. 박사 논문도 이제 거의 마무리 단계인 데다 연지 때문에 마냥 행복해하는 아가씨를 보니 부럽기도 하고…… 당신 생각은 어때요?”

“나?”

그는 잠시 무슨 말을 해야 할지 당황스러운지 말을 쉽게 꺼내지 못했다.

“아기를 원해요?”

“나야 당연히…… 설마 진심이야?”

단아는 그의 반신반의한 표정에 옅은 미소를 지었다.

오늘 채원의 집에 있는 내내, 사랑스러운 연지에게서 시선을 떼지 못하는 강우를 본 탓에 그녀는 이미 반쯤 답을 얻은 상태였다. 아마 그녀가 동의한다면 당장이라도 갖고 싶다고 하고도 남을 남자였다. 그리고 자신의 아기를 갖게 된다면 채원의 말마따나 재하 이상으로 팔불출이 될 것은 불을 보듯 뻔했다.

“솔직히 혼자 외롭게 커서 내가 좋은 엄마가 될 수 있을지는 자신할 수 없지만…… 난 오래전부터 아기를 갖고 싶었던 거 같아요.”

“당신은 좋은 엄마가 될 거야. 그건 내가 장담할 수 있어.”

강우가 그녀의 손을 꼭 잡으며 용기를 주듯 미소를 건넸다. 단아도 그를 보며 웃었다.

“그럼 우리, 오늘 밤 당장 시도해 볼까요?”

❁　　　❁　　　❁

내 아이를 가진 여자.

그녀의 순결하고 사랑스러운 잠든 얼굴을 보고 있노라면 강우는 지금도 자신의 행운이 믿기지 않았다. 마치 손을 놓으면 금방이라도 날아가 버릴 것 같은 두려움 때문에 그는 매 순간 그녀의 얼굴을 보며 자신의 사랑을, 행복을 확인해야 안심할 수 있었다. 하루하루 점점 커져 가는 그녀를 향한 사랑에 가슴이 벅차오를 때가 한두 번이 아니었으니까.

단아는 그의 인생에 축복이었다.

이제야 제대로 된 인생을 사는 기분. 진정으로 사랑하는 여자와 진실한 사랑을 하면서 그 여자의 강한 사랑에 그대로 잠긴 채. 한편으론 이 순간을 위해, 그녀를 만나 이런 행복을 맛보기 위해 지난 시간의 고통을 견뎌 낸 것 같은 생각이 들기도 했다.

그의 운명. 그의 영혼. 그의 사랑. 그리고 그 아름다운 여인이, 그의 온 마음과 정신을 빼앗아 간 여인이 이제 그의 아이를 가졌다. 어쩌면 그는 그 이상의 행복이 두려웠는지도 모른다. 이미 그는 그녀의 사랑을 얻음으로써 더 이상 바랄 것이 없다고 믿었으니까.

하지만 사람의 욕심은 끝이 없다고 했던가. 사랑스러운 채원의 딸, 연지를 보면서 그도 단아와 꼭 닮은 딸을 갖고 싶다는 생각을 했다. 그리고 언젠가 때가 되면, 단아가 진심으로 원한다면 조심스럽게 말을 꺼내보리라 다짐하면서.

마치 하늘이 그의 기도에 응답하듯, 연지의 백일잔치에 다녀오던 날, 단아의 입에서 먼저 아이를 갖고 싶다는 말이 나왔다. 그를 닮은 아이를 낳고 싶고 좋은 엄마가 되고 싶다는 말에 얼마나 감격했는지…….

그러나 마음만 먹으면 금세 아이를 갖게 될 거라는 기대와 달리 임신은 쉽지 않았다. 3년 전의 교통사고로 인해 그녀의 몸이 많이 쇠약해져 있었던 것이다. 그래도 단아는 전문가의 진단에도 좌절하지 않고 열심히 운동하고 몸을 만들었다.

하지만 안타깝게도 그 모든 노력에도 불구하고 그녀는 6주를 채 넘기지 못하는 두 번의 유산을 경험해야 했다. 그때마다 지독한 고통을 억지로 감춘 채 힘겹게 버텨 내는 그녀가 얼마나 안타까웠던가. 그에게는 그녀만 있으면 된다고, 그렇게 힘든 마음고생은 이제 충분하다고 몇 번이나 말했는지 모른다.

하지만 단아는 포기하지 않았다. 두 사람의 완벽한 사랑의 결실을 위해서라도 아이를 꼭 갖고 싶다 했고 마침내 그녀의 간절한 바람은 이뤄졌다. 무사히 유산 기간을 넘기고 마침내 안정기에 접어들어 초음파를 통해 처음 새 생명의 심장박동을 들었을 때 두 사람 모두 뜨거운 눈물을 흘렸다.

기쁨과 믿을 수 없는 기적으로 인한 가슴 벅찬 감격의 눈물을…….

사랑이란 이런 것인가? 보고 있어도 또 보고 싶고 그녀의 아픔과 슬픔, 그 모든 것이 내 일처럼 가슴을 아리게 하면서 사랑하는 여자의 행복한 표정만으로 족한 기분. 그녀가 내 여자, 내 아내라는 사실에 깊은 충만함과 기쁨이 넘치는 것이 행복인가?

강우가 가장 좋아하는 것 중 하나는 새벽녘 깨어나 희미하게 비쳐 드는 햇살 속에 곤히 잠든 아내의 얼굴을 바라보는 일이었다. 그가 처음 사진에서 보았던 그 모습처럼 그녀는 그렇게 순결한 천사처럼 그의 옆에 잠들어 있었다. 너무 소중해서 그저 바라보는 것만으로 행복할 만큼.

단아는 항상 그의 옆에 있었다. 그가 그녀에게 그 잔인한 아픔을 주었던 그때도, 그의 나약한 모습을 용기 있게 고백했던 그때도, 그 뒤의 수많은 시간 속에서…… 그녀는 부족한 그를 저버리지 않고 항상 옆에 있어 준 고마운 여자였다.

강우는 볼우물을 깊게 패도록 미소를 띠며 7개월로 접어든 불룩한 배를 조심스럽게 어루만졌다.

그의 손길에 단아가 잠결에도 희미한 미소를 지으며 몸을 틀며 옆으로 바싹 다가왔다.

"음…… 벌써 깬 거예요?"

그녀가 잠에 취한 목소리로 중얼거렸다.

"더, 자. 아직 이른 새벽이야."

"그럼 당신도 좀 더 자야죠. 아침 일찍 나가야 하는 사람이……."

"나의 가장 큰 즐거움을 막을 참이야? 내가 잠든 당신 얼굴 보는 걸 얼마나 좋아하는지 잘 알면서 그러는군."

강우는 나른한 미소와 함께 그녀의 입술에 부드럽게 키스했다.

"몸은 좀 어때? 불편하지 않아?"

"전혀, 이보다 더 좋을 순 없어요."

그녀가 눈을 감은 채 다정하게 미소 지었다. 그때 그녀의 배 속에서 아이가 꿈틀거렸고 단아는 한 눈을 살짝 떠 강우를 바라보았다.

"느꼈어요?"

"응. 결국 내가 이 녀석까지 깨우고 말았군."

손바닥 아래의 아기의 태동을 느끼면서 그는 행복에 잠긴 나직한 음성으로 속삭였다.

"아버지를 닮아 새벽잠이 없는 녀석인가 보죠."

"아니, 이 아이는 분명 딸일 거야. 당신을 쏙 빼닮은."

단아가 나직하게 웃었다.

"또 그 소리군요. 그러게 성별을 알아보자고 했잖아요. 왜 절대 안 된다고 고집하는 거죠?"

"미리 알면 왠지 김이 빠지잖아. 난 꼭 딸이었음 싶은데, 당신은 아들을 원하고. 이왕이면 아들 딸 쌍둥이면 딱 좋을 테지만 그건 바람일 뿐이고."

"왜 그렇게 딸을 원하는데요?"

"당신과 꼭 닮은 딸을 보면서 당신의 어린 시절을 떠올릴 수 있을 테니까. 그러는 당신은 왜 아들을 원하는데?"

"글쎄요. 아마 나도 당신과 꼭 닮은 아들을 보고 싶은지도?"

"그러니까 더욱 딸이어야 하지. 나 같은 아들이 나오면 당신 마음고생이 훤하거든. 하지만 만에 하나 아들을 낳는다 해도 걱정하진 말아. 난 그 녀석을 딸처럼 곱게 키워서……."

"피, 순 엉터리."

이제 잠이 완전히 달아난 단아는 강우의 벗은 가슴을 툭 치며 끽끽거렸다.

"난 아직도 이 안에서 아기가 자라고 있다는 것이 믿어지지 않아. 그러고 보면 난 그렇게 나쁜 놈은 아닌 거 같군. 하나님이 이런 축복을 주시는 걸 보면 말이야, 안 그래?"

"예전에 내게 어떤 짓을 했는지 벌써 잊었어요? 하긴 나도 기억이 가물가물하긴 하네."

농담으로 툭 던진 말에 강우의 얼굴이 급속도로 우울해졌다.

"그래, 정말 난 구제불능이었어. 당신에게 그런 잔인한 짓을 하다니……."

"정말 장난도 못 치겠다니까."

그녀가 어이없다는 듯이 말했다.

"하지만 이제는 그 모든 아픔까지 다 날려 버릴 만큼 내 곁에서 이렇게 든든히 지켜 주잖아요. 더 이상 바랄 게 없을 만큼. 당신은 멋진 남자이자 든든한 남편이에요."

"당신을 위해서라면 난 무엇이든 할 수 있어."

이제 하도 들어서 당연한 듯 받아들이게 된 단아는 만족스런 미소를 띠우며 그의 품에 파고들면서 따뜻한 맨가슴을 부드럽게 어루만졌다. 그 유혹적인 손길에 그가 반응하기 시작했다.

"서강우 씨, 이 아름다운 새벽에 그렇게 계속 말만하면서 내 속을 태울 참인가요?"

"안 돼. 지금은 그럴 때가 아니라는 걸 알잖아."

강우는 유혹에 무너지기 전에 얼른 그녀의 손을 잡아 부드럽게 키스했다. 그녀의 입가에 더 환한 미소가 어렸다.

"안 된다고 누가 그랬죠? 담당 의사 말이 지금은 전혀 문제가 없다고 했다고요."

"그래도 혹시나 문제가 생기면……."

"세상에, 언제부터 서강우가 이렇게 속 좁은 겁쟁이가 된 거죠? 요즘의 당신을 보면 예전의 그 무대포로 밀고 나가던 거만한 에고이스트의 모습은 눈 씻고도 찾을 수 없다고요. 내가 그 모습에 반했다는 걸 몰라요? 24시간 내내 내 주변만 빙빙 돌면서 한시도 떨어지려 하지 않으니 회사가 제대로 돌아가는 게 신기할 정도예요."

"유능한 직원을 둔 덕분이지."

그가 만족스럽게 말을 받았다.

"그 유능한 직원들이 당신을 밀어내고 당신 자리에 앉을지도 모른다고요. 그럼 누가 나와 내 아이를 돌보겠어요?"

"지금 나한테 당신을 너무 잘 돌봐 준다고 불평하는 거야?"

"아뇨, 괜히 깨워 놓고 딴청 부린다고 불평하는 거죠. 그러게 이 새벽에 누가 안 자래요?"

단아가 놀리듯 재빨리 손을 빼내 이불 안쪽으로 밀어 넣으며 단단한 허벅지 안쪽을 부드럽게 쓸었다. 그는 속절없이 솟아오르는 욕망에 깊은 숨을 들이마셨다. 가슴 깊은 곳까지 닿을 것 같은 그 부드러운 느낌이 정말 좋았다.

그녀 안에 이대로 푹 잠길 수 있다면……. 뜨겁게 타오르던 단아가 너무 그리웠다.

"정말 놀라운 건 이렇게 배만 나온 여자한테 속절없이 끌려가는 내 자신이지. 대체 무슨 비법으로 날 이렇게 쉽게 유혹하는 거지?"

강우는 허스키한 음성으로 가녀린 어깨에 놓인 가는 잠옷 끈을 밀어내며 속삭였다.

"그거야 나만의 노하우가 있기 때문이죠."

맨어깨에 달콤한 키스에 숨을 들이마시며 단아가 속삭이듯 대답했다.

"그 노하우를 알려 줄 수 없나?"

또 다른 끈과 함께 레이스 잠옷이 내려가고 임신으로 인해 크게 부푼 아름다운 가슴이 드러났다. 강우의 얼굴에 경의의 표정이 어리며 아주 조심스럽게 두 손으로 감싸 안자 단아가 작은 신음과 함께 가볍게 몸을 들썩였다.

"음……. 당신이 어떻게 하는지 봐서요. 어디 한 번 날 감동시켜 봐요."

그녀가 허스키한 음성으로 유혹하듯 말했고 그는 그 유혹에 부응하듯 몸을 살짝 일으켜 그녀의 가슴에 키스했다. 그녀의 부드러운 손길이 검은 머리칼을 감싸며 헝클어 놓자 그는 온몸이 그녀를 향한 사랑으로 터질 것처럼 부풀어 오르는 것을 느꼈다.

강우는 입가에 행복의 미소를 지으며 거의 들리지 않을 만큼 작게 속삭였다.

"당신을 사랑해, 한단아. 영원히. 당신만을 사랑할 거야."

— *The End*

『그의 사랑』은 저의 초기작품 중 하나이자 저에게 여러모로 많은 의미가 있는 작품입니다.

제가 처음으로 가입했던 인터넷 ** 카페에서 그의 사랑의 연재를 시작했을 때 많은 분들이 호응해 주셨고 그중 한 독자분이 로***라는 사이트에서 연재 한번 해 보는 것이 어떠냐는 의견을 주셔서 지금의 작가로서의 제가 있는 것이거든요. 처음 그 사이트를 접하고 얼마나 많은 작가분들이 로맨스를 쓰시고, 또 그런 글을 정성껏 읽어 주며 댓글을 달아 주시는 수많은 독자님들이 있다는 사실에 깜짝 놀랐던 것이 어제 일처럼 생생합니다.

어쨌든 그런 의미에서 이 글을 통해 더 많은 독자님들을 만나고 피가 되고 살이 되는 많은 의견을 교환하고 또한 이북이라는 책을 통해 많은 분께 Suha라는 저의 닉네임을 알리는 계기가 되었다고 할 수 있지요.

사실 오랫동안 한국을 떠나 살다 보니 그때까지 제가 접한 로맨스 소설이라고 하면 간간이 읽었던 할리퀸이나 외국 장편 소설 등이 전부였습니다. 그러다 우연히 유명한 로맨스 사이트를 알게 되고 무수한 한국 로맨스 소설을 접하게 되면서 여러모로 많은 생각을 하게 되었지요. 어느새 우리 로맨스 소설이 외국 로맨스 소설과 어깨를 나란히 견줄 만큼, 아니 어쩌면 그보다 더 높은 수준으로 성장하여 많은 로맨스 마니아들에게 사랑을 받고 있다는 사실에, 그리고 이젠 그 안에 부족한 필력의 제가 한몫을 하고 있다는 사실에 큰 자부심을 느낍니다.

위의 말씀드린 대로 『그의 사랑』은 저의 초기작 중 하나이기 때문에 여러모로 부족한 부분이 많습니다. 처음 로＊ 이북으로 나온 것은 전체 배경이 외국에 외국인 주인공이었습니다. 그 때문에 할리퀸 같다는 의견을 많이 주셨던 것이 사실이고요.

그래서 이번 차에 종이책으로 낼 결심을 하면서 전체 내용을 과감히 수정해 넣었습니다. 기본 골격이나 주인공의 성격은 변함이 없다 하여도 주요한 이야기 흐름과 배경(한국, 한국인), 주인공들의 미세하고 소소한 캐릭터 변화와 여러 에피소드의 추가가 그것입니다.

때문에 지금 로＊＊＊에 나와 있는 그의 사랑의 이북 내용과 이번에 나온 개정판인 종이책의 내용은 여러 면에서 많은 차이가 있습니다.(혹시나 그 부분에 관련해서 독자님들이 혼동을 느낄 우려가 있어 참고로 알려 드립니다.)

이 글에서 제가 표현하고 싶었던 주인공들의 모습은 한눈에 사랑에 빠져 자신의 모든 것을 올인하는 로맨스의 전형적인 남주와 상처를 간직했지만 외유내강한 여주입니다. 그 때문에 한편으론 식상한 부분이 없지 않고 요즘 많은 대세로 떠오르는 전형성에서 벗어난 신선한 주인공들에 대한 아쉬움이 남는 것이 사실입니다.

하지만 제가 좀 고지식한 탓인지, 그래도 로맨스 소설이라고 하면 전형적인 주인공들을 선호하는 편이라 제 글의 다른 글들 역시 이 틀에서 크게 벗어나지 않는 것 같습니다. 언젠가 좀 더 많은 글을 쓰며 깊은 수련을 쌓게 되면 전형성의 틀에서 벗어나 좀 더 신선한 주인공들을 만들어 갈 수 있지 않을까요? ^^

『그의 사랑』의 남주 역시 세상과 여자에 냉소적인, 모든 것을 갖춘 외관상 완벽한 한 남자가 우연히 한 여자와 사랑에 빠지고 그 이상의 배신과 분노에 복수를 결심하지만 결국 그 여자를 사랑할 수밖에 없는, 그만의 방식으로 여자에게 다가가는 가슴 시린 이야기입니다.

항상 머릿속에 맴돌던 캐릭터인 데다 처음 세상과 여러분들께 선을 보인 남주였기에 여러모로 더 큰 애정이 가는 것이 사실입니다. 어떻게 보면 집요한 강우의 사랑의 승리이기에 그 사랑의 대상이었던 단아의 입장에서 보면 이야기 속에서 강우가 잠시 언급하며 걱정했던 지독한 스토커 같아 약간 무서울 수도 있으려나요?^^ 이번에 수정 작업을 하면서 아, 그땐 이런 남주가 멋있다고 생각했었지…… 하며 다시 한 번 흐뭇한 마음으로 지난 시간을 돌아보는 시간이었습니다.

　이번에 종이책으로 수정 작업을 하면서 여러모로 저의 부족한 필력을 새삼 느꼈습니다. 하지만 첫 이북 작이자 로맨스 소설의 세상과 처음 소통한 글이었기에 그때의 느낌을 가능한 그대로 살리려 최대한 노력했습니다.
　바로 그 때문에 이북이 나온 후 오랜 시간 동안 종이책 출간을 꺼린 것이 사실이었지만 이런 저의 마음과 이번에 수정을 통해 새로 태어난 강우와 단아의 사랑에 공감해 주신다면 종이책으로 출간한 의미가 있을 것이라 믿습니다.

　부족한 절, 로맨스 작가로서 항상 반갑게 맞아 주시고 즐겁게 읽어 주신 모든 독자님들께 항상 감사드리고 『그의 사랑』이 종이책으로 세상에 나올 수 있도록 감사한 출간 제안을 해 주신 스칼렛 로맨스의 정시연 님과 출판사에 진심으로 감사를 전합니다. 세세한 수정과 새로운 에필이 들어갈 수 있도록 전문가의 시각에서 많은 의견을 주셔서 이 글이 좀 더 나아질 수 있었습니다.
　무엇보다 특별히 더 큰 의미가 있는 것은 『그의 사랑』은 몇 번의 유산 후 늦은 나이에 가진 늦둥이 둘째의 출산 시기에 맞물려 수정 작업을 하게 되었다는 사실입니다.

사실 전혀 기대하지 않던 상황에서 과거의 흔적을 돌아보며 수정 작업을 할 수 있었기에 저에게는 여러모로 즐거운 시간이었습니다. 그리고 감사하게도 어느새 제 품에는 사랑스러운 둘째가 잠들어 있습니다. 제가 꿈꾸며 쓰는 로맨스 소설처럼 아름다운 사랑을 하는 예쁘고 현명한 아이로 자라나길 기도합니다.

항상 저에게 든든한 버팀목이 되어 주는 착한 신랑, 이 세상에서 가장 사랑하는 우리 엄마, 아빠, 저의 소중한 두 딸, 수하와 소이, 그리고 마음 넉넉한 멋쟁이 시어머님, 가족들, 제가 글을 쓰는 것을 아는 극히 소수의 지인들과 특별히 저와 같은 길을 가는 동료로서 응원을 아끼지 않은 다시리 님과 연애편지 님께도 감사의 인사를 전합니다.

매번 글을 쓸 때마다 이번엔 더 아름다운 내용으로, 더 가슴 절절한 사랑으로 읽는 분들에게 감동적인 로맨스를 전해 드리고 싶다는 욕심이 있습니다. 하지만 그것이 마음먹은 것처럼 쉽지 않다는 것은 글을 쓰는 분이라면 누구나 공감하시리라 믿습니다. 그중 가장 큰 문제는 역시 부족한 저의 필력 탓이겠지만 한 살 한 살 나이가 먹어가며 성숙해지듯 제 글도 한 편, 한 편 완성할 때마다 더 나아지고 더 발전할 수 있도록 열심히 노력하는 작가가 되겠습니다.

　어디에 계시든 항상 건강 조심하시고 다음번에는 더 새롭고 멋
진 로맨스로 여러분께 다가가겠습니다. 감사합니다.

—2013년 3월의 어느 날
이소영(Suha) 올림.

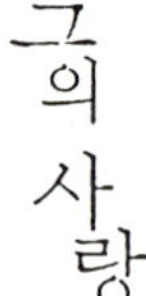

그의 사랑

1판 1쇄 찍음 2013년 3월 6일
1판 1쇄 펴냄 2013년 3월 12일

지은이 | 이소영
펴낸이 | 정　필
펴낸곳 | 도서출판 **뿔미디어**

편집장 | 이재권
기획 · 편집 | 정시연
편집디자인 | 이진선
관리, 영업 | 김기환, 임순옥

출판등록 | 2002년 9월 11일 (제1081-1-132호)
주소 | 부천시 원미구 상3동 533-3 아트프라자 503호 (우)420-861
전화 | 032)651-6513 / 팩스 032)651-6094
E-mail | scarlets2012@hanmail.net
카페 | http://cafe.daum.net/scarletR

값 9,000원

ISBN 978-89-6775-217-0 03810

Scarlet
스칼렛

Scarlet

스칼렛